વિષય
નર-નારી

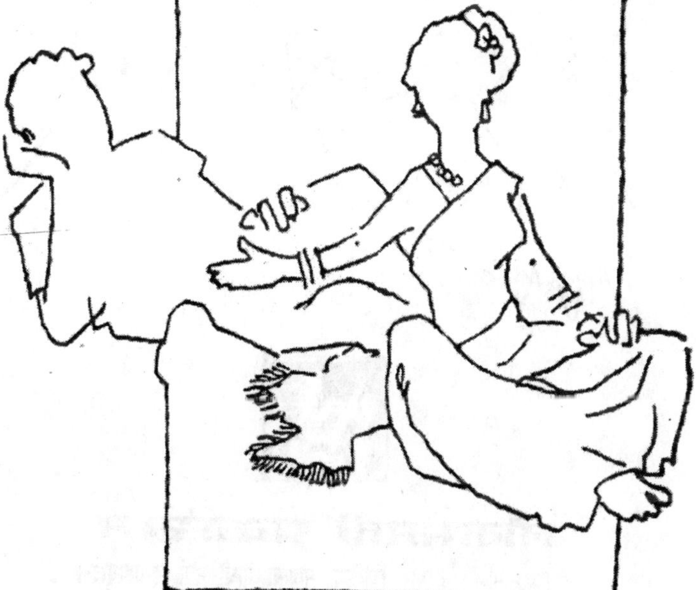

लोकभारती प्रकाशन

पहली मंजिल, दरबारी बिल्डिंग, महात्मा गाँधी मार्ग, इलाहाबाद-1

विषय : नर-नारी

बिमल मित्र

लोकभारती प्रकाशन
पहली मंजिल, दरबारी बिल्डिंग, महात्मा गाँधी मार्ग
इलाहाबाद-211 001
वेबसाइट : www.lokbhartiprakashan.com
ईमेल : info@lokbhartiprakashan.com
शाखाएँ : 1-बी, नेताजी सुभाष मार्ग, दरियागंज
नयी दिल्ली-110 002
अशोक राजपथ, साइंस कॉलेज के सामने
पटना-800 006 (बिहार)
36-ए, शेक्सपियर सरणी
कोलकाता-700 017

इस रूप में प्रथम संस्करण : 2015

इण्डियन प्रेस प्रा. लि.
इलाहाबाद द्वारा मुद्रित

VISHAI : NAR-NARI
by Bimal Mitra

ISBN : 978-81-8031-994-5

मूल्य : ₹ 400

विषय : नर-नारी 1

बहुत दिनों से मेरी इच्छा थी कि जुआड़ियों को लेकर कोई उपन्यास लिखूँ। हालाँकि उपन्यास कहने पर जैसा समझा जाना चाहिए, वैसा नहीं। वह तो बड़ा मुश्किल काम है।

कोई लेखक अपने जीवन में कितने उपन्यास लिख सकता है? उपन्यास कहा जा सकता है, ऐसे उपन्यास मैंने पाँच या छह लिखे हैं। उनका आकार जितना बड़ा है, उनकी विषय-वस्तु उतनी महान् है। सही माने में उपन्यास उस बरगद के पेड़ के समान होना चाहिए जिसकी शाखाएँ-प्रशाखाएँ दूर तक फैली हों। ऐसे उपन्यास में राष्ट्र, समाज अथवा इतिहास के किसी अध्याय का विवरण होता है। इसमें किसी राष्ट्र, समाज अथवा युग के उत्थान-पतन के क्रम-विवर्तन का ब्योरा मिल जाता है। इसीलिए ऐसा उपन्यास सार्थक है।

ऐसा उपन्यास लिखना बड़े परिश्रम का काम है। किसी लेखक के लिए ऐसा उपन्यास एक दिन और एक महीने में क्या, एक साल में भी लिखना सम्भव नहीं है। ऐसे उपन्यास की रचना के लिए काफी समय और जगह चाहिए। बीस, पच्चीस या तीस वर्षों के अविराम चिन्तन और निष्ठा सहित परिश्रम से ऐसा उपन्यास लिखा जा सकता है। अगर कोई लेखक अपने जीवन में ऐसा एक भी उपन्यास लिख लेता है तो बहुत है।

किसी पत्र-पत्रिका विशेषांक में ऐसा उपन्यास नहीं मिल सकता।

'देवदास' शरत्चन्द्र का ऐसा उपन्यास है जो व्यक्ति को केन्द्र कर रचा गया है। लेकिन महान् उपन्यास में व्यक्ति गौण होता है। उसमें मुख्य होता है देश, राष्ट्र, समाज अथवा इतिहास का एक विशेष युग। एक युग के समग्र रूप को छपाई के अक्षरों में बाँध लेना ही महान् उपन्यास का काम है। इधर चौबीस वर्षों से विभिन्न बँगला पत्र-पत्रिकाओं के दुर्गापूजा विशेषांक में सात-आठ सम्पूर्ण उपन्यास प्रकाशित करने का रिवाज-सा चल पड़ा है। लेकिन ऐसा उपन्यास बड़ी कहानी के अलावा और कुछ नहीं है।

अब तक मैंने अपने उपन्यासों या बड़ी कहानियों में अनेक विचित्र चरित्रों का समावेश करने का प्रयास किया है। कभी स्कूल मास्टर तो कभी ओवरसियर, कभी वारवणिता तो कभी शिक्षित बेरोजगार युवक या सेवा-निवृत्त सरकारी अधिकारी। इनके अलावा और भी अनेक चरित्रों का जमघट करना पड़ा है। इसका कोई हिसाब नहीं है। ये सभी चरित्र मुझे याद हैं, ऐसा मैं नहीं कह सकता।

खैर, जुआड़ीवाला प्रसंग बम्बई में चला था।

वहाँ एक सज्जन ने मुझसे कहा था—आपने तो अनेक तरह के चरित्रों पर लिखा है, अब जुआड़ियों को लेकर कुछ लिखिये न।

मैंने कहा था—जुआड़ियों के बारे में मैं कुछ भी नहीं जानता।

उन्होंने कहा था—किसी दिन यहाँ के जुए के अड्डे में चलिये न, मैं आपको ले चलूँगा।

मैंने कहा था—एक दिन के लिए जुए के अड्डे में चले जाने से क्या जुआड़ियों के बारे में सब-कुछ जाना जा सकता है? लगातार कुछ दिनों तक जाना पड़ेगा।

उस सज्जन ने कहा था—वह भी हो सकता है। मैं आपको ले जा सकता हूँ। फिर आप वहाँ नियम से जाइये। यहाँ जितने भी क्लब हैं, सब में जुआ होता है। बड़े घरों की बहू-बेटियाँ आकर जुआ खेलने बैठ जाती हैं। उन सबको जुए का इतना नशा है कि कुर्सियाँ खाली नहीं मिलतीं।

मैंने कहा था—फिर तो क्लब का मेम्बर बन जाना ठीक रहेगा।

उस सज्जन ने कहा था—मेम्बर बनना मुश्किल है। बाज-बाज क्लब के मेम्बर बनने के लिए दस-बारह साल इन्तजार करना पड़ता है। इसका कारण यह है कि ढेर-सारे मेम्बर तो नहीं बनाये जा सकते। उसका भी खास नियम है। कुछ ऐसे भी क्लब हैं जिनके मेम्बर बनने के लिए चार-पाँच हजार रुपये लगते हैं। उतने रुपये देकर भी कई-कई साल इन्तजार करना पड़ता है।

मैंने पूछा था—इतना रुपया क्यों लगता है?

उस सज्जन ने कहा था—इतना रुपया इसीलिए लगता है कि सिर्फ बड़े लोग मेम्बर बन सकें। मामूली हैसियत के लोगों को उन क्लबों में नहीं लिया जाता। लेकिन मैं यहाँ के सभी क्लबों का मेम्बर हूँ। मैं आपको किसी भी क्लब में अपने 'गेस्ट' के रूप में ले जा सकता हूँ। मेम्बर ऐसा कर सकता है।

—क्या आप भी जुआ खेलते हैं?

वे वहाँ किसी बैंक के एजेण्ट थे। उन्होंने कहा था—मुझे बैंक के काम में सुविधा होती है। इसलिए मुझे इन क्लबों का मेम्बर बनना पड़ा है। इससे मेरा बिजनेस बढ़ता है। बड़े-बड़े लोगों से जान-पहचान होती है और उनके नजदीक जाया जा सकता है।

लेकिन उस बार किसी क्लब में जाने का मौका नहीं मिला। इसलिए मेरी इच्छा पूरी नहीं हो सकी।

जुए का नशा कितना जबर्दस्त है, यह रेस के मैदान के सामने खड़े होने पर समझ में आता है। कलकत्ते में रेस-ग्राउण्ड के सामने कारों की जो लम्बी कतार लगती है, वह देखने पर पता चलता है कि जुए का आकर्षण कितना तीव्र है। बड़े लोगों को जुआ

खेलने का जितना नशा है, उससे सौ गुना ज्यादा नशा गरीबों को है। जुए के मामले में अमीर-गरीब का फर्क नहीं है। घुड़दौड़ के मैदान में अमीरों और गरीबों में बड़ी दोस्ती रहती है। मानो वे सब एक-दूसरे से गले मिलनेवाले दोस्त हैं। लेकिन मैदान के बाहर वे एक-दूसरे को नहीं पहचान पाते। गरीब पैदल या बस में लटकते हुए घर लौटते हैं और अमीर अपनी विलायती कार में बैठे धूल और धुआँ उड़ाते हुए शराब की दुकान में पहुँच जाते हैं।

जुआ ऐसी चीज है जिसके लिए मुझमें घृणा भी है और एक तरह का कौतूहल भी। मैंने बहुतों को जुआ खेलकर सब-कुछ बरबाद करते देखा है तो कुछ लोगों को मकान, कार और जायदाद का मालिक बनते भी सुना है। बराबर मुझे यही लगा है कि जुआ ऐसा नशा है जो आज की सभ्यता का अंग है और इस युग का अन्यतम पाप भी।

लेकिन जब मैं लेखक बना हूँ तब तो जीवन को हर तरफ से देखना मेरा कर्त्तव्य है। सिर्फ एक हिस्सा देख लेना कोई देखना नहीं है। इस तरह आंशिक देखने को मैं बराबर गलत देखना मानता आया हूँ। खासकर मेरे जैसे पूरे समय के लेखकों के लिए जीवन को सम्पूर्ण रूप में देखना ही दर्शन है। जो लोग दिन में कोई-न-कोई नौकरी करते हैं और समय निकालकर लिखते हैं, लेखक के रूप में उनका उत्तरदायित्व कम है। लेकिन मेरा उत्तरदायित्व ज्यादा है। मेरा उत्तरदायित्व ज्यादा है तो मुझमें पाठकों की माँग भी ज्यादा है। उस माँग को पूरा करने के लिए मुझे हरदम घूमते रहना पड़ता है।

इसलिए इस बार जब जबलपुर गया तब एक सज्जन से मुझे घनिष्ठ रूप से परिचित होना पड़ा। उसी सज्जन के घर मेरे ठहरने का इन्तजाम हुआ था। उनका नाम है कान्ति चट्टोपाध्याय।

कान्ति चट्टोपाध्याय जबलपुर में बहुत दिनों से रह रहे हैं। वे पेशे से वकील हैं। किसी समय उन्होंने बड़ा परिश्रम किया था, अब वे उसी की कमाई खा रहे हैं। वे अब भी कचहरी जाते हैं, लेकिन खास-खास मुकदमे के सिलसिले में। अब उनके सब लड़के काम-काज में लग गये हैं और उन लड़कों के बाल-बच्चे भी हैं।

इसलिए कहा जा सकता है कि वे अवकाश का जीवन बिता रहे हैं।

कान्फ्रेन्स तो पहले ही समाप्त हो गयी। भाषणों और विचार-गोष्ठियों का सिलसिला भी एक हफ्ते तक चलने के बाद खत्म हो गया। डेलीगेट अपने-अपने घर लौट गये।

सिर्फ मैं कान्ति बाबू के विशेष अनुरोध पर जबलपुर में रह गया।

कान्ति बाबू ने कहा—अब कुछ दिन मेरे यहाँ रह जाइये। इतने दिन तो आपके भाग-दौड़ में बीते, आये दिन सभा और भाषण। अब जरा आराम से गपशप की जाय।

मैंने कहा—मैं तो निठल्ला ठहरा, लेकिन आप? आपका कचहरी का काम?

कान्ति बाबू ने कहा—मैं बयालीस साल से वकालत कर रहा हूँ, अब थोड़ा कम वकालत करूँगा तो क्या बिगड़ जायेगा। फिर मेरे जूनियर लोग हैं, उनको भी मौका मिलना चाहिए—

बात सही है। हर व्यवसाय में हरेक को समय पर रिटायर करना चाहिए। नौकरी में तो झख मारकर रिटायर करना पड़ता है। लेकिन स्वतन्त्र व्यवसाय में कितने लोग रिटायर करते हैं? लेकिन जो करता है, वह अक्लमन्द है। कान्ति चट्टोपाध्याय वैसे मुट्ठी भर अक्लमन्द लोगों में से हैं। जबलपुर में उन्होंने तीन-तीन मकान बनवाये हैं। खुद पुराने मकान में रहते हैं। नये दो मकान दो लड़कों के नाम हैं। लड़कों की शादी हो गयी तो वे अपने-अपने मकान में चले गये। उनका मकान अलग-अलग है और चौका-चूल्हा भी अलग-अलग। याने किसी का किसी से मतलब नहीं। लेकिन सब एक-दूसरे से रोज मिलते हैं। पोते-पोतियों से थोड़ी देर खेल न लेने पर कान्ति बाबू को चैन नहीं मिलता और उनका खाना नहीं पचता।

साहित्य-गोष्ठी के सिलसिले में मैं जबलपुर गया था। बस, एक दिन रहकर लौट आऊँगा ऐसी इच्छा थी। लेकिन वैसा नहीं हो सका। कान्ति चट्टोपाध्याय के स्नेह के कारण मुझे रुक जाना पड़ा। फिर उन दिनों उनकी भी छुट्टी थी। कचहरी बन्द थी।

सवेरे से हम गप लड़ाने लगते। बार-बार चाय आती। उसके बाद अनेक व्यंजनों के साथ स्वादिष्ट भोजन का सदुपयोग किया जाता। बाजार की सबसे अच्छी मछली और सबसे अच्छी सब्जियाँ मेरे लिये आतीं। मेरे लिये कान्ति बाबू बड़ा इन्तजाम करते।

एक दिन बातों-ही-बातों में मैंने पूछा—यहाँ आप लोगों का कोई क्लब नहीं है?

कान्ति बाबू ने कहा—क्लब क्यों नहीं है? यह तो क्लबों का ही जमाना है जनाब! मैं भी एक क्लब का मेम्बर हूँ। लेकिन नियम से वहाँ जा नहीं पाता। मुवक्किल से मुकदमे की बात करते-करते रोज रात के बारह बज जाते हैं।

—क्या उन क्लबों में जुआ नहीं होता?

कान्ति बाबू ने कहा—जुआ क्यों नहीं होगा? आर्डिनेन्स फैक्ट्री के क्लब में जैसा शराब का इन्तजाम है, वैसा ताश खेलने का। लेकिन मुझे इन दोनों चीजों से मजा नहीं मिलता। हाँ, कभी-कभी वहाँ चला जाता हूँ, लेकिन ज्यादा देर नहीं रहता—

यह सुनकर मैंने अपने मन की इच्छा उनके आगे प्रकट की और कहा—मुझे जुआड़ी देखने की बड़ी इच्छा है।

कान्ति चट्टोपाध्याय ने आश्चर्य से कहा—जुआड़ी देखेंगे? अरे, वहाँ बहुत-से जुआड़ी मिल जायेंगे। जबलपुर में जुआड़ियों की कमी नहीं है। जो लोग फैक्ट्री में काम करते हैं, उनके पास पैसे की कमी नहीं है। एक बार ताश लेकर बैठ जाने पर उनको समय का हिसाब भी नहीं रहता।

फिर जरा रुककर बोले—आज शाम को चलेंगे?

मैंने कहा—मुझे क्या एतराज हो सकता है? चलिये, एक साथ चला जाय। क्या आप भी उनके साथ जुआ खेलेंगे?

कान्ति बाबू ने कहा—जी नहीं, मैं ताश नहीं खेलता। मेरा तो यह हाल है कि मैं ताश के पत्ते ही नहीं पहचानता—

मैंने कहा—मैं भी नहीं पहचानता।

कान्ति बाबू ने पूछा—फिर आपमें जुआ खेलना देखने के लिए इतना आग्रह क्यों है?

मैंने कहा—जुआड़ियों पर उपन्यास लिखने की इच्छा है।

कान्ति बाबू ने कहा—फिर चलिये, आज ही आपको क्लब ले चलूँगा—वहाँ आप अपने सामने जुआड़ियों को देख लेंगे। मैं भी आर्डिनेन्स फैक्ट्री के क्लब का मेम्बर हूँ।

• • •

हाँ, तो वहीं मैंने जिन्दगी में पहली बार जुआड़ी देखे।

जुआड़ियों के बारे में बम्बई में जैसा सुना था, जबलपुर में वैसा देखने को नहीं मिला। बम्बई में जहाजियों के जुए के अड्डे हैं और वे बड़े बदनाम हैं। इन्हीं अड्डों को अंग्रेजी में 'गैम्बलिंग डेन' कहा जाता है। ऐसा कोई नशा नहीं है जो वहाँ नहीं मिलता। गाँजा, चरस और शराब से चण्डू तक सब-कुछ वहाँ मिल जाता है।

लेकिन जिन जुआघरों में सिर्फ प्रतिष्ठित लोग जाते हैं, वहाँ सब शराब मिलती है। वह भी विलायती शराब। बड़े-बड़े मशहूर सिनेमा डाइरेक्टर और बिजनेस एक्जिक्यूटिव वहाँ जाकर ताश से जुआ खेलते हैं। जुआ खेलने के साथ वे ह्स्किी के गिलास में चुस्की लगाते रहते हैं। एकदम सवेरे से वहाँ जुआ शुरू होता है और रात के नौ-दस बजे तक बराबर चलता रहता है। एक झुण्ड आता है तो दूसरा झुण्ड जाता है। रातभर यही चलता है। ये सब इज्जतदार क्लब हैं। चन्दे में मोटी रकम दिये बिना इनका मेम्बर नहीं बना जा सकता।

जबलपुर का हिसाब-किताब भी इसी तरह का है। डॉक्टर, इंजीनियर और वेलफेयर ऑफिसर से एडवोकेट, व्यवसायी और मेयर, सब इन जुआघरों के मेम्बर बन सकते हैं। चन्दे की मोटी रकम देनी पड़ती है। लगभग सभी के पास कार है। किसी-किसी मेम्बर के साथ उनकी पूरी फैमिली आती है। कभी-कभी माँ-बाप और लड़के-लड़कियाँ एक साथ एक ही कार से आते हैं। थोड़ी देर हँस-बोलकर चले जाते हैं। अंग्रेजों के जमाने के ऊटी यूरोपियन क्लब की तरह यहाँ का रंग-ढंग है। सुना है कि उन दिनों ऊटी के यूरोपियन क्लब में महिलाओं का प्रवेश निषिद्ध था। अब अगर वह क्लब है तो इस नारी-स्वाधीनता के युग में जरूर उसके नियम-कानून बदल गये हैं। आजकल कलकत्ते के रेस के मैदान में भी बाप-माँ और बेटे-बेटी को एक साथ देखा जा सकता है। बाप अपनी पसन्द का घोड़ा चुनता है तो माँ अपनी पसन्द का घोड़ा चुनती है। बेटे-बेटी भी अपने-अपने हिसाब से घोड़े का चुनाव करते हैं। एक ही परिवार में कोई हारता है तो कोई जीतता है। हार-जीत के इस रोमांच को लेकर उनका जीवन मजे में कटता है। जुआ खेलना उचित नहीं है, यह बात किसी के मन में आती ही नहीं। उनकी भाषा में इसे भी 'स्पोर्ट्स' कहा जाता है।

मुझे लेकर कान्ति बाबू जब क्लब पहुँचे तब दीया जल चुका था। देखा, ज्यादातर टेबिल के सामने बैठे प्रतिष्ठित लोग ताश के पत्तों में मन लगाये हुए हैं। उस समय उनके पास किसी तरफ ध्यान देने की फुर्सत नहीं है। उस समय उन्हें बस एक ही खयाल है कि 'टाइम इज मनी'। याने, वक्त ही दौलत है। हरेक के सामने गिलास रखा हुआ है। गिलास में ठण्ढी ह्विस्की झाग फेंक रही है। एक-एक जुआड़ी में ज्यों-ज्यों 'टेन्शन' बढ़ता त्यों-त्यों 'ड्रिंक्स' के लिए आर्डर जाता। त्यों-त्यों क्लब की रोकड़ में रकम भी बढ़ती जाती।

कान्ति चट्टोपाध्याय मुझे चारों तरफ घुमाकर दिखाने लगे।

वे बोले—देखिये बिमल बाबू, वह जो लाल बुशशर्ट पहने बैठे हुए हैं, वे आर्डिनेन्स फैक्ट्री में वेलफेयर ऑफिसर मिस्टर सिन्हा हैं। वह जो स्लीवलेस ब्लाउज पहने बैठी हैं और मन लगाकर ताश के पत्ते देख रही हैं, वे हैं मिस शुक्ला। वे यहाँ के गर्ल्स कान्वेण्ट में प्रिन्सिपल हैं। उधर देखिये, वह जो बोतल-पर-बोतल ह्विस्की साफ किये जा रहे हैं और फटाफट ताश के पत्ते फेंक रहे हैं, उठा रहे हैं, वे हैं डॉक्टर बनर्जी। वे यहाँ हास्पिटल में डॉक्टर हैं। वे इस क्लब के सबसे बड़े जुआड़ी हैं।

—डॉक्टर बनर्जी? बंगाली?

कान्ति चट्टोपाध्याय बोले—जी हाँ, बंगाली होने से क्या होता है, वे यहाँ के जुआड़ियों के सरताज हैं।

फिर जरा रुककर वे बोले—उन्हीं के बारे में आपसे कहूँगा, इसी इरादे से आज मैं आपको यहाँ ले आया। वे नियम से रोज पाँच बजे यहाँ आते हैं। आज भी शाम को निश्चित समय पर ही आये होंगे। फिर रात दस बजे वे घर लौटेंगे, उससे पहले नहीं, उसी समय क्लब का दरवाजा बन्द होता है।

मैंने कहा—वे तो ठहरे डॉक्टर, अगर इतनी देर क्लब में रहते हैं तो मरीज कब देखते हैं?

कान्ति चट्टोपाध्याय ने कहा—मरीज वे नहीं देखते—

मैंने पूछा—अगर वे मरीज नहीं देखते तो उनको पैसा कहाँ से मिलता है? घर का खर्च कैसे चलता है?

कान्ति चट्टोपाध्याय बोले—वही सवेरे जो एक-दो रोगी आते हैं, उन्हीं को देखते हैं और उसी से कुछ रुपये मिल जाते हैं।

—लेकिन उससे क्या घर का खर्च चलता है?

कान्ति चट्टोपाध्याय ने कहा—जी नहीं, उससे उनके घर का खर्च नहीं चलता। किसी तरह चल भी नहीं सकता। लेकिन उनके घर में कोई है भी तो नहीं। एक लड़का था, वह भी स्विट्ज़रलैण्ड चला गया है। अब उनका जो कुछ खर्च होता है, बस इसी जुए में। वे रोज यहाँ ताश खेलेंगे और रोज हारेंगे। क्लब का उधार भी वे चुका नहीं पाते। शराब के पीछे उन पर कर्ज बहुत चढ़ गया है।

मैंने पूछा—फिर क्लब के मेम्बरों के रजिस्टर से उनका नाम काटा क्यों नहीं जाता?

कान्ति चट्टोपाध्याय ने कहा—एक बार उनका नाम काटा गया था, लेकिन क्लब के अन्य मेम्बरों ने कह-सुनकर उनका नाम चढ़वा दिया है। मैं समझता हूँ कि इस समय उन पर क्लब का बकाया लगभग पाँच हजार रुपये है।

मैं डॉक्टर बनर्जी की तरफ एकटक देख रहा था। बाहर से देखने पर तो वे कीमती कपड़े पहने हुए हैं। कौन कहेगा कि उन पर इतना कर्ज चढ़ गया है।

कान्ति चट्टोपाध्याय बोले—खूब अच्छी तरह देख लीजिये। आपने कहा था न कि जुआड़ी देखूँगा। इसीलिए मैंने दिखा दिया। बाहर से देखने पर कौन समझ पायेगा कि चारों तरफ से उन पर इतना कर्ज है?

मैंने पूछा—चारों तरफ से का क्या मतलब?

—चारों तरफ से का यही मतलब है कि क्लब में जैसे पाँच हजार रुपये कर्ज है, वैसे उनके घर पर भी रोज सवेरे आगा रुपये का तगादा करने आता है—

एडवोकेट कान्ति चट्टोपाध्याय की बात सुनकर मैं आश्चर्यचकित हो गया। मैं यहाँ साहित्य सम्मेलन का अध्यक्ष बनने आया था और अप्रत्याशित ढंग से मुझे एक सच्चे जुआड़ी का चरित्र मिल गया।

लेकिन उस समय भी क्या मैं जानता था कि मेरे लिये और भी अनेक आश्चर्य छिपे हुए हैं।

मैं एकटक डॉक्टर बनर्जी की तरफ देख रहा था। वे उस समय मन लगाकर ताश खेल रहे थे और बार-बार जेब में हाथ डालकर रुपये निकाल रहे थे। बीच-बीच में वे गिलास से शराब की चुस्की भी लेते जा रहे थे।

जुआ खेलकर भिखारी बनने का उदाहरण मिला है। लेकिन इससे पहले अपने सामने एक जुआड़ी को जुआ खेलते हुए कभी नहीं देखा था। ऐसा लगा कि मानो किसी विचित्र जीव को आँखों के सामने देख रहा हूँ। लेकिन उस जुआड़ी को किसी बात की चिन्ता नहीं थी। किसी तरफ उसका ध्यान भी नहीं था। उसके मन की सारी एकाग्रता सिर्फ ताश और पैसे की तरफ थी। बस, उस मन को तर व ताजा रखने के लिए शराब के गिलास में चुस्की लगायी जा रही थी। वह भी अद्‌भुत दृश्य था। लक्ष्यभेद करते समय शायद अर्जुन में भी इतनी एकाग्रता नहीं थी।

—चलिये।

अचानक कान्ति चट्टोपाध्याय की बात से मेरा ध्यान टूटा।

कान्ति बाबू ने कहा—चलिये, रात हो गयी है। अब यहाँ रहने से कोई लाभ नहीं है। रात के दस बजने पर क्लबवाले किसी को यहाँ रहने नहीं देंगे। फिर दरवाजा बन्द हो जायेगा—

मैं कान्ति बाबू के साथ बाहर चला आया। कार में बैठते ही मैंने उनसे पूछा—ऐसा क्यों हुआ कान्ति बाबू? मूर्ख और नासमझ लोगों को जुए की आदत पड़ सकती है, लेकिन डॉक्टर बनर्जी जैसे आदमी को यह क्या हो गया है?

कान्ति बाबू बोले—वह एक मर्मान्तक ट्रेजेडी है।

—वह कैसा?

कान्ति बाबू बोले—लेकिन सुन लीजिये, डॉक्टर बनर्जी कोई मामूली डॉक्टर नहीं हैं। ऑर. जी. कर मेडिकल कालेज में वे बराबर मेडिसिन में फर्स्ट आते थे। डॉ. विधान राय की माँ के नाम से सोने का जो मेडल दिया जाता है, वह एक बार डॉक्टर बनर्जी को मिला था। मेडिकल कॉलेज के वे ज्वेल स्टूडेण्ट थे। आज उन्हीं की यह हालत है।

मैंने कहा—क्या शराब और जुए का नशा वे छोड़ नहीं सकते? ये दोनों ही चीजें बुरी हैं, क्या यह कोई उनको समझा नहीं सकता?

कान्ति बाबू बोले—फिर जुआड़ी क्यों कहा जाता है? क्या मैंने उनको कम समझाया है? फिर वे डॉक्टर भी मामूली नहीं हैं। जब वे पहले-पहल यहाँ आये थे, तभी मेरी बड़ी लड़की को टाइफाइड हो गया था और मैंने उन्हीं को बुलाया था। उसके पहले यहाँ के कई डॉक्टरों को बुलाया था, कोई उसे ठीक नहीं कर सका। उन्होंने आकर मेरी लड़की को बचा लिया जनाब। इसलिए मैं आज भी उनका एहसान मानता हूँ।

कार कान्ति बाबू के मकान के सामने पहुँच गयी थी। मैं कार से निकला। कान्ति बाबू भी कार से निकले और बोले—चलिये, खाना खाते समय सब-कुछ बताऊँगा—

हम दोनों मकान के अन्दर पहुँचे।

• • •

जीवन में सुख भोगने के भी अनेक ढंग हैं। कोई जिन्दगी को नकारकर जिन्दगी का मजा लूटता है तो कोई जिन्दगी को पूरी तरह जीकर उसका आनन्द उठाता है। फिर सुख भोगने की व्याख्या भी हर आदमी अलग-अलग करता है।

डॉ. बनर्जी का नाम है एस. बनर्जी, सुशीतल बनर्जी। बहुत अच्छे डॉक्टर हैं। मुझसे उनका बड़ा अच्छा परिचय है। हमारे घर हर तरह का इलाज वही करते थे। लेकिन उस समय मुझे पता नहीं था कि उनके जीवन में सबसे बड़ा घाव कहाँ है।

इतना कहकर कान्ति बाबू हँसे।

मैंने पूछा—क्या उनको कोई समझा नहीं सकता? जुआ खेलना बुरा है, यह तो उनको समझाया जा सकता है।

कान्ति बाबू बोले—अगर वे यही समझते तो उनका जीवन कितना आसान हो जाता।

उनके पिता गाँव में रहते थे। माली हालत अच्छी थी। भोर में उठकर सबसे पहले वे इष्टदेवता का नाम जपते थे। याने वे धर्मभीरु और पुराने विचार के थे। सुशीतल उनका इकलौता बेटा है। जब उनकी पत्नी का देहान्त हुआ तब उस बेटे का भार उन्हीं पर पड़ा।

वे भोर में उठकर बेटे को नींद से जगाते थे।

कहते थे—मेरे साथ उपनिषद् पढ़ो—

वे बेटे को किसी दिन कठोपनिषद् तो किसी दिन केनोपनिषद् पढ़ाते थे। बेटा स्कूल में जो पढ़ता था, वह तो पढ़ता ही था, घर में उसे बाप से संस्कृत सीखनी पड़ती थी। बाप समझते थे कि संस्कृत की शिक्षा ही असली शिक्षा है।

वे कहते थे—स्कूल में तुम जो कुछ पढ़ रहे हो पढ़ो, लेकिन इन्सान की तरह इन्सान बनने के लिए तुम्हें संस्कृत में रचे गये शास्त्र-ग्रन्थ पढ़ने पड़ेंगे। जैसे समझ लो कि यह ईशोपनिषद् है। ईशोपनिषद् में है—

ईशावास्यमिदं सर्वं यत् किञ्च जगत्यां जगत्।
तेन त्यक्तेन भुञ्जीथाः मा गृधः कस्यचित्धनम्।।

इसका क्या मतलब है जानते हो? इसका मतलब है कि हमारा यह सारा विश्व ही ईश्वर का निवास है। जो कुछ देख रहे हो सबमें भगवान् है। फिर इस संसार में जो कुछ है, वह सब बराबर बदलता जा रहा है। इसलिए ऋषि ने कहा है कि यहाँ उपभोग की कितनी वस्तुएँ हैं, सबका उपभोग निरासक्त होकर करना चाहिए। इसलिए किसी की सम्पत्ति का लोभ न करो—

बेटा सुशीतल बाप के सामने बैठा सब-कुछ सुनता था।

बाप कहते थे—क्या हुआ? चुप क्यों हो? कुछ समझ सके?

सुशीतल कहता—नहीं।

बाप कहते—इसमें न समझने का क्या है? फिर भी अगर न समझ पाते हो तो कोई बात नहीं, बाद में समझोगे। मैं भी बचपन में यह सब नहीं समझ पाता था। बाद में समझ पाया। हाँ, तुम्हें सबसे पहले यह बताना जरूरी है कि उपनिषद् का अर्थ क्या है। सुनो—

यह कहकर ये उपनिषद् शब्द का अर्थ समझाने की कोशिश करते। उप+नि+सद् धातु में क्विप प्रत्यय के योग से उपनिषद् शब्द की उत्पत्ति हुई है।

बाप गाँव के प्रतिष्ठित व्यक्ति थे। जमीन-जायदाद वगैरह थी। लोग कहते थे—हरिश्चन्द्र जी ब्रह्मर्षि हैं।

संसार की किसी वस्तु के लिए हरिश्चन्द्र बाबू में लोभ नहीं था। पैतृक सम्पत्ति जो उन्हें उत्तराधिकार में मिली थी, उसी से उनके भोजन-छाजन का खर्च मजे में निकल आता था। लोभ-हिंसा-आकांक्षा नाम की कोई चीज उनमें नहीं थी। उस एक सन्तान सुशीतल को जन्म देकर उनकी पत्नी का स्वर्गवास हो गया था। वे दिन-रात अपने मित्रों के साथ धर्मालोचन किया करते थे। बेटा वही सब सुनता था।

बेटा गाँव के स्कूल में पढ़ता था। वह पढ़ने-लिखने में अच्छा बने, इसके लिए बाप की कोशिश में कोई कसर नहीं थी। घर में पढ़ाने के लिए अच्छे-से-अच्छे मास्टर रखने में उन्होंने कभी कंजूसी नहीं दिखायी। वे कहते थे कि सुपुत्र पाने के लिए पहले सुपिता बनना पड़ता है।

उनके पास जो लोग नियम से आते थे, वे उनकी बात को महत्त्व देते थे।

वे लोग कहते थे—आप स्वयं अच्छे हैं इसलिए सुशीतल जैसा अच्छा बेटा आपको मिला है—

हरिश्चन्द्र बाबू भोर में चार बजे बेटे को जगा देते थे। चाहे गरमी हो चाहे जाड़ा, कभी यम-नियम में व्यवधान नहीं पड़ता था।

वे बेटे से कहते थे—मैं तुम्हें अभ्यास कराये दे रहा हूँ। इसलिए मैं जब नहीं रहूँगा, तब तुम्हें किसी तरह की असुविधा नहीं होगी। इस नियम को जीवन भर बनाये रखना—

भोर में उठकर वे स्वयं जो कुछ करते थे, बेटे को वही सब सिखाते थे।

कहते थे—उपनिषद् ज्ञान की खान है। हिंसा, लोभ, क्रोध आदि सब-कुछ का दमन जो कर सकेगा, उसी मनुष्य को इस संसार में जीने का अधिकार मिलेगा। एकमात्र सत्य इस संसार में अविनाशी है और बाकी सब-कुछ नाशवान्। सत्य बोलना पड़ेगा, सत्य आचरण करना होगा और सत्य पथ का अनुसरण, तभी तो मनुष्यत्व की मर्यादा सम्भव होगी। अगर तुम मनुष्यत्व अर्जित करना चाहते हो तो हिंसा, लोभ, क्रोध आदि सब-कुछ का परित्याग करना होगा।

कान्ति चट्टोपाध्याय ने कहा—डॉक्टर सुशीतल बनर्जी बचपन से इतनी अच्छी-अच्छी बातें सुनते आये हैं। उतने बड़े पण्डित बाप से उन्हें शिक्षा मिली है। गाँव के लोग जिनको देवता मानते थे, डॉक्टर बनर्जी उन्हीं के पुत्र हैं।

मैंने पूछा—फिर उनका ऐसा अधःपतन कैसे हुआ?

कान्ति बाबू बोले—वही कहानी सुनाने के लिए आज मैंने आपको क्लब ले जाकर डॉक्टर बनर्जी को दिखा दिया। आपने देखा न, उतने समय में वे पाँच पेग ह्विस्की गटक गये। फिर वे कितने रुपये हार गये, इसका तो कोई हिसाब नहीं। उनके पास एक कीमती कलाई घड़ी थी, वह भी गिरवी रख दी गयी है। उनके पास एक कार थी, जुआ खेलने और शराब पीने के पीछे वह भी बेचनी पड़ी है। लेकिन वह कितनी बढ़िया इम्पोर्टेड कार थी, ड्राइवर भी था। सब-कुछ उनके पास था। कॉलेज लाइफ में डॉक्टर बनर्जी अच्छे स्टूडेण्ट भी थे। मैट्रिक परीक्षा में वे फर्स्ट आये थे। उनको स्कॉलरशिप मिला था और सोने का मेडल भी।

मैंने पूछा—आपको यह सब कैसे मालूम हुआ?

कान्ति बाबू ने कहा—क्यों न मालूम होगा? वे तो मेरे फैमिली फिजिशियन थे। महीने में दस दिन वे मेरे घर आते थे। मैं भी रोज उनके चैम्बर में जाता था। वे अपने प्राइवेट लाइफ के बारे में बहुत-कुछ बताते थे। उनका लाइफ बड़ा इण्टरेस्टिंग है।

मेरे ही सामने डॉक्टर बनर्जी ने शराब पीने के कारण कितने ही रोगियों को डाँटा है।

याद है, मेरे ही सामने एक दिन उन्होंने एक मरीज से कहा था कि शराब पीना अच्छा नहीं है। उन्होंने उससे कहा था कि तुम तो समझदार हो। क्या तुम नहीं जानते कि शराब पीने से लीवर में अल्सर होता है?

उस रोगी ने कहा था—डॉक्टर साहब, दोस्तों के चक्कर में पड़कर नशा करने की आदत पड़ गयी है। अब मैं कभी उस जहर को छूना पसन्द नहीं करूँगा। मेहरबानी करके आप मेरे पेट का दर्द ठीक कर दीजिये।

इस पर डॉक्टर बनर्जी बिगड़ गये थे।

उन्होंने कहा था—तुमने तो कितनी ही बार मेरे सामने कहा है कि अब मैं शराब छूना पसन्द नहीं करूँगा। कम-से-कम बीसियों बार तुमने ऐसा कहा है, लेकिन ज्यों ही दर्द थोड़ा कम हुआ है, तुम शराबखाने में पहुँच गये हो। क्या मैं भगवान् हूँ कि मन्त्र फूँककर तुम्हारे पेट का घाव ठीक कर दूँगा?

रोगी ने कहा था—हाँ डाक्टर साहब, आप भगवान् हैं। आपने कितने ही मुर्दों को जिलाया है और अब क्या आप मुझे नहीं जिलायेंगे? मैं आपके पाँवों पड़ रहा हूँ डॉक्टर साहब, आप मुझे बचा लीजिये—

यह कहकर सचमुच उस रोगी ने डॉक्टर बनर्जी के पाँवों पर माथा टेक दिया था।

डॉक्टर बनर्जी ने झटपट अपने पाँव हटाकर कहा था—अरे, यह तो अच्छी मुसीबत हो गयी है! एक तरफ शराब पियोगे और जुआ खेलोगे, सारी बुरी लत खुद करोगे और बीमार पड़ने पर मेरे पास आओगे। जब तुमने खुद अपने पेट में घाव कर लिया, तब क्या तुमने मुझसे पूछा था? क्या उस समय तुमने मुझसे पूछा था कि डॉक्टर साहब, क्या मैं शराब पियूँगा? बताओ, क्या तुमने उस समय मुझसे यह बात पूछी थी? सुन लो, तुमसे मैं कह देता हूँ कि इसी रोग से तुम मरोगे। इतने दिन जो तुम जिन्दा हो, वह सिर्फ मेरी दवा के कारण। क्या तुम्हें इस बात का पता है? अब तुम्हारा घाव इतना बढ़ गया है कि मेरी दवा से कोई फायदा नहीं होगा। जाओ! अब जाओ!

कान्ति बाबू बोले—मैंने अपनी आँखों से यह सब देखा है और अपने कानों से यह सब सुना है। बताइये, इतने होशियार डॉक्टर अब खुद शराब पी रहे हैं और खुद ताश के पत्तों से जुआ खेल रहे हैं। क्या खयाल है आपका? क्या यह आश्चर्य नहीं है?

मैंने सिर्फ यही कहा—लेकिन ऐसा क्यों हुआ?

कान्ति बाबू बोले—इसका भी कारण है। अब वही बताता हूँ—

—बताइये। मैं सुनूँगा—

कान्ति बाबू ने कहना शुरू किया—डॉक्टर बनर्जी जब गाँव के स्कूल में पढ़ते थे तभी वे बड़े अच्छे छात्र थे, यह तो मैं आपसे बता चुका हूँ। लेकिन वह लड़का स्कूल में फर्स्ट आयेगा, गाँव के किसी ने ऐसा नहीं सोचा था। स्कूल के प्रेसीडेण्ट की माँ के नाम से सोने का एक मेडल दिया जाता था, वह मेडल भी सुशीतल बनर्जी को मिला।

यह खबर जब हरिश्चन्द्र बाबू के कानों तक पहुँची तब वे चुप्पी साधे रहे। गाँव के बड़े-बूढ़े लोग जब उनके बेटे की आशातीत सफलता का उल्लेख कर उन्हें धन्य-धन्य करने लगे तब भी मानो उन्हें कोई खास खुशी नहीं थी।

वे बोले—जीवन के प्रारम्भ में ऐसी सफलता किसी के लिए अच्छी नहीं होती।

उन लोगों ने पूछा—क्यों? आप ऐसा क्यों कह रहे हैं पण्डित जी?

हरिश्चन्द्र बाबू ने कहा—इससे मनुष्य के मन में अहंकार पैदा होता है। फिर वह अहंकार ही मनुष्य के जीवन में सबसे अधिक हानिकारक बनता है। अगर परीक्षा में सुशीतल का इतना अच्छा परिणाम न होता तो वह मेरे लिये अधिक हर्ष का कारण बनता।

—आप तो नयी बात कह रहे हैं पण्डित जी!

हरिश्चन्द्र बाबू बोले—मैं जो कह रहा हूँ ठीक कह रहा हूँ। अभी तो उसके सामने बहुत लम्बा जीवन पड़ा हुआ है। अगर अन्त में अच्छा होता है तो समझ लीजिये कि अच्छा हुआ।

सुशीतल से भी उन्होंने यही कहा।

वे बोले—तुम घमण्ड मत करना। मनुष्य में घमण्ड से बढ़कर और कोई दोष नहीं है।

सुशीतल बोला—मुझे घमण्ड नहीं हुआ पिता जी।

हरिश्चन्द्र बाबू बोले—घमण्ड नहीं हुआ तो बड़ा अच्छा है। ऐसी स्थिति में सामान्य मनुष्य को घमण्ड होता है। मेरी उम्र अधिक है। मैंने तुमसे ज्यादा दुनिया देखी है। मैंने बहुत-कुछ झेला है और बहुत-कुछ सीखा है। इसीलिए मैं कह रहा हूँ कि ऐसी स्थिति में मैंने बहुतों को नीचे गिरते देखा है। इसीलिए मैं तुम्हें सावधान कर रहा हूँ। मेरी यह बात जरूर याद रखना—

सुशीतल बनर्जी बाप को देवता के समान मानता था। वह बोला—आप जो कुछ कहेंगे, मैं उसे हमेशा याद रखूँगा पिता जी—

—एक बात और है। सिर्फ अहंकार नहीं, लोभ से भी बराबर दूर रहना। रुपये का लोभ, प्रतिष्ठा का लोभ, यहाँ तक कि भोजन का लोभ भी नुकसान पहुँचाता है। फिर इस दुनिया में अहंकार और लोभ से बढ़कर क्षति पहुँचानेवाली चीज भी है। वह है स्त्री।

सुशीतल ने इस सम्बन्ध में कोई मन्तव्य नहीं किया।

हरिश्चन्द्र बाबू ने पूछा—क्या तुम मेरी बात का मतलब समझ रहे हो?

सुशीतल बोला—जी हाँ, समझ रहा हूँ—

—अब तो तुम्हें कलकत्ते जाना पड़ेगा। वहीं हॉस्टल में रहकर तुम पढ़ोगे। उस समय मेरी बातें जरूर याद रखना—

फिर सुशीतल के कलकत्ते जाने का दिन निश्चित हुआ। ट्रेन पकड़ने के लिए उसे घर से दो घण्टे पहले चल देना होगा। कलकत्ते पहुँचकर दूसरे दिन कॉलेज में भरती होना था।

गाँव-टोले के बहुत-से लोग उस दिन पण्डित जी के घर पहुँचे थे। पण्डित जी का लड़का गाँव छोड़कर कलकत्ते पढ़ने जायेगा, यह सबके लिए खुशी का कारण था।

लेकिन हरिश्चन्द्र बाबू के नजदीकी लोगों का मन दुःखी था। अधिक उम्र में इन्सान बेटे को अपने पास देखना चाहता है। लेकिन हरिश्चन्द्र बाबू अब उस सुख से वंचित होंगे। बहुत पहले उनकी पत्नी का स्वर्गवास हो चुका था। इतने दिन बेटा पास रहा, इसलिए वे पत्नी का अभाव बरदाश्त कर सके। लेकिन अब बेटा उनके पास नहीं रहेगा। अब उन्हें अकेले दिन काटने पड़ेंगे। फिर कितने दिन वे जिन्दा रहेंगे? उपनिषद् उन्हें कितनी सान्त्वना और कितनी शान्ति दे पायेगी?

सुशीतल ने पिता जी के पाँव छूकर हाथ सिर से लगाया।

पिता जी ने उसके सिर पर हाथ रखकर आशीर्वाद दिया और कहा—अपने चाचा जी को भी प्रणाम करो।

दुःखहरण बाबू बगल में खड़े थे। वे हरिश्चन्द्र बाबू के घनिष्ठ मित्र हैं। वे नियम से प्रतिदिन हरिश्चन्द्र बाबू के पास आते हैं। प्रतिदिन दोनों एक साथ बैठकर एक-दूसरे के सुख-दुःख की बातें सुनते हैं।

सुशीतल ने दुःखहरण बाबू के पास जाकर उनके भी पाँव छुए।

साइकिल रिक्शा इन्तजार में खड़ा था। सुशीतल रिक्शे में बैठ गया। उसके साथ नायब वेणीमाधव बाबू भी रिक्शे में बैठ गये। वे स्टेशन जाकर सुशीतल को ट्रेन में बिठा देंगे।

—दुर्गा! दुर्गा!

दुःखहरण बाबू बोले—कलकत्ते पहुँचकर दो लाइन का खत जरूर भेजना बेटा, नहीं तो तुम्हारे पिता जी परेशान होंगे।

रिक्शा चल पड़ा।

सिर पर जून महीने का सूरज था। नीचे सारी धरती तपने लगी थी। घड़ी में साढ़े बारह बजे थे। स्टेशन पहुँचने में लगभग दो घण्टे लग ही जायेंगे। फिर समय से ट्रेन मिल जाने पर सुशीतल शाम के साढ़े पाँच बजे कलकत्ते पहुँचेगा। फिर स्टेशन से सीधे हॉस्टल। सारा इन्तजाम पहले से कर दिया गया है। कॉलेज में फार्म जमा हो चुका है। इसलिए परेशान होने की कोई बात नहीं है।

देखते-देखते रिक्शा सड़क के मोड़ पर पहुँचकर एक तरफ मुड़ गया। अब वह दिखायी नहीं पड़ता। धीरे-धीरे सब अपने-अपने घर अपने-अपने काम से चले गये। सिर्फ दुःखहरण बाबू रुके रहे।

हरिश्चन्द्र बाबू बोले—चलो, अच्छा हुआ। मोह जितना कम हो उतना ठीक है दुःखहरण। बाल-बच्चे और परिवार सब मोह के कारण हैं।

दुःखहरण बाबू बोले—सुशीतल हीरा लड़का है। बड़े भाग्य से किसी को ऐसा लड़का मिलता है।

हरिश्चन्द्र बाबू बोले—हीरा हो या कुछ भी हो, मैंने अपना कर्त्तव्य किया है। अगर वह गाँव में पड़ा रहता तो और लड़कों की तरह बीड़ी पीता और नाटक-नौटंकी के पीछे अपना समय बरबाद करता। इसलिए यही अच्छा रहा।

घड़ी में जब पाँच बज गये, तब नायब वेणीमाधव लौट आये।

दुःखहरण बाबू ने पूछा—ट्रेन में बिठा दिया वेणीमाधव?

वेणीमाधव बाबू बोले—हाँ, कोई दिक्कत नहीं हुई। ट्रेन राइट टाइम पर आयी थी।

—पहुँचते ही चिट्ठी लिखने के लिए सुशीतल से कह दिया है न?

वेणीमाधव बाबू बोले—जी हाँ, कह दिया है। छोटे बाबू ने कहा है कि कलकत्ते पहुँचते ही खत लिखूँगा।

इतनी-सी खबर जानने के लिए दुःखहरण बाबू इतनी देर बैठे थे। अब निश्चिन्त होकर वे अपने घर चले। चलते-चलते उन्होंने कहा—अब चलूँ, घर में मेरी लड़की अकेली है। इधर कई दिनों से उसकी भी तबीयत ठीक नहीं चल रही है।

हरिश्चन्द्र बाबू बोले—तुम एक बार अपनी लड़की को विधु वैद्य के पास ले जाओ। इस तरह लापरवाही मत करो। अभी से इलाज होगा तो धीरे-धीरे फायदा होने लगेगा, नहीं तो तबीयत ज्यादा खराब हो जाने पर विधु वैद्य का बाप भी उसे ठीक नहीं कर सकेगा।

दुःखहरण बाबू चलते-चलते बोले—हाँ, कल उसे विधु वैद्य के पास ले जाऊँगा—

• • •

हरिश्चन्द्र बाबू और दुःखहरण बाबू में बचपन से दोस्ती है। दोनों ही भैरवपुर के पुराने बाशिन्दा हैं। दोनों की पत्नियों का स्वर्गवास हो चुका है। दोनों ने अपने दिन सुख-दुःख में काटे हैं। फिर भी दोनों में इतना फर्क था कि हरिश्चन्द्र बाबू के पिता की आर्थिक स्थिति अच्छी थी और दुःखहरण बाबू के पिता साधारण गृहस्थ थे। दोनों की आर्थिक स्थितियों में इस भिन्नता के कारण दोनों की मित्रता में कभी कमी नहीं आयी। हरिश्चन्द्र बाबू के बाग में आम पकने पर दो टोकरी आम उनके घर आता है तो एक टोकरी आम दुःखहरण बाबू के घर भी जाता है। ऐसा ही नियम बन गया था।

दूसरे दिन शाम को दुःखहरण बाबू आते तो हरिश्चन्द्र बाबू पूछते—आम कैसा था दुःखहरण? मीठा था?

दुःखहरण बाबू कहते—गुठलीवाला पेड़ होने से क्या होता है—आम तो शहद-जैसा मीठा है। अब तुम इस पेड़ से कलम कटवाकर दो-चार पौधे और लगवा दो। इस पेड़ का आम इतना मीठा है कि हिमसागर भी इसके आगे हार मानता है। ललिता कह रही थी—

ललिता याने दुःखहरण बाबू की लड़की।

—ललिता क्या कह रही थी?

—ललिता कह रही थी कि इस बार चाचा जी ने लीची नहीं खिलायी।

हरिश्चन्द्र बाबू बोले—हाँ, हाँ, मैं भूल ही गया था, लेकिन मेरी बिटिया को ठीक याद है। मैं खुद लीची नहीं खाता, इसलिए लीची की बात मुझे एकदम याद नहीं थी।

उन्होंने उसी वक्त वेणीमाधव बाबू को बुलाया और उनसे पूछा—क्या पेड़ों की सारी लीची तोड़ ली गयी है? एक बार बगीचे में जाकर पता करो न!

वेणीमाधव बाबू ने उसी वक्त जाकर पता किया। लौटकर वे बोले—अब तो पेड़ों में लीची नहीं है, सब तोड़ ली गयी है—

फिर क्या होगा? ललिता बिटिया लीची नहीं खायेगी, यह कैसे हो सकता है? हर साल खटिकों को बाग दे दिया जाता है। कातिक-अगहन में ही खटिक लोग रुपया जमा करके फलों का बाग खरीद लेते हैं। यही नियम चला आ रहा है। सिर्फ एक-दो पेड़ घर के लोगों के फल खाने के लिए अलग रख लिये जाते हैं। लेकिन लीची के मामले में ऐसा नहीं किया जाता। लीची का पूरा बाग खटिकों को दे दिया जाता है।

हरिश्चन्द्र बाबू बोले—जाओ वेणीमाधव, चौधरी बाबू के घर जाकर मेरा नाम बताकर दो टोकरी लीची ले आओ। ललिता बिटिया को लीची खाने का मन हुआ है और मेरे घर लीची नहीं है, कितनी शरम की बात है।

कभी-कभी हरिश्चन्द्र बाबू वेणीमाधव बाबू को भेजकर दोपहर में ही दुःखहरण बाबू को बुलवा लेते हैं। कहते हैं—जाओ, जाकर बताना कि सुशीतल की चिट्ठी आयी है—

चाहे जितना काम रहे, सुशीतल की चिट्ठी पढ़ने के लिए दुःखहरण बाबू भागे-भागे आते हैं।

वे पूछते हैं—चिट्ठी में सुशीतल ने क्या लिखा है? पढ़कर सुनाओ न!

हरिश्चन्द्र बाबू कहते—तुम खुद ही पढ़ो न, मैंने पढ़ लिया है। यह लो चिट्ठी—

दुःखहरण बाबू चिट्ठी लेकर जोर-जोर से पढ़ते।

फिर कहते—भाई, चिट्ठी में सुशीतल ने मेरे बारे में भी लिखा है। जुग-जुग जिये ऐसा बेटा और हम लोगों का नाम रोशन करे, मैं तो यही आशीर्वाद देता हूँ—

कलकत्ते से सुशीतल जो पत्र लिखता है वह अक्सर लम्बा होता है। लेकिन कभी समय न मिलने पर वह छोटा पत्र भी लिखता है। कलकत्ते में किस तरह उसका समय कटता है और पढ़ाई-लिखाई कैसी हो रही है, यह सब-कुछ वह लिखता है। प्रोफेसर ने क्या कहा है और क्या नहीं, इसका भी ब्योरा रहता है। क्लास के दूसरे लड़कों ने क्या-क्या कहा है, वह भी एक-एक लिखता है। समय कम रहने पर उसका खत छोटा होता है। उस खत में वह यह लिख देता है कि समय कम है, इसलिए खत छोटा लिख रहा हूँ—

एक बार सुशीतल ने लिखा कि मेरे कुछ दोस्त छुट्टी में जबलपुर जा रहे हैं, मैं भी उनके साथ जाना चाहता हूँ।

बस, दुःखहरण बाबू के पास बुलावा गया।

हरिश्चन्द्र बाबू बोले—यह देखो दुःखहरण, सुशीतल ने क्या लिखा है—

दुःखहरण बाबू ने चिट्ठी पढ़ी। फिर वे बोले—ठीक तो है : दोस्तों के साथ घूमने जायेगा, यह तो अच्छी बात है। दो-चार जगह घूमना अच्छा होता है, समझ गये?

नयी-नयी जगह देखेगा तो उसे भी नया-नया अनुभव होगा। अगर वह जिन्दगी भर इस गाँव में पड़ा रहता तो कभी उन्नति न कर पाता। तुम उसे जाने के लिए लिख दो।

हरिश्चन्द्र बाबू बोले—अगर वह गर्मी की छुट्टी में घर आता तो आम-ओम खाता और क्या! हॉस्टल का खाना तो कोई अच्छा नहीं होता। अगर वह छुट्टियों में यहाँ रहता तो घी-दूध-दही और मछली वगैरह खाता तो उसकी सेहत ठीक होती।

दुःखहरण बाबू ने कहा—अरे, हॉस्टल में क्या सुशीतल अकेला है, उसके साथ और भी बहुत-से लड़के हैं। वे सब जैसा खाते हैं, सुशीतल भी वैसा खाता है। अभी से थोड़ी-सी तकलीफ बरदाश्त करने की आदत पड़नी चाहिए—समझ गये न! हाँ, तो तुम लिख दो कि गर्मी की छुट्टी में वह अपने कॉलेज के दोस्तों के साथ जबलपुर घूम आये।

—तुम ऐसा कह रहे हो?

दुःखहरण बाबू बोले—हाँ, मैं कह रहा हूँ।

गर्मी आयी, सुशीतल घर नहीं आया।

जबलपुर से उसकी चिट्ठी आयी—पूज्य पिता जी, मैं आज ही जबलपुर पहुँचा हूँ। बड़ी अच्छी जगह है। यहाँ की सड़कें बड़ी चौड़ी हैं। हम अभी मार्बल-रॉक्स देखने जायेंगे। वहाँ जाते वक्त रास्ते में रानी दुर्गावती का किला भी देख लेंगे। यहाँ खाने-पीने की कोई तकलीफ नहीं है। हम जिस होटल में ठहरे हैं, उसके मैनेजर हमारा खूब खयाल रखते हैं।

उस दिन भी दुःखहरण बाबू के पास बुलावा गया। दुःखहरण बाबू ने इस खत को भी पढ़ा।

वे बोले—देखा! मैंने तुमसे कहा था न कि बाहर घूमना-फिरना अच्छा होता है। इससे उसकी सेहत भी अच्छी रहेगी। देखना, हर बात का फायदा होगा। यह तुमने बड़ा अच्छा किया कि उसे पढ़ने के लिए कलकत्ते भेज दिया।

हरिश्चन्द्र बाबू ने कहा—मुझे सिर्फ यही डर लगता है कि कहीं वह बुरे लड़के-लड़कियों के साथ मेल-जोल न बढ़ा ले। आजकल कलकत्ता शहर कितना खराब हो चुका है, यह मुझे पता है। तुम तो नहीं जानते कि आजकल कॉलेज में नौजवान लड़के-लड़कियाँ एक साथ ही क्लास में पढ़ते हैं।

—सच? तुम क्या कह रहे हो?

हरिश्चन्द्र बाबू बोले—हाँ भाई, और भी सुना है कि आजकल वहाँ धींगरी लड़कियाँ ट्राम और बस में बैठकर घूमने निकलती हैं। बीस-पच्चीस साल की जवान लड़कियाँ अकेली सिनेमा देखकर रात के ग्यारह-बारह बजे घर लौटती हैं।

इन सारी बातों का हरिश्चन्द्र बाबू को पहले से पता था। इसलिए उनका बेटा जब कलकत्ते पढ़ने जाने लगा तब उन्होंने उससे वचन ले लिया था।

तभी उन्होंने बेटे से कहा था—मैं तुम्हें पढ़ने-लिखने के लिए कलकत्ते भेज रहा हूँ, लेकिन उससे पहले तुम मुझे वचन दो कि मैं जो कुछ कहूँगा, तुम उसका पालन करोगे।

सुशीतल ने कहा था—जी हाँ, आप जो कहेंगे, मैं उसका पालन करूँगा।

हरिश्चन्द्र बाबू ने कहा था—पहली बात यह है कि कलकत्ते जाकर तुम कभी किसी लड़की से मेल-जोल नहीं करोगे।

सुशीतल ने कहा था—मैं किसी लड़की से मेल-जोल नहीं करूँगा।

—लेकिन तुम्हारे कॉलेज में लड़कियाँ भी पढ़ेंगी, उनसे बात करना तो दूर रहा, तुम उनकी तरफ आँख उठाकर देखोगे भी नहीं—

सुशीतल ने बाप की आज्ञा मान ली थी। उसने कहा था—जी, ऐसा ही करूँगा।

—फिर दूसरी बात यह है कि कलकत्ते में घुड़दौड़ का मैदान है, जहाँ घुड़दौड़ के नाम पर जुआ होता है। तुम कभी उस मैदान के आस-पास नहीं जाओगे, इसका भी वचन दो—

सुशीतल ने कहा था—मैं वचन देता हूँ कि घुड़दौड़ के मैदान में नहीं जाऊँगा। लेकिन क्लास की कोई लड़की अगर पढ़ाई-लिखाई के बारे में मुझसे बात करना चाहे तो मैं क्या करूँगा?

—तब भी तुम उससे बात नहीं करोगे।

सुशीतल ने पूछा था—अगर कोई लड़की मेरे पास बैठ जाय तो मैं क्या करूँगा?

—तुम वहाँ से उठ जाओगे, उठकर किसी दूसरी बेंच पर बैठ जाओगे, जिस पर कोई लड़की न बैठी हो। सीधी-सी बात यह है कि तुम लड़कियों से बहुत दूर रहा करोगे।

सुशीतल ने पूछ लिया था—और क्या करना होगा?

—हाँ, अब बची शराब। शराब तुम छुओगे भी नहीं—याद रहेगा न? औरत, जुआ और शराब, ये ही तीन चीजें मनुष्य को पतन की ओर ले जाती हैं। इसलिए इनके सम्पर्क में आना पाप है।

सुशीतल ने बाप को वचन दिया था कि वह उनकी तीनों ही बातों का पालन करेगा।

हरिश्चन्द्र बाबू ने फिर कहा था—मैं ये बातें तुम्हारी भलाई के लिए कह रहा हूँ। अगर तुम मेरी इन तीन बातों को गाँठ बाँध लोगे तो तुम्हारा भला होगा। मैं अपने लाभ के लिए यह सब नहीं कह रहा हूँ, इतना याद रखना।

कलकत्ते के नये परिवेश में नये साथियों के बीच भी सुशीतल बाप को दिये गये वचन का मन-प्राण से पालन करता रहा। उसके क्लास के लड़के सिगरेट पीते थे और सुशीतल से भी पीने के लिए कहते थे।

कहते थे—पीजिये न, सिगरेट पीने में क्या बुराई है?

सुशीतल कहता था—नहीं, मैंने पिता जी को वचन दिया है कि कलकत्ते आकर मैं कोई बुरी आदत नहीं डालूँगा।

दोस्त लोग कहते थे—सिगरेट पीना कौन-सी बुरी आदत है? आपने तो तीन बातों के लिए वचन दिया है कि शराब नहीं पियूँगा, जुआ नहीं खेलूँगा और औरतों से

मेल-जोल नहीं करूँगा। लेकिन सिगरेट भी नहीं पियूँगा, ऐसा वचन तो आपने नहीं दिया?

सुशीतल इसका जवाब देता था—ऐसा वचन तो नहीं दिया, लेकिन जो वचन दिया है, उसमें सिगरेट की बात अपने-आप आ जाती है।

—क्यों?

सुशीतल कहता था—शराब और सिगरेट दोनों एक ही हैं, ऐसा कहा जा सकता है। दोनों ही नशे की चीजें हैं। जिस तरह शराब से नशा होता है उसी तरह सिगरेट से भी नशा होता है। मैंने पिता जी को वचन दिया है कि शराब नहीं पियूँगा। इसका मतलब यही है कि मैं नशा नहीं करूँगा—

लड़के सुशीतल की बात सुनकर हँसते थे।

कहते थे—आप तो कलजुग में धर्मराज युधिष्ठिर हैं—

सुशीतल कहता था—आप लोग चाहे जितना हँसिये और चाहे जितना मजाक उड़ाइये, पिता जी के आदेश का मैं कभी उल्लंघन नहीं करूँगा—

लड़के कहते थे—हम लोग भी देखेंगे कि कलकत्ता शहर में रहकर आप कितने दिन अपनी प्रतिज्ञा का पालन करते हैं। यह आपका करीमगंज नहीं है। यह शहर कलकत्ता है। यहाँ ऐश और आराम हवा में उड़ रहे हैं, इसलिए सब लोग ऐश और आराम के पीछे भाग रहे हैं। नाच-गाना, नाटक-थियेटर, औरत, रेस, फुटबाल और क्रिकेट की यह राजधानी है। जहाँ यह सब है, वहाँ अगर आप नहीं जायेंगे तो कभी जिन्दगी में तरक्की नहीं कर सकेंगे। अगर आप संन्यासी बनकर जिन्दगी बिताना चाहते हैं, तो हमेशा गरीब बनकर रहना पड़ेगा। न रुपये कमा पायेंगे और न यश मिलेगा; अलग-थलग अकेला ब्रह्मचारी बनकर जीवन बिताना पड़ेगा। क्या आप वही चाहते हैं?

सुशीतल कहता था—मैं वही चाहता हूँ। मुझे रुपये की जरूरत नहीं है, क्योंकि मेरे पिता जी के पास काफी रुपया है। मैं पिता जी का इकलौता बेटा हूँ, मुझे उतने रुपये की क्या जरूरत है?

—फिर तो आप जिन्दगी का मजा लूट नहीं पायेंगे। अगर मजा ही नहीं लूट सके तो आप कलकत्ते क्यों आये?

—क्या आप लोग सिर्फ जिन्दगी का मजा लूटने कलकत्ते आये हैं?

दोस्त लोग कहते थे—इसके अलावा और क्या है? जिन्दगी का मजा भी लूटेंगे और पढ़ाई भी चलती रहेगी। आप चाहे कहीं पैदा हों, पाप करना है तो इसी कलकत्ते में आना पड़ेगा। पुण्य करने के लिए भी यहाँ आना पड़ता है। इस कलकत्ते की तरह गन्दी जगह और कहीं नहीं है तो ऐसा खूबसूरत शहर भी आपको कहीं नहीं मिलेगा।

सुशीतल कहता था—मैं यहाँ पढ़ने-लिखने के लिए आया हूँ, पढ़ाई खत्म कर फिर करीमगंज लौट जाऊँगा।

—आई.एस-सी. पास करने के बाद आप क्या करेंगे?

सुशीतल कहता था—इच्छा तो डॉक्टरी पढ़ने की है अगर एडमिशन मिल जाय तो देखा जायेगा।

शुरू-शुरू में इस तरह की बातें होती थीं। उन दिनों सबसे अच्छी तरह जान-पहचान भी नहीं हो पायी थी। अन्त तक सम्बोधन 'आप' से 'तुम' में बदल गया। दोस्तों से घनिष्ठता भी बढ़ गयी। कलकत्ते के किसी सिनेमा-हाउस में कोई नया पिक्चर आता तो क्लास के लड़के झुण्ड बनाकर देखने जाते। फिर मजा लूटने के बहाने वे कभी-कभी शराब भी पी लेते थे।

सुशीतल उनसे कहता था—तुम लोग क्यों वह सब बेकार की चीजें पीते हो?

वे लड़के कहते थे—क्या हम लोग नशा कर रहे हैं? मन हुआ तो जरा बीयर पी आये। फिर देखो न, गरमी कितनी पड़ी है!

—लेकिन शराब पीना क्या अच्छा है?

वे सब कहते थे—क्या बीयर कोई शराब है? उसमें तो सिर्फ फाइव परसेण्ट एलकोहल रहता है।

सुशीतल कहता था—चाहे जितना परसेण्ट एलकोहल रहे, उसी से एक दिन ह्विस्की पीने को मन करेगा। मेरे पिता जी कहते हैं कि इसी तरह एक दिन नशा करने की आदत पड़ जाती है और फिर वह नशा छोड़ना अपने वश में नहीं रहता।

वे लड़के कहते थे—सभी पिता जी पुराने जमाने के हैं। पुराने जमाने के लोग ऐसा ही कहते हैं। लेकिन हम नये जमाने में पैदा हुए हैं, इस जमाने की फिलॉसफी अलग है। शराब अगर बुरी चीज है तो गवर्नमेण्ट शराब बेचने के लिए लाइसेन्स क्यों देती है?

सुशीतल कहता था—ऐसा तो रेस याने घुड़दौड़ के बारे में भी कहा जा सकता है। गवर्नमेण्ट किसी चीज के लिए लाइसेन्स देती है तो क्या वह चीज अच्छी हो जाती है?

हॉस्टल के उन लड़कों में सुशीतल मानो अपवाद था।

उन्हीं लड़कों ने उस बार जबलपुर की सैर करने का विचार किया। फिर सबने सुशीतल को घेरा। पूछा—क्या तुम भी चलोगे?

सुशीतल बोला—देखा जायेगा। पहले इसके बारे में पिता जी को चिट्ठी लिखूँगा, अगर वे परमिशन देंगे तो जाऊँगा, नहीं तो नहीं—

फिर बेटे ने बाप को खत लिखा। हरिश्चन्द्र ने उस खत के जवाब में लिखा—'जा सकते हो, लेकिन सावधानी से रहना—किसी तरह का असंयम न हो।'

पिता जी का पत्र मिलने के बाद सुशीतल जबलपुर जाने के लिए राजी हुआ। कॉलेज के दस लड़के झुण्ड बनाकर जबलपुर जायेंगे—जीवन में ऐसे आनन्द का अवसर कम आता है और इसका मजा भी कुछ और है। कहाँ करीमगंज और कहाँ मध्य प्रदेश

का जबलपुर। इसकी कल्पना से ही सुशीतल को बड़ा मजा मिला। जबलपुर के किसी सस्ते होटल में ठहरकर सवेरे से घुमक्कड़ी करना। फिर जब तन-बदन थक जाय तो होटल में आकर सो जाना।

चार-पाँच दिनों का यह घूमना-फिरना खत्म हुआ। कलकत्ते लौटकर हॉस्टल का वही पुराना जीवन। वही पढ़ना-लिखना और कॉलेज।

फिर एक चिट्ठी में सुशीतल ने पिता जी को लिखा—इस बार छुट्टी में घर नहीं आऊँगा। सामने इम्तहान है। रात-दिन पढ़ने में जुटना होगा। लेकिन आप जैसा आदेश करेंगे वैसा होगा।

हरिश्चन्द्र बाबू ने उसी वक्त दुःखहरण बाबू को बुलवा भेजा।

दुःखहरण बाबू आये तो हरिश्चन्द्र बाबू ने उनको सुशीतल का पत्र दिखाया।

कहा—यह चिट्ठी पढ़ लो दुःखहरण, देखो सुशीतल ने क्या लिखा है—

दुःखहरण बाबू ने चिट्ठी पढ़ ली। फिर उन्होंने कहा—तो तुम लिख दो न हरीश, यहाँ बेकार आकर सिर्फ समय नष्ट करने से क्या फायदा? अगर वह समझता है कि कलकत्ते के होस्टल में रहने से मन लगाकर पढ़ सकेगा, तो वही अच्छा है। वह वैसा ही करे। तुम लिख दो हरीश—

हरिश्चन्द्र बाबू बोले—बहुत दिन हो गये सुशीतल को नहीं देखा, इसलिए मेरा मन भी उसके लिए छटपटा रहा है। पता नहीं वहाँ वह क्या खा रहा है, क्या पहन रहा है और कैसे रह रहा है, कुछ भी समझ में नहीं आ रहा है।

दुःखहरण बाबू बोले—अगर ऐसा समझते हो तो चलो, एक बार उसे देख आया जाय। कोई ज्यादा दूर तो नहीं है। एकदम सवेरेवाली ट्रेन से चलेंगे और रातवाली ट्रेन से लौट आयेंगे। चलोगे?

हरिश्चन्द्र बाबू बोले—चलूँगा।

फिर कोई बात याद आयी तो दुःखहरण बाबू बोले—ऐसा करो हरीश, तुम अकेले ही चले जाओ। मैं जाऊँगा तो यहाँ ललिता को कौन देखेगा? उसे लेकर तो जाया नहीं जा सकता—

हरिश्चन्द्र बाबू बोले—फिर जाने की जरूरत नहीं है। मैं अकेला उतनी दूर नहीं जा सकता। इसके अलावा मैं वहाँ जाऊँगा तो उसका भी समय नष्ट होगा। इसलिए यही ठीक है कि इस समय वह अकेला रहे। इससे वह मन लगाकर पढ़ पायेगा। चलो, यही अच्छा है—उसे परेशान न किया जाय।

दुःखहरण बाबू ने भी यही राय दी। कहा—हाँ, बिला वजह जाने से क्या फायदा? फिर तुम्हारा लड़का कितना अच्छा है! वह कभी कोई गलत काम नहीं कर सकता।

हरिश्चन्द्र बाबू बोले—हाँ, जाते समय उसने मेरे सामने वादा भी किया है कि कभी किसी लड़की से मेल-जोल नहीं करूँगा, कभी शराब नहीं छुऊँगा और कभी घुड़दौड़ के मैदान में नहीं जाऊँगा—

—जब उसने ऐसा वादा किया है, तब किस बात की चिन्ता? वह अपना वादा जरूर निभायेगा। तुम परेशान मत होओ—

हरिश्चन्द्र बाबू बोले—मैं परेशान नहीं हो रहा हूँ, लेकिन डर भी तो लगता है। वह तो करीमगंज नहीं—कलकत्ता शहर है, जिसे नरक कहा जा सकता है!

इधर जब दोनों अधेड़ इस तरह की बातें कर रहे थे तब उधर कलकत्ते के उस नरक में भी सुशीतल अपने कमरे में मन लगाकर पढ़ाई कर रहा था। उसे अपने जीवन में तरक्की करनी है। अपने गाँव का नाम रोशन करना है। पिता जी की आकांक्षा पूरी करनी है।

हॉस्टल का नौकर आकर कहता—बाबू, आपका खाना परोसा गया है—

नौकर की बात सुशीतल को सुनायी नहीं पड़ती। नौकर फिर बुलाने आता। तब तक और लड़के खाना खा चुके होते और सुशीतल उसके बाद अकेले रसोई में जाकर जैसे-तैसे खाना खा लेता।

एक दिन अचानक अपने सामने गुमाश्ता वेणीमाधव को देखकर सुशीतल आश्चर्य में पड़ गया।

उसने पूछा—अरे! वेणीमाधव चाचा, आप कैसे आये?

नायब, गुमाश्ता और मैनेजर सब वही वेणीमाधव। सुशीतल के पिता की जायदाद की वही देखभाल करते हैं। उन्होंने कहा—तुम्हें देखने चला आया भैया, बड़े बाबू ने मुझे भेजा है।

सुशीतल ने कहा—क्यों? मेरी तबीयत खराब होती तो मैं चिट्ठी लिखता। आप बेमतलब इतनी दूर आकर परेशान हुए।

—मुझे बड़े बाबू ने भेजा है न! बहुत दिन हो गये उन्हें तुम्हारी कोई चिट्ठी नहीं मिली। इसीलिए उन्होंने मुझे भेजा। कहा—चले जाओ वेणी, देख आओ भैया कैसे हैं।

सुशीतल बोला—लेकिन मैं तो हर हफ्ते चिट्ठी डाला करता हूँ।

तो हो सकता है कि डाक की गड़बड़ी से तुम्हारी चिट्ठी न पहुँच रही हो। दुःखहरण बाबू भी तुम्हारे बारे में सोचा करते हैं। उन्होंने भी मुझसे कहा कि चले जाओ, एक बार देख आओ।

सुशीतल ने कहा—ठीक है, आप थोड़ी देर बैठिये। मैं आपके सामने चिट्ठी लिख देता हूँ।

वेणीमाधव बाबू बैठे रहे। सुशीतल ने कागज लेकर पिता जी को चिट्ठी लिखी।

सुशीतल ने वह चिट्ठी नायब बाबू के हाथ में देते हुए कहा—लीजिये, आप यह चिट्ठी पिता जी को दे दीजिये। आप पिता जी और दुःखहरण चाचा जी से यह भी कह दीजियेगा कि दुर्गापूजा की छुट्टी में मैं करीमगंज आऊँगा।

वेणीमाधव बाबू चिट्ठी लेकर चले गये।

कान्ति बाबू कहानी सुना रहे थे। वकील आदमी ठहरे। इसलिए कहानी सुनाते समय वे मामूली-से-मामूली बात को भी नहीं छोड़ते।

खाना-पीना खत्म कर मैं उनके ड्राइंग-रूम में बैठकर कहानी सुन रहा था।

कान्ति बाबू बोले—आज तो आप उसी डॉक्टर बनर्जी को देख आये। है न आश्चर्य की बात? किसी समय वही डॉक्टर बनर्जी कितने चरित्रवान् थे, सदाचारी थे, शराब छूते तक नहीं थे, जुआ नहीं खेलते थे और आज उनकी यह हालत है! आप तो सब-कुछ अपनी आँखों से देख आये।

मैंने पूछा—लेकिन वही आदमी ऐसे क्यों हो गये?

कान्ति बाबू बोले—क्यों क्या? वही औरत का चक्कर!

—औरत?

—हाँ, इसके आलावा और क्या कहा जा सकता है? एक औरत के कारण आज उनके जीवन का यह हाल हुआ है—

—वह स्त्री कौन? कैसी है?

कान्ति बाबू बोले—वही कहानी मैं आपको सुनाऊँगा। मनुष्य का जीवन भी बड़ा विचित्र होता है जनाब! भला मैं आपसे क्या कहूँगा? आपने तो अपनी किताबों में कितने ही विचित्र चरित्रों का चित्रण किया है। चरित्रों की भरमार है आपकी किताबों में! न जाने कैसे-कैसे लोग आपने देखे हैं? कोई सती है तो कोई असती, कोई विद्वान् है तो कोई मूर्ख। कितनी ही तरह की नारियाँ आपके उपन्यासों में हैं। मैं पढ़ता हूँ और आश्चर्य में पड़ जाता हूँ। आपने इतनी तरह की नारियाँ देखीं कैसे और उनको समझ कैसे पाये?

मैंने कहा—सब बनावटी हैं, दिमाग खर्च करके उनके बारे में लिखा है। उनमें से एक भी वास्तविक नहीं है, सब-की-सब कल्पित—

—सब-की-सब कल्पित?

मैंने कहा—जी हाँ, सब कल्पित हैं। भेजा गला-गलाकर लिखना पड़ा है। इनका नतीजा यह हुआ कि अब रात को नींद नहीं आती। नींद लाने के लिए मुझे स्लीपिंग पिल खाना पड़ता है।

—क्या आप भी नींद की गोलियाँ खाते हैं?

—जी हाँ, अब एक तरह से उसकी आदत पड़ गयी है। यह भी तो एक प्रकार का नशा है। अब पिल न खाने पर मुझे बिस्तर पर लेटकर चैन नहीं मिलता। फिर कुछ

लिखे बिना अच्छा भी नहीं लगता। ऐसा महसूस होने लगता है कि मानो मैं मर गया हूँ। जिस दिन कुछ नहीं लिखता, उस दिन बिस्तर पर लेटकर भी आराम नहीं मिलता। लगता है कि आज का दिन बेकार गया।

कान्ति बाबू आश्चर्य से मेरी बातें सुन रहे थे।

फिर वे बोले—लेकिन हम लोग तो कुछ और ही समझते थे। हमारा खयाल था कि आप लोग बड़े मजे में हैं। पंखे के नीचे आराम-कुर्सी पर बैठकर लिखते हैं और आराम से पैसा कमाते हैं। हम लोगों की तरह आप लोगों को धूप में झुलसते और पानी में भीगते हुए कचहरी नहीं जाना पड़ता और जज-मजिस्ट्रेट के इजलास में हाजिर होकर सवाल-जवाब नहीं करना पड़ता—

मैंने कहा—खैर, अभी ये सब बातें रहने दीजिये। किसी दिन बैठकर इस पर बात करेंगे। अब आप बताइये कि वह महिला कौन हैं?

कान्ति बाबू बोले—वह एक मलयाली महिला हैं। उनका जन्म केरल में हुआ था—

मैंने पूछा—तो उन्होंने डॉक्टर बनर्जी पर कैसे जादू डाला? क्या डॉक्टर बनर्जी कभी केरल गये थे?

कान्ति बाबू बोले—नहीं, वही कभी डॉक्टरी पढ़ने कलकत्ते आयी थीं। उनके पिता असम में नौकरी करते थे। पिता के देहान्त के बाद वह कलकत्ते डॉक्टरी पढ़ने आयीं और एक हॉस्टल में रहती थीं।

मैंने पूछा—उस महिला का क्या नाम है।

कान्ति बाबू बोले—अलका नायर। हाँ, तो उसी अलका नायर ने एक दिन राहु बनकर सुशीतल को ग्रस लिया—

मैंने कहा—यह तो अच्छी-खासी प्रेम-कथा है!

कान्ति बाबू बोले—हाँ, इस कथा को आप प्रेम-कथा भी कह सकते हैं और प्रतिशोध की कथा भी।

मैंने पूछा—इसका मतलब?

कान्ति बाबू बोले—इसका मतलब यही है कि यह प्रेम-कथा बड़ी विचित्र है। इसमें प्रेम भी है और उसके साथ प्रतिशोध भी घुला-मिला है। आप इस कहानी को पूरा सुन लेंगे तो खुद ही समझ जायेंगे। मैंने जिन्दगी में कहानी-उपन्यास खूब पढ़े हैं, लेकिन ऐसी प्रेम-कथा किसी किताब में नहीं पढ़ी—

—ऐसा क्यों?

—फिर आप शुरू से सुनिये—

मैंने पूछा—क्या दोनों एक ही कॉलेज में पढ़ते थे?

—जी नहीं, ऐसी बात भी नहीं थी—

—फिर दोनों एक-दूसरे से कैसे परिचित हुए?

कान्ति बाबू बोले—वह बड़ी विचित्र घटना है। सिर्फ एक जोड़ा जूता! उसी से दोनों में जान-पहचान की शुरुआत हुई।

एक जोड़ा जूता?

कान्ति बाबू बोले—जी हाँ। डॉक्टर बनर्जी ने मुझसे ऐसा ही बताया है। मैं भी उस समय जूते की बात सुनकर आश्चर्य में पड़ गया था। जूते किस तरह दो प्राणियों को प्रेम के बन्धन में बाँध सकते हैं, मेरी समझ में नहीं आया था।

हाँ, तो असल में वह घटना ऐसी थी।

जीवन में कितनी ही विचित्र घटनाएँ घटती हैं। लेकिन वे क्यों घटती हैं और कुछ खास लोगों के जीवन में ही क्यों घटती हैं, इसकी व्याख्या करने की क्षमता शायद किसी में नहीं है।

वह घटना भी बड़ी साधारण थी। लेकिन वही साधारण घटना एक दिन असाधारण बनकर डॉक्टर सुशीतल बनर्जी के जीवन को उलट-पलट देगी, क्या यह डॉक्टर बनर्जी भी जानते थे?

शायद कॉलेज में कोई फंक्शन था। स्टूडेण्ट्स यूनियन के जो कार्यकर्त्ता हॉस्टल में रहते थे, उन्हीं लोगों ने गाने-बजाने का आयोजन किया था। मशहूर तो कोई था नहीं, आधे-चौथाई मशहूर गायक-गायिकाओं का प्रोग्राम था और उनके श्रोता थे कॉलेज के वही सब लड़के। उस आयोजन का उद्देश्य था थोड़े खर्चे में निष्पाप आनन्द उपभोग करना।

पहले सुशीतल ने जाना नहीं चाहा था। बेमतलब वक्त बरबाद करना उसे अच्छा नहीं लगता था। उसने सोचा—जितनी देर मैं गाना-बजाना सुनूँगा, उतनी देर में किताब का एक चैप्टर पढ़ लेने से फायदा होगा। पहले पढ़ाई, फिर हुल्लड़बाजी! मैं पढ़ने के लिए कलकत्ते आया हूँ, गाना-बाजाना सुनकर मजा लूटने के लिए नहीं।

सुशीतल कहता था—पिता जी जो हर महीने मुझे रुपये भेज रहे हैं, वह क्या सिनेमा देखकर समय नष्ट करने के लिए? अगर पिता जी को पता चल गया कि मैं पढ़ना-लिखना बन्द कर सिनेमा देख रहा हूँ और महफिल में गाना सुन रहा हूँ तो क्या वे नाराज नहीं होंगे?

वसन्त कहता था—लेकिन दिनभर पढ़ना-लिखना क्या अच्छा लगता है? इन्सान को कुछ आराम की भी तो जरूरत है।

सुशीतल जवाब देता था—आराम तो करता ही हूँ। जब पढ़ने को मन नहीं करता, तब छत पर जाकर चहलकदमी कर लेता हूँ। उसके बाद फिर पढ़ने बैठ जाता हूँ—

—कल तो हमारे हॉस्टल की यूनियन का फंक्शन है, वहाँ चलोगे न?

सुशीतल ने कहा था—नहीं भाई, मैं नहीं जा सकूँगा।

—लेकिन तुमने भी तो एक रुपया चन्दा दिया है?

सुशीतल ने कहा था—चन्दा माँगा, इसलिए दे दिया। चन्दा देने पर क्या जाना भी जरूरी है?

अन्त तक सुशीतल तय नहीं कर सका था कि वह संगीत कार्यक्रम में जायेगा या नहीं। इसलिए वसन्त पहले ही चला गया था। कहना चाहिए कि पूरा हॉस्टल खाली हो गया था।

अकेला सुशीतल अपने कमरे में बैठा था। पूरा मकान खामोश था। न जाने क्यों उस वक्त उसने बड़ा अकेलापन महसूस किया। और दिन तो फिर भी सब लड़के रहते हैं। उनके कमरों से उनकी आवाज सुनायी पड़ती है। लेकिन उस दिन पूरा हॉस्टल खामोश था। इसलिए उसने सोचा कि अगर चला जाता तो क्या बुरा होता। जाते समय वसन्त ने उसे आवाज भी दी थी लेकिन पढ़ने के बहाने उसी ने जाने से इनकार कर दिया था। लेकिन जहाँ फंक्शन हो रहा था, वह जगह हॉस्टल से ज्यादा दूर नहीं थी। किताब बन्द कर वह बिस्तर पर लेट गया। फिर भी उसे अच्छा नहीं लगा। कलकत्ते में चारों तरफ न जाने क्या-क्या हो रहा है, लोग कैसे-कैसे खुशियाँ मना रहे हैं और एक वही अपने कमरे में कैद है। खिड़की खोलते ही चौड़ा रास्ता दिखायी पड़ता। वहाँ यान-वाहनों का रेला लगा है और आने-जानेवालों का मेला। सब लोग चल रहे हैं, भाग रहे हैं। न जाने कहाँ-कहाँ उन लोगों के कितने काम हैं। सब जल्दी में हैं, बेचैन हैं। सिर्फ उसी के पास कोई काम नहीं है, जल्दी नहीं है, फिर भी चैन नहीं है। वह अकेला है।

यह बात दिमाग में आते ही सुशीतल बिस्तर से उठा। झटपट उसने पैण्ट बदला और शर्ट बदल ली। फिर जूते पहनकर वह कमरे के बाहर आया। उसने कमरे का दरवाजा बन्द कर ताला लगाया। उसके बाद वह सीढ़ी से नीचे उतरा।

बाहर फाटक पर दरबान बैठा रहता है। किसी अपरिचित को वह अन्दर जाने नहीं देगा। उसी दरबान के बगल से सुशीतल सड़क पर आ गया।

गाना सुनने जाना है, ऐसा कोई इरादा लेकर वह बाहर नहीं निकला था। लेकिन वह जाता भी तो कहाँ? कॉलेज और हॉस्टल के अलावा उसके लिए और कहीं जाने का ठिकाना नहीं था। क्लास के लड़कों के अलावा और किसी से उसकी जान-पहचान भी नहीं है।

कदम-कदम चलते-चलते न जाने कब सुशीतल सही जगह पहुँच गया था, यह उसे पता नहीं चल पाया था। यहाँ भी बाहर फाटक था। फाटक के बाद ऊपर जाने की सीढ़ी थी। वह उसी सीढ़ी से ऊपर जाने लगा। ऊपर हॉल में से गाने की आवाज आ रही थी।

दूसरी मंजिल पर पहुँचते ही सुशीतल को वहाँ बरामदे में एक आदमी खड़ा मिला। उस आदमी ने कहा—बाबू जी, यहाँ जूता छोड़ दीजिये।

सुशीतल ने देखा कि वहाँ दीवार में लम्बा ताखा है। उसमें कबूतरों के दरबे की तरह चौकोर खाने बने हैं। हर खाने में एक जोड़ा जूता रखा है। सुशीतल समझ गया कि

वहीं सब लोग जूते उतारकर अन्दर हॉल में गये हैं। याने जूता पहनकर अन्दर जाने का नियम नहीं है।

इसलिए सुशीतल ने भी चप्पल पाँव से निकाले। उस आदमी ने दोनों चप्पल एक खाली खाने में रख दिये। फिर उसने सुशीतल को नम्बर पड़ी एक चकती दे दी। सुशीतल समझ गया कि लौटते समय वही चकती देने पर वह आदमी नम्बर मिलाकर उसके चप्पल उसे दे देगा।

सुशीतल चकती जेब में डालकर अन्दर गया।

उस समय डायस पर बैठा कोई गाना गा रहा था। उसके पास कोई और बैठा तबला बजा रहा था। सभी लड़के मन्त्रमुग्ध होकर उसी तरफ देखते हुए गाना सुन रहे थे। सुन रहे थे, कहना ठीक न होगा—मानो निगल रहे थे!

हॉल में चमाचम सफेद चादर बिछी थी। सुननेवाले उसी पर एक-दूसरे से सटे बैठे थे। सुशीतल ने चारों तरफ निगाह दौड़ाकर अपने बैठने के लिए जगह ढूँढ़ ली। वह जगह कोने की तरफ थी। शायद वहाँ तक पंखे की हवा नहीं पहुँचती, इसलिए वह जगह खाली पड़ी थी। वहाँ कोई बैठा नहीं था। सुशीतल वहीं जाकर बैठ गया।

गाना चल रहा था। गायक कौन गाना गा रहा है, उधर सुशीतल का ध्यान नहीं था। वह अपनी पढ़ाई रोककर गाना सुन रहा है और इस तरह समय का दुरुपयोग कर रहा है, बार-बार यही बात उसके मन में खल रही थी।

सुशीतल को गाना कोई खास पसन्द नहीं आ रहा था। लेकिन दूसरे लड़कों को वही गाना बड़ा पसन्द था, यह उनकी आँखों की तरफ देखते ही पता चल रहा था।

मुस्कराकर एक लड़के के पास बैठकर सुशीतल ने उससे पूछा—गाना और कितनी देर चलेगा?

उस लड़के ने कहा—आपने देर कर दी है। फंक्शन तो खत्म हो चला है—

इतना कहकर वह लड़का मन लगाकर गाना सुनने लगा।

अगर यहाँ न आता तो अच्छा करता—सुशीतल ने मन-ही-मन सोचा—हॉस्टल में रहता तो इतनी देर में काफी पढ़ाई हो जाती। गनीमत यह है कि पिता जी यहाँ नहीं हैं। अगर पिता जी यहाँ होते तो बुरी तरह डाँटते। इस तरह गाना सुनकर समय नष्ट करना पिता जी को एकदम पसन्द नहीं है।

एक बार करीमगंज में यात्रा हुई थी। कलकत्ते से यात्रा-पार्टी वहाँ आयी थी। कलकत्ते की मशहूर पार्टी थी वह।

सुशीतल ने कहा था—दुर्गापूजा के थान में यात्रा हो रही है। जाऊँ? चार आने टिकट है।

—क्या तुम यात्रा देखने जाओगे?

हरिश्चन्द्र बाबू मानो आश्चर्य में पड़ गये थे।

उन्होंने कहा था—हरगिज नहीं! हरगिज नहीं! वह सब देखने छोटे लोग जाते हैं।

दुःखहरण चाचा वहीं थे। पिता जी ने उनसे कहा था—सुनते हो दुःखहरण, मुन्ना क्या कह रहा है? वह यात्रा देखने जाना चाहता है।

दुःखहरण चाचा ने भी कहा था—छी, छी बच्चों को वह सब नहीं देखना चाहिए। उस जमाने में हमने मोती राय की यात्रा देखी थी—वह चीज ही कुछ और थी! मैंने ठीक कहा न हरीश? सुना है, आजकल औरतें औरतों का काम करती हैं। लेकिन उन दिनों यात्रा-पार्टी में औरतें कहाँ थीं?

—अरे, जमाना बड़ा बुरा आ गया है!

पिता जी ने कहा था—जमाना बड़ा बुरा आ गया है। ऐसी यात्रा जिसको देखना हो, देखे। लेकिन तुमको तो बड़ा बनना है, जिन्दगी में नाम कमाना है, ऐसी यात्रा देखना तुम्हारे लिये ठीक नहीं है।

उसके बाद दुःखहरण बाबू की तरफ देखकर उन्होंने कहा था—करीमगंज में तो पहले यह सब नहीं था दुःखहरण, यह नयी बीमारी कौन ले आया?

दुःखहरण चाचा ने कहा था—वह जो दुकानदारों की समिति बनी है न, उसी के नेता लोग बयाना करके यात्रा-पार्टियाँ ला रहे हैं। इस समय उनके पास मुनाफाखोरी के पैसे खूब आ रहे हैं न, इसलिए आये दिन उनको नया-नया शौक होने लगा है—

अन्त तक सुशीतल यात्रा नहीं देख सका था। सिर्फ उस बार नहीं, वह करीमगंज में कभी यात्रा देखने की बात जबान पर नहीं ला सका था। आजकल यात्रा में स्त्रियाँ अभिनय करती हैं, यही एक दोष नहीं था। यात्रा के विरुद्ध पिता जी की कई शिकायतें थीं। यात्रा-पार्टीवाले शराब पीते हैं और जुआ खेलते हैं। इसलिए यात्रा देखने पर नौजवान लड़के-लड़कियों का चरित्र भ्रष्ट हो जाता है—पिता जी की ऐसी धारणा थी। यहाँ तक कि दुःखहरण चाचा भी ऐसा समझते थे।

उस दिन गाना सुनने जाकर सुशीतल को वही सब बातें याद आयीं। वहाँ उसने देखा कि बहुत-सी लड़कियाँ गाना सुनने आयी हैं। उसने उन लड़कियों की तरफ से आँखें हटा लीं। वह किसी तरफ ध्यान न देकर अन्य श्रोताओं की तरह डायस की तरफ मुँह किये चुपचाप गाना सुनता रहा।

इस तरह कुछ समय बीता। फिर अचानक चारों तरफ से तालियाँ बजीं तो सुशीतल का ध्यान टूटा। सबको उठते देखकर वह भी उठा। अब उसकी समझ में आया कि फंक्शन खत्म हो चुका है।

अब लड़के हॉल से निकलने के लिए धक्कमधक्का करने लगे। सभी पहले निकलना चाहते हैं। सुशीतल भी उनके पीछे चलने लगा। उसे कोई जल्दी नहीं है। अगर वह सबके बाद भी बाहर निकलता है तो कोई हर्ज नहीं है। जब भीड़ कुछ कम हुई तब वह बाहर निकला। अब वह बरामदे के उस छोर पर खड़े उस आदमी को चकती दिखाने पर वह जूते निकालकर देगा, तब सुशीतल जूता पहन सकेगा।

जहाँ जूते रखे थे, वहाँ भी भीड़ थी।

सुशीतल सबके पीछे खड़ा रहा। जब उसकी बारी आयी तब उसने जेब से चकती निकाल दी। चकती का नम्बर देखकर उस आदमी ने एक जोड़ा जूता निकालकर दिया।

लेकिन जूते हाथ में लेते ही सुशीतल चौंका। ये तो लड़कियों के जूते हैं!

सुशीतल ने कहा—ये मेरे जूते नहीं हैं भाई!

उस आदमी ने कहा—लाइये चकती, देखूँ क्या नम्बर है।

सुशीतल ने कहा—चकती तो मैंने अभी आपको दी है।

उस समय सभी अपने-अपने जूते सँभालने में व्यस्त थे। मानो किसी को देर बरदाश्त नहीं हो रही थी।

सुशीतल ने कहा—अरे, मेरे जूते लाइये, मुझे जाना है।

उस आदमी ने कहा—मैंने तो आपको चप्पल दिये।

सुशीतल बोला—लेकिन ये लड़कियों के चप्पल हैं, मेरे तो फीतेवाले शू थे।

उस आदमी ने कहा—फिर आपको थोड़ा रुकना पड़ेगा। लगता है, आपकी चकती किसी और के चकती से बदल गयी है। कृपा करके रुक जाइये।

सुशीतल लड़कियों के चप्पल हाथ में लिये खड़ा रहा।

तब तक भीड़ छँट चुकी।

इतने में एक लड़की आयी। उसने चकती दिखायी तो उस आदमी ने उसे एक जोड़ा शू दिया।

उस लड़की ने कहा—ये मेरे जूते नहीं हैं, ये तो जेण्ट्स शू हैं। मेरे तो स्लीपर थे, लेडीज स्लीपर—

उस आदमी ने कहा—जरा रुकिये, एक सज्जन को लेडीज स्लीपर मिला है—

इतना कहकर उस आदमी ने सुशीतल को बुलाया—सुनिये, शायद यही आपके जूते हैं। आपके पास जो स्लीपर हैं, इनको दिखाइये।

सुशीतल लेडीज स्लीपर हाथ में लिये चुपचाप एक किनारे खड़ा था, अब वह आगे बढ़ा।

उस लड़की के आगे चप्पल थाम कर सुशीतल ने कहा—देखिये, शायद यही आपके चप्पल हैं। लगता है, चकती बदल गयी थी।

उस लड़की ने सुशीतल से कहा—अरे, आप मेरे जूते हाथ में लिये क्यों खड़े हैं? छी, छी!

सुशीतल ने कहा—उन्होंने दिया है!

उस लड़की ने कहा—वाह रे! उन्होंने दिया है तो क्या आप किसी के जूते हाथ में लिये खड़े रहेंगे? छी-छी! मुझे बहुत बुरा लग रहा है।

खैर, सुशीतल को अपने जूते मिल गये।

उसने कहा—अरे, इससे क्या हुआ? हाथ में लिये न रहता तो क्या जूते फेंक देता? अगर किसी की गलती है तो उस आदमी की है।

उस लड़की ने कहा—मेरी वजह से आपको बहुत देर रुकना पड़ गया। अब आपको घर लौटने में भी देर हो जायेगी।

सुशीतल बोला—मैं घर में नहीं रहता, इसलिए लौटने में देर हो पर कोई परेशानी नहीं होगी। मैं स्टूडेण्ट्स हॉस्टल में रहता हूँ।

उस लड़की ने कहा—मैं भी हॉस्टल में रहती हूँ। आप किस इयर में हैं?

सुशीतल ने कहा—मैं इस बार बी.एस-सी. फाइनल का इम्तहान दूँगा।

उस लड़की ने कहा—अरे! मैं भी बी.एस-सी. फाइनल का इम्तहान दूँगी।

फिर उस लड़की ने कहा—अच्छा, नमस्ते!

इतना कहकर वह लड़की झटपट सीढ़ी से नीचे उतर गयी। सुशीतल कुछ देर वहीं खड़ा रहा। उसके सारे बदन में न जाने कैसी सिहरन दौड़ने लगी। तभी उसे पिता जी की कही हुई वे सब बातें याद आयीं। जब वह कलकत्ते आने लगा था तब पिताजी ने उससे वादा करा लिया था कि वह किसी लड़की से बात नहीं करेगा, मेल-जोल नहीं बढ़ायेगा और किसी तरह का सम्पर्क नहीं रखेगा।

लेकिन उससे यह क्या हो गया?

हरिश्चन्द्र बाबू बहुत ज्यादा परेशान हो उठे।

उन्होंने वेणीमाधव बाबू से कहा—वेणी, चले जाओ! दुःखहरण बाबू को खबर दे दो कि मुन्ना की चिट्ठी आयी है।

खबर मिलते ही दुःखहरण बाबू आ गये।

आते ही उन्होंने कहा—कहाँ है? देखूँ चिट्ठी में क्या लिखा!

—यह लो, देखो। मुन्ना ने लिखा है कि मैं आ रहा हूँ।

इतना कहकर हरिश्चन्द्र बाबू ने दुःखहरण बाबू की ओर सुशीतल की चिट्ठी बढ़ा दी। दुःखहरण बाबू ने एक ही साँस में पूरी चिट्ठी पढ़कर हरिश्चन्द्र बाबू को लौटा दी।

फिर दुःखहरण बाबू ने कहा—तो वेणी को स्टेशन भेज दो हरीश। और बताओ सुशीतल के खाने-पीने के लिए क्या इन्तजाम किया है?

बहुत दिनों बाद बेटा बी. एस-सी. का इम्तहान देकर घर लौट रहा है। उसके खान-पीने के लिए बढ़िया इन्तजाम करना ही पड़ेगा।

वेणीमाधव बाबू सुशीतल को लाने स्टेशन गये। हरिश्चन्द्र बाबू ने उनसे कह दिया—तुम प्लैटफार्म पर ही खड़े रहना। उसके बाद मुन्ना आ जाय तो फौरन रिक्शा कर लेना। उसे कोई तकलीफ न हो। आते समय उसके लिएं एक सेर खोवे की मिठाई ले लेना।

हाँ, तो सुशीतल आखिर आ रहा है! हरिश्चन्द्र बाबू और दुःखहरण बाबू दोनों बगीचे के सामने सड़क पर उसके लिए खड़े रहे।

फिर भी हरिश्चन्द्र बाबू का मन बार-बार बेचैन होने लगा—आखिर इतनी देर क्यों हो रही है? क्या आज ट्रेन लेट है? रिक्शे से पाँच मील आने में एक घण्टे में ज्यादा नहीं लगना चाहिए!

दुःखहरण बाबू बोले—हाँ, आजकल ट्रेन भी तो बहुत लेट आ रही है हरीश, अब रेलवे का नियम-कानून कोई मानना नहीं चाहता। उस दिन तो अखबार में पढ़ा था—

दोनों बहुत दूर तक बगीचे के सामने सड़क पर खड़े रहे। सामने बँसवाड़ी के पास सड़क मुड़कर तालाब के किनारे से सीधे उत्तर की ओर चली गयी है। फिर वह दूर क्षितिज में खो गयी है। इसलिए इस सड़क से कोई गाड़ी आती है तो यहाँ खड़े होने पर वह दूर से दिखायी पड़ती है।

इतने में दूर से कोई रिक्शा आता दिखायी पड़ा।

दुःखहरण बाबू बोले—वही तो एक रिक्शा इधर आ रहा है।

लेकिन हरिश्चन्द्र बाबू को रिक्शा दिखायी नहीं पड़ा। उनकी उम्र ज्यादा है, इसलिए उनकी आँखों की रोशनी भी कम है।

उन्होंने कहा—कहाँ? मुझे तो नहीं दिखायी पड़ रहा है।

दुःखहरण बाबू बोले—हाँ, हाँ, मैं देख रहा हूँ—रिक्शा आ रहा है।

हाँ, रिक्शा ही है। फिर तो सुशीतल आ रहा है।

अब हरिश्चन्द्र बाबू को भी रिक्शा दिखायी पड़ा। रिक्शा आ रहा है। रिक्शा अभी तालाब के पास है। अब वह कुछ ही मिनटों में यहाँ पहुँच जायेगा।

रिक्शा जब पास आया तब साफ दिखायी पड़ा कि उसमें सुशीतल नहीं है। रिक्शे में विश्वम्भर बैठा हुआ है। विश्वम्भर दास।

विश्वम्भर दास यहाँ का महाजन है। इस इलाके के किसानों को वह रुपया उधार देता है। इस कारोबार से उसे चार पैसे मिल जाते हैं।

रिक्शा पास आया, तो हरिश्चन्द्र बाबू और दुःखहरण बाबू को सड़क पर खड़े देखकर विश्वम्भर को बड़ा आश्चर्य हुआ।

उसने कहा—कहिये चाचा जी, आप लोग सड़क पर क्यों खड़े हैं? क्या बात है?

हरिश्चन्द्र बाबू बोले—इस ट्रेन से मुन्ना के आने की बात है। हम उसी का रास्ता देख रहे हैं। वेणीमाधव को स्टेशन भेजा है।

विश्वम्भर बोला—अच्छा, इसीलिए नायब बाबू को स्टेशन पर देखा। मैंने सोचा कि नायब बाबूगंज के बाजार में खरीदारी करने आये हैं। लेकिन आपका लड़का तो दिखायी नहीं पड़ा। अगर वह इस ट्रेन से आता तो मुझे जरूर मिल जाता—

विश्वम्भर का रिक्शा उसके घर की तरफ चला गया।

हरिश्चन्द्र बाबू सोच में पड़ गये। एकाएक मुन्ना की तबीयत तो खराब नहीं हो गयी? वह बीमार तो नहीं पड़ गया? उसने चिट्ठी में लिखा कि मैं आ रहा हूँ और नहीं आया, ऐसा तो कभी नहीं हुआ।

दुःखहरण बाबू बोले—शायद वह ट्रेन नहीं पकड़ पाया, अब दूसरी ट्रेन से आयेगा। तुम परेशान मत होओ हरीश।

फिर भी हरिश्चन्द्र बाबू परेशान हुए। लड़का आयेगा, इसलिए कितना इन्तजाम किया गया है। उसके खाने के लिए कितनी चीजें बनायी गयी हैं। अब अगर वह नहीं आयेगा तो उतनी चीजें कौन खायेगा? उसके लिए तालाब से बड़ी मछली पकड़ी गयी है। खीर बनायी गयी है। सुशीतल खीर खाना बहुत पसन्द करता है। हॉस्टल में शायद उसे भरपेट खाना भी नहीं मिलता।

—अब यहाँ खड़े रहकर क्या करेंगे? चलो, चला जाय।

दुःखहरण बाबू बोले—लेकिन वेणीमाधव? तुम्हारा वेणीमाधव भी तो अभी तक लौटकर नहीं आया। हो सकता है कि वह दूसरी ट्रेन भी देखकर आये। सवेरे नौ बजे के बाद ग्यारह बजे भी तो एक ट्रेन आती है। उस ट्रेन से भी सुशीतल आ सकता है।

सुशीतल सचमुच ग्यारह बजे की ट्रेन से आया। दुःखहरण बाबू की बात सच निकली। वेणीमाधव ने अक्लमन्दी की कि उसने दूसरी ट्रेन के लिए इन्तजार किया। खैर, उसने अच्छा ही किया।

हरिश्चन्द्र बाबू और दुःखहरण बाबू इन्तजार कर रहे थे।

घर में आते ही सुशीतल ने पिता जी के पाँव छूकर प्रणाम किया।

उसने दुःखहरण चाचा के भी पाँव छुए।

हरिश्चन्द्र बाबू ने सुशीतल से पूछा—तुम इतने दुबले क्यों हो गये हो? क्या तुम्हारे हॉस्टल में खाने-पीने का अच्छा इन्तजाम नहीं है?

सुशीतल बोला—जी नहीं, वहाँ मुझे खाने-पीने की कोई तकलीफ नहीं है।

—फिर इतने कमजोर क्यों लग रहे हो?

सुशीतल ने कहा—इधर कई महीने रात में देर तक पढ़ना पड़ा है, ठीक से सो नहीं पाया, शायद इसी से दुबला लग रहा हूँ।

पिता जी ने कहा—रात में उतनी देर तक न पढ़कर भोर में चार बजे उठकर क्यों नहीं पढ़ते?

सुशीतल बोला—भोर में नींद नहीं खुलती।

—अलार्म घड़ी खरीद लो और दूध ज्यादा पिया करो।

सुशीतल ने कहा—हॉस्टल में दूध नहीं मिलता।

—अगर हॉस्टल में दूध नहीं मिलता तो अपने पैसे से किसी ग्वाले से दूध ले लिया करो। कहो तो मैं और ज्यादा रुपया भेज दिया करूँगा।

उस समय इससे ज्यादा और कोई बात नहीं हुई। पहले मुन्ना खाना खाकर थोड़ा आराम तो कर लो। उसके बाद और बातें होंगी। अब तो वह एक महीना घर ही पर रहेगा। एक महीने बाद उसका परीक्षाफल निकलेगा। उसके बाद वह कलकत्ते जायेगा।

दोपहर को सो लेने के बाद हरिश्चन्द्र बाबू ने सुशीतल को अपने पास बुलाया।

दुःखहरण बाबू भी सोकर उठे तो इस मकान में चले आये। फिर तीनों बैठकर बातें करने लगे।

हरिश्चन्द्र बाबू ने बेटे से पूछा—परीक्षा कैसी हुई?

सुशीतल बोला—परीक्षा ठीक हुई है।

—बी. एस-सी. पास करने के बाद क्या करोगे, कुछ तय किया है?

सुशीतल ने कहा—सोच रहा हूँ कि डॉक्टरी पढ़ूँगा—

पिता जी ने पूछा—डॉक्टरी पढ़ने में कितने साल लगेंगे?

—पाँच साल।

दुःखहरण बाबू बोले—खैर, डॉक्टरी की लाइन अच्छी है। उस लाइन में पैसा है। हमारे करीमगंज में तो एक भी डॉक्टर नहीं है।

हरिश्चन्द्र बाबू ने कहा—लेकिन डॉक्टरी की पढ़ाई तो और भी मुश्किल है। पास करना भी आसान नहीं है। खैर, तुम भरती हो सकोगे?

सुशीतल ने कहा—कोशिश करूँगा।

दुःखहरण बाबू बोले—जरूर! कोशिश करने पर क्या नहीं होता? डॉक्टर बनकर तुम हमारे इस देहात में प्रैक्टिस करो। यहाँ किसी अच्छे डॉक्टर के लिए पाँच मील दूर करीमगंज के बाजार में जाना पड़ता है। तुम डॉक्टर बन जाओगे तो लोगों को उतनी दूर नहीं जाना पड़ेगा। गाँव में ही डॉक्टर मिल जायेगा।

हरिश्चन्द्र बाबू बोले—और मैंने जो कुछ कहा था, वह याद है न? जुए-वुए का नशा तो नहीं लगा?

सुशीतल बोला—जी नहीं, मुझे आपकी बात याद है। मैं कभी रेस के मैदान में नहीं जाता। रेस का मैदान कहाँ है, यह भी मैं नहीं जानता।

—किसी औरत से भी मेल-जोल मत रखना, चाहे वह लड़की हो या बूढ़ी। वह बहुत बुरी चीज है। तुम्हारा बाप पैसेवाला है, यह लोगों को पता चल जायेगा तो वे अपनी लड़की तुम्हारे गले मढ़ना चाहेंगे। कलकत्ते में किसी पर विश्वास नहीं किया जा सकता।

फिर थोड़ा रुककर हरिश्चन्द्र बाबू बोले—लड़कियों को देखोगे तो उनसे दस कदम दूर रहोगे—समझ गये? अगर कभी कोई लड़की तुमसे बात करने आये तो तुम दूसरी तरफ मुँह फेर लेना। समझ गये? किसी लड़की से बात तो नहीं करते?

सुशीतल बोला—हमारे क्लास में बहुत-सी लड़कियाँ पढ़ती हैं—

पिता जी के पाँव तले की धरती सरक गयी।

वे बोले—क्या? तुम्हारे ही क्लास में लड़कियाँ पढ़ती हैं?

सुशीतल बोला—जी हाँ, आजकल लड़के-लड़कियाँ सब एक साथ पढ़ते हैं।

हरिश्चन्द्र बाबू ने कहा—छी, छी, यह तो अच्छी बात नहीं है। तो तुम किस बेंच पर बैठते हो? फर्स्ट बेंच पर?

—जी नहीं।

हरिश्चन्द्र बाबू आश्चर्य में पड़ गये। बोले—क्यों? तुम तो अच्छे लड़के हो, तुम्हें तो फर्स्ट बेंच पर बैठना चाहिए, तभी तो तुम मास्टरों की निगाह में पड़ोगे।

सुशीतल बोला—हमारे कॉलेज में नियम है कि फर्स्ट बेंच पर लड़कियाँ बैठेंगी।

—तो तुम सेकण्ड बेंच पर बैठते होगे?

—जी नहीं, मैं थर्ड बेंच पर बैठता हूँ।

—क्यों? थर्ड बेंच पर क्यों बैठते हो? तुमको कम-से-कम सेकण्ड बेंच पर बैठना चाहिए।

सुशीतल ने कहा—लड़कियाँ पीछे मुड़कर सेकण्ड बेंच पर बैठे लड़कों से बातें करती हैं, इसलिए मैं थर्ड बेंच पर बैठता हूँ।

अब पिता जी को चैन मिला। वे बोले—हाँ, हाँ बहुत ठीक करते हो। बड़ी अच्छी बात है। लड़कियों से कभी बात मत करना।

दुःखहरण चाचा ने भी कहा—हाँ, हाँ, तुम ठीक करते हो। कभी किसी लड़की से बात मत करना बेटा। तुम पैसेवाले बाप के बेटे हो, यह पता चलते ही लड़कियाँ तुमसे मेल-जोल करना चाहेंगी। लेकिन तुम वैसा कभी मत करना बेटा, समझ गये न?

सुशीतल बोला—लेकिन एक दिन मुझे एक लड़की से बात करनी ही पड़ी।

—क्यों? क्यों?

हरिश्चन्द्र बाबू और दुःखहरण बाबू दोनों चौंके। दोनों के मुँह से निकले—क्यों?

दोनों एक साथ बोल उठे—गजब हो गया। यह तुमने क्या किया? तुमको इतना समझाया, फिर भी तुमने एक लड़की से बात की?

पिता जी बोले—लेकिन तुम्हें उस लड़की से बात करने की क्या जरूरत पड़ गयी? हम लोगों ने इतना मना किया, फिर भी तुम ऐसा क्यों करने गये? ऐसी कौन-सी जरूरत पड़ी कि तुम एक लड़की से बोले?

सुशीतल बोला—हमारे कॉलेज में वार्षिक समारोह हुआ था। उस मौके पर गाने-बजाने का आयोजन था। जिस हॉल में वह कार्यक्रम था वहाँ जाने के लिए बाहर जूता रखना

पड़ा। जूते रखने के लिए जगह बनी थी। एक-एक जोड़ा जूता एक-एक चौकोर खाने में रखा गया था। हर खाने में नम्बर पड़ा था। वहाँ जूता रखने पर नम्बर लिखी चकती मिली–

–फिर? फिर क्या हुआ?

–फिर जब संगीत कार्यक्रम खत्म हुआ, तब मैंने बाहर आकर वहाँ खड़े आदमी को अपनी चकती दी। चकती देखकर उसने मुझे एक लड़की का एक जोड़ा चप्पल दिया। चप्पल देखकर मैं हैरान हो गया। समझ गया कि किसी लड़की के जूते से मेरा जूता बदल गया है।

–अजीब बात है! फिर क्या हुआ?

सुशीतल बोला–फिर एक लड़की ने आकर उस आदमी को अपनी चकती दी तो उस आदमी ने उस लड़की को मेरा जूता दिया।

हरिश्चन्द्र बाबू बोले–वैसे आदमी को तो नौकरी से निकाल देना चाहिए। क्यों उसने ऐसी गलती की? तुमने उस आदमी से कुछ नहीं कहा?

सुशीतल ने कहा–मैं क्या कहता? गलती हरेक से होती है।

–लेकिन इस तरह की गलती होगी? खैर, फिर क्या हुआ बताओ।

फिर हम दोनों ने एक-दूसरे से ज़ूता बदल लिया।

–क्या तुम दोनों एक-दूसरे से बोले?

सुशीतल बोला–पहले मैं नहीं बोला। उस लड़की ने आगे बढ़कर मुझसे बात की।

–क्या कहा उस लड़की ने?

–उस लड़की ने पूछा कि आप किस इयर में पढ़ते हैं? तब मैंने उसकी बात का जवाब दिया।

–और कोई बात हुई?

सुशीतल बोला–जी नहीं।

हरिश्चन्द्र बाबू बोले–जहाँ जाने पर जूते बदल जाते हैं, वैसी जगह तुम क्यों जाते हो? मैं तुम्हारे लिये इतना पैसा खर्च कर रहा हूँ, क्या यह सब गाना-बजाना सुनने के लिए? तुम मन लगाकर पढ़ोगे-लिखोगे, बस! किसी के किसी मामले में नहीं पड़ोगे, चाहे वह लड़का हो या लड़की। गपशप करने के लिए जीवन में बहुत समय मिलेगा बेटा, अभी मन लगाकर पढ़-लिख लो–समझ गये?

सुशीतल ने कहा–जी हाँ।

थोड़ी देर रुकने के बाद कान्ति बाबू ने फिर डॉक्टर बनर्जी की कहानी शुरू की। अब उनकी कहानी में मुझे सचमुच रस मिलने लगा।

कान्ति बाबू कहने लगे—छुट्टी खत्म होने के बाद सुशीतल कलकत्ते लौट गया। परीक्षा का परिणाम निकला। सुशीतल उसके बारे में निश्चिन्त था ही।

उस दिन सुशीतल ने पिता जी को पत्र लिखा कि मैं अच्छी तरह पास हो गया हूँ। अब मैं डॉक्टरी पढ़ना चाहता हूँ। लेकिन मेडिकल कॉलेज में भरती होने के लिए बहुत रुपया लगेगा। अब आप आज्ञा कीजिये कि मैं क्या करूँगा? क्या मैं डॉक्टरी पढ़ने के लिए मेडिकल कॉलेज में भरती हो जाऊँ?

पिता जी की आज्ञा के बिना सुशीतल कोई काम नहीं करता।

पत्र मिलते ही हरिश्चन्द्र बाबू ने दुःखहरण बाबू को बुलवाया।

उन्होंने दुःखहरण बाबू से कहा—यह चिट्ठी पढ़ लो, देखो मुन्ना ने क्या लिखा है।

दुःखहरण बाबू ने चिट्ठी पढ़ी। फिर उन्होंने कहा—यह तो बड़ी अच्छी बात है! तुम आज ही रुपया भेज दो।

हरिश्चन्द्र बाबू बोले—शुरू से मुन्ना को इच्छा डॉक्टरी पढ़ने की है, इसलिए उसकी इच्छा में क्यों बाधा डालूँ? तुम्हीं बताओ दुःखहरण।

—हाँ, हाँ, तुम ठीक कहते हो।

रुपया भेज दिया गया। सुशीतल अब डॉक्टरी पढ़ेगा।

कान्ति बाबू बोले—आज तो आपने स्वयं उस डॉक्टर बनर्जी को देखा। आपने देखा न कि वे क्लब में बैठकर किस तरह शराब पी रहे हैं, लेकिन एक ऐसा भी समय था जब वे पिता जी से आज्ञा लिये बिना कोई काम नहीं करते थे।

मैंने पूछा—लेकिन उस सुशीतल बनर्जी की ऐसी दशा क्यों हुई?

कान्ति चट्टोपाध्याय बोले—पत्नी के कारण—

मैंने पूछा—पत्नी? क्या डॉक्टर बनर्जी की पत्नी हैं?

कान्ति बाबू बोले—जी हाँ, लेकिन उस महिला के बारे में अभी कुछ नहीं कहूँगा, पहले मैं डॉक्टर मिस नायर के बारे में बता लूँ। डॉक्टर बनर्जी के जीवन में मिस नायर बहुत बड़ी ट्रैजिडि हैं।

—मिस नायर कौन हैं?

कान्ति बाबू बोले—मिस नायर वही लड़की है जिसके जूते से सुशीतल का जूता बदल गया था।

मनुष्य अपनी इच्छा के अनुसार जीवन बिताने की चाहे जितनी कोशिश करे, लेकिन जीवन अपने ढर्रे पर ही चलता रहता है। जीवन स्वयं अपना चालक होता है। मनुष्य के किसी आदेश-उपदेश-निर्देश की परवाह नहीं करता।

ऐसी ही एक घटना उस दिन सुशीतल के जीवन में घटी।

उस दिन सुशीतल बस से कॉलेज जा रहा था। बस में इतनी भीड़ थी कि कोई किसी का चेहरा नहीं देख पा रहा था। सभी अपने-अपने गन्तव्य तक जल्दी-से-जल्दो पहुँचना चाहते थे। एक मिनट भी देर होना किसी को बरदाश्त नहीं था। मानो कोई देर से पहुँचेगा तो उसका सर्वनाश हो जायेगा।

सुशीतल बस में रॉड पकड़कर खड़ा था। अचानक बस में न जाने क्या गड़बड़ हो गयी। ड्राइवर ने कहा—बस अब आगे नहीं जायेगी।

बस के सारे लोग अपने-अपने भाग्य को कोसते हुए सड़क पर उतरे। बीच रास्ते में दूसरी बस में चढ़ना पड़ेगा तो नया टिकट खरीदना होगा। भीड़ की परेशानी अलग से है। इतने सारे लोग क्या एक बस में चढ़ सकेंगे?

एक-दो लोगों ने कण्डक्टर से कहा—हमारा पैसा वापस कीजिये!

कण्डक्टर ने कहा—पैसा वापस करने का नियम नहीं है।

उस समय बहस करने पर और भी समय नष्ट होता, इसलिए लोगों ने कण्डक्टर का नियम मान लेना ही उचित समझा।

किसी ने कहा—सब साले बेईमान हैं साहब, सब साले बेईमान हैं। इनको बस लोगों का पैसा लूटने से मतलब है।

यह कहते हुए वह सज्जन दूसरी बस में चढ़ने की कोशिश करने लगे। जो बस बीच रास्तें में बिगड़ चुकी थी उसे गैरेज में जाने के लिए दूसरी तरफ घसीटा जाने लगा।

इतने में अचानक किसी ने सुशीतल से कहा—अरे, आप?

सुशीतल ने मुड़कर देखा तो उसे एक लड़की मिली जो एकटक उसकी तरफ देख रही है।

उस लड़की ने कहा—आप मुझे पहचान नहीं पाये?

सुशीतल ने कहा—जी हाँ, मैं आपको ठीक से पहचान नहीं पा रहा हूँ।

—मैं मिस नायर हूँ, अलका नायर।

फिर भी सुशीतल पहचान नहीं सका।

उसने कहा—आपको कहाँ देखा है, बताइये तो?

अलका नायर बोली—आप तो बड़े विचित्र हैं! खैर, बी. एस-सी. परीक्षा में आपका कैसा रिज़ल्ट रहा?

सुशीतल ने पूछा—आपको कैसे पता चला कि मैंने बी. एस-सी. का इम्तहान दिया है? क्या आप हमारे कालेज में पढ़ती थीं?

अलका नायर बोली—जी नहीं, मैं आपके कॉलेज में नहीं पढ़ती थी। मैं लेडी ब्रैबोर्न की स्टूडेण्ट थी। अभी मेडिकल कॉलेज में एडमिशन लिया है, यह मेरा फर्स्ट इयर है।

सुशीतल बोला—मैं भी तो डॉक्टरी पढ़ रहा हूँ।

—किस कॉलेज में?

—आर. जी. कर कॉलेज में। लेकिन आपने मुझे कैसे पहचाना, मैं यही सोच रहा हूँ।

अलका नायर बोली—लेकिन मैं यह क्यों बता दूँ?

सुशीतल बोला—वाह! आप नहीं बतायेंगी तो मुझे कैसे पता चलेगा?

अलका ने इस बात का जवाब न देकर कहा—चलिये, वह एक डबल-डेकर आ रही है, उसी में बैठा जाय।

सुशीतल ने देखा कि सचमुच एक डबल-डेकर आ रही है। यह देखकर वह चुपचाप अलका नायर के पीछे-पीछे चलने लगा। उस डबल-डेकर को देखकर और भी बहुत-से लोग उसकी तरफ चलने लगे थे। कलकत्ते के लोग ऐसी बातों के आदी हो चुके थे। बस में चाहे जितनी भीड़ हो, वे उसमें चढ़ जायेंगे। पचास लोगों की जगह में पाँच सौ लोग कैसे अपनी जगह बना लेते हैं, यह बिना देखे कोई विश्वास नहीं कर सकता।

डबल-डेकर पास आते ही एक झुण्ड लोग उस पर इस तरह टूट पड़े जैसे भूखे जानवर अपनी खुराक पर टूट पड़े हों। लोग उस बस से दोनों बगल, पीछे और दरवाजे के पास चमगादड़ की तरह लटक गये।

अलका उस दुर्गम भीड़ में से रास्ता बनाती विचित्र ढंग से बस से अन्दर जाने लगी। उसने एक बार पीछे मुड़कर सुशीतल से कहा—आप मेरे पीछे-पीछे चले आइये।

फिर सुशीतल तो बड़े मजे में अलका के पीछे-पीछे बस के अन्दर चला गया। बाहर से जैसे भीड़ लग रही थी, अन्दर वैसी नहीं है। बस में जो लोग लटकते रहते हैं, उसमें अधिकांश जगह न मिलने के कारण ऐसा करते हैं, ऐसी बात नहीं है। बाहर लटकने पर बस का किराया देने से बचा जा सकता है और यही उनका उद्देश्य होता है। जो लोग अन्दर जाते हैं, वे ही असली बस यात्री होते हैं। उस समय अन्दर एक लेडीज सीट पर दो सज्जन आराम से बैठे थे। एक महिला को बस में चढ़ते देखकर वे अनिच्छा से उठ खड़े हुए। मिस अलका नायर उस सीट पर बैठ गयी।

सुशीतल रॉड पकड़कर खड़ा हो गया।

मिस अलका नायर ने सुशीतल से कहा—आप क्यों खड़े हैं? यहाँ बैठिये न!

सुशीतल बोला—कोई महिला आ जायेंगी तो मुझे उठना पड़ेगा।

अलका नायर बोली—जब उठना पड़ेगा तब देखा जायेगा, अभी तो आराम से बैठिये।

अब सुशीतल बिना कुछ कहे वहाँ बैठ गया। लेकिन वह संकोच से बैठा। अलका नायर से सन्तोषजनक दूरी बनाये रखकर।

मिस अलका नायर बोली—आप उतने संकोच से क्यों बैठे हैं? आराम से बैठिये न!

सुशीतल अब जरा हिल-डुलकर ठीक से बैठा। लेकिन ठीक से बैठने में उसे मिस अलका नायर से सटकर बैठना पड़ा। दोनों के बदन छू गये।

बस एक-एक स्टॉपेज पर रुककर यात्रियों का चढ़ना-उतरना खत्म होने पर आगे बढ़ती जा रही है।

मिस अलका नायर ने पूछा—आप कहाँ जायेंगे?

सुशीतल बोला—श्यामबाजार के बाद बेलगछिया के पास कॉलेज तक। और आप?

मिस नायर बोली—मैं श्यामबाज़ार के मोड़ पर उतर जाऊँगी। वहाँ कुछ काम है।

फिर जरा रुककर वह बोली—आप एकदम किनारे सिकुड़कर क्यों बैठे हैं? बस हचक खायेगी तो आप सीट से गिर पड़ेंगे।

सुशीतल फिर मिस नायर की तरफ सरककर बैठा।

उसने पूछा—आपका क्लास कितने बजे है?

मिस नायर बोली—आज मैं जरा जल्दी निकल पड़ी हूँ, बारह बजे से पहले कोई क्लास नहीं है। और आपका?

सुशीतल बोला—मेरा क्लास ग्यारह बजे से है। बस के ब्रेक-डाउन से मेरा बड़ा नुकसान हो गया। शायद मैं ठीक समय से पहले कॉलेज नहीं पहुँच पाऊँगा। फिर यह बस भी बहुत देर लगा रही है।

—आप मेडिकल कॉलेज में क्यों नहीं भरती हुए?

सुशीतल बोला—सीट नहीं मिली। मेरे मार्क्स उतने अच्छे नहीं थे, इसलिए एडमिशन नहीं मिला। फिर आप तो पढ़ने में अच्छी हैं और महिला हैं—महिलाओं को बड़ी सहूलियत मिलती है।

—मैं पढ़ने में अच्छी हूँ, यह किसने कह दिया? फिर, पहले भी मेरे पास सब किताबें नहीं थीं और अब भी नहीं हैं।

सुशीतल ने पूछा—किताबें क्यों नहीं हैं?

—क्योंकि खरीद नहीं सकी। किताबों के दाम कितने ज्यादा हैं! अपने क्लास की एक लड़की से किताबें माँगकर मुझे पढ़ना पड़ता है। आजकल किताबों के दाम बहुत बढ़ गये हैं—

सुशीतल बोला—मैं आपको किताबें दे सकता हूँ—

—फिर आप खुद कैसे पढ़ेंगे?

सुशीतल बोला—मैं दूसरी किताबें खरीद लूँगा।

मिस नायर आश्चर्य में पड़ गयी। बोली—आप मुझे न जानते हैं न पहचानते हैं, मेरे लिये क्यों इतना करेंगे?

सुशीतल बोला—अगर आपको यह मंजूर नहीं है तो किताबें पढ़ लेने के बाद मुझे लौटा दीजियेगा।

—अगर किताबें मेरे पास रहेंगी तो आप समय से उन किताबों को नहीं पढ़ पायेंगे।

—मैं किसी तरह मैनेज कर लूँगा। आप किताबें पढ़कर लौटा दीजियेगा।

मैं कहाँ लौटाऊँगी? आपका पता तो मैं नहीं जानती।

सुशीतल बोला—मैं अपना पता दे सकता हूँ। लेकिन आप क्यों तकलीफ उठाकर किताबें लौटायेंगी? आप कहाँ रहती हैं, बता दीजिये।

मिस नायर बोली—मैं भवानीपुर के लेडीज मेस में रहती हूँ।

सुशीतल ने पूछा—लेकिन वहाँ क्या मुझे अन्दर जाने दिया जायेगा!

मिस नायर बोली—वहाँ विजिटर्स रूम है। बाहरी लोग वहीं बैठते हैं और जिससे मुलाकात करनी होती है, करते हैं। आप वहीं बैठ जाइयेगा।

अचानक सुशीतल बोला—लीजिये, श्यामबाजार आ गया है। आपको तो यहीं उतरना है न?

मिस नायर उठ खड़ी हुई और बोली—आप भी यहीं उतरिये न?

—मैं यहाँ तो नहीं, बेलगछिया में कॉलेज के सामने उतरूँगा—

मिस नायर बोली—आप थोड़ा पहले उतर जायेंगे तो क्या हर्ज होगा? चलिये, मैं आपको ज्यादा देर नहीं रोकूँगी।

न जाने सुशीतल का मन क्यों ललचाया! वह बोला—ठीक है, मैं यहीं उतर रहा हूँ, लेकिन मेरे पास समय ज्यादा नहीं है। आप मुझे ज्यादा देर तो नहीं रोकेंगी?

इस सवाल का जवाब दिये बिना मिस नायर बस से उतर गयी। दरवाजे के सामने से भीड़ छँट गयी है। सुशीतल चलती बस से उतर आया।

उसने पूछा—आप किधर जायेंगी?

मिस नायर बोली—आप मेरे साथ आइये न! क्यों आप डर रहे हैं? मैं आपको खा नहीं जाऊँगी। आपको साथ ले चलने का एक कारण है।

—कैसा कारण?

मिस नायर बोली—बताती हूँ।

इतना कहकर मिस नायर सामनेवाली साड़ी की दुकान में जाने लगी। पीछे मुड़कर उसने सुशीतल से कहा—आइये!

मिस नायर को साड़ी की दुकान में जाते देखकर सुशीतल हैरान हो गया। उसने पूछा—क्या आप साड़ी खरीदेंगी?

—हाँ। आपको साड़ी पसन्द करनी है, इसलिए मैं आपको साथ ले आयी। अब आपकी समझ में बात आ गयी?

खरीदार देखकर दुकानदार बड़ा खुश हुआ। उसने कहा—आइये, आइये, बताइये क्या दिखाऊँ?

मिस नायर बोली—कोई बढ़िया साड़ी दिखाइये।

सुशीतल को बड़ा अजीब लगने लगा। कॉलेज न जाकर यह लड़की अभी साड़ी खरीदेगी!

दुकानदार कई साड़ियाँ निकालकर दिखाने लगा।

—क्या दाम हैं?

किसी साड़ी का दाम पच्चीस रुपये है तो किसी का चालीस रुपये और किसी का सत्तर।

मिस नायर ने सुशीतल की तरफ देखकर पूछा—बताइये, आपको कौन-सी साड़ी पसन्द आयी?

सुशीतल बोला—मैं तो साड़ी का कुछ भी नहीं समझता!

—फिर भी आपको कौन-सी साड़ी पसन्द है, बताइये न?

सुशीतल बोला—मुझसे साड़ी पसन्द करने के लिए कहना और एक अन्धे से कहना बराबर है।

—फिर तो मैंने आपका समय बेमतलब नष्ट किया। मैंने सोचा था कि आप साड़ी पसन्द कर सकेंगे—

सुशीतल बोला—अगर आप मुझसे पहले यह कहतीं तो मैं कह देता कि मैं साड़ियाँ नहीं पहचानता।

मिस नायर बोली—फिर भी देखिये न, आपको जो पसन्द आ जाय—

गहरे नीले रंग की एक साड़ी दिखाकर सुशीतल ने कहा—आप इसे ले सकती हैं। यह डीप कलर आपको अच्छा लगेगा। गोरी लड़कियों पर यही रंग अच्छा लगता है।

दुकानदार ने भी कहा—जी हाँ, इन्होंने ठीक कहा है। इस साड़ी में आप खूब जँचेगी।

मिस नायर ने कहा—अरे, मैं अपने लिये साड़ी नहीं खरीद रही हूँ। मुझे यह साड़ी शादी में उपहार देनी है। मेरी परिचित एक लड़की की शादी है। उसी की शादी में साड़ी प्रेजेण्ट करूँगी।

दूकानदार ने कहा—अरे, आपने पहले यह क्यों नहीं बताया? फिर तो मैं दूसरी साड़ियाँ दिखा रहा हूँ। वे साड़ियाँ देखने में भी अच्छी हैं और उनके दाम भी बहुत कम हैं।

यह कहकर दुकानदार ने साड़ियों का दूसरा बण्डल निकाला।

इनमें कोई साड़ी तीस रुपये की है तो कोई पैंतीस रुपये की और कोई अड़तीस रुपये की। याने सभी साड़ियाँ चालीस रुपये से कम की हैं।

सुशीतल चुपचाप पास में खड़ा रहा। साड़ियों की खरीदारी में वह क्या राय दे सकता है!

अन्त में सुशीतल ने कहा—अगर आपको साड़ी ही खरीदनी थी तो आप बस से कॉलेज स्ट्रीट में क्यों नहीं उतर गयीं? वहाँ तो साड़ियों की बहुत-सी दुकाने हैं।

मिस नायर ने कहा—उस समय आपसे बात करते-करते भूल गयी थी।

फिर थोड़ी देर बाद वह बोली—नहीं, ये सब साड़ियाँ पसन्द नहीं आ रही हैं। चलिये, कॉलेज स्ट्रीट चला जाय।

दुकानदार ने कहा—मेरी दुकान में और भी साड़ियाँ हैं, देखिये न—मिस नायर बोली—जी नहीं, एक-दो दुकानें और देख लूँ।

दुकान से निकलकर मिस नायर बोली—मैंने आपका बहुत समय नष्ट किया। आपने बुरा तो नहीं माना?

सुशीतल बोला—नहीं, नहीं आज मेरा कोई इम्पॉर्टेण्ट क्लास नहीं है। सिर्फ एक क्लास है, उसमें न भी जाऊँ तो कोई हर्ज नहीं है—

—फिर चलिये, कहीं बैठकर कॉफी पी लें।

पता नहीं सुशीतल को क्या हो गया! उसने कहा—चलिये।

पास ही एक कॉफी हाउस में दोनों पहुँच गये। वहाँ पहुँचते ही मिस नायर ने दो कप गरम कॉफी का आर्डर दिया। ब्वॉय आर्डर लेकर चला गया।

एक घेरे के अन्दर दोनों आमने-सामने बैठे।

सुशीतल ने कहा—कॉफी का पैसा मैं दूँगा, यह मैं पहले से बता दे रहा हूँ।

मिस नायर बोली—वाह रे! मैं आपको ले आयी और पैसा आप देंगे?

सुशीतल बोला—नहीं, फिर तो मैं कॉफी नहीं पियूँगा!

—अच्छा, अच्छा, आप ही देंगे, अब ठीक है न? बाप रे बाप, आप तो बड़े जिद्दी हैं! आप इतने जिद्दी हैं, अगर यह पता होता तो मैं कॉफी पीने की बात ही न छेड़ती।

इतने में कॉफी आ गयी।

—आप और क्या लेंगी?

मैं आपको ज्यादा पैसा खर्च करने नहीं दूँगी।

सुशीतल बोला—पैसे की बात मैं सोचूँगा; आप और क्या लेंगी, सिर्फ यही बताइये!

मिस नायर बोली—आप मेरे लिये क्यों इतना खर्च करेंगे?

सुशीतल बोला—मान लीजिये, मुझे थोड़ी खुशी होगी। अगर आपको खिलाने में मुझे खुशी होती है तो उसमें आपको क्या एतराज हो सकता है?

मिस नायर बोली—लेकिन मुझे खिलाने-पिलाने से आपको क्यों खुशी होगी, यही तो मैं समझ नहीं पा रही हूँ। आपसे मेरी जान-पहचान भी कितने दिनों की है? आज लेकर दो ही दिन तो आपसे मेरी मुलाकात हुई है, बस? आप तो मुझे अच्छी तरह जानते भी नहीं—

सुशीतल बोला—लेकिन मैंने दो ही दिनों में आपको जान लिया है!

—क्या जान लिया है?

सुशीतल ने कहा—मैंने आपको इतना जान लिया है, जितना दो साल में भी किसी को जाना नहीं जा सकता। अगर ऐसा न होता तो आपने मुझे क्यों नहीं कॉलेज जाने दिया और आप खुद भी कॉलेज नहीं गयीं?

मिस नायर बोली—फिर तो आप किसी को खाक जान सकते हैं!

सुशीतल बोला—ऐसा आप कह सकती हैं। मैं भी आपकी बात सहर्ष मान लेता हूँ। सच पूछिये तो मैं महिलाओं को जान भी कैसे सकता हूँ। मेरी जिन्दगी में आप ही पहली महिला हैं, जिनसे मेरी मुलाकात हुई और जिनसे मैंने बात की!

—सच? फिर तो मेरा अनुमान सही निकला!

—जी हाँ, विश्वास कीजिये। जब मैं गाँव से यहाँ आने लगा था तब पिता जी ने मुझसे वादा करवा लिया था कि मैं कभी किसी लड़की से मेल-जोल नहीं करूँगा और कभी किसी लड़की के चक्कर में नहीं पड़ूँगा—

मिस नायर बोली—फिर भी आप मेरे चक्कर में क्यों पड़े?

सुशीतल बोला—मैं तो आपके चक्कर में नहीं पड़ा, बल्कि आप ही मेरे चक्कर में पड़ गयीं!

इस बात पर दोनों दिल खोलकर हँसने लगे।

हँसना रोककर सुशीतल बोला—जी हाँ, नहीं तो मैं आपके कहने पर क्यों बस से उतर आया? मैं तो कह सकता था कि जी नहीं, मैं नहीं उतरूँगा। मुझे अपना क्लास अटेण्ड करना है। लेकिन मैंने ऐसा क्यों नहीं कहा?

जी हाँ, मैंने भी क्यों आपसे बस से उतरने के लिए कहा और आप भी क्यों बस से उतर आये?

सुशीतल ने कहा—लेकिन इस सवाल के बदले मैं भी आपसे सवाल कर सकता हूँ कि आपने क्यों मुझसे बस से उतरने के लिए कहा?

मिस नायर बोली—क्योंकि मैं उसी दिन आपकी आँखें देखकर समझ गयी थी कि आप माँ-बाप के लाड़ले बेटे हैं। माँ-बाप के लाड़ले बेटों को छकाने में लड़कियों को कितना मजा आता है, यह आप नहीं समझ सकते!

—तो इतनी देर से आप मुझे छका रही हैं?

मिस नायर बोली—आपकी इतनी उम्र हो गयी है और आप यह नहीं जानते कि लड़कियाँ उन्हीं लड़कों से ज्यादा आकृष्ट होती हैं, जो लड़के कभी लड़कियों के सम्पर्क में नहीं आये?

सुशीतल ने पूछा—लेकिन आप यह कैसे समझ गयीं कि मैं पहले कभी लड़कियों के सम्पर्क में नहीं आया?

—आपकी आँखें देखकर।

मेरी आँखें देखकर?

मिस नायर बोली—हाँ, आपकी आँखें देखकर। जिस दिन हमारे जूते बदल गये थे, उसी दिन मैं समझ गयी थी कि मैंने आपका सर्वनाश किया है!

—आप सर्वनाश क्यों कह रही हैं?

मिस नायर बोली—सर्वनाश क्यों नहीं? आज क्या हुआ देखिये न! मेरे कारण आज आपकी पढ़ाई में हर्ज हुआ और मुझे इस दुकान में लाकर खिलाने-पिलाने में आपके बहुत-से पैसे फालतू खर्च हुए, क्या यह सर्वनाश नहीं है?

सुशीतल बोला—पैसा खर्च करने में मुझे कोई कष्ट नहीं होता, क्योंकि मैं बाप का इकलौता बेटा हूँ और मेरे बाप के पास बहुत पैसा है! रही पढ़ाई की बात, तो मैं कहूँगा कि पढ़ाई के लिए मुझे बहुत समय मिलेगा। लेकिन उसके बदले उतनी देर मैं बस में आपके साथ बैठकर आया, एकदम पास-पास बैठकर, फिर इस कॉफी हाउस के केबिन के एकान्त में मुझे आपसे इतनी देर बातें करने का मौका मिला, यही क्या मेरे लिये कम फायदे की बात है?

मिस नायर बोली—सचमुच आपके भाग्य में बड़ा दुःख भोगना लिखा है।

—क्यों? आप ऐसी बात क्यों कह रही हैं?

मिस नायर बोली—बाप को दिया गया वचन जो तोड़ता है, उसके भाग्य में दुःख नहीं तो क्या सुख भोगना लिखा रहता है?

सुशीतल बोला—जैसे बाप के प्रति मेरा कर्त्तव्य है, वैसे अपने प्रति भी तो कोई कर्त्तव्य है। अब कौन-सा कर्त्तव्य बड़ा है, इसका निर्णय कौन करेगा?

—लेकिन आपने पिता जी के सामने वैसी प्रतिज्ञा क्यों की?

—अगर न करता तो पिता जी मुझे कलकत्ते आने न देते। पिता जी ने क्या मुझसे सिर्फ लड़कियों से ही दूर रहने के लिए कहा है? मुझे पिता जी के सामने और भी दो प्रतिज्ञाएँ करनी पड़ी हैं।

—कौन-सी?

मैंने प्रतिज्ञा की है कि मैं कलकत्ते आकर जुआ नहीं खेलूँगा, याने रेस नहीं खेलूँगा और कभी शराब नहीं पियूँगा।

मिस नायर बोली—आपने एक प्रतिज्ञा तोड़ दी है, यह तो मैं देख रही हूँ, लेकिन बाकी दो का क्या होगा? क्या अन्य दो प्रतिज्ञाएँ आपने तोड़ी हैं?

सुशीतल बोला—नहीं, मैंने अभी तक शराब नहीं पी और रेस भी कभी नहीं खेला। फिर उस दिन संगीत के जलसे में अगर जूते न बदल जाते तो किसी लड़की से बात भी न करनी पड़ती और बाप को दिया गया वचन भी न तोड़ना पड़ता।

—तो यों कहिये कि मैंने आपका बड़ा नुकसान किया है।

सुशीतल बोला—आपसे बात करने के बारे में मैंने इस बार गाँव जाकर पिता जी से बताया है।

—क्या बताया है?

—यही बताया है कि जूते बदल जाने के कारण मुझे एक लड़की से बात करनी पड़ी है।

—यह सुनकर उन्होंने क्या कहा?

—उन्होंने कहा कि तुमने बहुत गलत काम किया है। उन्होंने यह भी कहा कि अब आइन्दा ऐसा मत करना!

मिस नायर ने कहा—आज तो बस में मुझसे आपकी मुलाकात हो गयी और आपने मुझे कॉफी हाउस के केबिन में एकान्त में बिठाकर कॉफी पिलायी, क्या ये सब भी आप पिता जी से बतायेंगे?

सुशीतल बोला—अगर पिता जी पूछेंगे तो बताऊँगा।

—अगर नहीं पूछेंगे तो?

सुशीतल ने कहा—तो नहीं बताऊँगा। लेकिन मैं पिता जी के सामने झूठ नहीं बोल सकता। मैं उनका बड़ा आदर करता हूँ।

—क्या आप पिता जी का इतना आदर करते हैं?

सुशीतल बोला—जरूर! पिता जी मेरे लिये सब-कुछ हैं। मेरी माँ नहीं हैं न।

मिस नायर बोली—मेरे साथ ठीक इसका उलटा है। मेरी माँ हैं, बाप नहीं हैं। मैंने पिता जी को देखा भी नहीं।

सुशीतल ने पूछा--आप कितनी अच्छी बँगला बोलती हैं! आपने इतनी अच्छी बँगला कैसे सीख ली? आपका तो जन्म केरल में हुआ है?

मिस नायर बोली—मेरा जन्म असम में हुआ है। वहीं हमारा मकान है। मकान के किराये से जो आमदनी होती है, उसी से हमारा खर्च चलता है। इस समय मेरी माँ असम में हैं। वे वहीं रहना चाहती हैं।

सुशीतल बोला—लेकिन आपने इतनी अच्छी बँगला कैसे सीख ली यह तो नहीं बताया—

—मेरी जान-पहचान की सभी लड़कियाँ बंगाली हैं। कहना चाहिए कि मैं मन-प्राण से बंगालिन बन गयी हूँ।

सुशीतल ने कहा—जिस दिन आपको पहली बार देखा, उस दिन समझ ही नहीं पाया कि आप केरल की हैं।

मिस नायर ने जरा रुककर कहा—आज मैंने आपका बहुत नुकसान किया है।

—कैसे?

—आपसे गपशप करके।

सुशीतल बोला—बल्कि इसका उलटा हुआ है। मेरे कारण आप कॉलेज नहीं जा सकीं और क्लास छूट गया—

मिस नायर ने कहा—यह किसने कहा है? क्या आप समझते हैं कि मुझे फायदा नहीं हुआ?

—क्यों? आपको क्या फायदा हुआ?

—क्या कम फायदा हुआ है? आपने मुझे कॉफी पिलायी, पोटैटो चिप्स खिलाया, काजू खिलाया, क्या यह मामूली फायदा है? इसके अलावा इतनी देर तक आपसे जमकर गपशप हुई!

सुशीतल बोला—मुझसे गपशप करके किसी को फायदा होता है, यह मुझे आज पता चला।

—क्यों? क्या आपका कोई दोस्त नहीं है?

सुशीतल ने कहा—नहीं। बचपन से मैं अकेला हूँ। मेरी माँ नहीं हैं, भाई नहीं है, बहन नहीं है और कोई दोस्त भी नहीं है। पिता जी मुझे बराबर अपनी आँखों के सामने रखते आये हैं। उन्होंने मुझे कभी किसी लड़के से मिलने-जुलने नहीं दिया।

—लेकिन किसी लड़की से? आप तो कॉलेज में लड़कियों के साथ एक ही क्लास में पढ़ते रहे हैं? उनमें से किसी से आपकी दोस्ती नहीं हुई?

सुशीतल बोला—लड़की से दोस्ती की बात कौन करे, कभी किसी लड़के से भी दोस्ती नहीं हुई। कहीं लड़कियों से बात करनी पड़े, इस डर से मैं कभी आगेवाली बेंच पर नहीं बैठा। हालाँकि पिता जी ने मुझसे फर्स्ट बेंच पर बैठने के लिए कहा था।

—तो क्या आप सेकण्ड बेंच पर बैठते थे?

सुशीतल बोला—वह भी नहीं। सेकण्ड बेंच पर बैठने से और खतरा था। फर्स्ट बेंच पर बैठी लड़कियाँ पीछे मुड़कर सेकण्ड बेंच पर बैठे लड़कों से गप लड़ाती थीं। इसलिए मैं हमेशा थर्ड बेंच पर बैठता था।

मिस नायर बोली—अब तो मैं यही देख रही हूँ कि मैंने ही पहले-पहल आपका चरित्र भ्रष्ट किया है।

सुशीतल बोला—ऐसा कह सकती हैं!

यह कहकर सुशीतल हँस पड़ा। मिस नायर भी खिलखिलाकर हँसने लगी।

सुशीतल ने हँसना रोककर कहा—हँसने पर आप बड़ी अच्छी लगती हैं!

मिस नायर बोली—बचपन में मैं खूब हँसती थी, इसलिए मेरा नाम ही 'हँसी' पड़ गया था।

—बढ़िया नाम तो अलका नायर है?

—चलिये, आपको याद तो है! लेकिन आपके पिता जी को अगर यह पता चल जाय कि आप डॉक्टरी पढ़ने के बहाने मेरी जैसी लड़की को कॉफी पिलाकर पैसा बरबाद कर रहे हैं तो वे क्या कहेंगे?

सुशीतल बोला—फिर तो वे मुझे कलकत्ते आने ही न देंगे, या रुपया भेजना बन्द कर देंगे।

मिस नायर बोली—या ऐसा भी हो सकता है कि गाँव-देहात की किसी लड़की से आपका गँठजोड़ा बाँध दिया जाय!

सुशीतल बोला—यह तो नहीं जानता। लेकिन आप मेरे पिता जी को तो नहीं जानतीं। गुस्से में आने पर वे सब-कुछ कर सकते हैं। उनके लिए सब-कुछ सम्भव है।

—अगर वे आपकी शादी कर देना चाहें तो क्या आप इन्कार नहीं कर सकते?

सुशीतल ने कहा—मैंने कहा न कि मेरे पिता जी भले ही बहुत ज्यादा क्रोधी हों, लेकिन वे मुझसे बहुत ज्यादा प्यार भी करते हैं, इसलिए मैं उनकी किसी बात पर 'ना' नहीं कर सकता। फिर मैं उनका इकलौता बेटा भी हूँ! इकलौता बेटा होने में जैसे बहुत आराम है, वैसे परेशानी भी कम नहीं है।

—फिर तो आपसे मिलना-जुलना ठीक नहीं है!

सुशीतल बोला—इसको क्या मिलना-जुलना कहा जा सकता है? क्या मैं आपसे रोज इस तरह मिलता-जुलता रहूँगा या रोज इस तरह अपने क्लास से गैरहाजिर रहूँगा? यह तो रास्ते में बस बिगड़ गयी इसीलिए। इसके अलावा आपकी माँ भी तो मुझसे आपके मिलने-जुलने पर आपत्ति कर सकती हैं।

—मेरी माँ दूसरी तरह की हैं।

—किस तरह की?

मिस नायर बोली—मैं किससे मिलती-जुलती हूँ और किससे नहीं, यह सब लेकर मेरी माँ माथापच्ची नहीं करतीं! माँ सिर्फ इन्तजार कर रही हैं कि कब मैं डॉक्टरी पास कर रुपये कमाने लगूँगी और उनकी गरीबी दूर होगी।

सुशीतल ने पूछा—क्या आपकी माँ यह नहीं चाहतीं कि आप शादी करें?

माँ ऐसा क्यों नहीं चाहेंगी? लेकिन उससे भी ज्यादा वे चाहती हैं कि मैं खूब पैसा कमाऊँ। यहाँ मुझे डॉक्टरी पढ़ाने के लिए माँ अपने गहने एक-एक कर बेच रही हैं और मुझे रुपया भेज रही हैं।

सुशीतल ने कहा—आप की माँ हैं और मेरे पिता जी। इनके अलावा हम दोनों का और कोई नहीं है।

मिस नायर ने पूछा—क्या आपकी माँ आपके बचपन में मर गयी हैं?

सुशीतल बोला—मुझे अपनी माँ की शक्ल भी याद नहीं है।

मिस नायर बोली—मुझे भी अपने पिता जी की बात याद नहीं है।

सुशीतल ने पूछा—इतनी जगह रहते आपके माता-पिता केरल से जाकर असम में क्यों बस गये?

—मेरे पिता जी नौकरी के सिलसिले में वहाँ गये थे। फिर उन्होंने वहीं जमीन खरीदी और मकान बना लिया। इस तरह वे वहीं बस गये। केरल में अब हमारा कोई नहीं है, कुछ भी नहीं है। कहना चाहिए कि हम पूरी तरह असम के हो गये हैं।

अचानक घड़ी पर निगाह पड़ते ही सुशीतल ने कहा—लीजिये, दो बज गये हैं। आपसे बात करते-करते कितनी देर हो गयी! आज मैंने आपका बहुत-सा समय नष्ट किया।

—आपने कहाँ मेरा समय नष्ट किया? मैंने ही तो आपको क्लास अटेण्ड करने नहीं दिया। दुकानदार भी क्या सोच रहा होगा, पता नहीं! शायद वह यही सोच रहा है कि हम केबिन में बैठे प्रेमालाप कर रहे हैं।

सुशीतल बोला—यह तो मानना पड़ेगा कि यह जगह प्रेमालाप के लायक है! क्या आप थोड़ी-सी कॉफी और पियेंगी? ऐसा करने से ये लोग खुश हो जायेंगे।

मिस नायर ने कहा—आप भी कैसी बात करते हैं! दो कप कॉफी और दो प्लेट पोटैटो चिप्स खाने के बाद क्या और कुछ खाया जा सकता है?

—क्यों नहीं खाया जा सकता? मैं आर्डर दे रहा हूँ।

ब्वॉय को बुलाकर सुशीतल ने और दो कप कॉफी और दो प्लेट पोटैटो चिप्स लाने के लिए कहा।

मिस नायर बोली—मैंने सिर्फ आपका समय नष्ट नहीं किया, बल्कि पैसा भी नष्ट किया—

सुशीतल बोला—कीजिये न! लेकिन मैं इसे समय या पैसा नष्ट होना नहीं मानता। मैं कभी सिनेमा देखने नहीं जाता, जुआ नहीं खेलता और सिगरेट भी नहीं पीता। और लड़के तो ये सब खर्च भी करते हैं। मैं तो ये सब नहीं करता।

मिस नायर ने मुस्कराकर कहा—आप सिर्फ लड़कियों से मिलते-जुलते हैं!

—लड़कियों से मिलता-जुलता हूँ, ऐसा मत कहिये। आज सिर्फ आपसे मुलाकात हो गयी और थोड़ी देर बातें हुईं—वह भी जिन्दगी में पहली बार।

—क्या इससे पहले आप इस तरह किसी भी लड़की से नहीं मिले-जुले? मुझे तो विश्वास नहीं होता।

—वाह! मैं तो आपसे पहले ही बता चुका हूँ कि मैंने पिता जी के सामने ऐसा न करने का वादा किया है।

—फिर आपने वह वादा तोड़ा क्यों?

सुशीतल बोला—क्या मैंने जान-बूझकर तोड़ा है। उस दिन वह आदमी अगर जूतेवाली चकती देने में गलती न करता तो मुझे अपना वादा तोड़ना न पड़ता। फिर यह भी देखिये न, आज जिस बस में हम बैठे थे, वह क्यों बीच रास्ते में बिगड़ गयी?

—लेकिन यहाँ आकर कॉफी पीने बैठ जाना?

सुशीतल बोला—इसके लिए आप उत्तरदायी हैं!

मिस नायर बोली—यह भी मजे की बात रही! मैंने कह दिया तो आप क्यों राजी हो गये?

सुशीतल बोला—झूठ नहीं कहूँगा, कहीं बैठकर आपसे गपशप करने का लोभ मेरे मन में भी था।

मिस नायर बोली—बंगालियों में एक कहावत है न, लोभ से पाप और पाप से मृत्यु, आप तो जानते होंगे? शायद इसके लिए कभी आपको पछतावा करना पड़ेगा। उस समय तो आप मुझे दोषी बनायेंगे।

—क्यों?

—हो सकता है, आपके पिता जी को इस बात का पता चल जाय और वे आपके पास रुपया भेजना बन्द कर दें।

सुशीतल ने कहा—लेकिन पिता जी को कैसे पता चल पायेगा?

मिस नायर बोली—मैं भी तो आपके पिता जी को खबर दे सकती हूँ। उनसे कह सकती हूँ कि आपके बेटे क्लास अटेण्ड न कर लड़कियों से मिल-जुलकर बरबाद हो रहे हैं।

—आप ऐसा नहीं कर सकतीं।

—क्यों? मैं क्यों नहीं कर सकती?

सुशीतल बोला—आप अगर ऐसा कर सकतीं तो मेरे जैसे लड़के के साथ बैठकर यहाँ गपशप न करतीं। मैं इन्सान को समझ सकता हूँ—

—क्या इन कई घण्टों में आपने मुझे समझ लिया है? आपको तो अपने बारे में बड़ा गर्व है!

सुशीतल बोला—यह गर्व नहीं, विश्वास है—आत्मविश्वास।

—इस तरह आत्मविश्वास की डींग मत हाँकिये। यह कोई नहीं कह सकता कि कल क्या होगा!

सुशीतल ने कहा—कल तो रविवार है, आपका भी क्लास नहीं है और मेरा भी नहीं। कल हम फिर इस कॉफी हाउस के इस केबिन में बैठकर एक साथ कॉफी पियेंगे और बातें करेंगे।

—सच?

सुशीतल बोला—आप देखियेगा, कल मैं ठीक दोपहर के बारह बजे यहाँ आपका इन्तजार करूँगा और आप भी यहाँ जरूर आयेंगी।

—किस भरोसे पर ऐसा कह रहे हैं?

सुशीतल बोला—मैं इन्सान को देखकर उसके भविष्य के बारे में कह सकता हूँ।

मिस नायर बोली—ठीक है। देखा जायेगा, आपकी भविष्यवाणी सही निकलती है या नहीं। लेकिन अब तो चला जाय।

यह कहकर दोनों उठे।

दोनों एक ही बस में बैठकर अपने-अपने हॉस्टल पहुँचे।

दूसरे दिन ठीक दोपहर के बारह बजे सुशीतल ने कॉफी हाउस के सामने खड़े होकर इन्तजार किया।

हर रुकनेवाली बस को सुशीतल ध्यान से देखता रहा कि उसमें से कौन-कौन उतरा। एक के बाद एक बस आयी और चली गयी, लेकिन सुशीतल जिसका इन्तजार

कर रहा था उसका कहीं पता नहीं। वह सोचने लगा कि क्या मिस अलका नायर के बारे में मेरी धारणा गलत निकली! फिर क्यों मिस नायर साड़ी खरीदने के बहाने मुझे साड़ी की दुकान में ले गयी थी? फिर वह क्यों मुझे कॉफी हाउस ले गयी थी? क्यों वह बस से कॉलेज स्ट्रीट में न उतरकर मेरे साथ श्यामबाजार के मोड़ तक आयी थी! क्यों वह मुझसे महज गप लड़ाने के लिए क्लास नहीं गयी थी?

सुशीतल जल्दी-जल्दी खाना खाकर वहाँ पहुँच गया था, लेकिन उसे निराश होना पड़ा।

वसन्त जानता था कि सुशीतल कॉलेज के अलावा और कहीं नहीं जाता। न उसे सिनेमा देखने का नशा है और न चाय पीने का। सिर्फ उसे हफ्ते में एक दिन गाँव रहनेवाले पिता जी को पत्र लिखने का नशा है। फिर पिता जी के पास से क्या जवाब आया, यह भी वह ध्यान से पढ़ता है।

रविवार को सवेरे हॉस्टल के बहुत-से लड़के सिनेमा देखने जाते हैं। कितने दिन वसन्त ने सुशीतल से सिनेमा चलने के लिए कहा है। लेकिन सुशीतल उतना समय बेकार खर्च न कर इम्तहान की तैयारी में लग जाता था।

सिनेमा चलने के लिए उससे बहुत कहा जाता तो वह कहता—नहीं भाई, मेरे पिताजी ने यह सब करने के लिए मना किया है।

वसन्त कहता—अरे, तू सिनेमा जा रहा है या पढ़ रहा है, यह देखने के लिए तेरे पिता जी कलकत्ते तो नहीं आ रहे हैं।

—भले ही पिता जी न आयें, लेकिन मेरा विवेक तो मुझे कोचेगा।

वसन्त कहता—तूने तो यही प्रतिज्ञा की है कि शराब नहीं पियूँगा, रेस नहीं खेलूँगा और लड़कियों से दूर रहूँगा। तूने यह तो नहीं कहा है कि सिनेमा भी नहीं देखूँगा।

सुशीतल कहता—मैंने ऐसा तो नहीं कहा है, लेकिन सिनेमा देखना और लड़कियों से मिलना-जुलना दोनों एक ही बात है। सिनेमा देखने पर भी चरित्र पर बुरा असर पड़ता है।

हाँ, तो वही वसन्त उस दिन दोपहर में सुशीतल को बाहर निकलते देखकर आश्चर्य में पड़ गया था।

उसने पूछा था—आज तो रविवार है। आज तू कहाँ जा रहा है?

सुशीतल ने कहा था—जरूरी काम है।

—जरूरी काम है? रविवार को तुझे कौन-सा जरूरी काम पड़ गया है? तू तो कभी रविवार को बाहर नहीं निकलता?

—हाँ, मैं रविवार को बाहर नहीं निकलता, लेकिन आज निकलना पड़ रहा है।

—क्या तू सिनेमा जा रहा है?

—मैं तो कभी सिनेमा नहीं जाता।

फिर आगे कोई बात नहीं हुई। रविवार को हॉस्टल के कई कमरों में ताश खेलने के लिए लड़कों की भीड़ जमती है। वसन्त को भी ताश खेलने का नशा था।

हॉस्टल का रसोइया रविवार को जरा देर करके भोजन बनाना शुरू करता है। उस दिन बाबू लोग सवेरे देर से सोकर उठते हैं और देर से खाना भी खाते हैं। कोई-कोई दोपहर में सो भी लेता है।

लेकिन सुशीतल ने एक दिन पहले रसोइये से कह दिया था कि मैं रविवार को सवेरे दस बजे खाना खा लूँगा। इसलिए मेरा खाना उस समय तक तैयार हो जाय।

रविवार को सुशीतल ने सूटकेस से नया पैण्ट और नयी शर्ट निकाली। आईने के सामने खड़े होकर उसने ठीक से दाढ़ी बनायी। फिर निकलने से पहले उसने आईने में अपना चेहरा दोबारा अच्छी तरह देख लिया।

सड़क पर चलते समय सुशीतल को लगा कि समय मानो जेट प्लेन की तरह भागा जा रहा है। जरा-सी देर हो जाने पर सर्वनाश हो जायेगा। ट्रामवाली सड़क पर एक डबल-डेकर बस छूटने ही वाली थी।

आगा-पीछा देखे बिना सुशीतल उस बस के पीछे भागा। इतने में बस छूट चुकी। फिर तो बस पकड़ने के लिए उसे दौड़ लगानी पड़ी।

बस में सवार होने के बाद सुशीतल थोड़ी देर हाँफता रहा। उसका दिल धक-धक धड़क रहा था। अगर वह जौ भर भी चूक जाता तो चलती बस से पाँव फिसलकर नीचे गिर पड़ता और बस के पहिये उसे कुचल देते। बस में भीड़ भी खूब थी। उसे बैठने के लिए जगह नहीं मिली।

सुशीतल ने एक बार लेडीज सीटों की तरफ देखा। उसने सोचा कि कहीं मिस अलका नायर इसी बस से न जा रही हो। लेकिन नहीं, उन सीटों पर दूसरी लड़कियाँ बैठी थीं। रविवार को भी बस में इतने पैसेञ्जर होते हैं, सुशीतल को इसका पता आज पहली बार चला। छुट्टी के दिन भी इतने लोग कहाँ किस काम से जाते हैं, यह सचमुच सोचने लायक बात है। क्या ये घर में आराम नहीं कर सकते? बस की कोई सीट खाली नहीं है। सुशीतल की तरह कई लोग रॉड पकड़कर खड़े-खड़े झूमते हुए चल रहे हैं। लेकिन उन लोगों को क्या पता कि सुशीतल कितने जरूरी काम से जा रहा है। सुशीतल ने मन-ही-मन कहा कि तुम लोग गप मारने जा रहे हो या सिनेमा के टिकट के लिए लाइन लगाने। गप मारकर या सिनेमा देखकर तुम लोगों को क्या फायदा होता है?

नीचे बैठने की जगह नहीं है, इसलिए सुशीतल सीढ़ी से बस की दूसरी मंजिल में चला गया।

लेकिन ऊपर भी वही हाल है। वहाँ भी भीड़ है।

सचमुच कलकत्ते के लोग पागल हो गये हैं। ऐसी परेशानी मोल लेने की क्या जरूरत है? आराम से दूसरी बस से भी जाया जा सकता है। सुशीतल ने सोचा, मेरा काम जितना जरूरी है उतना शायद किसी का न होगा। मैंने तो किसी से वादा किया है

कि बारह बजने से पहले श्यामबाजार के मशहूर मोड़ पर कॉफी हाउस के सामने इन्तजार करूँगा। श्यामबाजार का वह मोड़ इसलिए मशहूर है कि वहाँ से पाँच सड़कें निकलती हैं। खैर, इन लोगों को तो किसी मोड़ पर किसी के लिए इन्तजार नहीं करना है। ये लोग तो महज समय काटने के लिए घर से निकल पड़े हैं।

लेकिन हॉस्टल के रसोइये ने ही देर कर दी। उससे एक दिन पहले ही सुशीतल ने कह दिया था कि रविवार को मैं जरा जल्दी निकल जाऊँगा।

बस जब श्यामबाजार के पास पहुँची तभी सुशीतल ने खिड़की से झाँककर देखा कि मिस नायर कॉफी हाउस के बाहर इन्तजार तो नहीं कर रही है?

फिर वह मोड़ आते ही सुशीतल झटपट सीढ़ी से उतरकर बस की नीचे की मंजिल में आ गया और बस के रुकने से पहले ही वह कूद कर नीचे उतरने लगा।

लेकिन कण्डक्टर ने उसे रोक दिया।

कण्डक्टर ने झट से सुशीतल का हाथ पकड़ लिया और कहा—इतनी जल्दीबाजी क्यों कर रहे हैं सर, गिर पड़ेंगे न? पहले बस को रुकने दीजिये, फिर उतरिये।

सुशीतल के मन गें आया कि तड़ से एक झापड़ कण्डक्टर के गाल पर जड़ दूँ। क्या मैं कोई देहाती लड़का हूँ कि बस से उतरते समय गिर पड़ूँगा! फिर तुम्हारा क्या बिगड़ रहा है? अगर मैं गिर पड़ूँ तो तुम्हारा कौन-सा नुकसान होगा? अगर पाँव टूटेगा तो मेरा टूटेगा। अगर मरूँगा तो मैं मरूँगा। मेरे लिये तुम क्यों इतने परेशान हो? क्या तुम्हें पता है कि मेरा काम कितना जरूरी है?

सड़क पर आकर सुशीतल ने घड़ी देखी। अभी बारह बजने में पाँच मिनट बाकी हैं।

अब उसे थोड़ा इतमीनान हुआ। हाँ, मिस नायर अभी तक आयी न होगी।

लड़कियों में यही बड़ा दोष है। कहीं निकलना होगा तो सजने-धजने में ही देर कर देंगी। थोड़ा पहले निकलने में आखिर क्या हर्ज है? तुम्हें तो पता है कि दोपहर में बारह बजने से पहले ही मैं किसी-न-किसी तरह यहाँ आ जाऊँगा।

उसके बाद जितनी बसें आयीं उनमें से किसी में भी मिस नायर नहीं थी।

आश्चर्य है! साढ़े बारह का वक्त हो चला। अब वह क्या आयेगी?

जब पौने एक बज गया तब सुशीतल निराश हो चला। अब वह नहीं आयेगी। लगता है कि उसने मुझसे मजाक किया है।

शायद लड़कियों की आदत ही ऐसी है। शायद लड़कों को उँगलियों पर नचाने में उनको बड़ा मजा मिलता है।

नहीं, अब इन्तजार करना बेकार है। सुशीतल अपने हॉस्टल लौट चलने की बात सोचने लगा। हफ्ते में सिर्फ रविवार को छुट्टी मिलती है। इसलिए आज रविवार को अगर वह होस्टल के कमरे में बैठकर किताब पढ़ता तो ज्यादा फायदा होता।

सुशीतल धीरे-धीरे दूसरी तरफ के पुटपाथ से विपरीत दिशा में चलने लगा। नहीं, अब इन्तजार करने से कोई फायदा नहीं है। बहुत-सा समय बेकार नष्ट हो गया।

दूसरी तरफ से जो बस आ रही थी, सुशीतल ने उसी से हॉस्टल लौट जाने का निश्चय किया।

लेकिन उसे न जाने क्या सूझा और उसका इरादा बदल गया।

वह सड़क पार कर फिर इस फुटपाथ पर आ गया। अब वह सीधे कॉफी हाउस के अन्दर चला गया। जो आदमी कैश काउण्टर पर बैठा था, वह उसी के पास गया।

उसने उसी से जाकर पूछा—क्या आप बता सकते हैं कि यहाँ किसी केबिन में कोई महिला तो इन्तजार नहीं कर रही हैं?

उस आदमी ने कहा—जी हाँ, वे एक घण्टे से बारह नम्बर केबिन में बैठी इन्तजार कर रही हैं। उन्होंने मुझसे कह भी रखा है कि अगर कोई उनको पूछने आयें तो मैं उनको उनके केबिन में भेज दूँ।

—अरे! आपने यह मुझसे पहले क्यों नहीं बताया?

उस सज्जन ने कहा—आपने मुझसे पूछा कब जनाब, कि मैं आपसे यह बताऊँ?

अब उस सज्जन से बहस कर समय नष्ट करने से क्या फायदा? सुशीतल सीधे बारह नम्बर केबिन की तरफ गया। उसने परदा हटाकर अन्दर झाँका तो देखा कि मिस नायर अकेली बैठी कॉफी पी रही है।

मिस नायर बोली—अरे, आपने तो बड़ी देर कर दी। मैं एक घण्टे से यहाँ बैठी हूँ।

सुशीतल बोला—और मैं उधर सामनेवाले फुटपाथ पर एक घण्टे से आपका इन्तजार कर रहा था और हर बस को बेचैनी से देख रहा था।

मिस नायर बोली—आप भी कितने भोले हैं! आप फुटपाथ पर क्यों खड़े रहे?

सुशीतल बोला—लेकिन मुझे क्या पता कि आप यहाँ केबिन में बैठी हैं?

मिस नायर बोली—यहाँ केबिन में नहीं बैठूँगी तो क्या फुटपाथ पर खड़ी रहूँगी? कोई अकेली लड़की फुटपाथ पर खड़ी रहेगी तो देखनेवाले क्या सोचेंगे? आपमें जरा भी अक्ल नहीं है। आपने ऐसा कैसे सोच लिया?

इतने में सुशीतल के लिए एक कप कॉफी आ गयी।

सुशीतल ने पूछा—आपको यहाँ आये कितनी देर हुई है?

मिस नायर बोली—मैं साढ़े ग्यारह बजे यहाँ पहुँच गयी हूँ। तब से मैं यही सोच रही थी कि आप आते ही होंगे—

सुशीतल बोला—उधर मैं यहाँ आने के लिए सवेरे से तैयार हो रहा था। मैं कल ही हॉस्टल के रसोइये से कह दिया था कि आज मैं जल्दी खाना खा लूँगा। लेकिन उस कमबख्त रसोइये ने देर कर दी। फिर जब मैं यहाँ पहुँचा तब बारह बजने में पाँच मिनट बाकी थे। मैंने सोचा कि आप महिला हैं, आप ठीक समय पर पहुँची न होंगी। मैंने सुना है न कि महिलाओं को सजने-धजने में देर हो ही जाती है।

—लेकिन मैं कहाँ सजी-धजी हूँ? क्या मुझे देखकर आपको ऐसा लग रहा है? बल्कि आपही आज थोड़ा सज-धजकर आये हैं।

सुशीतल बोला—मैं कहाँ सजा-धजा हूँ। सिर्फ हाफ पैण्ट शर्ट पहनकर आया हूँ और आज आराम से दाढ़ी बनायी है।

मिस नायर बोली—लेकिन मुझे तो देखिये। मैं कल जो साड़ी पहनकर आयी थी, आज वही साड़ी पहनकर आयी हूँ। हम गरीब हैं, मेरी माँ के पास इतना पैसा नहीं है कि मैं जितना कहूँ वे भेजती रहें और मैं रोज नयी साड़ी पहनती रहूँ—

सुशीतल ने कहा—अब मैं आपको साड़ी खरीद दूँगा।

—मुझे? क्यों? आप क्यों मेरे लिये साड़ी खरीदेंगे?

सुशीतल बोला—यह तो मेरी इच्छा है। क्या कोई किसी को उपहार नहीं दे सकता?

मिस नायर बोली—क्यों नहीं दे सकता? लेकिन उसी को देता है जिससे कोई लगाव हो। मैं आपकी कौन हूँ?

सुशीतल ने कहा—मैंने कहा न कि मेरी इच्छा है।

मिस नायर ने कहा—लेकिन ऐसी बेतुकी इच्छा क्यों हो गयी? क्या इस दुनिया में और कोई लड़की नहीं है कि ढूँढ़-ढाँढ़कर आप मुझको ही साड़ी देंगे?

सुशीतल बोला—दुनिया में लड़कियों की कमी नहीं है, यह मैं जानता हूँ, लेकिन सब लड़कियाँ एक जैसी नहीं हैं।

—आप दुनिया में कितनी लड़कियों को जानते हैं?

सुशीतल ने कहा—किसी को नहीं, सिर्फ आपको—

—फिर आपने तुलना कैसे की?

—मैंने कोई तुलना नहीं की। मैं तो देखते ही समझ गया हूँ। इसलिए अब आपके अलावा और किसी को देखने का आग्रह भी मेरे मन में नहीं है।

मिस नायर ने पूछा—आपने मुझमें ऐसा क्या देखा कि ऐसा निर्णय कर लिया?

सुशीतल ने कहा—रवीन्द्रनाथ ठाकुर की एक कविता है, शायद आपने पढ़ी हो।

—कौन-सी कविता?

सुशीतल बोला—मैं उस कविता का भावार्थ बता रहा हूँ—इस संसार में प्यार का जाल बिछा हुआ है, पता नहीं कौन कब उसमें फँस जाय।

मिस नायर ने पूछा—क्या आप मुझसे प्यार करने लगे हैं?

सुशीतल ने कहा—प्यार किसे कहा जाता है यह पता चले तो बता सकता हूँ कि मैं आपसे प्यार करने लगा हूँ या नहीं। लेकिन एक बात कहूँ?

—कहिये!

आप बुरा तो नहीं मानेंगी?

—मैं क्यों बुरा मानूँगी? एक तो मैं इतनी जल्दी बुरा नहीं मानती, फिर मैं आपसे प्यार भी नहीं करने लगी हूँ।

सुशीतल थोड़ा संजीदा हो गया। बोला—फिर नहीं कहूँगा।

अरे! मैं आपसे प्यार नहीं करती तो क्या हुआ, आप अपने मन की बात कहिये। अपनी बात कहने में क्या हर्ज है?

सुशीतल बोला—क्या हर बात हरेक से कही जा सकती है?

मिस नायर ने कहा—अच्छा, अच्छा, समय लीजिये कि मैं आपसे प्यार करती हूँ! ठीक है न? अब आप अपनी बात कहिये।

सुशीतल ने कुछ कहना चाहा, लेकिन संकोच के कारण उसका चेहरा लाल हो गया।

उसने कहा—आप बुरा तो नहीं मानेंगी? कल रात मैंने आपको सपने में देखा था।

—मुझे? मुझे सपने में देखा था?

—हाँ! यों तो मैं सपना नहीं देखता, अगर देखता भी हूँ तो यही कि मानो मैंने इम्तहान में अच्छा रिज़ल्ट नहीं किया और पिता जी मुझे खूब डाँट रहे हैं। लेकिन किसी लड़की को सपने में पहली बार देखा।

मिस नायर ने पूछा—सपने में क्या देखा?

सुशीतल बोला—सपने में ऐसा लगा कि कहीं शहनाई बज रही है। मैं सो गया था। पिता जी मुझे बुला रहे हैं। उन्होंने कहा—बेटा, जल्दी उठो। मैं हड़बड़ाकर उठ बैठा। पिता जी बोले—चलो, जल्दी तैयार हो लो, तुम्हारी शादी है।

मिस नायर मन लगाकर सुन रही थी। पूछा—फिर?

—फिर मैं सिल्क का कुरता और धोती पहनकर शादी करने चला। फिर कन्यादान हुआ। सभी रस्में पूरी होने लगीं। मैं एक ऊँची जगह पर खड़ा हो गया और लड़की को उठाकर सात भाँवर डाली गयी।

—फिर?

—फिर शुभदृष्टि हुई। याने, वर और कन्या ने एक दूसरे को देखा।

—शुभदृष्टि में क्या देखा?

—शुभदृष्टि में बड़ा ही सुन्दर मुख देखा।

मिस नायर ने पूछा—सुन्दर मुख से मतलब?

सुशीतल बोला—सुन्दर मुख का मतलब है आपका मुख, याने आपका मुख—

—मेरा मुख?

—हाँ, हू-ब-हू आपका चेहरा था—

मिस नायर ने पूछा—मैं थी?

—हाँ, अभी आप जिस तरह लग रही हैं, ठीक इसी तरह! लाल बनारसी साड़ी के घूँघट के बीच आपकी बड़ी-बड़ी आँखें मुझे बड़ी अच्छी लगीं। फिर उस साड़ी में आप कितनी अच्छी लग रही थीं कि क्या बताऊँ—

मिस नायर ने फिर पूछा—लेकिन इतनी लड़कियाँ रहते आपने मुझको ही क्यों सपने में देखा? क्या आपने मेरी जैसी लड़की और कभी नहीं देखी?

सुशीतल बोला—आपके अलावा किसी लड़की से कभी मेरा परिचय नहीं हुआ। मेरे पिता जी ने मुझसे कह दिया था कि कभी किसी लड़की से मत बोलना।

मिस नायर बोली—लेकिन मैं भी तो लड़की हूँ। आप मुझसे क्यों बोले?

सुशीतल बोला—कह नहीं सकता। देखिये न, कल से एक बार भी किताब लेकर नहीं बैठा। उधर इम्तहान आ गया है—

—मैं भी कहाँ पढ़ सकी? सवेरे उठने के बाद से बस यही सोच रही थी कि कब बारह बजेंगे।

सुशीतल बोला—जी हाँ, इसके लिए जिम्मेदार वही जूतावाला है! उसी कमबख्त ने सब-कुछ गड़बड़ा दिया।

—लेकिन उसका भी क्या दोष है? उस दिन बस भी तो बिगड़ गयी। वह बस भी तो इसके लिए जिम्मेदार है।

इस बीच दुकान का बेयरा बिल लेकर आया।

मिस नायर बोली—आज पैसा मैं दूँगी।

इतना कहकर मिस नायर बैग से रुपया निकालने लगी तो सुशीतल ने झट से उसका हाथ पकड़ लिया।

सुशीतल बोला—नहीं, ऐसा नहीं हो सकता, पैसा मैं ही दूँगा।

मिस नायर का हाथ पकड़ने के बाद सुशीतल को लगा कि वैसा मुलायम हाथ उसने कभी नहीं छुआ। उसने कभी सोचा नहीं था कि किसी का हाथ इतना मुलायम हो सकता है।

बेयरा से और दो कप कॉफी और काजू लाने के लिए कहने पर वह चला गया।

सुशीतल बोला—आपका हाथ बड़ा मुलायम है!

मिस नायर बोली—लड़कियों के हाथ मुलायम ही होते हैं। इसमें नयी बात क्या है?

सुशीतल बोला—मुझे यह पता नहीं था। लड़कियों के हाथ इतने नरम होते हैं तो उनका दिल भी लड़कों से ज्यादा नरम होता होगा?

मिस नायर ने कहा—अब मैं आपका हाथ देखूँ?

सुशीतल ने हाथ आगे किया।

मिस नायर ने सुशीतल का हाथ अपने हाथ में लेकर दबाकर देखा, फिर कहा—अरे! आपका हाथ भी बड़ा मुलायम है। लड़कों के हाथ इतने नरम नहीं होते। जब आपका हाथ इतना नरम है तब आपका मन भी बड़ा नरम होगा।

सुशीतल बोला—जरूर! अगर मेरा मन इतना नरम न होता तो क्या मैं उतनी दूर से भागा-भागा यहाँ आता?

मिस नायर बोली—लेकिन मन इतना नरम होने पर आपको जिन्दगी में बड़ी तकलीफ उठानी पड़ेगी—यह तो पता है न?

—अगर उठानी पड़े तो मैं क्या कर सकता हूँ? जिन्होंने मुझे बनाया है, उन्होंने मुझे ऐसा ही मन देकर इस संसार में भेजा है।

मिस नायर ने कहा—जिसके हाथ इतने नरम होते हैं, वह बड़ा ही सेण्टिमेण्टल भी होता है। यह तो आपको पता है न?

सुशीतल बोला—देखिये, सेण्टिमेण्ट के बल पर ही यह दुनिया चल रही है। सेण्टिमेण्ट न होता तो क्या इस दुनिया में कभी ताजमहल बनता? शाहजहाँ जरूर बड़े सेण्टिमेण्ट बादशाह थे। सेण्टिमेण्ट के बिना क्या रामायण लिखी जाती या महाभारत लिखा जाता? क्या यह दुनिया भी इतनी अच्छी जगह होती? आप यह मत भूलिये कि चैतन्य महाप्रभु या गौतम बुद्ध अगर सेण्टिमेण्टल न होते तो घर छोड़कर घुमक्कड़ न बनते। फिर यह सेण्टिमेण्ट न होता तो आज आप यहाँ न आतीं और न मैं पढ़ना-लिखना भूलकर इस दोपहर में महज आपसे गप लड़ाने यहाँ आता।

मिस नायर बोली—हाँ, बड़ा आश्चर्य लगता है कि आपके पिता जी को भी पता नहीं चल रहा है और मेरी माता जी को भी नहीं और हम अपना पढ़ना-लिखना भूलकर यहाँ कॉफी-हाउस में बैठकर बेमतलब बकवास कर रहे हैं।

सुशीतल बोला—लेकिन मैं दूसरी बात सोच रहा हूँ—

—क्या? कौन-सी बात?

—पता नहीं चार दिन बाद आप कहाँ रहेंगी और मैं कहाँ रहूँगा। शायद इस जीवन में हम एक-दूसरे को देख भी नहीं पायेंगे—

—क्यों? क्यों नहीं देख पायेंगे?

सुशीतल बोला—इस सवाल का क्या कोई जवाब है? डॉक्टरी पास करने के बाद शायद आप नौकरी लेकर असम चली जायेंगी और शादी ब्याह कर घर बसायेंगी। मैं भी शायद अपने गाँव जाकर प्रैक्टिस शुरू करूँगा।

—ऐसा तो हो सकता है, लेकिन एक बात पक्की कह सकती हूँ कि अगर शादी करूँगी तो निमन्त्रण-पत्र आपको जरूर भेजूँगी।

—आपकी कृपा! लेकिन मैं शादी नहीं करूँगा।

मिस नायर ने पूछा—क्यों?

सुशीतल बोला—शादी के लायक लड़कियाँ इस दुनिया में कितनी हैं?

—क्या आपने सब लड़कियों को देख लिया है?

सुशीतल ने कहा—देखा तो नहीं है, लेकिन कल जिसे सपने में देखा है उसके अलावा और कोई मुझे पसन्द नहीं आयेगी।

—इसका मतलब आप मेरी बात कर रहे हैं?

सुशीतल बोला—सपने में मैंने आपको ही देखा है। हू-ब-हू आपका चेहरा, आपकी शक्ल—एक-एक बात आपकी जैसी!

मिस नायर बोली—आप तो कह रहे हैं कि मुझसे शादी करेंगे, लेकिन आपके पिता जी अगर इसकी इजाजत न दें तो?

सुशीतल ने कहा—मैं पिता जी से कहकर शादी करूँगा।

—क्या आपमें इतनी हिम्मत है?

फिर जरा रुककर मिस नायर बोली—देखिये, मैं एक मित्र के रूप में आपको अच्छी लग रही हूँ, लेकिन आप जिससे शादी करेंगे उसके साथ आपको घर बसाना पड़ेगा, जीवन भर उसके साथ निभाना होगा और अगर मैं वैसी लड़की न निकली तो?

सुशीतल बोला—क्या मैं बिना सोचे-समझे ऐसा कह रहा हूँ? बहुत सोच-विचार करने के बाद मैं ऐसा कह रहा हूँ।

मिस नायर बोली—लेकिन मैं केरल की हूँ और आप बंगाली हैं। हम दोनों के कलचर अलग हैं, टेस्ट अलग और ट्रेडिशन भी अलग। आप और कुछ दिन सोच लीजिये। अच्छी तरह सोच लेने के बाद तब इस बारे में कुछ कहिये।

सुशीतल बोला—मैंने बहुत सोचा है। सोच-विचार के बाद ही मैं ऐसा कह रहा हूँ। बस, आपको राजी होना है। मेरी तरफ से कोई एतराज नहीं है।

मिस नायर ने कहा—इतनी जल्दी वचन मत दीजिये, और कुछ दिन सोच लीजिये। पहले आप डॉक्टरी पास कर लीजिये, उसके बाद देखा जायेगा।

कान्ति चट्टोपाध्याय डॉक्टर सुशीतल बनर्जी की कहानी सुना रहे हैं। मानो एक अध्याय खत्म कर लेने के बाद थोड़ी देर के लिए रुके।

मुझसे रहा नहीं गया। मैंने पूछा—फिर क्या हुआ?

कान्ति बाबू कहने लगे—फिर इसी तरह दिनोंदिन दोनों में घनिष्ठता बढ़ने लगी। डॉक्टर बनर्जी ने मुझसे सब-कुछ बताया है। मैं रोज डॉक्टर बनर्जी के घर जाता था और उनकी कहानी सुनता था। उन दिनों मैंने नयी-नयी वकालत शुरू की थी। इतने मुवक्किल नहीं थे। डॉक्टर बनर्जी ने भी मरीजों को देखना कम कर दिया था। असल में उन दिनों उन्होंने शराब की मात्रा बढ़ा दी थी। दीया जलने के बाद वे मरीज देखना बन्द कर देते थे।

मैंने पूछा—क्या उन दिनों डॉक्टर बनर्जी क्लब में नहीं आते थे?

कान्ति बाबू बोले—जी नहीं, उन दिनों वे इतना नशा भी नहीं करते थे और जुआ भी नहीं खेलते थे। थोड़े-से मरीज देखने के बाद प्रैक्टिस बन्द कर देते थे। मरीज देखने के लिए उनके पास समय ही कहाँ था? फिर उन दिनों उनको रुपये की उतनी जरूरत भी नहीं थी। उनके घर में कोई था भी तो नहीं।

मैंने पूछा—क्यों? बीवी-बच्चे?

कान्ति बाबू बोले—जी नहीं, उन दिनों उनके पास कोई नहीं था। सिर्फ एक आदमी था, जो उनके घर का काम-काज करता था, रसोई भी बनाता था। उन दिनों वही उनका एकमात्र सहारा था।

—क्यों? मिस नायर से उनकी शादी नहीं हुई थी?

कान्ति बाबू ने कहा—वही कहानी मैं आपको सुनाने जा रहा हूँ। बाद में डॉक्टर बनर्जी को जिन्दगी में कभी सुख नहीं मिला। मैं जिन दिनों डॉक्टर बनर्जी के घर जाता था, उन दिनों वे एकदम अकेले थे।

—क्यों? अकेले क्यों?

कान्ति बाबू बोले—शुरू से सब न बताने पर आप कैसे समझ पायेंगे? आपको डॉक्टर बनर्जी की पूरी कहानी सुनाऊँगा। इसीलिए आज आपको क्लब में ले गया। आपने देखा न कि डॉक्टर बनर्जी कैसे अकेले बैठकर शराब पी रहे हैं और ताश खेल रहे हैं। मैं बगल से निकला, फिर भी वे मुझे नहीं पहचान सके। लेकिन पहले ऐसा था कि मैं उनके घर जाता था तो वे मुझे छोड़ते न थे। रात के बारह-एक बजे तक वे अपनी जिन्दगी का हाल सुनाते थे। छोटी-से-छोटी बात भी वे बताते थे। मिस नायर से कैसे उनकी जान-पहचान हुई, किस तरह वे दोनों श्यामबाजार के पाँच सड़कवाले मोड़ पर के कॉफी-हाउस में बैठकर कॉफी पीते और आलू चिप्स खाते थे, सारी छोटी-मोटी घटनाएँ ब्योरेवार सुनाते थे। मुझे भी वह सब सुनने में बड़ा मजा आता था। वे अपनी कहानी सुनाते थे और शराब पीते जाते थे।

जब वे नशे में एकदम झूमने लगते थे तब मैं उनको पकड़कर बिस्तर पर लिटा देता था।

उन दिनों डॉक्टर बनर्जी सचमुच बड़े अच्छे डॉक्टर थे। जबलपुर के सारे मरीज उनके पास जाते थे और वे हर रोग का इलाज करते थे।

लेकिन डॉक्टर बनर्जी को शराब पीने से कब फुर्सत थी कि मरीज देखते?

मैं कहता था—डॉक्टर बनर्जी, आपका शराब पीना दिनोंदिन बढ़ रहा है, अब थोड़ा कम कीजिये।

इस पर डॉक्टर बनर्जी कहते थे—मैं जो जिन्दा हूँ कान्ति बाबू, यही बहुत है—अब मुझसे कुछ उम्मीद मत कीजिये!

मैं कहता था—इस तरह धीरे-धीरे अपने को नष्ट करने से आपको क्या लाभ हो रहा है?

डॉक्टर बनर्जी कहते थे—मैं तो किसी तरह का लाभ नहीं चाहता।

फिर भी मैं कहता था—आप मनुष्य हैं, चिकित्सक हैं, क्यों इस तरह अपने जीवन को नष्ट करेंगे?

डॉक्टर बनर्जी इसका जवाब देते थे—मैंने अपने हाथ से इस जीवन का अन्त नहीं किया, क्या यह बहुत बड़ी बात नहीं है?

तब मैं हारकर पूछता था—लेकिन क्यों ऐसा हुआ?

डॉक्टर बनर्जी पर उस समय तक शराब का नशा चढ़ चुका होता। वे कहते थे—पहले सारा किस्सा तो सुन लीजिये!

डॉक्टर बनर्जी का सारा किस्सा एक दिन में सुन लेना सम्भव नहीं था। थोड़ा-सा कह लेने के बाद ही डॉक्टर बनर्जी पर शराब का नशा चढ़ जाता था और वे लड़खड़ाने लगते थे। तब मैं उनको पकड़कर बिस्तर तक ले जाता था और लिटा देता था।

डॉक्टर बनर्जी कहते थे—आज यहीं तक रहने दीजिये, कल तो आप आयेंगे, तभी आपको पूरा किस्सा सुनाऊँगा।

उनका सारा किस्सा तो उसी अलका नायर को लेकर था। कभी श्यामबाजार के पाँच सड़कवाले मोड़ पर के कॉफी हाउस के केबिन में बैठकर घण्टों गप लड़ाना तो कभी गंगा के किनारे चले जाना। कभी विक्टोरिया मेमोरियल में पानी के पास बैठ जाना तो कभी बालीगंज में लेक की बेंच पर बैठे रहना।

मिस नायर कहती—मैंने माँ को चिट्ठी लिख दी है—

सुशीतल पूछता—चिट्ठी में क्या लिखा है?

—लिख दिया है कि मैंने बंगाली लड़के से शादी कर ली है।

—तुम्हारी माँ ने क्या जवाब दिया?

मिस नायर कहती—माँ ने आशीर्वाद दिया है और लिखा है कि अगर तू सुखी होती है तो मुझे कोई आपत्ति नहीं है। लेकिन तुम्हारे पिता जी की क्या खबर है? क्या तुमने पिता जी को खत लिखा है?

सुशीतल कहता—नहीं।

—क्यों?

—पिता जी ने मुझसे वादा करवा लिया है कि मैं कभी किसी लड़की से नहीं बोलूँगा। अगर पिता जी को यह पता चल जायेगा कि मैंने तुमसे शादी कर ली है तो वे कभी मेरा मुँह नहीं देखेंगे?

—फिर तुम क्या करोगे?

सुशीतल चुप रहता।

मिस नायर कहती—लेकिन तुम्हारे पिता जी को तो एक दिन पता चल ही जायेगा, तब क्या होगा?

सुशीतल कहता—पिता जी को कैसे पता चलेगा? मैं कलकत्ते में बैठकर क्या कर रहा हूँ, यह पिता जी के लिए जानना सम्भव नहीं है।

—तुम्हारे वेणीमाधव बाबू अगर कभी कलकत्ते आ गये तो? वे तो कभी-कभी तुम्हें रुपये देने और तुम्हारा हाल-चाल लेने यहाँ चले आते हैं।

सुशीतल कहता—लेकिन उनको कैसे पता चलेगा? वे तो सिर्फ मुझे रुपये देकर चले जाते हैं।

—फिर भी इस बात को कब तक छिपाये रखोगे?

सुशीतल कहता—पिता जी की उम्र बहुत हो चुकी है, अब वे ज्यादा दिन जिन्दा नहीं रहेंगे। तब तक हम भी नौकरी लेकर कलकत्ते के बाहर चले जायेंगे।

—अगर तुम्हारे पिता जी वहाँ पहुँच गये तो?

—पिता जी करीमगंज छोड़कर कहीं नहीं जायेंगे। खेत-खलिहान और जमीन-जायदाद छोड़कर वे कहीं नहीं जायेंगे। फिर उनकी उम्र भी बहुत हो गयी है। अब क्या वे ज्यादा दिन जिन्दा रहेंगे? पिता जी चाहते हैं कि मैं डॉक्टर बनकर अपने गाँव में रहकर प्रैक्टिस करूँ। बस, वही नहीं करूँगा तो काम बन जायेगा। मैं उनसे कह दूँगा कि मुझे दो हजार रुपये की नौकरी मिल गयी है और मैं वही नौकरी करने जा रहा हूँ। हाँ, थोड़ा-सा झूठ बोलना पड़ेगा। मैं तुम्हारे लिये झूठ बोलूँगा तो मुझे कोई पाप नहीं लगेगा।

मिस नायर कहती—हाँ, वह भी एक तरह से ठीक रहेगा। मुझे बहू बनकर ससुराल नहीं जाना पड़ेगा। उस झंझट से जान बचेगी।

यह कहकर मिस नायर हँसने लगती तो सुशीतल भी हँसने लगता।

फिर मिस नायर कहती—चलो, बहुत रात हो गयी है, अब लौटा जाय—

दोनों सड़क पर आकर बस में बैठते।

कान्ति बाबू बोले—प्रेम ऐसा ही विचित्र होता है जनाब! किसी के प्रेम हो जाने पर मनुष्य अपना हित-अहित भूल जाता है। हम तो खैर, पुराने जमाने के हैं। माँ-बाप ने जिस लड़की को पसन्द किया, उसी से शादी कर ली। वकालत पास करते ही मेरी शादी हो गयी थी। इसलिए प्यार-मुहब्बत क्या कला है, मैं समझ नहीं पाया।

डॉक्टर बनर्जी कहते थे—जिन्दगी के वे कई साल कैसी खुशी में बीते, यह मैं बता नहीं सकता। पढ़ने-लिखने की तरफ ठीक से ध्यान जाता ही नहीं था। फिर भी मिस नायर बीच-बीच में मुझे होशियार कर देती थी।

मिस नायर कहती थी—अब और नहीं। इधर कुछ दिन हमारा मिलना-जुलना बन्द होना चाहिए। पहले हम पास हो लें, फिर मिलने-जुलने के लिए पूरी जिन्दगी पड़ी है।

अद्भुत लड़की थी मिस नायर। जितनी मुलायम, उतनी ही कड़ी। कहीं मेरी पढ़ाई चौपट न हो, इसलिए वह अपने साथ मुझे मिलने-जुलने नहीं देती थी। बस, यही कहती थी कि अभी नहीं, पहले इम्तहान हो जाय, इसके बाद—

उस समय अगर मिस नायर उतनी कड़ी न पड़ती तो शायद हम दोनों पास न होते। फिर तो हम दोनों का भविष्य चौपट हो जाता।

डॉक्टर बनर्जी अपनी कहानी सुनाते-सुनाते रुक जाते थे और शराब के गिलास में चुस्की लगा लेते थे।

—मैं फिर भी कभी-कभी मिस नायर के हॉस्टल में चला जाता था तो मिस नायर कहती थी—नहीं, अभी नहीं, अभी तुम अपने मेस में जाकर पढ़ने-लिखने में मन लगाओ।

इससे मुझे बड़ी तकलीफ होती थी। इम्तहान पास आते ही हम एक-दूसरे से दूर हो जाते थे और हमारी मुलाकात नहीं होती थी।

एक दिन मैं मेस के कमरे में बैठकर पढ़ रहा था कि अचानक वेणीमाधव बाबू आ धमके।

मैं तो वेणीमाधव बाबू को देखकर हैरान हो गया।

मैंने पूछा—अरे! वेणीमाधव भैया? आप अचानक कैसे चले आये?

वेणीमाधव बाबू बोले—मालिक ने भेजा है। उन्होंने कहा कि वेणीमाधव, चले जाओ, एक बार मुन्ना बाबू को देख आओ—

मैंने कहा—आपको कष्ट करने की क्या जरूरत थी? मैं तो ठीक-ठाक हूँ।

वेणीमाधव बाबू बोले—लेकिन आपका खत न मिलने पर हम भी तो परेशान होते हैं। इसीलिए मैं चला आया। फिर मालिक ने मेरे हाथ से सौ रुपये भी भिजवा दिये। उन्होंने कह दिया है कि सामने इम्तहान है, इसलिए आप खाने-पीने में लापरवाही न करें।

रुपये लेकर सुशीतल बोला—अब आप जाइये वेणीमाधव भैया, पिता जी से कह दीजियेगा कि मैं ठीक-ठाक हूँ। इधर पढ़ाई के कारण समय नहीं मिल पाता, इसलिए उनको पत्र नहीं लिख सका।

वेणीमाधव बाबू ने कहा—आप यही एक कागज पर लिख दीजिये भैया, मैं जाकर मालिक को दिखाऊँगा। आपके हाथ का लिखा देखकर उनको बड़ा चैन मिलेगा। वे उसी दम दुःखहरण बाबू को बुलवाकर उनसे पढ़वायेंगे।

आखिर ऐसा ही करना पड़ा। सुशीतल ने एक कागज पर लिखा—"परम पूजनीय पिता जी, मैं सकुशल हूँ। आप मेरे लिये चिन्ता न कीजिये। मेरी परीक्षा समाप्त हो जायेगी तो मैं घर आऊँगा। मैं इस समय रात-दिन पढ़ने-लिखने में व्यस्त हूँ, इसलिए नियमित पत्र नहीं लिख पाता। आशा है कि ईश्वरेच्छा से आप सकुशल हैं। इति—आशीर्वाद प्रार्थी आपका सुशीतल।"

सुशीतल से चिट्ठी लेकर वेणीमाधव बाबू चले गये।

उधर गाँव के घर में दोनों मित्र हरिश्चन्द्र बाबू और दुःखहरण बाबू वेणीमाधव बाबू की प्रतीक्षा में बैठे थे। दोनों की निगाह घड़ी की तरफ थी।

हरिश्चन्द्र बाबू बोले—अरे, वेणीमाधव तो अभी तक नहीं लौटा दुःखहरण—

दुःखहरण बाबू ने अपने मित्र को समझाया। कहा—शायद ट्रेन लेट है। तुम क्यों इतना परेशान हो रहे हो? वेणीमाधव आता ही होगा।

हाँ, तो थोड़ी देर बाद वेणीमाधव बाबू आ गये।

फिर दोनों मित्रों ने करीब-करीब एक साथ पूछा—क्या हुआ वेणीमाधव, इतनी देर हो गयी?

वेणीमाधव बाबू बोले—जी, आज ट्रेन लेट थी।

—लेकिन मुन्ना से मुलाकात हुई न?

वेणीमाधव बाबू बोले—जी हाँ, मुन्ना बाबू से लिखवाकर यह चिट्ठी लाया हूँ—

—देखूँ—देखूँ—

दोनों मित्र उस चिट्ठी को पढ़ने के लिए उस पर झुके। सिर्फ तीन लाइनों की मामूली चिट्ठी। लेकिन उसी मामूली चिट्ठी ने मानो मृत-संजीवनी का काम किया। चलो, अच्छा है कि मुन्ना कुशल से है और मन लगाकर पढ़ रहा है। बस, इतना ही पता चल गया तो दोनों को चैन मिला।

हरिश्चन्द्र बाबू ने वेणीमाधव से पूछा—वेणी, तुमने मुन्ना को कैसा देखा? क्या वह बहुत दुबला हो गया है?

वेणीमाधव बाबू बोले—दुबला तो कोई खास नहीं लगे, लेकिन—

—ठीक से खाने-पीने के लिए कह दिया है न?

वेणीमाधव बाबू ने कहा—जी हाँ, मैंने कह दिया है कि रोज थोड़ा-सा घी खाया करो!

—जब तुम वहाँ पहुँचे तब वह क्या कर रहा था?

वेणीमाधव बाबू बोले—जी, मैं जब वहाँ पहुँचा तब साढ़े दस का समय था। बाहर धूप कुछ तेज थी। हॉस्टल के सभी लड़के आपस में बातें कर रहे थे, एक-दूसरे से गप लड़ा रहे थे, लेकिन मुन्ना बाबू अकेले अपने कमरे में बैठकर कोई मोटी-सी किताब पढ़ रहे थे।

हरिश्चन्द्र बाबू बोले—यह तो अच्छी बात है दुःखहरण, तुम्हारी क्या राय है?

दुःखहरण बाबू बोले—हाँ, यह तो अच्छी बात है। सुशीतल सदा से नेक लड़का है। मैंने तो स्वयं देखा है कि पढ़ने-लिखने के अलावा और किसी काम में उनका मन नहीं लगता।

हरिश्चन्द्र बाबू ने वेणीमाधव बाबू से पूछा—तुम्हें देखकर मुन्ना आश्चर्य में पड़ गया था न?

—जी हाँ, मुझे देखते ही मुन्ना बाबू ने पूछा—आप कैसे चले आये? पिता जी ठीक हैं न?

हरिश्चन्द्र बाबू के होंठों पर मुस्कराहट आ गयी। बोले—मुन्ना ने मेरे बारे में पूछा—?

—जी हाँ, आपके बारे में पूछा, दुःखहरण चाचा के बारे में पूछा।

दुःखहरण बाबू बोले—वाह, वाह, बड़ा अच्छा लड़का है। गाँव में ऐसा लड़का एक भी नहीं है। इसीलिए तो मैं रोज भगवान् से मनाता हूँ कि मुन्ना को लम्बी उम्र मिले और वह दुनिया का भला करे।

इसके बाद हरिश्चन्द्र बाबू ने वेणीमाधव बाबू से मुन्ना के बारे में और भी बहुत-कुछ पूछा। पत्नी के देहान्त के बाद यही मुन्ना याने सुशीतल हरिश्चन्द्र बाबू के लिए सब-कुछ है।

हरिश्चन्द्र बाबू ने वेणीमाधव बाबू से फिर पूछा—तो उसके बाद तुम चले आये?

—जी हाँ, मुन्ना बाबू मन लगाकर पढ़ रहे थे, इसीलिए मैं वहाँ ज्यादा देर नहीं बैठा। मैं वहाँ बैठता तो उन्हीं का समय नष्ट होता। घड़ी में देखा कि साढ़े ग्यारह का वक्त हो चला है, इसलिए वहाँ से निकल पड़ा। ट्रेन तो तीसरे पहर तीन बजे थी और मेरा कोई काम नहीं था, इसीलिए कालीघाट जाकर माँ को पूजा चढ़ायी और प्रसाद माँग लिया। लीजिये, आप लोगों के लिए भी प्रसाद लाया हूँ।

कान्ति बाबू कहने लगे—अपने जीवन की कहानी सुनाते समय कितनी ही बार डॉक्टर बनर्जी की आँखों में आँसू भर आते थे। उस समय वे अपनी आँखें रूमाल से पोंछते थे। उस समय मैं उनसे कुछ पूछता नहीं था। लेकिन वे मुझे छोड़ते नहीं थे। कहते थे—क्या आपको यह सब सुनना अच्छा नहीं लग रहा है कान्ति बाबू?

मैं कहता था—अच्छा क्यों नहीं लगेगा डॉक्टर साहब? लेकिन आपको तकलीफ हो रही है, इसलिए मैं जाना चाहता हूँ।

डॉक्टर बनर्जी कहते थे—नहीं, नहीं, मुझे कोई तकलीफ नहीं हो रही है। मेरे जीवन की इस कथा को आपकी तरह इतने आग्रह से और किसी ने सुनना नहीं चाहा, इसलिए

मैं भी किसी से नहीं कह सका। मरने से पहले मैं अपनी सारी कथा किसी ऐसे आदमी से कहना चाहता हूँ जो कम-से-कम मेरी तकलीफ को समझ सके। अब यही मेरी एक इच्छा है। मेरा बेटा मेरी तकलीफ नहीं समझ सकता। मेरे पास जो रोगी अपना इलाज कराने आते हैं, वे भी मेरे दर्द को नहीं समझ सकते। अगर मेरी पत्नी जिन्दा होती तो वह भी मेरे कष्ट को नहीं समझ पाती। उसमें यह सब समझने की क्षमता नहीं थी।

—आपकी पत्नी?

डॉक्टर बनर्जी कहते थे—जी हाँ, मेरी पत्नी थी।

—और मिस नायर? आपने तो मिस नायर से शादी करने के लिए वचन दिया था?

डॉक्टर बनर्जी कहते थे—वह तो अलग किस्सा है। वह सब भी धीरे-धीरे बताऊँगा! मेरी पत्नी थी, पुत्र भी था, मेरा एकमात्र पुत्र—

—आपका वह बेटा कहाँ है?

डॉक्टर बनर्जी कहते थे—मैंने बड़े प्यार से उस बेटे का नाम धीमान रखा था। धीमान इस समय स्विट्‌जरलैण्ड में है।

—स्विजरलैण्ड में? क्या वह आपको चिट्‌ठी नहीं लिखता?

डॉक्टर बनर्जी कहते थे—क्यों वह चिट्‌ठी लिखेगा? क्या मैंने बाप का कर्त्तव्य निभाया है? जब वह समझ गया कि मैं शराबी हूँ, बैंक में मेरा एक पैसा नहीं है, तब से उसने मेरे साथ कोई सम्पर्क नहीं रखा! खैर, उसने अच्छा ही किया है।

यह कहते हुए डॉक्टर बनर्जी का गला भर आता था। वे शराब का गिलास मुँह से लगाते थे। उसके बाद उनके चेहरे का रंग बदल जाता था। उनकी जबान लड़खड़ाने लगती थी और नशा चढ़ जाने के कारण वे झूमने लगते थे। उस समय कोई मरीज आता था तो कम्पाउण्डर उसे भगा देता था या दूसरे दिन आने के लिए कह देता था।

इस तरह शराब पीते रहने से एक दिन डॉक्टर बनर्जी के पेट में भयानक दर्द होने लगा। वे इलाज के लिए अस्पताल के डॉक्टर के पास गये।

अस्पताल के डॉक्टर ने दवा दी। दवा खाकर डॉक्टर बनर्जी के पेट का दर्द कुछ कम हुआ। पेट के दर्द के कारण उन्होंने कुछ दिन शराब पीना बन्द रखा, लेकिन उसके बाद फिर पहले की तरह शराब पीना चालू हो गया।

अन्त में पता चला कि डॉक्टर बनर्जी के पेट में अल्सर हो गया है।

मनुष्य का जीवन कितना विचित्र है, डॉक्टर बनर्जी उसी के उदाहरण हैं।

मैंने कितनी ही बार डॉक्टर बनर्जी से कहा है कि शराब पीना छोड़ दीजिये! यह सुनकर उन्होंने कहा है—मैं आत्महत्या न कर शराब पी रहा हूँ यही बहुत है। आप लोगों में से कोई भी मेरी जैसी हालत में होते तो आत्महत्या कर लेते। मेरा दिल बड़ा मजबूत है इसलिए मैं शराब पीकर अभी तक जिन्दा हूँ।

डॉक्टर बनर्जी के जीवन की ट्रैजिडि कैसी है, सचमुच इसकी कल्पना कोई नहीं कर सकता। शुरू में मैं खूब पढ़ता था। उन दिनों मैंने अनेक उपन्यास पढ़े थे, अनेक

कहानियाँ पढ़ी थीं, लेकिन ऐसे ट्रैजिक जीवन के बारे में कभी किसी उपन्यास या कहानी में नहीं पढ़ा था।

इसलिए शुरू से यह कहानी सुना रहा हूँ। जवानी के दिनों में मनुष्य का मन रंगीन रहता है, लेकिन समय के साथ वह रंग धुँधला पड़ता जाता है। लेकिन प्रथम प्रेम का रंग कभी बदरंग नहीं होता। प्रथम प्रेम का रंग जीवन भर एक समान ताजा रहता है। वह हमेशा मनुष्य को अतीत की ओर खींचता रहता है। वही अतीत मनुष्य का पीछा करता रहता है। इसलिए उम्र बढ़ने के साथ-साथ मनुष्य के लिए उसका वर्तमान महत्त्वहीन बनता जाता है। भविष्य भी उसे उतना आकृष्ट नहीं करता। इसलिए अतीत का रोमन्थ उसे इतना प्रिय लगता है।

डॉक्टर बनर्जी के लिए मिस अलका नायर इसी कारण इतनी आकर्षक हैं। यही कारण है कि डॉक्टर बनर्जी को श्यामबाजार के मोड़ के उस कॉफी-हाउस की बात, विक्टोरिया मेमोरियल की बात और लेक के किनारे पानी के पास एकान्त में बैठकर गपशप करने की बात बार-बार याद आती है। जब भी ये सब बातें उनको याद आती हैं, वे शराब पीते हैं। मिस नायर से सम्बन्धित हर छोटी-मोटी बात भी वे भूल नहीं सकते।

मिस नायर ने कहा था—जिससे तुम्हारा मन होगा उसी से तुम शादी करोगे, उसके बारे में मैं क्यों कुछ कहूँगी? अगर तुम इस शादी से सुखी होते हो तो मुझे कुछ नहीं कहना है।

डॉक्टर बनर्जी को ये सब बातें याद आती थीं और वे अपने बारे में बताते समय रो देते थे। मैं उनको वह सब कहने से रोकता था।

इस पर डॉक्टर बनर्जी कहते थे—यह सब बताने से आप मुझे क्यों रोक रहे हैं? आपको तो पता है कान्ति बाबू कि मैंने अपने जीवन में क्या खो दिया है। मैंने जो खोया है अगर वह आप लोग खोते तो आप लोग भी मेरी तरह शराब पीते और रोते।

सवेरे सोकर उठने के बाद वही डॉक्टर बनर्जी एकदम दूसरे आदमी बन जाते थे। फिर रोगियों का आना शुरू हो जाता था। उस समय डॉक्टर बनर्जी नशे में नहीं होते थे। उस समय डॉक्टर बनर्जी सचमुच डॉक्टर बनर्जी बन जाते थे। लेकिन ज्यों-ज्यों दिन चढ़ता था उनमें तब्दीली आने लगती थी। फिर दीया जलने के बाद तो वे अपने अतीत को भूल नहीं पाते थे। बीते दिनों की बातें उनको याद आने लगती थीं। उसी समय मैं उनके घर जाता था। जिस दिन मैं नहीं जाता था, उस दिन वे आदमी भेजकर मुझे बुला लेते थे। वे अपने नौकर से कहते थे—जा, कान्ति बाबू को बुला ला।

इतने जान-पहचानवालों के रहते हुए डॉक्टर बनर्जी मुझे क्यों बुलाते थे, यह मैं नहीं जानता। मैं उनके साथ बैठकर शराब नहीं पीता था और न ही मैं उनकी उम्र का था। हो सकता है कि मैं बहुत अच्छा श्रोता था और इसीलिए वे मुझे इतना घनिष्ठ समझते थे।

फिर सबसे सबके मन का मेल भी नहीं होता। शायद उनसे मेरे मन का मेल हो गया था।

डॉक्टर बनर्जी मुझसे कहते थे—आपको बुलवाकर मैं आपके काम में हर्ज तो नहीं कर रहा हूँ?

मैं कहता था—हर्गिज नहीं!

फिर डॉक्टर बनर्जी अपनी कहानी सुनाते थे और मैं सुनता था।

कान्ति बाबू डॉक्टर बनर्जी की कही कहानी सुना रहे हैं और मैं सुन रहा हूँ।

बहुत पहले खाना-पीना हो चुका है। कान्ति बाबू भी फुर्सत में हैं, क्योंकि कचहरी में छुट्टी चल रही है। मेरे पास भी जरूरत से ज्यादा फालतू वक्त है। साहित्य सम्मेलन के सिलसिले में जो लोग आये थे, वे सब अपने-अपने घर चले गये हैं। कान्ति बाबू ने सिर्फ मुझको रोक रखा है। मुझे अपने घर में ठहराने में कान्ति बाबू को कोई असुविधा नहीं है। अच्छी-खासी प्रैक्टिस है। जिन्दगी में उन्होंने बहुत पैसा कमाया है। दो हिस्सों में बँटा बहुत बड़ा मकान है। सामने के हिस्से में नीचे उनका चैम्बर है और ऊपर गेस्ट-हाउस। मुकदमे के सिलसिले से जो लोग दूर-दूर से आते हैं और जिनके कहीं ठहरने का इन्तजाम नहीं रहता, ऐसे मालदार मुवक्किल उनके इस गेस्ट-हाउस में ठहरते हैं। जितने दिन साहित्य सम्मेलन चला, मैं भी इसी गेस्ट-हाउस में रहा।

मैं दीवार घड़ी की तरफ देखने लगा तो कान्ति बाबू ने कहा—घड़ी की तरफ मत देखिये बिमल बाबू। घड़ी की तरफ देखने पर जो कहानी सुनाता है उसका मूड बिगड़ जाता है। ऐसे बहुत-से लोग हैं जो कहानी सुनते समय बार-बार घड़ी की तरफ देखते हैं। ऐसे लोगों से मैं चिढ़ जाता हूँ! ऐसे लोगों से मैं साफ कह देता हूँ कि अब आपको कहानी सुनने की जरूरत नहीं है। अगर आपके पास जरूरी काम हो तो आप जा सकते हैं।

मैंने कहा—बहुत रात हो गयी है, शायद आपको तकलीफ हो रही हो।

कान्ति बाबू बोले—फिर आप कैसे लेखक हैं जनाब? मैंने तो सुना है कि लेखक लोग कहानी के लिए जमीन-आसमान एक कर देते हैं। एक आप ऐसे लेखक मिले कि अभी से घड़ी की तरफ देखने लगे। क्या आप थके हुए हैं? अगर आप थके हुए हों तो आराम कीजिये, मैं जा रहा हूँ।

मैंने कहा—नहीं, नहीं, आप कहानी सुनाइये! मैं तो यही सोच रहा था कि शायद मैं ही आपको तकलीफ दे रहा हूँ।

कान्ति बाबू ने कहा—एकदम नहीं! आपको पता होना चाहिए कि वकीलों को रात में जगने की आदत होती है। किसी-किसी मुकदमे का सवाल-जवाब तैयार करने में कभी-कभी रात के तीन बजे तक जगना पड़ जाता है। इसके अलावा मैं खुद गप्पी आदमी हूँ, इसलिए रात जगने में मुझे कोई तकलीफ नहीं होती।

मैंने कहा—मेरा भी यही हाल है। रात को ही मैं लिख पाता हूँ। ज्यादातर लेखकों को यही करना पड़ता है। मैंने भी जो कुछ बढ़िया लिखा है, रात-रात भर जागकर लिखा है।

—फिर सुनिये।

कान्ति चट्टोपाध्याय ने कहना शुरू किया—उस समय फाइनल परीक्षा चल रही है। मिस अलका नायर रात-दिन पढ़ने में जुटी है। सुशीतल भी पढ़ने में जुटा हुआ है। दोनों ही पढ़ने और परीक्षा देने में लगे हैं।

हॉल से निकलकर दोनों एक-दूसरे से पूछते कि तुमने कैसा पेपर किया।

मिस नायर कहती—ठीक ही हुआ है। लेकिन तुमने?

सुशीतल कहता—बुरा नहीं हुआ है।

अन्तिम दिन परीक्षा के बाद दोनों अपने-अपने हॉस्टल में चले गये। फिर हॉस्टल से दोनों श्यामबाजार के पाँच सड़कवाले मोड़ के कॉफी-हाउस में पहुँचे।

बहुत दिन रात-भर जगने के कारण दोनों थके हुए हैं।

सुशीतल ने पूछा—छुट्टी में क्या करोगी?

मिस नायर बोली—अभी तो कुछ दिन आराम करूँगी। तुम क्या करोगे?

सुशीतल बोला—मुझे दो-चार दिन के लिए घर जाना है। बिना गये काम नहीं चलेगा।

—क्यों?

सुशीतल ने कहा—पिता जी ने आने के लिए लिखा है। शायद कोई बहुत जरूरी काम है।

—तुम्हारे लिये क्या जरूरी काम हो सकता है?

सुशीतल बोला— क्या पता? पिता जी तो बूढ़े हो गये हैं, शायद उनकी तबीयत खराब हो।

—लेकिन कब तब लौटोगे?

सुशीतल ने कहा—आज मंगलवार है, कल स्टार्ट करूँगा, दो दिन तो वहाँ रहना ही पड़ेगा। शुक्रवार तक मैं लौट आऊँगा।

—जरूर आओगे न?

सुशीतल ने कहा—नहीं आऊँगा तो वहाँ बैठे-बैठे वक्त कैसे काटूँगा? मैं जा तो रहा हूँ, लेकिन मेरा मन तो यहीं तुम्हारे पास पड़ा रहेगा!

मिस नायर ने कहा—इस तरह बातें न बनाया करो! वहाँ जाते ही तुम मुझे एकदम भूल जाओगे।

सुशीतल ने कहा—तुम भी कैसी बात करती हो? बताओ, तुम्हारे बिना क्या वहाँ मेरा मन लगेगा?

—फिर तुम मेरी कसम खाकर कहो कि शुक्रवार तक जरूर लौट आओगे?

सुशीतल ने कसम खाकर कहा—मैं वादा करता हूँ कि शुक्रवार को जरूर लौट आऊँगा। अब तो तुम्हें कुछ कहना नहीं है?

—याद रखना कि तुमने कसम खायी है, अब वादा-खिलाफी न हो। तुम्हारे लिये मैं अपने घर नहीं जा रही हूँ और तुम मुझे छोड़कर चले जा रहे हो।

सुशीतल ने कहा—अरे? यह तो पिता जी का आदेश है।

—पिता जी के आदेश पर तो तुम खूब चल रहे हो! तुम्हारे पिता जी ने तो तुमसे कह दिया है कि लड़कियों से बोलना तक नहीं, क्या तुमने उनकी बात मानी है?

सुशीतल बोला—यह अलग बात है। पिता जी तो यह सब देख नहीं रहे हैं। लेकिन अब इम्तहान हो गया है, अब अगर घर नहीं जाऊँगा तो पिता जी क्या सोचेंगे, बताओ तो?

—मेरी माँ भी तो ऐसा सोच सकती हैं?

—तुमने तो माँ को लिख दिया है कि तुम कलकत्ते में रहकर नौकरी की कोशिश करोगी, लेकिन मैं कौन-सा बहाना बनाऊँगा?

मिस नायर बोली—मैंने तो बहाना बनाकर ही माँ को ऐसा लिखा है। मैं नौकरी की कोशिश कहाँ कर रही हूँ? मैं तो तुम्हारे कारण घर नहीं गयी।

सुशीतल बोला—अब इस बात को लेकर लड़ने से कोई लाभ नहीं है। मैं तुम्हारी कसम खाकर कह रहा हूँ कि मैं सिर्फ दो दिन वहाँ रहकर लौटकर आऊँगा? अब तो मान जाओ!

—तो तुम सही-सही यह बता दो कि कब लौटोगे, मैं अपनी डायरी में लिख रखूँगी।

सुशीतल बोला—मैं शुक्रवार को लौटूँगा और ठीक तीन बजे इसी कॉफी-हाउस में तुमसे मिलूँगा।

मिस नायर ने अपनी डायरी खोलकर उस तारीख के पन्ने पर यह बात लिख ली। इसके बाद वह बोली—तुम यहाँ दस्तखत करो!

सुशीतल ने उस जगह दस्तखत कर दिया और कहा—अब तो तुम्हें विश्वास हो रहा है?

मिस नायर बोली—वादा-खिलाफी करोगे तो तुम्हें दस रुपये जुर्माना देना पड़ेगा, यह समझ लो।

—देख लेना, जुर्माना नहीं देना पड़ेगा, मैं ठीक समय पर आ जाऊँगा।

मिस नायर बोली—ठीक है। देखा जायेगा कि तुम कितने ठीक समय पर आते हो। मैं भी उस दिन ठीक तीन बजे यहाँ आकर तुम्हारा इन्तजार करूँगी।

—अगर ट्रेन लेट रहे तो बुरा मत मानना।

—नहीं, उसके लिए तुम भी क्या करोगे और मैं भी क्या करूँगी?

फिर सुशीतल बोला—मैं समझ नहीं पा रहा हूँ कि क्यों पिता जी ने झटपट चले आने के लिए लिखा!

जरा रुककर कहा—मुझे लगता है कि पिता जी की तबीयत ज्यादा खराब है।

मिस नायर बोली—अब पिता जी की तबीयत खराब होने का बहाना बनाकर अपनी बात से मुकर मत जाना।

फिर जरा रुककर बोली—तुम तो नहीं जानते, तुम्हारे अलावा कलकत्ते में मेरा कोई अपना नहीं है। ये दो दिन मेरे कैसे कटेंगे, यह मैं बता नहीं पाऊँगी।

सुशीतल बोला—तकलीफ तो होगी, लेकिन बरदाश्त करना, क्या करोगी? मैं जाऊँगा और चला आऊँगा। मैं सच कहता हूँ कि वहाँ एक दिन भी ज्यादा नहीं रुकूँगा। फिर तुम्हारे बिना मैं भी तो बेचैन रहूँगा। तुम्हारे बिना मैं वहाँ किस तरह रह लूँगा, समझ नहीं पा रहा हूँ।

बुधवार सवेरे नौ बजे की ट्रेन से जाना है।

सियालदह स्टेशन पहुँचकर सुशीतल ने देखा कि मिस नायर प्लैटफार्म पर खड़ी है।

—अरे! तुम यहाँ कैसे?

मिस अलका नायर हँसने लगी।

बोली—तुम्हें आश्चर्य में डालने के लिए चली आयी। मैं तो जानती थी कि तुम किस ट्रेन से जाओगे।

—लेकिन तुमने बिला वजह तकलीफ की।

मिस नायर बोली—तकलीफ? तुम तकलीफ की बात कर रहे हो? तुम चले जाओगे तो मुझे कितनी तकलीफ होगी, यह तो तुमने नहीं सोचा! जानते हो, कल रात मैं एक मिनट भी नहीं सो सकी।

—सचमुच तुम्हारे बारे में सोचकर मुझे बड़ा गर्व हो रहा है।

—क्यों? किस बात का गर्व?

सुशीतल बोला—मेरे जैसे नालायक लड़के से भी कोई लड़की इस तरह प्यार कर सकती है, यह पता चल जाने पर किसे गर्व नहीं होता?

—तुम नालायक हो? तुम क्या कह रहे हो?

—क्या मैं तुम्हारे मुकाबले में नालायक नहीं हूँ?

—क्यों? किस बात में मैं तुमसे बड़ी हूँ?

सुशीतल बोला—और किसी बात में न सही, लेकिन पढ़ने-लिखने में तुम मुझसे तेज हो।

—यह किसने बताया?

सुशीतल बोला—कोई क्या बतायेगा, क्या मैं नहीं जानता? सर्जरी में फर्स्ट आकर तुम जरूर ड्यूक ऑव एडिनबरा प्राइज पा जाओगी। क्लिनिकल सर्जरी में भी मैकलउड गोल्ड मेडल तुम्हीं को मिलना है।

—तुम्हारे मुँह में घी-शक्कर!

सुशीतल ने कहा—लेकिन उस वक्त तो याद रहेगा न?

—क्या याद रहेगा?

सुशीतल बोला—क्या इतनी जल्दी भूल गयी?

—सचमुच बताओ न, क्या याद रखने को कह रहे हो?

सुशीतल ने कहा—तुमने कालीघाट के मन्दिर में जाकर काली जी के सामने वादा किया है कि तुम मुझसे शादी करोगी।

मिस नायर बोली—मुझे तो याद है, लेकिन तुम्हें भी याद रहना चाहिए।

इतने में ट्रेन चलने लगी और सुशीतल खिड़की से प्लेटफार्म की तरफ देखता रहा। देखा, मिस नायर अब भी ट्रेन की तरफ देखती खड़ी है। सुशीतल को लगा कि दूर-धीरे-धीरे होती जा रही वह युवती मानो मिस नायर नहीं, बल्कि कोई देवी प्रतिमा हो।

लेकिन मनुष्य जैसा सोचता है, क्या हर समय वैसा होता है? नहीं।

ट्रेन से उतरकर सुशीतल ज्यों ही घर पहुँचा हरिश्चन्द्र बाबू ने उससे कहा—बेटा, आज तुम कुछ मत खाना। आज तुम्हें उपवास रहना पड़ेगा।

सुशीतल कुछ समझ नहीं पाया। उसने पूछा—उपवास रहना पड़ेगा? क्यों?

पिता जी बोले—विवाह के दिन उपवास करना पड़ता है।

—विवाह? किसका विवाह?

—तुम्हारा विवाह? और किसका?

—लेकिन मैं कुछ नहीं जानता?

—तुम्हें जानने की क्या जरूरत है? मैं कह रहा हूँ कि तुम्हें शादी करनी पड़ेगी और तुम शादी करोगे। अब इसमें जानने का क्या है?

सुशीतल बोला—मैंने परीक्षा दी है, अभी तक उसका रिज़ल्ट नहीं निकला मैं पास होता हूँ या फेल, इसका कोई ठिकाना नहीं है। इसलिए इतनी जल्दी क्यों शादी करूँगा?

पिता जी बोले—शादी तुम नहीं कर रहे हो, मैं तुम्हारी शादी कर रहा हूँ!

कहाँ शादी होगी, किससे शादी होगी और जिससे शादी होगी वह देखने में कैसी है, पिता जी से यह सब पूछने का साहस सुशीतल ने नहीं किया। वह हमेशा पिता जी से डरता आया है। उसने कभी उनके सामने जबान खोलने की हिम्मत नहीं की।

पिता जी की बात खत्म होते ही सुशीतल ने मकान के अन्दर जाकर जान बचायी। अपने कमरे में जाकर वह बिस्तर पर लेट गया और छटपटाने लगा। उसे मिस नायर का चेहरा याद आया। वह सोचने लगा कि मैं जाकर उससे क्या कहूँगा? जाकर उसे क्या जवाब दूँगा? सियालदह स्टेशन पर ट्रेन छूटने से पहले उसने मिस नायर की जो शक्ल देखी थी, वही शक्ल उसकी आँखों के आगे तिरने लगी। ठीक वही शक्ल। उसकी

दोनों आँखें छलछला आयीं। उसने वादा किया था कि शुक्रवार को श्यामबाजार के कॉफी हाउस में जाकर मैं तुमसे मुलाकात करूँगा। ठीक तीन बजे मैं पहुँच जाऊँगा। लेकिन क्या मैं अपना वचन पूरा कर पाऊँगा? आज बुधवार है, कल गुरुवार और परसों शुक्रवार। आज अगर मेरी शादी होती है तो परसों शुक्रवार को बहूभात होगा! लेकिन मैं अपनी विषम परिस्थिति के बारे में मिस नायर को कैसे समझाऊँगा?

सुशीतल सोचता रहा कि टेलीग्राम करने पर भी उसे समय पर खबर नहीं मिलेगी। फिर टेलीग्राम में मैं क्या लिखूँगा?

अचानक वेणीमाधव बाबू दिखायी पड़ गये। वे सुशीतल के कमरे के सामने से जा रहे थे।

सुशीतल ने उसे पुकारा—वेणीमाधव भैया, जरा इधर सुनिये।

वेणीमाधव बाबू सुशीतल के कमरे में आये। इस समय वेणीमाधव बाबू के पास बहुत काम है। मालिक ने पचास काम सौंपे हैं। अपने गाँव के और आसपास के गाँवों के बहुत-से लोग आये हैं। शहनाई बजने लगी है। सबके लिए नाश्ता वगैरह का इन्तजाम कर लेने के बाद बरातियों की आवभगत की तैयारी करनी पड़ रही है। घर के सामने शामियाना लगाया गया है। शाम होते-न-होते शादी की चहल-पहल शुरू हो जायेगी।

कमरे में आकर वेणीमाधव बाबू ने पूछा—क्या कह रहे हो मुन्ना बाबू?

सुशीतल ने पूछा—मेरी शादी कहाँ हो रही है वेणीमाधव भैया?

वेणीमाधव बाबू ने कहा—ज्यादा दूर नहीं इसी गाँव में—

—किससे?

—दुःखहरण बाबू की लड़की ललिता से। दुःखहरण बाबू की वही एक लड़की है। बेचारी की माँ नहीं है। आज से बीस साल पहले सब-कुछ तय हो चुका है। मालिक ने वचन दे रखा है। वे तो अपना वचन-भंग नहीं कर सकते। हाँ, दुःखहरण बाबू की लड़की बहुत अच्छी है, देखने-सुनने में लक्ष्मी-जैसी!

सुशीतल बोला—लेकिन मैं तो नहीं जानता था।

वेणीमाधव बाबू बोले—तुमसे मालिक ने न बताया होगा। शायद उन्होंने इसकी जरूरत नहीं समझी। तुम डॉक्टरी पास कर लोगे तो शादी हो जायेगी, ऐसा ही तय था। अब तो तुमने डॉक्टरी पास कर ली है, इसलिए शादी हो रही है।

फिर वेणीमाधव बाबू बोले—अच्छा मुन्ना बाबू, अब मैं चलूँ। अभी मेरे पास बहुत काम है। बराती जायेंगे, उनके लिए सारा इन्तजाम करना है। अभी मुझे एक मिनट भी खड़े रहने की फुर्सत नहीं है।

एक बार सुशीतल के मन में आया कि मैं घर छोड़कर भाग जाऊँ। ऐसे भागूँ कि कोई मुझे देख न सके। फिर तो किसी को मेरा पता भी नहीं चल पायेगा।

लेकिन पिता जी की याद आते ही सुशीतल की हिम्मत छूट गयी। उसने पिता जी के आदेश का कभी उल्लंघन नहीं किया था। आदेश का उल्लंघन करने पर पिता जी

को बड़ी तकलीफ होगी! लेकिन ऐसा भी तो हो सकता है कि इसी वक्त चलकर पिता जी से कह दिया जाय कि मैं यह शादी नहीं करूँगा।

सुशीतल झटपट अपने कमरे से निकला। उसने मन-ही-मन निश्चय किया कि मैं यह शादी किसी हालत में नहीं करूँगा। क्या मैं छोटा बच्चा हूँ कि किसी भी लड़की से मेरी शादी कर दी जाय और मैं चुपचाप वह शादी कर लूँ? मैंने एक बार अपनी भावी पत्नी को देखा तक नहीं। शादी के बारे में मेरी राय तक नहीं ली गयी। क्या यों ही शादी हो जाती है?

बाहर आँगन में आकर सुशीतल ने देखा कि पिता जी वहाँ नहीं हैं। गाँव के कई बड़े-बूढ़े लोग बैठे हैं।

किसी ने सुशीतल से पूछा—कब आये बेटे?

सुशीतल बोला—आज सवेरे की ट्रेन से।

—तुम बड़े अच्छे लड़के हो बेटा, भगवान् तुमको सुखी रखें। तुमने सिर्फ हमारे करीमगंज का नहीं, पूरे नदिया जिले का नाम रोशन किया है। तुम्हीं जैसे लड़के पर हम गाँववाले गर्व करते हैं।

इतने में किसी दूसरे ने कहा—यह किस बाप का बेटा है, यह भी तो देखना पड़ेगा।

सुशीतल वहाँ ज्यादा देर नहीं रुका। मेहमानों की आवभगत के लिए मकान के सामने जहाँ शामियाना लगाया जा रहा है, वह वहाँ भी गया। वहाँ भी उसके पिता जी हरिश्चन्द्र बाबू नहीं मिले।

अन्त में सुशीतल मकान के अन्दर गया। वहाँ गाँव की कुछ बहुएँ ढेंकी से तिल कूट रही हैं। इस तिल से लड्डू बनाये जायेंगे। शादी में ये लड्डू सब खायेंगे।

वहाँ भी पिता जी नहीं मिले तो सुशीतल समझ नहीं पाया कि अब वह किधर जायेगा। मकान के पिछवाड़े के दरवाजे से उसने बाहर की तरफ नजर दौड़ायी। उधर आम और कटहल का बाग है। बहुत बड़ा बाग, एकदम इधर-से-उधर तक। रेलवे स्टेशन से आते समय इसी बाग का चक्कर लगाकर आना पड़ता है। बगल से ही स्टेशन से आने का रास्ता है।

सुशीतल का मन न जाने कैसा दुःखी हो गया। वह धीरे-धीरे बाग के बीच से बढ़ चला। बाग खत्म होते ही गाँव का रास्ता है। इस रास्ते से आधा घण्टा चलने पर बसवाली सड़क मिल जायेगी। बस में बैठने पर वह स्टेशन पहुँच जायेगा। फिर उसे कोई पकड़ नहीं सकेगा। दिन में ढाई बजे एक ट्रेन है। अगर वह ट्रेन मिल गयी तो वह सीधे कलकत्ते पहुँच सकेगा।

बस-स्टाप तक आकर सुशीतल बरगद के पेड़ के नीचे खड़ा हो गया। और भी कई लोग वहाँ बस का इन्तजार कर रहे थे। कहीं कोई उसे पहचान न ले, इसलिए वह पेड़ की आड़ में खड़ा हो गया।

थोड़ी देर बाद बस आते ही सुशीतल उसमें बैठ गया।

पक्की सड़क से बस तेज रफ्तार में दौड़ने लगी।

सुशीतल ने सोचा कि यह अच्छा हुआ कि मैंने पिता जी की बातों में आकर शादी नहीं कर ली। इससे मेरा भला ही होगा।

जब पिता जी मुझे ढूँढ़ेंगे तब मैं नहीं मिलूँगा। फिर पिता जी सबसे पूछते फिरेंगे—मुन्ना कहाँ गया? क्या किसी ने मुन्ना को देखा है?

लेकिन मुन्ना कहाँ गया है, यह किसी ने नहीं देखा और न कोई देख पायेगा। कोई भी नहीं जानता कि वह कहाँ गया है।

पिता जी पहले वेणीमाधव बाबू से ही पूछेंगे—क्या तुमने देखा है कि मुन्ना कहाँ गया है?

वेणीमाधव बाबू कहेंगे—अभी तो थोड़ी देर पहले देखा कि मुन्ना बाबू अपने कमरे में पलँग पर लेटे हुए हैं।

—अगर पलँग पर लेटा हुआ था तो कहाँ चला गया?

सुशीतल सोचता रहा कि मेरे गायब होने पर घर भर में तहलका मच जायेगा। तब तक ट्रेन रानाघाट पहुँच जायेगी। रानाघाट में ट्रेन दस-पन्द्रह मिनट रुकेगी। वहीं कुछ खा लिया जायेगा। सवेरे से उसने कुछ नहीं खाया है। शादी के दिन दूल्हे को उपवास रहना पड़ता है।

सुशीतल ने सोचा कि यह अच्छा हुआ कि हमेशा के लिए पिता जी से मेरा सम्पर्क टूट गया। मिस नायर के साथ मैं कलकत्ते से दूर जाकर किसी अस्पताल में नौकरी कर लूँगा। फिर तो मेरा कोई पता ही नहीं पा सकेगा। मुझसे बिना कुछ बताये लोगों ने मेरी शादी की तैयारी कर ली तो अब उसका मजा चखना पड़ेगा।

बीच रास्ते में बस से एक पैसेञ्जर उतरा तो सुशीतल उस जगह पर बैठ गया।

इतने में किसी ने पूछा—छोटे बाबू, आप इस बस से कहाँ जा रहे हैं?

सुशीतल ने उस आदमी को देखा। वह सामने की सीट पर बैठा हुआ था। सुशीतल उसे नहीं पहचानता। वह बोला—रेल-बाजार जा रहा हूँ।

—आज तो आपकी शादी है और आप रेल-बाजार जा रहे हैं? क्या कोई जरूरी काम पड़ गया है?

सुशीतल ने छोटा-सा जवाब दिया—हाँ!

फिर भी उस आदमी ने कहा—लेकिन शादी के दिन घर से नहीं निकलना चाहिए छोटे बाबू।

सुशीतल ने रुखाई से कहा—जरूरी काम पड़ गया तो क्या किया जाय?

इतना कहकर सुशीतल ने दूसरी तरफ मुँह फेर लिया ताकि उस आदमी से ज्यादा बात न करनी पड़े।

बस रेल-बाजार में आकर रुकी तो जल्दी-जल्दी सब मुसाफिर उतरे। सुशीतल भी उनके साथ उतरा।

कलकत्ते जानेवाली ट्रेन का टिकट कटाने के लिए ओवरब्रिज पार कर स्टेशन के उस पार जाना पड़ता है। ट्रेन इधरवाले प्लैटफार्म पर आयेगी लेकिन टिकट के लिए उधर जाना पड़ेगा।

इतने में किसी ने पीछे से आवाज दी—मुन्ना!

आवाज सुनते ही सुशीतल का दिल काँप उठा। उसने पलटकर देखा कि उसके पिता हरिश्चन्द्र बाबू थोड़ी दूर पर खड़े हैं।

हरिश्चन्द्र बाबू सुशीतल के पास आये और बोले—तुम यहाँ?

पिता जी को देखकर सुशीतल के मुँह से कोई आवाज नहीं निकली। वह चुपचाप खड़ा रहा।

—क्या हुआ? बोल नहीं रहे हो? आज तुम्हारी शादी है और तुम रेल-बाजार में कैसे आये? क्यो कोई आनेवाला है? क्या कलकत्ते से तुम्हारा कोई दोस्त आयेगा? उसी को लाने आये हो?

इन सवालों का कोई जवाब सुशीतल के मुँह से नहीं निकला।

अन्त में उसने बड़ी मुश्किल से कहा—मैं शादी नहीं करूँगा।

—शादी नहीं करोगे? क्या मतलब? तुमने क्या सोच रखा है? मेरी बेइज्जती हो, क्या तुम यही चाहते हो? जानते हो, अभी मैं परसों होनेवाले बहूभात के लिए मिठाई और मछली का आर्डर देने आया था। मछली और मिठाई के लिए मैंने पेशगी दे दी है और तुम कह रहे हो कि शादी नहीं करूँगा। क्या तुम्हारा दिमाग खराब हो गया है? चलो, घर चलो!

हरिश्चन्द्र बाबू समझ गये कि मेरा लड़का कलकत्ते भाग रहा है।

बेटे का हाथ पकड़कर हरिश्चन्द्र बाबू ने उसे साइकिल रिक्शे पर बिठाया।

फिर उन्होंने रिक्शेवाले से सीधे करीमगंज चलने के लिए कहा।

रिक्शावाला रिक्शा चलाने लगा।

हरिश्चन्द्र बाबू बेटे को समझाने लगे—क्यों तुम शादी नहीं करोगे, यह तो नहीं बता रहे हो?

सुशीतल बोला—मैं अभी तक डॉक्टर नहीं बना। मैंने परीक्षा दी है, लेकिन अभी तक परीक्षाफल नहीं निकला। इस समय मैं कोई काम नहीं करता। इस हालत में शादी करने की इच्छा नहीं है।

हरिश्चन्द्र बाबू बोले—ये सब बेकार की बातें छोड़ो। क्या तुम्हें रुपया कमाकर बहू को खिलाना पड़ेगा? फिर तुम तो अपनी इच्छा से शादी नहीं कर रहे हो, मैं तुम्हारी शादी कर रहा हूँ। यह शादी मेरी इच्छा से हो रही है। तुम्हें मेरी इच्छा का आदर करना चाहिए। जैसा मैं कहूँगा वैसा तुम करोगे। लेकिन अब तो मैं देख रहा हूँ कि कलकत्ते जाकर तुम्हारा दिमाग खराब हो गया है। तुम्हें कलकत्ते भेजकर मैंने गलती की है।

सुशीतल पिता जी की बातें चुपचाप सुनता रहा। उसने प्रतिवाद करने का साहस नहीं किया।

हरिश्चन्द्र बाबू कहने लगे—अब तुम बड़े हो गये हो, बच्चे नहीं हो। आज से बीस साल पहले मैंने तुम्हारे दुःखहरण चाचा को वचन दिया था कि उसकी लड़की से मैं तुम्हारी शादी करूँगा। अब यह शादी नहीं होगी तो मैं लोगों को अपना मुँह कैसे दिखाऊँगा? बोलो, मेरी बात का जवाब दो। गूँगा बनकर बैठे रहने से काम नहीं चलेगा।

सुशीतल कोई उत्तर नहीं दे सका। आज्ञाकारी बेटे की तरह बाप की बगल में बैठा वह चुपचाप सब-कुछ सुनता रहा। उसने एक बार के लिए भी सिर नहीं उठाया।

कान्ति बाबू रुके।

मैंने पूछा—फिर?

—फिर जो होना था वही हुआ। उसी रात सुशीतल से दुःखहरण चक्रवर्ती की मातृहीन एकमात्र पुत्री ललिता की शादी हो गयी। हँसी-खुशी, फूलों की बौछार, भाँवरें डालना, कोहबर और सुहागरात आदि शादी की कोई भी रस्म नहीं छूटी। शुभदृष्टि के समय वर-वधू जब एक-दूसरे को देखते हैं, सुशीतल ने अपनी पत्नी की तरफ ठीक से देखा भी नहीं। सुहागरात के मौके पर भी सुशीतल अपने हिसाब से सो गया। शरीर और मन की थकान के कारण वह सवेरे देर से सोकर उठा। नयी पत्नी से वह एक बार भी नहीं बोला।

मनुष्य का जीवन कभी सीधे रास्ते चलना नहीं जानता। मनुष्य को पता भी नहीं चलता, लेकिन उसका जीवन अपने हिसाब से अपने रास्ते चलता रहता है।

बहुत-से रिश्तेदारों और मेहमानों के कारण हरिश्चन्द्र बाबू के घर में दो-तीन दिन खूब चहल-पहल रही। उसके बाद एक-एक कर सब विदा हो गये। अब हरिश्चन्द्र बाबू और दुःखहरण बाबू दोनों निश्चिन्त हुए। दुःखहरण बाबू पर से मानो एक बोझ उतर गया। अब न उनको कोई चिन्ता रही और न हरिश्चन्द्र बाबू को। बेटा सुशीतल अब डॉक्टर बन जायेगा। इतने दिनों तक हरिश्चन्द्र बाबू के घर में कोई गृहिणी नहीं थी, अब बेटे की बहू आ गयी है।

हरिश्चन्द्र बाबू ने नयी पुत्रवधू से कहा—बेटी, अब तुम इस घर की बहू हो। अब से इस घर की सारी जिम्मेदारी तुम्हारी है। ससुर, पति और घर सब को तुम्हें सँभालना है। सारी जिम्मेदारी तुम्हें सौंपकर अब मैं निश्चिन्त हो गया।

सुशीतल सिर्फ कई दिन घर में रहा। ललिता उसकी विधिवत् पत्नी है, इसलिए उससे एक-दो बातें करनी पड़ीं।

एक दिन रात को बिस्तर पर लेटने के बाद ललिता ने सुशीतल से पूछा—क्या तुम मुझसे शादी करके सुखी नहीं हो?

सुशीतल ने कहा—क्यों? अब यह क्यों पूछ रही हो?

—यों ही। मैंने सुना कि शादी के दिन तुम छिपकर कलकत्ते भाग रहे थे। क्या तुमसे जबर्दस्ती मेरी शादी की गयी है?

सुशीतल ने पूछा—यह सब तुमसे किसने बताया?

ललिता बोली—गाँव के सभी लोगों को इस बात का पता चल गया है। बताओ, यह सही है या नहीं?

सुशीतल बोला—दूसरों की बात पर कभी विश्वास नहीं करना चाहिए।

ललिता बोली—मैं दूसरों की बात नहीं कर रही हूँ, मेरे पिता जी ने स्वयं मुझसे यह बात कही है। इसमें मेरा क्या दोष है बताओ? मैं तो बचपन से जानती थी कि एक दिन तुमसे मेरी शादी होगी। क्या तुम यह नहीं जानते थे?

सुशीतल बोला—नहीं, यहाँ आने के बाद पहली बार मैंने पिता जी से सुना था।

ललिता ने अचानक पूछा—क्या तुम मुझे पसन्द नहीं करते?

सुशीतल ने कहा- यह तुमसे किसने बताया कि मैं तुम्हें पसन्द नहीं करता?

—यह बताने की जरूरत नहीं पड़ती, चेहरा देखने से समझ में आ जाता है।

सुशीतल बोला—चेहरा देखने से अगर मन की बात समझ में आ जाती तो परेशानी किस बात की थी?

ललिता बोली—तुम मेरी बात का जवाब देने से क्यों कतराते हो? क्या साफ-साफ जवाब नहीं दे सकते? हर समय तुम क्या सोचते रहते हो? क्यों इतने अनमने रहते हो?

—नहीं, मैं तो कुछ भी नहीं सोचता।

फिर तुम इस तरह गम्भीर क्यों बने रहते हो?

सुशीतल बोला—परीक्षाफल अभी तक नहीं निकला, इसलिए सोचता रहता हूँ कि न जाने क्या होगा। एक बार कलकत्ता हो आता तो अच्छा रहता।

—हो आओ न कलकत्ता। क्या मैंने तुम्हें आँचल में बाँध रखा है?

सुशीतल बोला—नहीं, मन होगा तो मैं चला जाऊँगा।

—जाओगे तो कब तक लौट आओगे?

—यह पहले से कैसे बताया जा सकता है?

ललिता बोली—मैं समझ गयी हूँ।

—क्या समझ गयी हो?

—यही कि मैं तुम्हें अच्छी नहीं लगती। मेरे पास रहना भी तुम्हें अच्छा नहीं लगता।

इतना कहकर ललिता आँखों पर आँचल रखकर रोने लगी।

रात भर जितनी देर ललिता सुशीतल के पास रहती थी, उतनी देर वह रोती रहती थी। सिर्फ रोना और बिला वजह उलाहना देना। रोना और उलाहना सुनते-सुनते सुशीतल आजिज आ गया।

एक दिन सुशीतल ने कहा—क्या तुम्हारे पास रोने के अलावा और कुछ नहीं है? क्या तुम थोड़ी देर के लिए हँस भी नहीं सकती?

ललिता बोली—क्या मुझे रोने में मजा मिलता है? क्या मेरा मन हँसने को नहीं करता? लेकिन मेरा भाग्य ही ऐसा है कि मुझे हँसी नहीं आती।

—हँसी क्यों नहीं आती?

ललिता बोली—तुम तो बस मुझे दोष दे रहे हो कि मैं नहीं हँसती। लेकिन इतने दिन हो गये हमारी शादी हुई है, क्या तुम्हारे चेहरे पर कभी हँसी दिखायी पड़ी है?

इतना कहकर ललिता रोने लगी।

ललिता को रोते देखकर सुशीतल चिढ़ गया।

वह बोला—न तुम खुद सोओगी और न मुझे सोने दोगी। ऐसा करोगी तो मुझे दूसरी जगह जाकर सोना पड़ेगा।

ललिता बोली—ठीक है, तुम दूसरी जगह जाकर सोओ। अब भी लोगों को जो कुछ पता नहीं चल पाया है, वह भी चल जाय। सब यह जान जायँ कि तुम्हारे और मेरे बीच क्या रिश्ता है। अब इसके लिए देर क्यों करते हो?

इतना कहकर ललिता ने उठकर कमरे का दरवाजा खोल दिया और कहा—जाओ, जाओ, चले जाओ, खड़े क्यों हो? मैंने तो दरवाजा खोल दिया है।

अब सुशीतल के लिए बरदाश्त के बाहर हो गया।

उसने तेज अवाज में कहा—पागलपन न करो। पागलपन की भी एक सीमा होती है, लेकिन मैं देख रहा हूँ कि तुम उस सीमा को पार करती जा रही हो।

ललिता ने भी अपनी आवाज तेज कर दी। उसने कहा—तुमने मुझे पागल कहा! क्या मैं पागल हूँ? अगर मैं पागल हूँ तो तुमने मुझसे शादी क्यों की। किसने तुमसे कहा था कि मुझसे शादी करो?

सुशीतल बोला—यही मुझसे गलती हो गयी है। शादी के दिन तो मैं भाग रहा था। अगर पिता जी मुझे पकड़ न लेते तो क्या मैं तुमसे शादी करता? अगर मैं उस दिन भाग सकता तो कम-से-कम रात को चैन से सो पाता।

ललिता बिगड़कर कुछ कहने जा रही थी, लेकिन वह कुछ कह न सकी और बेहोश होकर फर्श पर लुढ़क गयी। उसके मुँह से विचित्र आवाज निकलने लगी।

यह देखकर सुशीतल हैरान हो गया। इस हालत में वह क्या करेगा, समझ नहीं सका। यह सही है कि वह स्वयं डॉक्टर है, लेकिन उसके पास कोई दवा भी तो नहीं

है। वह समझ गया कि यह मिरगी है। उसने मिरगी की रोगिणी से शादी की है। सुराही से पानी लेकर वह ललिता के सिर पर छिड़कने लगा। बहुत देर बाद भी ललिता में होश में आने का कोई लक्षण नहीं दिखायी पड़ा।

सुशीतल पुकारने लगा—ललिता, ललिता—

लेकिन ललिता ने कोई जवाब नहीं दिया।

आधी रात को यह घटना घटी थी। रात जब खत्म होने की आयी, तब ललिता होश में आने लगी। जब वह पूरी तरह होश में आयी तब सवेरा हो चुका था।

सुशीतल ने पूछा—अभी कैसा लग रहा है?

ललिता झिझकती हुई बोली—अब कुछ ठीक हूँ। लेकिन मेरे सिर पर इतना पानी किसने डाला?

सुशीतल बोला—मैंने। क्या तुम्हें अक्सर ऐसा हो जाता है?

ललिता कुछ नही बोली। वह चुप रही।

सुशीतल फिर बोला—मैं डॉक्टर हूँ, मुझसे मत छिपाओ। बताओ, क्या पहले भी तुम्हें ऐसा हुआ है?

ललिता ने कहा—हाँ।

—कब से ऐसा हो रहा है?

ललिता बोली—बचपन से—

—क्या किसी को इस बात का पता है?

ललिता बोली—पिता जी जानते हैं, गाँव के लोग भी जानते हैं।

—क्या किसी डॉक्टर को दिखाया गया है?

—हाँ!

—डॉक्टर ने क्या कहा था?

—डॉक्टर ने कहा था कि शादी के बाद सब ठीक हो जायेगा।

सुशीतल सब समझ गया। वह यह भी समझ गया कि उसे धोखा दिया गया है। दुःखहरण चाचा ने उसे धोखा दिया है।

दूसरे दिन सुशीतल ने पिता जी से जाकर कहा—पिता जी, बहुत दिन हो गये, मैं यहीं हूँ, अब कलकत्ते जाना जरूरी है। मैं आज ही जाऊँगा।

—क्यों?

सुशीतल बोला—मेरा परीक्षाफल निकला या नहीं, पता करना है।

पिता जी ने कहा—तो आज ही क्यों जाओगे? दो-चार दिन बाद जाने में क्या हर्ज है?

सुशीतल ने कहा—गाँव में बैठे रहने से मुझे कोई खबर नहीं मिलेगी। कलकत्ते जाकर अपने कॉलेज के दोस्तों से मुलाकात करने पर कोई-न-कोई खबर मिल जायेगी।

—ठीक है, जाओ। लेकिन कब तक लौटोगे?

—दो-चार दिन में लौट आऊँगा।

—दो-चार दिन नहीं, तुम्हें परसों लौट आना है।

—इतने थोड़े समय में कोई काम नहीं हो पायेगा।

—अगर ऐसा है तो एक दिन और रुक जाना। लेकिन कलकत्ते में तुम्हें ज्यादा दिन नहीं रुकना है। कलकत्ता बहुत बुरी जगह है। इसलिए जितनी जल्दी हो सके तुम लौट आओगे। डॉक्टरी पास करने के बाद तुम बहू को लेकर कलकत्ते में रहोगे और वहीं डॉक्टरी करोगे, ऐसा नहीं होगा।

—फिर?

—तुम इसी गाँव में प्रैक्टिस करोगे।

दुःखहरण बाबू वहाँ बैठे थे। उन्होंने कहा—हाँ बेटा, तुम्हारे पिता जी जो कह रहे हैं वही ठीक है। तुम इस गाँव के लड़के हो, हम सभी चाहते हैं कि तुम इसी गाँव में रहो। यहाँ कोई अच्छा डॉक्टर नहीं है, जिससे गाँववाले अपना इलाज करा सकें। फिर हम लोग भी बूढ़े हो गये हैं, जब हम बीमार पड़ेंगे तब कौन हमारा इलाज करेगा? तुम हम लोगों के बारे में क्यों नहीं सोचते?

सुशीतल बोला—लेकिन गाँव के लोगों के पास कहाँ इतना पैसा है कि वे मुझे मुनासिब पैसा दे सकें?

—तुम्हें इतने पैसे की क्या जरूरत है?

इस पर सुशीतल ने कहा—जीवन में सुख पाने के लिए पैसे की बहुत जरूरत है। इसलिए मैं कलकत्ते के किसी अस्पताल में काम करना चाहता हूँ। कलकत्ते में बहुत-से अस्पताल हैं। इससे बहुत-कुछ सीखा जा सकता है। फिर डॉक्टरी की परीक्षा में पास होना काफी नहीं है। मुझे अपने कॉलेज के अस्पताल में हाउस-फिजिशियन होकर कम-से-कम एक साल रहना पड़ेगा।

अब सुशीतल के पिता जी हरिश्चन्द्र बाबू को चिन्ता हुई। वे बोले—क्या उतने दिन बहू तुम्हारे पास अकेली रहेगी?

इसके जवाब में सुशीतल चुप रहा।

थोड़ी देर बाद वह बोला—फिर आप लोगों ने मुझे डॉक्टरी पढ़ने के लिए क्यों भेजा? आप लोग शुरू में मुझे मना कर सकते थे।

हारकर पिता जी ने कहा—ठीक है। अगर जाना जरूरी है तो तुम जा सकते हो। जिसमें तुम्हारा भला होगा, उसमें मैं अड़ंगा नहीं डालूँगा। फिर हम लोग यह सब समझते भी नहीं। लेकिन जितनी जल्दी हो सके लौट आना।

पिता जी से अनुमति मिल जाने पर सुशीतल को बड़ा चैन मिला। उसने उसी दिन कलकत्ते जाने की तैयारी की।

मैंने पूछा—फिर क्या हुआ?

कान्ति बाबू कहने लगे—डॉक्टर बनर्जी ने मुझसे बताया था कि कलकत्ते जाने की अनुमति मिलने से मानो उन्हें छुटकारा मिल गया। वे अपनी मिरगी की पेशेण्ट पत्नी के हाथ से बचकर निकल भागे।

कलकत्ते पहुँचकर डॉक्टर बनर्जी उसी दिन सीधे श्यामबाजार के मोड़ पर उस कॉफी-हाउस में गये। वे जिस समय वहाँ पहुँचे, उस समय शाम के तीन बजे थे।

उसने कॉफी-हाउस के मालिक से पूछा—शायद आपको याद होगा कि कुछ दिन पहले तक मेरे साथ एक महिला रोज यहाँ आती थीं। हम दोनों उस केबिन में बैठकर कॉफी पीते थे।

कभी-कभी हम बहुत देर तक वहाँ बैठकर बातें करते रहते थे। आपको याद है न?

कॉफी-हाउस के मालिक ने कहा—जी हाँ, खूब याद है।

—क्या वह महिला अब यहाँ आती हैं?

दुकान के मालिक ने कहा—जी नहीं, इधर वे नहीं आ रही हैं। शुरू में लगभग दो हफ्ते वे रोज आती थीं, फिर उन्होंने आना बन्द कर दिया। फिर वे कभी नहीं आयीं।

यह सुनकर सुशीतल वहाँ से लौट पड़ा। वह टैक्सी लेकर सीधे मिस नायर के हॉस्टल पहुँचा। लड़कियों के हॉस्टल में कायदे-कानून बड़े कड़े होते हैं। मिस अलका नायर के हॉस्टल के कायदे-कानून तो और भी कड़े थे। पहले दरबान को स्लिप देना होगा। फिर वह स्लिप सही लड़की के पहुँचने पर वह स्वयं नीचे विजिटर्स रूम में आकर मिलनेवाले से मिलेगी, नहीं तो नहीं।

उन दिनों बड़ा कड़ा नियम था।

टैक्सी से सीधे मिस नायर के हॉस्टल में पहुँचकर सुशीतल ने टैक्सी छोड़ दी। उसने दरबान के हाथ से मिस नायर के नाम स्लिप भेजा।

फिर सुशीतल के आश्चर्य का ठिकाना न रहा। दूसरे ही क्षण नाचती हुई-सी मिस नायर सीढ़ी से उतरने लगी।

आते ही मिस नायर ने कहा—अरे तुम! आखिर इतने दिन बाद तुम आये? मैंने तो तुम्हारी उम्मीद छोड़ दी थी। फिर सोचा कि शायद तुम बीमार पड़े हो। लगता है कि मुझे जिस बात का डर था, वही हुआ है—

—किस बात का डर था?

मिस नायर बोली—तुम्हारी शक्ल एकदम बदल गयी है। तुम कितने दुबले हो गये हो। तुम्हें कौन-सी बीमारी हो गयी थी? मलेरिया?

सुशीतल बोला—नहीं उससे भी खतरनाक बीमारी।

—क्या मतलब?

सुशीतल ने कहा—उस बीमारी के बारे में यहाँ नहीं बताऊँगा। वे सब बातें यहाँ अच्छी नहीं लगेंगी। चलो हम कॉफी-हाउस में चलें, हमारे पुराने अड्डे पर। चलो, टैक्सी ले लें।

टैक्सी से दोनों उसी कॉफी-हाउस के लिए रवाना हुए।

आते समय टैक्सी में मिस नायर बार-बार कहती रही—तुम भी कैसे हो? कोई खबर भी तो भेज सकते थे!

सुशीतल ने कहा—मैं कैसी मुसीबत में फँस गया था, तुम उसकी कल्पना नहीं कर सकती।

—लेकिन तुम मेरे पते पर चिट्ठी लिखकर खबर भी भेज सकते थे। मैं पन्द्रह दिनों तक रोज शाम के तीन बजे कॉफी-हाउस में आकर बैठी रहती थी। समझ में नहीं आता था कि क्या करूँ। फिर कॉफी-हाउस में आना बन्द कर दिया।

—रिज़ल्ट कब तक निकलेगा?

मिस नायर बोली—मैंने उसके बारे में पता भी नहीं लगाया।

सुशीतल बोला—तुम्हें इस बार जरूर गोल्ड मेडल मिलेगा।

मिस नायर बोली—मिलेगा तो ले लूँगी, नहीं तो नहीं। लेकिन मैं तो तुम्हारी अक्ल के बारे में सोचकर परेशान हो रही हूँ। गाँव जाकर तुम कैसे इतने दिन वहाँ रह गये? वहाँ तुम्हारा कौन है?

इतने में टैक्सी कॉफी-हाउस के सामने आकर रुकी। सुशीतल ने टैक्सी से उतरकर टैक्सीवाले को किराया दे दिया।

फिर दोनों अपने पुराने केबिन में जाकर आमने-सामने बैठ गये।

बेयरा कॉफी और काजू ले आया।

सुशीतल समझ नहीं पाया कि कैसे बात छेड़ी जाय। कैसे मिस नायर को समझाया जाय कि गाँव जाकर वह किस चक्कर में पड़ गया था। उसे कुछ भी पता नहीं था कि पिता जी जबर्दस्ती उसकी शादी कर देंगे। लेकिन यह सारा किस्सा वह मिस नायर को कैसे कह सुनायेगा।

मिस नायर बोली—अरे, कुछ बताते क्यों नहीं? बताओ न, गाँव जाने के बाद तुम्हें क्या हो गया था।

सुशीतल ने रोनी सूरत बना ली।

फिर उसने कहा—जानती हो अलका, मैं जिस दिन गाँव पहुँचा उसी दिन मेरा सर्वनाश हो गया।

—सर्वनाश? कैसा सर्वनाश?

—पिता जी ने मेरी शादी कर दी।

अलका चौंक उठी और बोली—शादी? क्या तुम्हारी शादी हो गयी है?

हाँ, मैंने इसकी कल्पना तक नहीं की थी। पिता जी के एक घनिष्ठ मित्र की लड़की से मेरी शादी हो गयी।

मिस नायर के मुँह से एक भी शब्द नहीं निकला।

सुशीतल कहने लगा—मैं तो शादी की बात सुनते ही भागा आ रहा था। स्टेशन तक पहुँच भी गया था। लेकिन जो होना था वही हुआ। पिता जी मिठाई का आर्डर देने रेल-बाजार आये थे। वहीं उन्होंने मुझे देख लिया और वहीं से मुझे पकड़कर घर ले गये। फिर सबने मुझे पहरे में रखा ताकि मैं भाग न जाऊँ। निराश होकर मैंने अपने को भाग्य पर छोड़ दिया। फिर एक लड़की से मेरी शादी कर दी गयी।

—क्या सचमुच तुम्हारी शादी हो गयी है? क्या तुम्हें एक बार भी मेरी याद नहीं आयी? तुमने मुझे वचन दिया था न? कालीघाट के मन्दिर में जाकर काली जी के सामने तुमने कहा था कि मुझसे शादी करोगे? क्या वह सब तुम भूल गये थे?

सुशीतल ने मिस नायर के दोनों हाथ पकड़ लिये और कहा—विश्वास करो, सबने मिलकर मुझे धोखा दिया है।

—धोखा दिया है? क्या मतलब?

—वह लड़की एपिलेप्टिक पेशेण्ट है, मिरगी की रोगिणी। अक्सर बेहोश हो जाती है। इसके अलावा उसे ऐग्जमा भी है। उसी लड़की से जबर्दस्ती मेरी शादी कर दी गयी। सबसे बड़ी बात यह है कि मेरे पिता जी ने मेरा सर्वनाश किया।

मिस नायर उठ खड़ी हुई। उसका कॉफी का प्याला खाली नहीं हुआ था। उसने नाश्ते की तरफ भी ध्यान नहीं दिया। क्रोध की सीमा पार कर जाने पर कभी-कभी मनुष्य एकदम खामोश हो जाता है। वही हाल मिस नायर का हुआ।

—अलका! मेरी बात तो सुनो अलका!

लेकिन अब कौन किसकी बात सुनता है?

मिस नायर सुशीतल की किसी बात का जवाब दिये बिना सीधे सड़क पर आ गयी।

कॉफी का दाम चुकाकर सुशीतल जितनी देर में सड़क पर आया उतनी देर में अलका वहाँ से जा चुकी थी। मानो क्षण भर में वह ओझल हो गयी थी। शायद कोई खाली टैक्सी मिल गयी थी और उसी में बैठकर वह जा चुकी थी।

मैंने पूछा—फिर क्या हुआ?

कान्ति चट्टोपाध्याय कहने लगे—उसके बाद सुशीतल ने कितनी ही बार मिस नायर के हॉस्टल में जाकर दरबान के हाथ से स्लिप भेजा, लेकिन मिस नायर ने उससे मुलाकात नहीं की।

जिस दिन परीक्षाफल निकला, उस दिन सुशीतल ने देखा कि वह तो किसी तरह पास हो गया है लेकिन मिस नायर को ड्यूक ऑव एडिनबरा प्राइज मिला है। क्लिनिकल सर्जरी में मैकलाउड गोल्ड मेडल भी उसी को मिला है।

उसके बाद सुशीतल रोज सवेरे से शाम तक मिस नायर के हॉस्टल के सामने फुटपाथ पर खड़ा रहता था। उसे उम्मीद थी कि कभी तो मिस नायर बाहर निकलेगी

और उससे मुलाकात हो जायेगी। वह मिस नायर के दोनों हाथ पकड़कर उससे क्षमा माँग लेना चाहता था—एक बार तुम मुझे क्षमा कर दो। मैं अपनी पत्नी को छोड़ दूँगा। सिर्फ तुम मुझसे इतना कह दो कि मुझे एक मौका और दोगी।

लेकिन मिस नायर से सुशीतल की कभी मुलाकात नहीं हो सकी। पता नहीं, मिस नायर कभी सड़क पर निकलती थी या नहीं।

एक दिन सुशीतल ने जहर खाने का निश्चय किया। उसके कॉलेज की लेबोरेटरी में अनेक तरह के जहर थे। उन्हीं में से कोई जहर लेकर उसने रात को मिस नायर के हॉस्टल के सामने फुटपाथ पर खड़े होकर खाने का इरादा किया। फिर तो सवेरे लोग उसके शव को देखकर हल्ला मचाते और तब पुलिस आती...लेकिन नहीं, सुशीतल उतनी हिम्मत नहीं कर सका। जहर खा लेना बड़ा मुश्किल काम है। जहर खाने के बाद तकलीफ बरदाश्त करना और भी मुश्किल है।

इस तरह बहुत दिन प्रतीक्षा करने के बाद एक दिन सुशीतल एक बार में जाकर शराब पीने बैठ गया। उसने कभी पिता जी के आगे प्रतिज्ञा की थी कि मैं कभी शराब नहीं पियूँगा। उसने उस दिन उरा प्रतिज्ञा को भी तोड़ा।

जब वह बार से निकला, तब उसके कदम लड़खड़ाने लगे। वह झूमता हुआ सड़क से चला।

एक आदमी ने उसे देखकर कहा—साला शराबी! आजकल कलकत्ते में इतने शराबी हो गये हैं कि भले लोगों के लिए सड़क पर चलना मुश्किल हो गया है।

यह मन्तव्य सुशीतल के कानों में गया। फिर वह शरम के मारे टैक्सी में बैठकर सीधे अपने हॉस्टल में आया।

दूसरे दिन सवेरे जब सुशीतल सोकर उठा तब बसन्त उसके पास आया।

बसन्त ने पूछा—क्या तूने कल शराब पी थी?

सुशीतल ने पूछा—तुझे कैसे पता चला?

बसन्त बोला—हमीं तो तुझे पकड़कर ऊपर ले आये थे। तू तो कभी शराब नहीं पीता था। कल तुझे किसने पिला दी?

और एक दिन की बात है। सुशीतल शराब पीकर सड़क पर पड़ा था। पुलिसवाले उसे पकड़कर थाने ले गये। दूसरे दिन सवेरे उसे छोड़ दिया गया।

उस दिन भी बसन्त ने पूछा—कल रात भर तू कहाँ था?

सुशीतल ने कोई जवाब नहीं दिया। उसे अपनी गलती स्वीकार करने में शरम लगी।

फिर एक दिन सुशीतल शराब की बोतल खरीदकर हॉस्टल में ले आया। जब शाम को हॉस्टल लगभग खाली हो गया, सब लड़के घूमने निकल गये, तब उसने शराब की बोतल खोली। फिर धीरे-धीरे उसने वह बोतल खाली कर दी।

टहलकर लौटने के बाद बसन्त ने देखा कि सुशीतल शराब पीकर अपने बिस्तर पर पड़ा है। उसके सामने शराब की खाली बोतल पड़ी है।

दूसरे दिन बसन्त ने सुशीतल के घर के पते पर चिट्ठी लिख दी कि सुशीतल की तबीयत बहुत ज्यादा खराब है। चिट्ठी मिलते ही कोई आ जाय।

दो दिन बाद वेणीमाधव बाबू आ पहुँचे।

सुशीतल की शक्ल देखकर वेणीमाधव बाबू घबरा गये। उन्होंने पूछा—यह तुम्हारी कैसी शक्ल हो गयी है भैया? क्या तुम बीमार थे?

गनीमत है कि बसन्त उस समय हॉस्टल में नहीं था, इसलिए सुशीतल के शराब पीने की बात वेणीमाधव बाबू को मालूम न हो सकी।

वेणीमाधव बाबू ने सुशीतल से कहा—चलो भैया, तुम मेरे साथ घर चलो। तुम्हारी तबीयत खराब होने की खबर पाकर घर में सब परेशान हैं। घर से आने के बाद आपने कोई चिट्ठी भी नहीं लिखी।

सुशीतल ने पूछा—पिता जी कैसे हैं?

—मालिक तो ठीक हैं, लेकिन बहुरानी की तबीयत बहुत ज्यादा खराब है।

—उसे क्या हो गया है?

वेणीमाधव बाबू बोले—बहुरानी अक्सर बेहोश हो जाती हैं—

सुशीतल बोला—अभी आप जाइये वेणीमाधव भैया, मैं अपना काम निपटाकर घर आऊँगा।

वेणीमाधव बाबू गाँव लौट गये। सुशीतल ने उन्हें कुछ पूछने या कहने का मौका नहीं दिया। जीवन के शुरू में सुशीतल को इतना बड़ा धोखा खाना पड़ा था कि उसने किसी के बारे में सोचना ही छोड़ दिया था। मुश्किल से एक महीना वह करीमगंज में था, और उसी एक महीने में उसका सर्वनाश हो गया। रोज सवेरे सोकर उठने के बाद वह मिस नायर के हॉस्टल के सामने फुटपाथ पर खड़ा रहता था। उसे आशा थी कि कभी तो मिस नायर दिखायी पड़ेगी। वह उसे सिर्फ देखना चाहता था। और कुछ नहीं। फिर जब धूप तेज होने लगती थी, तब वह अपने हॉस्टल में लौट आता था। अपने कमरे में घुसते ही वह बोतल खोलकर थोड़ा-सा तरल पदार्थ गटककर अपने मन को शान्त कर लेता था।

कान्ति बाबू एक क्षण के लिए रुके।

मैंने पूछा—फिर क्या हुआ?

डॉक्टर बनर्जी की कहानी सुनते-सुनते बहुत रात हो गयी। लेकिन कान्ति बाबू में जरा भी थकावट नहीं थी। उन्होंने फिर कहानी शुरू की।

वे बोले—अगर दोनों की सारी बातें बताऊँगा तो कई रातें लग जायेंगी। शायद तब भी कहानी पूरी नहीं होगी। इसलिए मैं संक्षेप में बता रहा हूँ। अगर आप कभी डॉक्टर बनर्जी पर कहानी लिखें तो उसमें अपनी कल्पना जोड़कर उसे बढ़ा लीजियेगा।

मैंने कहा—ठीक है। मैं वही करूँगा।

कान्ति बाबू कहने लगे—सुशीतल अपने कॉलेज के अस्पताल में एक साल हाउस-फिजिशियन रहा। वह समय उसने किस तकलीफ में बिताया, इसका अनुमान आप नहीं लगा सकते। तब तक वह एक लड़के का बाप बन गया।

यह खबर पहुँचाने भी वेणीमाधव बाबू आये। उन्होंने सुशीतल से कहा—भैया, तुम एक बार चलो, कम-से-कम अपने बेटे को तो देख लो।

सुशीतल बोला—मैं बाद में आऊँगा, अभी आप लोग उसे देखिये। इस समय बहुत काम है, मुझे किसी तरह छुट्टी नहीं मिल सकती।

अस्पताल के काम में छुट्टी नहीं मिलती, ऐसी बात नहीं है; लेकिन सुशीतल को तो एक बहाना बनाना था। इसलिए वह काम का बहाना बनाकर कलकत्ते पड़ा रहता था।

वेणीमाधव बाबू बोले—मालिक बहुत खुश हैं भैया, रात-दिन वे बच्चे को गोद में लिये रहते हैं। वंश की पहली सन्तान है न, इसलिए पोता उन्हें बड़ा प्यारा है। वे एक बार भी उसे अपनी आँखों से दूर नहीं करते। उन्होंने मुझे जबर्दस्ती तुम्हारे पास भेजा। खैर, यह रुपया तुम रख लो, मालिक ने तुम्हारे लिये भेजा है।

पिता जी ने पाँच सौ रुपये भेजे थे। सुशीतल ने रुपये ले लिये। उसे रुपये की जरूरत तो थी ही।

फिर देखते-देखते एक साल बीता। मिस नायर के हॉस्टल के दरबान से सुशीतल को एक दिन पता चला कि मिस नायर नौकरी लेकर बहुत जल्दी इलाहाबाद जा रही है।

उस दिन सुशीतल मिस नायर के हॉस्टल से चुपचाप लौट नहीं आया। वह विजिटर्स रूम में बैठा रहा। मिस नायर से बिना मिले या बात किये उसने न लौटने का फैसला कर लिया था।

लेकिन ऊपर से मिस नायर के पास से खबर आया कि अभी मुलाकात नहीं हो सकती।

अब सुशीतल को लौटना ही पड़ा।

लेकिन मिस नायर किस दिन इलाहाबाद के लिए रवाना होगी और किस ट्रेन से जायेगी, यह सब सुशीतल को पता था। उस दिन वह प्लैटफार्म पर पहुँचकर बम्बई मेल का इन्तजार करने लगा। ट्रेन प्लैटफार्म पर आकर खड़ी हुई। उसने दूर से देखा कि मिस नायर आ रही है। उसके साथ एक कुली के सिर पर सूटकेस है। वह आकर अपने रिजर्व डिब्बे में चढ़ गयी।

सुशीतल उस डिब्बे की खिड़की के पास जाकर खड़ा हो गया।

मिस नायर की आँखों से गुस्सा झलकने लगा।

वह बोली—तुम फिर आये हो स्काउण्ड्रेल?

अपराधी की तरह सुशीतल बोला—अलका, तुमसे बहुत-सी बातें करनी थीं।

मिस नायर बोली—नहीं, अब तुमसे मेरा कोई सम्पर्क नहीं है।

—क्या तुम मेरी एक भी बात नहीं सुनोगी? क्या तुम इतनी निर्दय हो? तुम्हारे लिये मैंने अपनी पत्नी से फिर कभी मुलाकात नहीं की। मैं कभी गाँव नहीं गया। क्या यह सब तुम्हें पता है?

मिस नायर बोली—तुम यहाँ से चले जाओ। किसने तुमसे यहाँ आने के लिए कहा है? तुम यहाँ क्यों आये?

—मैं तुमसे सिर्फ एक बात कहने के लिए यहाँ आया हूँ।

—अब मैं तुम्हारी कोई बात नहीं सुनना चाहती। तुमने मेरी जिन्दगी बरबाद कर दी है।

—लेकिन तुम्हारे कारण मैंने भी तो अपनी जिन्दगी बरबाद की है। यह तो तुम्हें पता है?

—तुम्हारी जिन्दगी बरबाद होती है तो मैं क्या करूँगी? तुम मेरे कौन हो?

—क्या तुम चाहती हो कि मैं मर जाऊँ?

मिस नायर बोली—तुम मेरे लिये मर चुके हो। अब तुमसे मेरा कोई सम्पर्क नहीं है। अब तुम मरते हो या जिन्दा रहते हो, मुझे जानने की जरूरत नहीं है।

—मेरी बात पर विश्वास करो अलका, आजकल मैं शराब पीने लगा हूँ। शराब पीने पर तुम और ज्यादा याद आने लगती हो।

—तुम गाँजा पियो, शराब पियो और जहन्नुम में जाओ, लेकिन यह सब मुझे क्यों सुना रहे हो?

—क्या तुम मुझे माफ नहीं कर सकती? क्या तुम मुझे एक और मौका नहीं दे सकती? अगर तुम ऐसा करती तो मैं फिर जीने की कोशिश करता।

मिस नायर बोली—मैंने तो कह दिया कि तुम जिन्दा रहो या मरो, मुझसे कोई मतलब नहीं है। अब तुम मेरे सामने से चले जाओ। मैं तुम्हारी शक्ल नहीं देखना चाहती।

—तुम मुझे एक और मौका दो।

अब मिस नायर गुस्से में आ गयी।

उसने कहा—अब मुझे पुलिस बुलानी पड़ेगी।

सुशीतल बोला—बुलाओ। पुलिस मुझे ले जाकर थाने में बन्द कर दे। तुम्हारे लिये मैं हर तरह की सजा भुगतने को तैयार हूँ। चाहो तो तुम भी मुझे अपने हाथ से सजा दे सकती हो। मुझे तो सजा मिलनी ही चाहिए।

इतने में ट्रेन की सीटी बजी। झटके के साथ ट्रेन रेंगने लगी। सुशीतल ने आगे बढ़कर मिस नायर का हाथ पकड़ना चाहा। लेकिन मिस नायर ने झटककर हाथ हटा लिया। ट्रेन की रफ्तार बढ़ने लगी। सुशीतल ट्रेन के साथ दौड़कर चलने लगा। वह

बार-बार कहता रहा—अलका, मेरी बात याद रखना। मुझे भूल मत जाना। मुझे माफ कर देना। मुझसे गलती हो गयी है, लेकिन मुझे भूल मत जाना।

ट्रेन की रफ्तार बढ़ जाने पर सुशीतल उसके साथ दौड़ नहीं सका। वह रुक गया। वह सब-कुछ भूलकर ट्रेन की तरफ देखता रहा। घिर आये अँधेरे में सिर्फ एक लाल रोशनी धीरे-धीरे छोटी होकर ओझल हो गयी। लेकिन जब तक ट्रेन की लाल रोशनी दिखायी पड़ी, सुशीतल उसी तरफ देखता रहा।

कान्ति चट्टोपाध्याय कहने लगे—उसके बाद डॉक्टर बनर्जी एकदम बदल गये। अब वे पहले के सुशीतल नहीं रहे। उनका शराब पीना बहुत बढ़ गया। उन्होंने पिताजी को चिट्ठी का जवाब देना बन्द कर दिया। करीमगंज से उनका नाता करीब-करीब टूट गया।

एक साल बाद जब अस्पताल से भी नाता टूटा तब सुशीतल अपने घर न जाकर सीधे इलाहाबाद चला गया। वहाँ जिस अस्पताल में मिस नायर नौकरी करती थी, वह वहीं गया। वहाँ भी उसने स्लिप भेजा। लेकिन मिस नायर से मुलाकात नहीं हो सकी।

इलाहाबाद में सुशीतल ने एक कमरा किराये पर ले लिया। उसी कमरे में उसने प्रैक्टिस शुरू कर दी। वह सिर्फ मिस नायर से मुलाकात करना चाहता था।

लेकिन मिस नायर से सुशीतल की मुलाकात नहीं हो सकी। डॉक्टरों के क्वार्टर अस्पताल से लगे हुए थे। सुशीतल वहीं पड़ा रहने लगा।

—अलका!

मिस नायर बिगड़ गयी। वह बोली—तुम यहाँ तक मेरा पीछा करते हुए आये हो? जाओ, यहाँ से चले जाओ!

सुशीतल बोला—तुम सिर्फ इतना कह दो कि तुमने मुझे माफ कर दिया है।

लेकिन मिस नायर से उसे एक ही जवाब मिला—तुम यहाँ से चले जाओ!

इलाहाबाद में सुशीतल बहुत दिन रहा। सवेरे दो-चार रोगी उसके पास आते थे। उनको देखने के बाद वह सीधे मिस नायर के अस्पताल में चला जाता था। वहाँ वह फाटक के पास खड़ा रहता था।

उसको देखते ही दरबान भगाने लगता था—जाइये बाबू जी, यहाँ से चले जाइये!

सुशीतल उससे कहता—भैया, तुम्हीं एक बार डॉक्टर नायर को बुला दो न।

मिस नायर ने दरबान से कह रखा था कि सुशीतल को देखते ही भगा दिया जाय। लेकिन सुशीतल को अपमान की परवाह नहीं थी, वह रोज नियम से वहाँ जाता था।

वह मिस नायर से सिर्फ यही कहना चाहता था कि तुम मुझे माफ कर दो।

इलाहाबाद में सुशीतल के कई जान-पहचानवालों को इस बात का पता चल गया था। वे उसे समझाते थे—डॉक्टर बनर्जी, आप फिर भी वहाँ क्यों जाते हैं? वह तो आपका अपमान करती है, फिर आप उससे मिलने क्यों वहाँ बार-बार जाते हैं?

सुशीतल कहता था—डॉक्टर नायर मेरा अपमान करती है तो करे। यही तो मैं चाहता हूँ। मैं उससे बहुत-सी बातें कहना चाहता हूँ। मैं सिर्फ यही चाहता हूँ कि एक बार वह मुझसे बात कर ले। मैं बस इतना चाहता हूँ और कुछ नहीं।

मिस नायर के अस्पताल के डॉक्टर भी मिस नायर को समझाते थे कि उस उमर के उतने बड़े डॉक्टर आपसे मिलना चाहते हैं और आप उनसे ऐसा व्यवहार करती हैं कि देखनेवालों को आश्चर्य लगता है। आप उनसे ऐसा बुरा व्यवहार क्यों करती हैं?

इसके उत्तर में मिस नायर कहती थी—वह आदमी एकदम पागल है! भला मैं एक पागल से क्या बात करूँगी?

गाँव से सुशीतल के पास खबर आयी कि पिता जी का स्वर्गवास हो गया है। घर में कोई नहीं रह गया है। शायद कलकत्ते में सुशीतल के किसी मित्र ने वेणीमाधव बाबू को सुशीतल का पता दिया था। उसी पते पर वेणीमाधव बाबू ने चिट्ठी लिखी थी। सिर्फ पिता जी के स्वर्गवास का समाचार नहीं, पत्नी के चल बसने का समाचार भी सुशीतल को मिला। लेकिन सुशीतल ने किसी चिट्ठी का जवाब नहीं दिया।

इसी तरह इलाहाबाद में सुशीतल के दिन कटने लगे। वह कभी-कभी गाँव के पते पर मनीआर्डर करके बेटे के नाम पचास रुपये भेज देता था हालाँकि उसके बेटे को रुपये की जरूरत नहीं थी।

दुःखहरण बाबू ने सुशीतल के बेटे की देखभाल का जिम्मा अपने ऊपर ले लिया था। उन्होंने दामाद के पैसे से नाती को स्कूल में भरती कर दिया था।

हरिश्चन्द्र बाबू की जमीन-जायदाद से भी आमदनी होती थी और वह आमदनी अच्छी थी।

दुःखहरण बाबू ने नाती को स्कूल में भरती करते समय उसका नाम धीमान वन्द्योपाध्याय रखा था। नाती और नाना में खूब पटती थी। दोनों में खूब बातें होती थीं।

नाती पूछता था—नाना जी, पिता जी कब आयेंगे?

दुःखहरण बाबू कहते थे—देख लेना, इस गरमी की छुट्टी में तुम्हारे पिता जी घर आयेंगे।

धीमान आस लगाये बैठा रहता था। लेकिन गरमी की छुट्टी खतम हो जाती, उसके पिता जी नहीं आते। फिर दुर्गापूजा की छुट्टी आती और खतम हो जाती। लेकिन उसके पिता जी नहीं आते। तब वह नाना जी से पूछता—नाना जी, पिता जी तो नहीं आये?

नाना जी अपने नाती को फिर भी आश्वासन देते—इस बार तुम्हारा बाप जरूर आयेगा। देखो, उसने मुझे चिट्ठी लिखी है कि छुट्टी मिलते ही मैं धीमान को देखने आऊँगा।

इस तरह हारकर नाती कभी-कभी जिद करने लगता।

वह कहता—मुझे पिता जी के पास ले चलिये नाना जी, मैं पिता जी के पास जाऊँगा।

गाँव के लोग भी दुःखहरण बाबू से पूछते—कहिये मुखर्जी बाबू, आपका दामाद नहीं आया? लगता है, अब वह नहीं आयेगा—

दुःखहरण बाबू चुपचाप सब-कुछ बरदाश्त करते।

अन्त में हरिश्चन्द्र बाबू को भी बड़ा कष्ट मिला था। मरने से पहले वे अक्सर कहा करते थे—अब अन्त समय भी मुन्ना से मुलाकात नहीं हो सकी। दुःखहरण, एक बार वेणीमाधव बाबू को मुन्ना के पास भेजो न। वह मुन्ना से जाकर कहे कि मेरी तबीयत बहुत ज्यादा खराब है। मेरी बीमारी की खबर पाने पर वह कभी चुप नहीं बैठा रहेगा—

लेकिन उनका एक लड़का लड़की के पीछे कलकत्ता छोड़कर इलाहाबाद चला गया है, यह खबर उनको नहीं दी गयी थी। ललिता को भी इसका पता नहीं था।

सुशीतल के इलाहाबाद चले जाने की बात सिर्फ वेणीमाधव बाबू और दुःखहरण बाबू जानते थे।

दुःखहरण बाबू ने वेणीमाधव बाबू से पूछा था—तुम्हें यह खबर कहाँ से मिली?

वेणीमाधव बाबू ने कहा था—मैं मुन्ना बाबू को ढूँढ़ते-ढूँढ़ते उसके अस्पताल तक पहुँच गया था। वहीं एक डॉक्टर ने मुझे उनका यह पता दिया।

—उस डॉक्टर को यह पता कैसे मिला?

वेणीमाधव बाबू ने कहा था—वह डॉक्टर और हमारे मुन्ना बाबू एक ही हॉस्टल में रहते थे। एक लड़की के चक्कर में पड़कर मुन्ना बाबू ने अपनी जिन्दगी बरबाद कर ली है।

—लड़की? कौन लड़की?

—शायद कोई मद्रासी लड़की है। शादी के पहले से मुन्ना बाबू से उस लड़की की जान-पहचान थी।

—अच्छा?

वेणीमाधव बाबू को और भी एक खबर मिली थी। उन्होंने दुःखहरण बाबू से कहा था—मुझे यह भी पता चला है कि इधर मुन्ना बाबू खूब शराब पीने लगा था।

—अरे?

फिर वेणीमाधव बाबू ने कहा था—मुन्ना बाबू के दोस्त उस डॉक्टर ने मुझसे सब-कुछ बताया है। उन्होंने बताया कि मुन्ना बाबू जब पहले पहल कलकत्ता गया था, उस समय वहाँ उनके जैसा अच्छा लड़का दूसरा नहीं था। लेकिन शादी के बाद पता नहीं उसे क्या हो गया और वह शराब में डूब गया। आखिर ऐसी हालत हो गयी कि एक बोतल खाली होते ही वह दूसरी बोतल उठा लेता था।

दुःखहरण बाबू ने वेणीमाधव बाबू से कह दिया था—देखो, यह सब तुम किसी और से मत कहना। अगर तुम्हारे मालिक को यह सब मालूम हो गया तो इस बीमारी से उनको बचाना मुश्किल हो जायेगा।

उधर हरिश्चन्द्र बाबू ने दुःखहरण बाबू से पूछा था—क्या वेणीमाधव बाबू को कलकत्ते भेजा था?

दुःखहरण बाबू ने कहा था—हाँ, वेणीमाधव बाबू कलकत्ते गये थे।

वेणीमाधव बाबू को एक बार मेरे पास भेज दो न।

फिर वेणीमाधव बाबू हरिश्चन्द्र बाबू के पास आकर खड़े हो गये।

हरिश्चन्द्र बाबू ने पूछा—कलकत्ते गये थे, वेणीमाधव?

—गया था मालिक। अभी तो सवेरे लौटा हूँ।

—मुन्ना कैसा है? डॉक्टरी पास करने के बाद वह वहाँ क्या कर रहा है कि उसे एक बार यहाँ आने की फुर्सत भी नहीं मिल रही है? क्या उसे बहुत ज्यादा काम करना पड़ता है?

कैसे क्या जवाब देना होगा, वेणीमाधव बाबू से बता दिया गया था।

वेणीमाधव बाबू ने कहा—मुन्ना बाबू मजे में हैं। उसकी डॉक्टरी खूब चल निकली है।

—क्या उसकी डॉक्टरी खूब जम गयी है?

—जी हाँ! मैं तो मुन्ना बाबू के दवाखाने में बैठा था। वहाँ मरीजों की भीड़ लगी थी। मुन्ना बाबू ने मुझसे कहा कि देखिये वेणीमाधव भैया, मुझे नहाने-खाने का मौका नहीं मिल पाता।

—तुमने उससे कहा है न कि बहू बेटे की माँ बनी है।

वेणीमाधव बाबू ने कहा—हाँ मालिक, यह तो मैंने जाते ही बताया कि बहू के राजकुमार-जैसा बेटा हुआ है।

—तुमने यह भी बताया है न कि मैं बीमार हूँ?

—जी हाँ, मैंने सब-कुछ बता दिया है।

हरिश्चन्द्र बाबू बोले—मैं सख्त बीमार हूँ, यह सुनकर भी मुन्ना एक बार नहीं आया?

वेणीमाधव बाबू बोले—मुन्ना बाबू जरूरी आयेगा। उसने कहा है कि इस समय मेरे पास बहुत-से ऐसे मरीज हैं जिनको छोड़कर मैं कहीं जा नहीं सकता। अगर किसी को कुछ हो गया तो बड़ी बदनामी होगी। ये कुछ ठीक हो जायँ तो मैं तुरन्त गाँव चला जाऊँ।

हरिश्चन्द्र बाबू ने लम्बी साँस छोड़ी।

उन्होंने निराश होकर कहा—अब मुन्ना आ चुका! मेरे मरने के बाद वह आयेगा।

मालिक की हालत देखकर वेणीमाधव बाबू की आँखों में आँसू आ गये। लगातार सफेद झूठ कहने में उन्हें सचमुच तकलीफ हो रही थी।

फिर हरिश्चन्द्र बाबू ने जैसा कहा था, वैसा हुआ। उनका अन्त समय आ गया। अन्त तक वे सुशीतल का नाम रटते रहे। फिर क्या था, उनका अन्तिम क्रिया-कर्म भी हो गया। गाँववालों ने सोचा था कि बाप की तेरही पर बेटा जरूर आयेगा। लेकिन बेटा नहीं आया।

हरिश्चन्द्र बाबू के चल बसने के बाद ललिता भी चल बसी। बचपन से उसे दमा और मिरगी के रोग थे ही, फिर शादी के बाद पति ने उसे ठुकरा दिया था। यह सदमा उसके लिए घातक साबित हुआ। अन्त तक बेटा ही उसके लिए सब-कुछ था। चौबीसों घण्टे वह उसे अपने आँखों के सामने रखती थी। वह उसे गोद में लिये रहना चाहती थी। लेकिन दुःखहरण बाबू मना करते थे।

वे कहते थे—बेटा, तुम्हारी सेहत ठीक नहीं है। तुम्हें तकलीफ होगी।

बचपन में धीमान भी माँ के पास ज्यादा रहना नहीं चाहता था। बचपन से उसने माँ को बिस्तर पर लेटे रहते देखा था। जो माँ चौबीस घण्टे बिस्तर पर लेटी रहेगी उसके पास उनका बेटा क्यों जाना चाहेगा?

इसलिए जब उस माँ की मृत्यु हुई तब धीमान को किसी प्रकार की कमी का अनुभव नहीं हुआ। वह अपने नाना के साथ-साथ रहने लगा।

फिर एक दिन दुःखहरण बाबू धीमान को गाँव के विद्यालय में भरती कर आये। अपने गाँव की पढ़ाई खतम कर वह भी अपने बाप की तरह पढ़ने के लिए कलकत्ते गया। दुःखहरण बाबू को इस बात का बड़ा डर था कि उनका नाती भी उनके दामाद की तरह अपने गाँव-घर को भूल जायेगा।

लेकिन नहीं, धीमान कलकत्ते में पढ़ने के लिए तो गया लेकिन वह हर शनिवार को गाँव आता था और सोमवार को भोर की ट्रेन से कलकत्ते जाता था।

दुःखहरण बाबू अपने नाती से कहते थे—तुम्हारा बाप भी इसी तरह कलकत्ते में पढ़ता था, लेकिन वह वहाँ की बुरी संगत में पड़ गया। देखना बेटा, तुम अपने बाप की तरह कुछ मत करना कलकत्ता बहुत बुरी जगह है।

जब धीमान और बड़ा हुआ तब उसे सब-कुछ मालूम हो गया। एक दिन संयोगवश अपने बाप के किसी मित्र से उसका परिचय हो गया। उस सज्जन का लड़का उसके साथ पढ़ता था।

उसी लड़के ने धीमान से दोस्ती कर ली थी। एक क्लास में पढ़ने से अक्सर लड़कों में इस तरह की दोस्ती होती है।

धीमान के उस दोस्त के नाम में भी थोड़ा नयापन था—शुभ्र राय। एक दिन कॉलेज की छुट्टी के बाद धीमान शुभ्र राय के घर गया।

शुभ्र के पिता जी ने शुभ्र से पूछा—तुम्हारा क्लास-फ्रेण्ड है?

इस पर शुभ्र ने धीमान का परिचय दिया—यह हमारे क्लास का 'बेस्ट-ब्वॉय' है।

शुभ्र के पिता जी डॉक्टर हैं, इसलिए शुभ्र आगे चलकर डॉक्टरी पढ़ेगा। धीमान की भी इच्छा डॉक्टरी पढ़ने की है।

शुभ्र के पिता जी का नाम वसन्त राय है।

वसन्त राय ने धीमान से पूछा—तुम्हारा घर कहाँ है?

धीमान ने उत्तर दिया—करीमगंज। नदिया जिले में एक जगह है करीमगंज, वहीं मेरा घर है।

—करीमगंज? जब मैं डॉक्टरी पढ़ता था तब मेरे साथ करीमगंज का एक लड़का था। क्या तुम उसे जानते हो?

—उनका नाम क्या है?

वसन्त राय ने कहा—सुशीतल बनर्जी।

धीमान बोला—डॉक्टर सुशीतल बनर्जी मेरे पिता जी का नाम है। मैंने उनको नहीं देखा है।

—अरे, तुम सुशीतल के बेटे हो! बी. एस-सी. से एम. बी. बी. एस. तक वह मेरे साथ एक ही हॉस्टल में रहा। तुम उसी के लड़के हो? क्या तुम्हारे पिता जी घर आते हैं।

धीमान बोला—जी नहीं, मैंने पिता जी को कभी नहीं देखा।

—घर तुम्हारे कौन-कौन हैं?

—मेरे नाना जी हैं, और कोई नहीं है।

—तुम्हारी माँ?

—माँ का देहान्त हो चुका है। मैं उस समय बहुत छोटा था, इसलिए माँ के बारे में मुझे कुछ भी याद नहीं है। मेरे दादा जी का भी स्वर्गवास हो चुका है। वे मुझे ठीक से याद नहीं पड़ते।

शुभ्र के पिता ने कहा—याने नाना जी के आलावा तुम्हारा और कोई नहीं है?

—जी नहीं।

—वेणीमाधव नाम का एक आदमी सुशीतल के पास अक्सर आता था, क्या वह है?

—जी हाँ, वेणीमाधव दादा हैं। वही हम लोगों की जमीन-जायदाद और बाग-बगीचे की देखभाल करते हैं। अब तो वे बहुत बूढ़े हो गये हैं।

शुभ्र के पिता वसन्त बाबू ने पूछा—क्या तुम्हारे पिता जी कभी चिट्ठी नहीं लिखते?

इस प्रश्न पर धीमान का चेहरा दयनीय दिखायी पड़ा। उसने धीरे से कहा—जी नहीं।

—क्या तुम अपने पिता जी का पता जानते हो?

—जी नहीं।

वसन्त बाबू बोले—एक बार तुम्हारे पिता जी ने जबलपुर से एक चिट्ठी लिखी थी। इस समय वह जबलपुर में ही रहता है। क्या तुम अपने पिता जी का पता लोगे? क्या तुम उन्हें चिट्ठी लिखोगे?

धीमान बोला—लिख सकता हूँ।

हाँ, तो शुभ्र के पिता ने ही धीमान को उसके पिता जी का पता दिया। धीमान ने पता लिखा कागज बड़े जतन से अपनी जेब में रख लिया। अब जरूरत पड़ने पर वह पिता जी को पत्र लिख सकेगा।

वसन्त बाबू बोले—मैं तुम्हारे पिता जी के साथ हॉस्टल के एक ही कमरे में रहता था। बी. एस-सी. से मेडिकल कॉलेज में पढ़ने तक। लेकिन उसे अपने जीवन में इतना बड़ा शॉक लगा था कि वह उसे बरदाश्त नहीं कर सका। इसलिए वह बाद में बहुत ज्यादा ड्रिंक करने लगा था। मैं उसे बहुत मना करता था, लेकिन वह ड्रिंक करना बन्द नहीं कर सका। उसकी जैसी मानसिक स्थिति थी, वैसी अगर मेरी होती तो शायद मैं भी ड्रिंक करने लगता। इसलिए मैं उसे ज्यादा मना भी नहीं कर सकता था।

धीमान ने पूछा—पिता जी को किस बात का शॉक लगा था।

शुभ्र के पिता ने कहा—यह तुम बाद में समझ सकोगे—अभी मैं तुमसे कुछ नहीं कहना चाहता।

इसी बीच शुभ्र ने अपने पिता जी से कहा—पिता जी, धीमान को यूनिवर्सिटी से पचहत्तर रुपये स्कॉलरशिप मिलता है।

शुभ्र के पिता जी बोले—सुशीतल भी बड़ा अच्छा स्टूडेण्ट था। वह कभी सेकण्ड नहीं आया। लेकिन भाग्य मनुष्य को कहाँ ले जाता है, पहले से यह कोई नहीं बता सकता।

फिर जरा रुककर उन्होंने पूछा—आगे चलकर तुम किस लाइन में जाना चाहते हो?

धीमान बोला—मेरा यही एम्बिशन है कि मैं स्विट्ज़रलैण्ड जाकर कैन्सर के बारे में रिसर्च करूँ। हमारे हॉस्टल के एक लड़के ने स्विट्ज़रलैण्ड जाने के बाद मुझे चिट्ठी लिखी है। उसने लिखा है कि वहाँ बहुत अच्छी पढ़ाई होती है। लेकिन वहाँ जाने के लिए बहुत रुपये चाहिए।

—कितने रुपये?

—धीमान बोला—कम-से-कम साठ-पैंसठ हजार रुपये। इतने रुपये हमारे पास नहीं हैं।

—लेकिन मैंने सुशीतल से सुना था कि करीमगंज में तुम लोगों की बहुत बड़ी जायदाद है।

धीमान ने कहा—जमीन और बाग हैं, बस। नकद रुपया नहीं है। जमीन और बाग बेचने पर मुश्किल से बीस-पच्चीस हजार रुपये मिलेंगे। लेकिन उससे मेरा काम नहीं चलेगा। और भी चालीस-पचार हजार रुपये चाहिए। उसका इन्तजाम कैसे होगा?

शुभ्र के पिता जी ने कहा—तुम्हारे पिता जी तुमको यह रुपया दे सकते थे, लेकिन क्या बताऊँ, वह तो मन लगाकर प्रैक्टिस नहीं करता। मेरा साथी है, मैं उसे अच्छी तरह जानता हूँ। पहले वह इलाहाबाद गया था। वहाँ उसकी प्रैक्टिस जम गयी थी। लेकिन एकाएक वह वहीं सब-कुछ छोड़-छाड़कर जबलपुर चला गया।

—पिता जी जबलपुर क्यों गये?

—उसका अलग इतिहास है! जब तुम जबलपुर जाओगे, अपने पिता जी से सुन लेना। मुझे खुद भी पूरा मालूम नहीं है। जो कुछ मालूम है, वह मैं तुमसे कहना नहीं चाहता।

धीमान बोला—पहले मैं डॉक्टरी पास कर लूँ, उसके बाद पिता जी के पास जाऊँगा। पहले मैं देख लूँ कि मेरा रिज़ेल्ट कैसा होता है, उसी पर मेरा भविष्य निर्भर कर रहा है। इसलिए जब जरूरत पड़ेगी, तभी पिता जी से रुपये मागूँगा। मुझे यह भी पता नहीं कि पिता जी उतना रुपया दे पायेंगे या नहीं। लेकिन एक बात है। पिता जी ने हम लोगों से सारा रिश्ता क्यों तोड़ लिया है, यह किसी तरह मेरी समझ में नहीं आता। मैंने इस पर बहुत सोचा है।

—क्या सुशीतल तुम्हारी कोई खबर नहीं रखता?

धीमान बोला—मैंने आज तक पिता जी को देखा नहीं। शायद पिता जी को यह भी पता न हो कि मैं जिन्दा हूँ और जिन्दा रहकर पढ़-लिख रहा हूँ! पता नहीं, मैंने पिता जी की निगाह में कौन-सा अपराध किया है?

शुभ्र के पिता जी बसन्त बाबू ने अचानक धीमान से कह दिया—बेटा, इसके पीछे एक महिला है। मलयाली महिला। वह भी डॉक्टर है। शुरू से वह बड़ी अच्छी छात्रा थी। हम लोगों के समय में उसे ड्यूक ऑव एडिनबरा स्कॉलरशिप मिला था। मैकलाइड गोल्ड मेडल भी उसी को मिला था। इस समय वह जबलपुर के अस्पताल में बहुत बड़ी लेडी सर्जन है।

धीमान बोला—अगर मुझे घर से रुपया मिल जायेगा तो मैं पिता जी से रुपया नहीं माँगूँगा।

मैंने पूछा—फिर क्या हुआ कान्ति बाबू?

कान्ति चट्टोपाध्याय बोले—फिर शराब पीते-पीते डॉक्टर बनर्जी की यह हालत हो गयी कि उनके लीवर में अल्सर हो गया। उन्होंने बहुत दवाएँ खायीं और बहुत टॉनिक पिया, लेकिन कोई फायदा नहीं हुआ। आखिर ऐसा हुआ कि वे मरीज क्या देखेंगे, खुद मरीज बन गये। बाद में उनके पेट में ऐसा दर्द होने लगा था कि कभी-कभी वे छटपटाने लगते थे। तकलीफ के मारे वे पेट दबाकर कराहने लगते थे।

एक दिन मैंने ही डॉक्टर बनर्जी से कहा—डॉक्टर मिस नायर को एक बार दिखा दीजिये न?

डाक्टर बनर्जी बोले—मिस नायर मुझे नहीं देखेंगी।

मैं बोला—एक बार मैं उनसे कहकर देखूँगा।

कान्ति बाबू बोले—फिर मैंने एक दिन अस्पताल में जाकर डॉक्टर मिस नायर से डॉक्टर बनर्जी का सारा हाल बताया। लगा कि डॉक्टर बनर्जी के जिक्र से मिस नायर

खुश नहीं हुईं। उनका चेहरा गम्भीर हो गया। डॉक्टर बनर्जी का इलाज करने के लिए वे किसी तरह तैयार नहीं हुईं। बोलीं—यहाँ तो अनेक सर्जन हैं, उन्हीं से किसी को दिखाने के लिए कहिये।

मैंने कहा—जी नहीं, उनकी इच्छा है कि आप ही उनको देखें।

शायद मिस नायर को दया आ गयी। अन्त में उन्होंने कहा—ठीक है, पहले उनकी एक्स-रे रिपोर्ट ले आइये, उसके बाद देखा जायेगा—

मैंने डॉक्टर बनर्जी का एक्स-रे कराया। फिर वह प्लेट ले जाकर डॉक्टर नायर को दिखाया।

प्लेट देखकर डॉक्टर नायर चौंक उठीं। बोलीं—अल्सर हो गया है और इलाज के लिए बहुत देर हो चुकी है।

मैंने कहा—अब क्या करना है, यही बताइये।

वे बोलीं—अब ऑपरेशन के सिवा और कोई चारा नहीं है।

—कृपा कर आप ही ऑपरेशन कीजिये न?

अब डॉक्टर मिस नायर बिगड़ गयीं। वे बोलीं—मैं उनका ऑपरेशन नहीं करूँगी।

मैंने कहा—आप पर उन्हें बहुत भरोसा है—आप ऑपरेशन नहीं करेंगी तो वे मर जायेंगे।

मिस नायर बोलीं—वे मर जायँ या जिन्दा रहें, मैं क्या करूँगी?

—क्या आप चाहती हैं कि वे मर जायँ?

—जी हाँ, मैं चाहती हूँ कि वे मर जायँ। वे शराब पियेंगे और मैं उनका इलाज करूँगी?

मैंने कहा—आपके अलावा उनका कोई भी तो नहीं है।

डॉक्टर मिस नायर ने कहा—वैसे आदमी का कोई न रहे तो अच्छा है!

फिर भी मैंने मिस नायर से कहा कि शायद आपको पता नहीं है, डॉक्टर बनर्जी के पिता का स्वर्गवास हो चुका है, उनकी पत्नी भी चल बसी हैं, सिर्फ उनका एक लड़का है। वह भी स्टूडेण्ट है और डॉक्टरी पढ़ रहा है। इस हालत में आपके अलावा उनका कोई नहीं है।

बाद में बहुत समझाने-बुझाने पर डॉक्टर मिस नायर डॉक्टर बनर्जी का ऑपरेशन करने के लिए तैयार हुईं।

फिर मैं ही एम्बुलेन्स से डॉक्टर बनर्जी को अस्पताल ले गया। मैंने उन्हें सर्जिकल वार्ड में भरती कर दिया। मैंने ही डॉक्टर मिस नायर को खबर दी। वे डॉक्टर बनर्जी को देखने आयीं।

बहुत दिनों बाद डॉक्टर बनर्जी ने मिस नायर को अपने सामने देखा।

वे बोले—मुझे बचाइये मिस नायर, अब मैं कभी शराब नहीं पियूँगा।

डॉक्टर मिस नायर ने इस बात का कोई जवाब नहीं दिया।

और भी बहुत-कुछ कहने के लिए डॉक्टर बनर्जी बेचैन हुए, लेकिन डॉक्टर मिस नायर पत्थर बनी रहीं।

दूसरे दिन ग्यारह बजे डॉक्टर बनर्जी को ऑपरेशन थियेटर में ले जाया गया।

मैं बाहर इन्तजार करता रहा। दोपहर के बारह बज गये। एक बजा, दो बजे, तीन बजे, फिर चार बजे।

उसके बाद घड़ी ने जब पाँच बजाये तब बेहोश बेहाल डॉक्टर बनर्जी को स्ट्रेचर पर लिटाकर ऑपरेशन थियेटर से लाकर केबिन में बिस्तर पर लिटा दिया गया।

मैंने डॉक्टर मिस नायर से पूछा—ऑपरेशन कैसा रहा डॉक्टर नायर?

डॉक्टर मिस नायर पसीने से तरबतर हो रही थीं। उन्हें बहुत मेहनत करनी पड़ी थी। दोपहर में वे खाना भी नहीं खा सकी थीं। इतने दिनों तक वे जिस आदमी को कुत्ते की तरह दुत्कारती रहीं, उसी को ऑपरेशन कर बचा लेना मन की कैसी दृढ़ता का परिचायक है, यह उस समय उनको देखकर समझ में आया।

मैंने फिर पूछा—डॉक्टर बनर्जी बच जायेंगे न?

डॉक्टर मिस नायर बोलीं—अब आप अपने दोस्त से कह दीजियेगा कि वे जरा होशियार रहें और ड्रिंक न करें।

मैंने कहा—वे तो मेरी बात सुनते ही नहीं। आप जरा उनको समझा दीजियेगा। आपका कहना वे मानेंगे।

मेरी बात सुनकर डॉक्टर मिस नायर बिगड़ गयीं। वे बोलीं—क्या वे छोटे बच्चे हैं? क्या वे कुछ नहीं समझते कि मैं समझाकर कहूँगी तो वे मान जायेंगे?

मैंने कहा—ऐसी बात नहीं है, लेकिन वे आपकी बड़ी इज्जत करते हैं, इसलिए आपकी बात मानेंगे।

इस पर डॉक्टर मिस नायर बोलीं—उनसे मेरा कोई सम्पर्क नहीं है। मैंने सिर्फ अपनी ड्यूटी की है।

इतना कहकर वे वहाँ नहीं रुकीं, बाहर चली गयीं।

उसके बाद डॉक्टर बनर्जी लगभग पाँच हफ्ते अस्पताल में रहे, लेकिन मिस नायर एक बार भी उन्हें देखने नहीं आयीं। फिर रिपोर्ट देखकर जिस दिन उन्होंने डॉक्टर बनर्जी को घर ले जाने की इजाजत दी उस दिन मैं डॉक्टर बनर्जी को घर ले आया।

मैंने डॉक्टर बनर्जी से कहा—डॉक्टर मिस नायर ने कहा है कि आप हर्गिज ड्रिंक न करें।

डॉक्टर बनर्जी बोले—लेकिन ऑपरेशन के बाद वे मुझे देखने के लिए एक बार भी नहीं आयीं।

मैंने कहा—आपने मिस नायर के साथ जैसा व्यवहार किया है उसके बाद भी उन्होंने आपका ऑपरेशन किया, यही बहुत है। उनकी जगह और कोई स्त्री होती तो ऐसा भी न करती।

यह सुनकर डॉक्टर बनर्जी की आँखों से टप-टप आँसू गिरने लगे।

वे बोले—शायद मुझे इतनी सजा मिलनी चाहिए थी। लेकिन माफी माँगने में तो मैं कभी पीछे नहीं रहा। अब मैं उन्हें कैसे समझाऊँगा कि मैं भाग्य के हाथ का खिलौना हूँ और कुछ नहीं। मैंने जो गलती की है क्या वह इतनी बड़ी है कि उसे कभी माफ नहीं किया जा सकता? मैं जो इस तरह शराब पीता हूँ, वह किसके कारण? किसके लिए मैंने अपना जीवन बरबाद किया है?

मिस नायर बहुत बढ़िया सर्जन हैं, यह तो मानना पड़ेगा। हफ्ते-डेढ़ हफ्ते के अन्दर डॉक्टर बनर्जी के स्वास्थ्य में सुधार आया। वे बहुत जल्दी ठीक हो गये। मिस नायर ने जो-जो दवाएँ और टॉनिक लेने के लिए कहा था, वे सब वे लेते रहे। वे ठीक समय पर खाने और ठीक समय पर सोने लगे। देखते-देखते उनका स्वास्थ्य बहुत अच्छा हो गया। फिर उनके चैम्बर में मरीजों की भीड़ होने लगी।

उन दिनों मैंने नयी-नयी वकालत शुरू की थी, इसलिए मेरे यहाँ मुवक्किलों की भीड़ नहीं थी। दो-चार लोग जो आते थे वे भी छोटे-मोटे मुकदमे के सिलसिले में। उसके लिए मुझे बहुत ज्यादा मेहनत नहीं करनी पड़ती थी। इसलिए मौका पाते ही मैं डॉक्टर बनर्जी के घर चला जाता था।

मैं पूछता—कैसी तबीयत है?

डॉक्टर बनर्जी बहुत खुश नजर आते और कहते—ठीक है, पहले से बहुत अच्छी है।

फिर मैं पूछता—मिस नायर ने जो दवाएँ लिख दी हैं, वे सब नियम से खा रहे हैं न?

—जी हाँ। मिस नायर के कारण इस बार बच गया। मैं सोच रहा हूँ कि एक बार उनके पास चला जाऊँ और कृतज्ञता प्रकट कर आऊँ।

मैं कहता—चलेंगे? अगर आप कहें तो मैं भी साथ चल सकता हूँ।

डॉक्टर बनर्जी कहते—जी नहीं, आपको साथ लेकर नहीं जाऊँगा। मैं अकेले जाऊँगा—

मैं कहता—तो चले जाइये किसी दिन।

उसके बाद मैं कई दिन डॉक्टर बनर्जी के घर नहीं जा सका। इसलिए पता नहीं था कि क्या हुआ। फिर एक दिन शाम को मैं उनके घर गया तो देखा कि वे मुँह लटकाये बैठे हैं।

मैंने पूछा—क्या हुआ? क्या फिर तबीयत खराब हो गयी?

डॉक्टर बनर्जी बोले—जी नहीं, आज मैं मिस नायर के पास गगा था।

फिर डॉक्टर बनर्जी ने सारी घटना बतायी।

सचमुच वह घटना बड़ी मर्मान्तक थी। जिस दिन मुझसे बात हुई थी, उसके दूसरे दिन डॉक्टर बनर्जी मिस नायर के अस्पताल में गये। मिस नायर उस समय आउटडोर में मरीज देख रही थीं। एक-एक कर रोगी उनके चैम्बर में जा रहे थे। डॉक्टर बनर्जी सीधे उनके चैम्बर में पहुँच गये।

मिस नायर किसी रोगी को देख रही थीं। उन्होंने सिर उठाकर देखा कि डॉक्टर बनर्जी सामने खड़े हैं।

डॉक्टर बनर्जी को देखते ही मिस नायर आग-बबूला हो गयीं।

—आप कौन हैं? लाइन तोड़कर आप पहले कैसे आ गये?

डॉक्टर बनर्जी बोले—आप मुझे नहीं पहचान रही हैं मिस नायर? मैं डॉक्टर बनर्जी हूँ, वही सुशीतल।

—आप चाहें सुशीतल हों या और कोई, लाइन तोड़कर पहले कैसे आ गये? आप यहाँ से चले जाइये और लाइन में खड़े होइये।

—मैं तुमसे दूसरे कारण से मुलाकात करने आया हूँ।

मिस नायर बोलीं—इस समय मैं बहुत बिजी हूँ, इसलिए कोई कारण नहीं सुन सकती।

—क्या तुम्हारे क्वार्टर में जाने पर तुमसे मुलाकात हो सकती है?

—जी नहीं, आपसे मुलाकात करने के लिए मेरे पास फुर्सत नहीं है।

—लेकिन मैं तुमसे अपनी बातें कहना चाहता हूँ।

मिस नायर अभी तक कुर्सी पर बैठी थीं, अब खड़ी हो गयीं। बोलीं—आप यहाँ से जायेंगे या नहीं?

डॉक्टर बनर्जी बोले—कलकत्ते के श्यामबाजार के पाँच सड़कवाले मोड़ पर के कॉफी-हाउस में बैठकर कॉफी पीने की बात क्या तुम एकदम भूल गयीं?

अब मिस नायर से रहा नहीं गया। उन्होंने डॉक्टर बनर्जी के गाल पर जोर से थप्पड़ लगा दिया। फिर वे चिल्लाकर दरबान को बुलाने लगीं। ज्यों ही दरबान आया, उन्होंने उससे कहा—दरबान, इसको बाहर निकालो—

थोड़ी देर के लिए डॉक्टर बनर्जी हक्का-बक्का हो गये। फिर जब दरबान ने उनका हाथ पकड़कर उन्हें कमरे के बाहर कर दिया तब उन्हें होश आया।

उसके बाद लज्जा, घृणा और अपमान से जर्जर डॉक्टर बनर्जी घर लौटकर शराब की बोतल लेकर बैठ गये। फिर उन्होंने वही सब किया जिसके लिए मिस नायर ने मना किया था। वे शराब की बोतल लेकर बैठे तो रात के बारह बजे तक बराबर पीते रहे। जब तक शराब खत्म न हुई वे अपने अपमान की जलन भूल नहीं सके।

मैंने पूछा—फिर क्या हुआ कान्ति बाबू?

कान्ति बाबू बोले—फिर जो होना था वही हुआ। डॉक्टर बनर्जी की जिन्दगी में नाटकीय मोड़ आया। इसे आप क्लाइमेक्स कह सकते हैं।

—कैसा क्लाइमेक्स कान्ति बाबू?

—वही तो मैं कहने जा रहा हूँ? उसी के बाद अचानक एक दिन डॉक्टर बनर्जी का लड़का यहाँ आया।

डॉक्टर बनर्जी उसे नहीं पहचानते थे। उन्होंने पूछा—आप कौन हैं?

—मै धीमान हूँ।

डॉक्टर बनर्जी फिर भी नहीं पहचान सके। कहा—कौन धीमान? आप कहाँ से आ रहे हैं?

धीमान बोला—मैं आपका बेटा हूँ। मैंने आपको कई चिट्ठियाँ दी हैं, लेकिन आपने मेरी किसी चिट्ठी का जवाब नहीं दिया। इसलिए मैं खुद आ गया।

—अब तुम मुझसे क्या चाहते हो?

धीमान ने कहा—मैं स्विट्ज़रलैण्ड जाऊँगा।

—स्विट्ज़रलैण्ड? तुम स्विट्ज़रलैण्ड जाओगे तो जाओ न। मुझसे पूछने की कोई जरूरत नहीं है। तुम लोगों से अब मेरा कोई सम्पर्क नहीं रह गया है। तुम बिला वजह मुझे परेशान करने आये हो।

धीमान बोला—मैं आपका बेटा हूँ, आप मेरे बाप हैं। बेटे के प्रति बाप का भी कोई कर्त्तव्य होता है।

डॉक्टर बनर्जी बोले—अब कर्त्तव्य की बात न करो। मेरे प्रति किसने कौन-सा कर्त्तव्य निभाया है? बाप के प्रति बेटे का भी कोई कर्त्तव्य है, क्या तुमने वह कर्त्तव्य निभाया है? अब झटपट बताओ, तुम क्या चाहते हो? मेरे पास फुर्सत नहीं है।

धीमान बोला—मुझे कुछ रुपये चाहिए।

—रुपया? मेरे पास रुपया कहाँ है? मेरी जमीन-जायदाद, बाग-बगीचा, सब-कुछ करीमगंज में है, वही सब बेचकर तुम रुपये का इन्तजाम कर सकते हो, मुझे कोई आपत्ति नहीं है।

बाप-बेटे में जब ये सब बातें हो रही थीं, तभी मैं वहाँ पहुँचा। नया चेहरा देखकर मुझे थोड़ा आश्चर्य हुआ। सोचा, यह कौन आ गया? उसके साथ सूटकेस, होल्डाल वगैरह थे। लगा कि वह सीधे स्टेशन से आ रहा है।

मैंने पूछा—यह कौन है डॉक्टर बनर्जी?

डॉक्टर बनर्जी बोले—यह कह तो रहा है कि मेरा बेटा है, लेकिन मैं इसे नहीं पहचानता। यह स्विट्ज़रलैण्ड जायेगा, इसलिए इसे रुपये की जरूरत है। अब यह मेरे पास रुपया माँगने आया है।

मैंने उस लड़के से पूछा—तुम्हें कितने रुपये की जरूरत है?

धीमान बोला—लगभग पैंसठ हजार रुपये।

—तुम स्विट्ज़रलैण्ड जाकर क्या करोगे? क्या वहाँ तुम्हारी जान-पहचान का कोई है?

धीमान बोला—वहाँ मेरा एक मित्र है, वही सारा इन्तजाम कर देगा।

—तुम वहाँ जाकर क्या करोगे?

—मैं वहाँ जाकर ब्लड कैन्सर पर रिसर्च करूँगा। लेकिन वहाँ जाने के लिए पैसे की जरूरत है। फिर वहाँ भी शुरू में पैसे की जरूरत पड़ेगी। पैंसठ हजार रुपये से कम में काम नहीं चलेगा।

—क्या कलकत्ते में तुम रिसर्च नहीं कर सकते?

—जी नहीं, हमारे यहाँ वैसी व्यवस्था नहीं है।

मैंने पूछा—क्या तुम किसी स्कॉलरशिप का इन्तजाम नहीं कर सके?

—जी नहीं। स्कॉलरशिप मिल जाता तो किस बात की परेशानी थी? इसलिए अब मैं अपने ही खर्चे से जाना चाहता हूँ।

मैंने कहा—करीमगंज में तो तुम लोगों की काफी जमीन-जायदाद है। क्या उससे कोई आमदनी नहीं होती?

—होती थी। उसी से तो इतने दिन घर का खर्च चला है। लेकिन आजकल डॉक्टरी पढ़ने का खर्च बहुत बढ़ गया है। इसलिए बहुत-सी जमीन बेचनी पड़ी। अब जो जमीन बची है, उसे बेचने पर मुश्किल से बारह-तेरह हजार रुपये मिलेंगे। उससे काम नहीं चलेगा।

मैंने पूछा—तुम्हें अपने पिता जी का पता कैसे मिला?

—मेरे पिता जी के एक मित्र से। उनका नाम है बसन्त बाबू। उन्हीं का लड़का शुभ्र मेरा क्लास-फ्रेण्ड है। उन्हीं से मुझे पिता जी के बारे में जानकारी मिली।

अब डॉक्टर बनर्जी बोले—लेकिन तुम मेरे पास बेकार आये। इस समय मेरे पास एक हजार रुपये भी नहीं हैं।

निराश होकर धीमान थोड़ी देर चुपचाप खड़ा रहा। लगा कि उसे इतना दुःख हुआ है कि उसकी आँखें डबडबा आयीं।

मैंने धीमान से पूछा—क्या स्विट्ज़रलैण्ड जाने के लिए तुम्हारे पास सब कागजात तैयार हैं?

धीमान बोला—जी हाँ।

—जरूरत पड़ने पर वे सब दिखा सकोगे?

धीमान बोला—आप कहें तो अभी दिखा सकता हूँ। सारे कागजात मैं अपने साथ लाया हूँ।

मैंने कहा—मैं नहीं देखूँगा, लेकिन अगर कोई देखना चाहें तो दिखा देना। मैं उन्हीं से तुम्हें रुपये दिलाने की कोशिश करूँगा।

धीमान से इतना कहने के बाद उसी दिन तीसरे पहर मैंने मिस नायर को टेलीफोन किया।

उन्होंने पूछा—आप कौन हैं?

मैंने अपना परिचय देकर कहा—एक जरूरी काम से मैं आपसे मिलना चाहता हूँ। शायद आप इसकी अनुमति देंगी।

उन्होंने पूछा—कैसा काम है? क्या फिर किसी का ऑपरेशन करना है?

मैंने कहा—जी नहीं, ऑपरेशन नहीं, दूसरा काम है।

—पहले अपना काम तो बताइये।

मैंने कहा—डॉक्टर सुशीतल बनर्जी का लड़का आज ही जबलपुर आया है। मैं उसी को आपके पास ले आना चाहता हूँ। वह आपसे कुछ कहना चाहता है। वही मुझसे कह रहा है कि मैं उसे आपके पास ले चलूँ।

मिस नायर ने कहा—ठीक है, आप उसे ले आइये।

—किस समय उसे ले आऊँ?

—शाम को आइये। सात से आठ बजे के बीच—

—जी हाँ, उसी समय आऊँगा।

इतना कहकर मैंने टेलीफोन का रिसीवर रख दिया।

मैंने पूछा—फिर क्या हुआ कान्ति बाबू?

कान्ति बाबू बोले—उसके बाद मैं धीमान को लेकर मिस अलका नायर के घर गया। मैंने जैसा सोच रखा था, वहाँ वैसा कुछ नहीं हुआ। उस दिन मिस नायर ने साड़ी पहन रखी थी। हरे किनारे की साड़ी। साज-सज्जा एकदम मामूली थी। लेकिन उसी में वे बहुत अच्छी लग रही थीं। वे हमारा इन्तजार कर रही थीं।

मैंने सोचा था कि हम डॉक्टर सुशीतल बनर्जी के यहाँ से जा रहे हैं तो वे बहुत नाराज होंगी और बुरा-भला कहेंगी, लेकिन ऐसा कुछ नहीं हुआ।

उन्होंने हम लोगों का स्वागत किया—आइये, आइये—मैं भी थोड़ी देर पहले आयी हूँ। आज एपेण्डिसाइटिस का एक सीरियस ऑपरेशन था।

उन्होंने धीमान की तरफ देखकर पूछा—ये कौन हैं?

मैंने कहा—यही धीमान बनर्जी है, डॉक्टर सुशीतल बनर्जी का इकलौता बेटा। इस समय इसका दुनिया में कोई नहीं है। जब यह छह महीने का था, तभी इसकी माँ चल बसीं। इसकी माँ को दमा और मिरगी के रोग थे। इसके पिता जी हैं, लेकिन आप तो जानती हैं कि उनका होना और न होना बराबर है। आज इसने जिन्दगी में पहली बार अपने बाप को देखा। यह आज ही कलकत्ते से आया है।

मिस नायर ने पूछा—क्या इसे कोई बीमारी है?

मैंने कहा—जी नहीं, इसे कोई बीमारी नहीं है। यह तो दूसरे काम से आया है। अब इसका क्या काम क्या है, आप इसी से सुन लीजिये।

इतने में हमारे लिये चाय और मिठाई आ गयी।

मैंने धीमान से कहा—अब तुम अपनी बात इनसे कहो।

मिस नायर के सामने धीमान थोड़ा झिझक रहा था। मेरे कहने पर उसने मिस नायर से कहा—मुझे कुछ रुपये चाहिए।

रुपये? रुपये की बात सुनकर मिस नायर जरा चौंकीं। शायद उन्होंने उम्मीद नहीं की थी कि यह लड़का एकाएक रुपये की माँग करेगा।

मिस नायर के मुँह से निकला—रुपया?

—जी हाँ, रुपया। धीमान बोला—यह देखिये मेरे करेस्पॉण्डेन्स। मैं सारे कागजात अपने साथ लाया हूँ। मेरा एक फ्रेण्ड स्विट्ज़रलैण्ड गया है। उसी ने सारा इन्तजाम कर दिया है। इस बार मेडिकल कॉलेज के इम्तहान में मैं फर्स्ट आया हूँ। लेकिन मेरी इच्छा कुछ और है। मैं ब्लड कैन्सर पर रिसर्च करना चाहता हूँ। लेकिन उसके लिए बहुत रुपये चाहिए। उतने रुपये मेरे पास नहीं हैं। इसीलिए मैं पिता जी के पास आया था। पिता जी के एक मित्र से उनका पता मिला था। मैंने पिता जी से सब-कुछ कहा, लेकिन वे नहीं चाहते कि मैं स्विट्ज़रलैण्ड जाऊँ। फिर उन्होंने कहा कि मेरे पास एक हजार रुपये भी नहीं हैं। वे मेरी मदद नहीं कर सकते।

मिस नायर ने कहा—देखूँ, तुम्हारे पास क्या कागजात हैं।

धीमान ने पैकेट खोला। कहा—देखिये, यह मेरी डिग्री है—

उसके बाद धीमान ने और कागजात निकाले। एक-एक कर उसने सभी कागज मिस नायर को दिखाये। कहा—स्विट्ज़रलैण्ड में मैं जिनके पास रिसर्च करूँगा, उन्होंने मुझे यह चिट्ठी लिखी है। यह मेरा अल्पीकेशन है।

मिस नायर एक-एक कागज को अच्छी तरह देखने लगीं। मैं तो डॉक्टरी लाइन का कुछ नहीं समझता, इसलिए चुपचाप बैठा रहा।

सभी कागजात देख लेने के बाद मिस नायर ने धीमान से पूछा—कितने रुपये से तुम्हारा काम चल जायेगा?

धीमान बोला—गाँव में जो जमीन-जायदाद बची थी, वह सब बेचकर दस-बारह हजार रुपये मिले हैं, अब बावन-तिरपन हजार रुपये मिल जाने पर मेरा काम चल जायेगा। अगर ये रुपये कोई दे दे तो बाद में मैं सब चुकता कर दूँगा। क्या आप मुझे ये रुपये उधार देंगी? मैंने बहुत कोशिश की है, लेकिन कहीं से उधार नहीं मिला—

मिस नायर थोड़ी देर न जाने क्या सोचती रहीं, बोलीं—ठीक है, मैं सोच लूँ। कल तुम इसी समय आ जाना। मैं रुपये देने की कोशिश करूँगी।

इस आश्वासन पर मुझे कुछ आशा बँधी। धीमान को साथ लेकर मैं। लौट आया।

फिर मैंने डॉक्टर बनर्जी से सब-कुछ बताया।

सब-कुछ सुनने के बाद डॉक्टर बनर्जी ने कहा—यह सब बकवास है। वह रुपया कभी नहीं देगी। आपको पता नहीं कि उस दिन उसने किस तरह दरबान बुलाकर मुझे बाहर निकलवा दिया? मेरा नाम सुनते ही वह आगबबूला हो जाती है, वह क्यों मेरे बेटे को रुपया देगी?

मैंने कहा—लेकिन उन्होंने आपके बेटे के साथ बड़ा अच्छा व्यवहार किया है। हम लोगों ने उनके यहाँ मिठाई खायी, चाय पी।

डॉक्टर बनर्जी बोले—फिर भी देख लीजियेगा, वह रुपया नहीं देगी। उसने नेपियर टाउन में छह बिस्वा जमीन खरीदी है, वह कैसे रुपया देगी? अब वह उस जमीन पर मकान बनवायेगी। मकान के लिए उसने सारा रुपया अलग रख छोड़ा है। देख लीजियेगा, वह कभी रुपया नहीं देगी। वह जबर्दस्त औरत है। मैं उसे खूब जानता हूँ—

डॉक्टर बनर्जी ने मुझे निराश करना चाहा, लेकिन मैं निराश न होकर दूसरे दिन धीमान को लिये फिर नायर के घर गया। मिस नायर उस समय अस्पताल में ऑपरेशन कर रही थीं। हम इन्तजार करने लगे।

आधे घण्टे बाद मिस नायर आयीं।

बोलीं—आज अस्पताल से निकलने में देर हो गयी।

आज भी उन्होंने मिठाई और चाय से हम लोगों की खातिरदारी की।

मिस नायर ने धीमान से कहा—मैंने बैंक से रुपया निकाल रखा है। तुम्हें बावन हजार रुपये चाहिए न?

धीमान बोला—जी हाँ, बावन हजार रुपये से मेरा काम चल जायेगा। जमीन बेचकर मुझे बारह हजार रुपये मिले हैं, वह रुपया मेरे पास है। मैं रुपये के लिए ही पिता जी के पास आया था, लेकिन उनके पास रुपया नहीं है।

घर के अन्दर जाकर मिस नायर रुपया ले आयीं। फिर उन्होंने नोटों की गड्डियाँ धीमान के हवाले कर दीं।

रुपया पाकर धीमान की खुशी का ठिकाना न था। उसने मिस नायर के पाँव छूकर प्रणाम किया।

मिस नायर ने पाँव हटाकर कहा—बस, बस, पाँव छूने की कोई जरूरत नहीं है।

धीमान बोला—आप मेरी माँ हैं, मुझे पाँव छूने दीजिये। आपने मेरा जो उपकार किया, उसे मैं कभी नहीं भूल सकता।

धीमान ने फिर मिस नायर के पाँव छूकर हाथ माथे से लगाया। मिस नायर ने मना नहीं किया।

धीमान ने कहा—मैं वहाँ से हर महीने बैंक के जरिये रुपया भेजा करूँगा, क्योंकि एक साथ तो नहीं लौटा सकूँगा।

मिस नायर बोलीं—तुम्हें रुपये लौटाने की जरूरत नहीं है। मैं तो यह अच्छे काम के लिए खर्च कर रही हूँ। यहाँ नेपियर टाउन में जमीन खरीदने के लिए मैंने यह रुपया रख दिया था।

धीमान बोला—आप चाहें जो कहें, मैं अपने ऊपर ऋण नहीं रखूँगा।

अब मिस नायर बोलीं—माँ का ऋण कभी नहीं चुकाया जा सकता।

—लेकिन आप तो मेरे कारण जमीन नहीं खरीद सकीं।

मिस नायर बोलीं—मैं अकेली औरत हूँ, मुझे जमीन की उतनी जरूरत नहीं है।

फिर जरा रुककर उन्होंने पूछा—तुम कलकत्ते कब लौटोगे?

धीमान बोला—कल जो ट्रेन पहले मिल जायेगी, उसी से लौट जाऊँगा। फिर स्विट्जरलैण्ड जाने की तैयारी करनी पड़ेगी।

—फिर आज रात यहीं खाना खा लो।

इतना कहकर मिस नायर भोजन का प्रबन्ध करने अन्दर चली गयीं। हम लोग बाहर-वाले कमरे में बैठे रहे।

डॉक्टर बनर्जी की कहानी सुनते-सुनते रात खत्म हो चली थी।

मैंने पूछा—फिर क्या हुआ?

कान्ति बाबू बोले—फिर क्या होना था? डॉक्टर मिस नायर अब भी यहाँ के अस्पताल में हैं। डॉक्टर बनर्जी को तो आज आपने क्लब में देख ही लिया। मिस नायर अब भी डॉक्टर बनर्जी से नहीं बोलतीं। वे अब भी डॉक्टर बनर्जी की सूरत नहीं देखना चाहतीं। डॉक्टर बनर्जी अब भी उसी तरह शराब पीते हैं और जुआ खेलते हैं। जब पास में रुपया नहीं रहता तब वे लोगों से उधार माँगते हैं। वे कर्ज में डूबे हुए हैं, लेकिन जुआ खेलना बन्द नहीं करते। अब तो वे पक्के जुआड़ी बन गये हैं। शराब और जुआ—ये ही दो उनको खाये जा रहे हैं। अब उनको कोई नहीं बचा सकता। क्या आपने नहीं देखा कि मैं उनके पास से निकला लेकिन वे मुझे नहीं पहचान सके। वे शराब के नशे में चूर थे।

—और धीमान का क्या हुआ?

कान्ति बाबू बोले—वह हर महीने नियम से मिस नायर को रुपये भेजा करता है। सुना है कि मिस नायर ने उसे मना किया था कि रुपये मत भेजो, लेकिन वह बराबर रुपये भेजता है। वह मिस नायर को नियमित चिट्ठी भी लिखता है। मिस नायर उसकी माँ बन गयी हैं! इस तरह मिस नायर को बेटा तो मिल गया है, लेकिन पति नहीं मिला। गाँ बनने में उनको कोई आपत्ति नहीं है, लेकिन सारी आपत्ति पत्नी बनने में है। शायद यह भी एक तरह का प्यार है।

●

विषय : नर-नारी 2

मनुष्य के जीवन में क्या सत्य है? सुख या दुःख? आदिकाल से मनुष्य के मन में यही सवाल उठा है। इसी सवाल को लेकर महापुरुषों ने ग्रन्थ रचे हैं। किसी ने कहा है कि सुख ही सत्य है। सुख पाने के लिए भोग-विलास किये जाओ। जितने दिन जी रहे हो, जिन्दगी का मजा लूट लो। फिर तो मरना है। लेकिन कब मरूँगा, यह सोचकर क्या अभी से रोने लग जाऊँ?

एक ने ऐसा कहा तो दूसरे ने दूसरी बात कही। दूसरे महापुरुष ने कहा कि यह संसार नश्वर है। इसलिए इस संसार में कुछ भी अनश्वर नहीं है। इस हालत में सुख नाम की कोई चीज नहीं है! जो शाश्वत है, केवल उसी में सुख है न? इस संसार में दुःख और दर्द ही शाश्वत हैं। दुःख से ही इस ब्रह्माण्ड की सृष्टि हुई है। दुःख से ही यह संसार बना है। इसलिए दुःख में ही सुख का सामान ढूँढ़ना होगा।

पहले सुरपति राय यह सब नहीं समझते थे।

वे समझते नहीं थे, ऐसी बात नहीं है। असल में यह सब समझने के लिए उन्हें फुर्सत कहाँ थी? पहले खून में गरमी थी, पास में अकूत पैसा था और साथ ही उनकी वंश-मर्यादा भी मामूली नहीं थी। कुल-गौरव के घमण्ड के मारे जमीन पर उनके पाँव नहीं पड़ते थे।

अब यह देखना है कि जीवन का सर्वश्रेष्ठ समय कौन-सा है?

ज्यादातर लोग यही कहेंगे कि यौवन-काल ही जीवन का सर्वश्रेष्ठ समय है; क्योंकि जवानी में ही इन्सान जिन्दगी का भरपूर मजा लूट सकता है। उस समय उसे दुनिया की हर चीज मजेदार लगती है, क्योंकि बदन में ताकत रहती है। उस समय रात भर जमकर तवायफ का गाना सुना जा सकता है। पास में पैसा रहने से ऐश-आराम की लगभग सारी चीजें अपनी मुट्ठी में लेने में कोई दिक्कत नहीं होती। उस हालत में बाजी लगाकर दो-चार बोतल ह्विस्की पीकर यार-दोस्तों से वाहवाही लूटी जा सकती है। उस समय साथी-सुहबतियों की कमी नहीं रहती। सब आपकी तारीफ करते हैं और सभी आपके चमचे बन जायेंगे। आपके दोषों को भी वे गुण कहते हैं और आपके गुण-कीर्तन में जरा भी कमी नहीं आती। तब आपको ऐसा लगता है कि ये लोग जो कह रहे हैं, वही सही है और ये लोग मेरे सच्चे हितैषी हैं।

लेकिन जब आपके खून की गरमी में कमी आती है, तब पास में काफी पैसा रहते हुए भी भोग की लालसा खत्म होने लगती है। अगर लालसा बनी रहती है तो भी भोग करने की क्षमता जवाब दे जाती है। तब आराम करने, लेटे रहने और सेवा-टहल पाने

की जरूरत पड़ती है। शायद उस समय आपको उन हितैषियों की याद आती है। शायद आप उनको ढूँढ़ते भी हैं, लेकिन उस समय वे आपसे बहुत दूर जा चुके होते हैं। फिर आप एकदम अकेले पड़ जाते हैं। तब आपको यह दुनिया सूनी नजर आने लगती है। आप जो कुछ पीछे छोड़ आते हैं, उस समय वही आपको परेशान करने लगता है। फिर अतीत ही क्रूर वर्तमान बनकर आपको ग्रसता है।

जब आप यह सब समझने लगते हैं, तब पाते हैं कि बहुत देर हो गयी है।

फिर एक-दो दिन रात को ठीक से नींद नहीं आती। सवेरे तबीयत भारी लगती है। आप खाने-पीने बैठते हैं लेकिन आपको किसी चीज का जायका अच्छा नहीं लगता। आप कहते हैं कि आजकल विलायती चीज में भी मिलावट होने लगी है!

फिर आप ज्यादा कीमती और ज्यादा असली चीज की माँग करते हैं। लेकिन वह भी आपको बेमजा लगती है।

तब आप डॉक्टर को बुलाते हैं। डॉक्टर आपकी जाँच करते हैं, आपसे तरह-तरह के सवाल करते हैं और अन्त में कहते हैं अब आपको एहतियात बरतना होगा। अब आप पहले की तरह मनमानी नहीं कर सकते।

ठीक यही हाल सुरपति राय का हुआ।

डॉक्टर के चले जाने के बाद सुरपति राय ने कहा—ये डॉक्टर भी बस पैसा कमाना जानते हैं।

अब सुरपति राय को किसी आदमी पर विश्वास नहीं है, दवा पर विश्वास नहीं है, यहाँ तक कि अपने ऊपर भी विश्वास नहीं है। अब उन्हें एकमात्र दैव पर विश्वास है।

उनकी पत्नी का पहले ही स्वर्गवास हो चुका था। इस तरह उस महिला को सारे झमेले से छुटकारा मिल गया था। नहीं तो पता नहीं उन्हें और कितना कष्ट भोगना पड़ता। अब सिर्फ दीप्ति है। दीप्ति इस वंश की एकमात्र सन्तान है। उसी के भरोसे वंश का नाम चलेगा। उसके अलावा और एक प्राणी है—उर्मिला। लेकिन उर्मिला का होना और न होना दोनों बराबर है। बस, इतना कहा जा सकता है कि उर्मिला जिन्दा है।

जितने दिन सुरपति राय कलकत्ते में रहे, अपनी ठाठ-बाट कायम रखकर चलते थे। शुरू-शुरू में उन्होंने दीप्ति को स्कूल भेजा था। वह भी सिर्फ चार-पाँच साल के लिए। उसके बाद सुरपति राय की पत्नी बीमार पड़ीं। उनको देखनेवाला घर में कोई नहीं था।

जब मुसीबत आती है, तब अकेले नहीं आती। वह झुण्ड बनाकर आती है। लेकिन उस समय सुरपति राय की समझ में यह बात नहीं आयी थी। उनको बस यही पता था कि मुसीबत आती है और चली जाती है। लेकिन वह बराबर आती रहेगी, यह उन्होंने कभी नहीं सोचा था।

घर के सामने पार्क था। बहुत-से मकानों के सामने ऐसा पार्क रहता है। लेकिन उस पार्क में टहलने की बात पहले कभी सुरपति राय के दिमाग में नहीं आयी थी।

इधर वे कहाँ टहलने जाते थे। लोग उनकी तरफ इशारा करते थे और कहते थे—वह देखो, राय घराने के जमींदार हैं।

लोगों के कुतूहल से सुरपति राय प्रसन्न होते थे। चलो, लोग मुझे जानते हैं! फिर तो वे मेरी इज्जत भी करते होंगे। लोग उनकी इज्जत करते थे तो उनसे डरते भी थे। डर के मारे उनके पास कोई आता नहीं था। उनकी उम्र के कई बूढ़े उस पार्क की बेंचों पर बैठकर बातें करते थे। वे भी सुरपति राय को देखते थे और उनके बारे में आपस में बातें करते थे। लेकिन कोई उनको अपने पास नहीं बुलाते थे। वे लोग उनको अपने से अलग समझते थे और उनसे दूर रहते थे।

इसमें उन लोगों का कोई दोष नहीं था। शुरू से सुरपति बाबू ने सबकी उपेक्षा की। किसी को उन्होंने अपना नहीं समझा। आभिजात्य के शिखर पर बैठकर उन्होंने सबको छोटा और बौना समझा। इसलिए अब लोग क्यों उनके पास आयेंगे? उन्होंने हमेशा अपने को महान् समझा है। सचमुच वे बहुत बड़े खानदान के हैं। उनके आस-पास के सभी लोग मध्यम वर्ग के हैं। भले ही आज उन लोगों में से कोई बहुत बड़ी नौकरी करता हो या किसी ने कोई रोजगार-धन्धा करके अपना मकान बना लिया हो या कार खरीद ली हो!

वे लोग कुछ भी कर लें, लेकिन हैं तो मध्यम वर्ग के। उसके खून में मध्यम वर्गीय संस्कार है।

सुरपति राय के खानदान में कभी किसी ने नौकरी नहीं की और न कभी किसी ने रुपये के लिए दूसरे के आगे हाथ फैलाया। राय घराने के लोग हमेशा दूसरों को देते आये हैं। यह जो देश स्वतन्त्र हुआ है, इसमें भी क्या इस घराने का कम योगदान है?

एक बार असम के चाय-बगान के कुलियों ने हड़ताल की थी। उस समय देशप्रिय जे. एम. सेनगुप्त स्वयं इस घर में आये थे। उस समय सुरपति राय के दादा जिन्दा थे। जे. एम. सेनगुप्त ने उनसे चन्दा माँगा था।

दादा ने उनसे कहा था—भैया, तुम बैरिस्टर हो, तुम्हारा काम भी खूब चलने लगा था, तुम इस चक्कर में क्यों फँस गये? क्या इसमें तुम्हारा भला होगा? अंग्रेजों से लड़कर क्या तुम लोग जीत पाओगे?

जे. एम. सेनगुप्त ने कहा था—लड़ाई शुरू हो गयी है, अब जीतना होगा तो जीतेंगे, नहीं तो हारेंगे।

दादा ने कहा था—मान लो कि तुम लोग हार गये, फिर क्या अंग्रेज सरकार तुम लोगों को छोड़ देगी; इसलिए पानी में रहकर मगर से वैर करना ठीक नहीं है। तुम तो बैरिस्टर हो, विलायत हो आये हो, तुम पर यह सनक क्यों सवार हुई?

जे. एम. सेनगुप्त ने कहा था—विलायत गया था, तभी तो समझ सका कि हम गुलाम हैं। अगर मैं विलायत न जाता तो गुलामी की तकलीफ समझ में न आती।

अन्त में दादा ने जे. एम. सेनगुप्त से कहा था—खैर, तुम लोग यंग-मैन हो और हम लोग बूढ़े हैं, फिर भी हमारी बातों पर गौर करना। मेरी उम्र बहुत हो गयी है, मैंने बहुत-कुछ देखा है और झेला है। इसीलिए मैं तुमसे कह रहा हूँ कि यह सब छोड़ दो।

जे. एम. सेनगुप्त ने कहा—अब छोड़ने का उपाय नहीं है।

दादा ने कहा था—उपाय क्यों नहीं है? तुम अमीर बाप के बेटे हो, तुमने मेम से शादी की है, अंग्रेज अगर तुमको जेल में ठूँस दें तो तुम्हारे घरवालों का क्या होगा, क्या तुमने कभी सोचा है?

बहुत समझाने पर भी जे. एम. सेनगुप्त अपना भला नहीं समझ सके थे। वे दादा से सौ रुपये चन्दा लेकर चले गये थे।

उसके बाद दादा ज्यादा दिन जिन्दा नहीं रहे। वे कुछ भी नहीं देख सके। अन्त में जे. एम. सेनगुप्त का बड़ा बुरा हाल हुआ था। वे बहुत दिनों तक जेल में रहे, उनकी मेम बीवी भी जेल में रहीं, लेकिन क्या हुआ? इसलिए दादा ने जो कुछ कहा था, वह सही था।

अब यह सब किससे बताया जाय?

सुरपति राय ने मन-ही-मन कहा—मैंने भी कभी किसी के आगे सिर नहीं झुकाया। इसके मूल में भी दादा हैं। दादा और फिर बाप मेरे लिये सारा इन्तजाम कर गये थे, तभी तो मैं बना हूँ और जिन्दगी भर सिर ऊँचा किये हूँ। जब तक मैं रहूँगा, सिर ऊँचा किये रहूँगा, कभी किसी के आगे मुझे झुकना नहीं पड़ेगा।

हालाँकि इधर सुरपति राय की सेहत बहुत बिगड़ चुकी है। अब पहले की तरह मनमानी बरदास्त नहीं होती। गहरी नींद नहीं आती। लेकिन उसके लिए दवा है। छोटी-सी टिकिया खा लो और रातभर घोड़ा बेचकर सोते रहो। इसके अलावा हाजमा भी थोड़ा खराब हो चुका है। लेकिन वह खतरनाक नहीं है।

लेकिन यह हालत ज्यादा दिन नहीं रही। हर चीज का दाम इतना बढ़ गया कि कम होने का नाम नहीं लेता। बैंक की पास-बुक देखकर सुरपति राय चौंके।

उसी समय एक ज्योतिषी का आगमन हुआ। माथे पर चन्दन का टीका, चेहरे पर रोब और महात्मा-जैसा रंग-ढंग। देखते ही मन में भक्ति आती है।

उन्होंने बहुत देर तक ध्यान से जन्मपत्री को देखा।

सुरपति राय ने पूछा—जन्मपत्री कैसी है?

ज्योतिषी ने कहा—जी, यह तो किसी राजा की जन्मपत्री है!

सुरपति राय बोले—किसी जमाने में हम लोग राजा ही थे। गाँववाले मेरे दादा को 'राजा साहब' कहते थे।

फिर उन्होंने पूछा—क्या मेरे दादा की बात मेरी जन्मपत्री में है? आपने तो नयी बात सुनायी!

ज्योतिषी बोले—क्या जन्मपत्री में एक ही व्यक्ति के जीवन के बारे में लिखा रहता है? संसार के भूत-भविष्यत् के बारे में भी उसमें लिखा रहता है। भृगु ऋषि त्रिकालज्ञ थे। वे अपनी दिव्य दृष्टि से सब-कुछ देख पाते थे।

सुरपति राय ने पूछा—जन्मपत्री में और क्या-क्या लिखा है?

—आपकी जन्मपत्री में राजयोग है। यह बड़ा ही दुर्लभ योग है। इस योग का जातक राज-सुख भोगता है और समाज में उसकी असामान्य प्रतिष्ठा होती है। हर आदमी उस जातक के आगे सिर झुका देता है।

धीरे-धीरे उस ज्योतिषी पर सुरपति राय का विश्वास जमने लगा। वे बोले—बात आपने सही कही है। बचपन से मुझे लोगों की श्रद्धा मिली है। जब मैं छोटा था, लोग मुझे 'कुँवर' कहते थे। अब कहते हैं—मालिक!

अब ज्योतिषी को मौका मिल गया। वे बोले—लोग ऐसा क्यों नहीं कहेंगे? यह तो आपके राजयोग का चमत्कार है। मैंने तो आपकी जन्मपत्री देखते ही बता दिया। आपकी जन्मपत्री बहुत अच्छी है।

सुरपति राय ने पूछा—बहुत अच्छी का क्या मतलब है?

ज्योतिषी ने कहा—मैंने अब तक दो लाख से अधिक जन्मपत्रियाँ देखी हैं, लेकिन ऐसी जन्मपत्री कभी नहीं देखी। हर बात कितनी साफ लिखी हुई है।

सुरपति राय बोले—अगर जन्मपत्री इतनी अच्छी है तो जेब क्यों खाली है? कहीं से रुपये का इन्तजाम क्यों नहीं होता?

ज्योतिषी बोले—अब आपकी जेब भरनेवाली है। बस, राहु यहाँ से उतर जाये तो देखिये कि मैं सच कह रहा हूँ या झूठ? राहु सही जगह पर आते ही आप समझ जायेंगे कि आपकी जन्मपत्री कितनी अच्छी है।

सुरपति राय ने पूछा—फिर कितने रुपये मिलेंगे?

ज्योतिषी ने पलटा सवाल किया—कितने रुपये से आपका काम चल जायेगा?

—यही समझ लीजिये कि थोड़ा-बहुत कर्ज है। एक लाख रुपये का हिसाब बैठ जाय तो वह सब चुकता कर दूँ। उसके बाद और दो-तीन लाख मिल जाय तो गाड़ी चलती रहे।

ज्योतिषी मन लगाकर जन्मपत्री को देखने लगे। उन्होंने न जाने क्या-क्या लिखकर हिसाब लगाया, फिर कागज-कलम एक किनारे रखकर इतमीनान के साथ कहा—सवा तीन वर्ष के अन्दर आपको पाँच लाख रुपये मिल जायेंगे।

—सवा तीन वर्ष? यह तो बहुत ज्यादा समय हो गया! क्या और जल्दी नहीं हो सकता?

ज्योतिषी बोले—उसके लिए दूसरा उपाय करना पड़ेगा।

—कैसा उपाय?

ज्योतिषी ने कहा—स्वस्त्ययन, पूजा-पाठ और यज्ञ करने पर सवा तीन वर्ष को घटाकर सवा तीन महीने तक लाया जा सकता है।

सुरपति राय बोले—फिर आप वही कीजिये! उसमें कितना खर्च पड़ेगा?

ज्योतिषी बोले—ज्यादा नहीं पड़ेगा। मैं सस्ते में बढ़िया काम करना पसन्द करता हूँ। तीनेक हजार में सारा काम हो जायेगा। और कोई होता तो इसी काम के लिए कम-से-कम पाँच हजार रुपये मूस लेता!

सुरपति राय को इतमीनान हो गया। वे बोले—फिर वही कीजिये, तीन हजार में काम चला लीजिये। रुपये मिल जाने पर और ज्यादा खर्च किया जायेगा।

फिर वही हिसाब लगाया गया। ज्योतिषी ने लम्बी सूची बनाकर दी। गव्यघृत से मुक्ताभस्म तक बहुत-सारी चीजें। उन सारी चीजों का जुगाड़ कर यज्ञ किया गया। यज्ञ आखिर यज्ञ होता है। कहावत है न कि न नौ मन तेल होगा और न राधा नाचेगी। लेकिन इस मामले में नौ मन तेल भी हुआ और राधा भी नाची, लेकिन काम नहीं बना। राहु अपनी जगह पर जमा रहा और टस से मस न हुआ। इसलिए कुल मिलाकर कोई फायदा नजर नहीं आया। फिर एक, दो, तीन साल बीत गये। सुरपति राय की माली हालत में तब्दीली नहीं आयी। अन्त में उनके मुँह से निकला—साला! फिर किसी चीज पर उनका विश्वास नहीं रहा।

उन्होंने कहा—सब-कुछ धोखा है और सब साले बेईमान हैं। किसी पर विश्वास नहीं करना चाहिए।

यह कहकर वे निरासक्त भाव से बैठ गये और बैठे रहे। जब पेट में कुछ भारीपन महसूस होता तब वे घर से निकलकर सामनेवाले पार्क में चले जाते और उसका चक्कर लगाते।

लेकिन इस तरह ज्यादा दिन नहीं चला। कर्ज का बोझ बढ़ता गया और उनकी सेहत बिगड़ती गयी। भाग्य के भरोसे बैठे रहना उनके लिए मुश्किल हो गया। उन्होंने कलकत्ते को नमस्कार कर गाँव में जाकर बसने का निश्चय किया। गाँव में आखिर सब-कुछ है। अपना मकान, जमीन-जायदाद, तालाब-पोखर और बाग-बगीचे। वहाँ बाप-दादा जो कुछ छोड़ गये हैं, उससे थोड़ी-बहुत आमदनी भी होती है। कलकत्ते का मकान जर्जर हो चुका है, फिर भी उसे बेचने पर कई लाख रुपये मिल जायेंगे। बैठकर खाने पर भी उस रुपये से उनका शेष जीवन मजे में कट जायेगा।

फिर दीप्ति? दीप्ति कब की सयानी हो चुकी है। कायदे से कई साल पहले उसकी शादी कर देनी चाहिए थी, लेकिन नहीं की जा सकी। आजकल ज्यादा उम्र में लड़कियों की शादी हो रही है, इसलिए वह शादी की उम्र पार कर चुकी है, ऐसा नहीं कहा जा सकता। फिर उसकी शादी के लिए सुरपति राय ने कोशिश नहीं की, ऐसा नहीं है। लेकिन मन-पसन्द लड़का नहीं मिला। सुरपति राय की पसन्द का लड़का मिलना भी मुश्किल है।

व्रज घटक बड़ा धक्काड़ था। बड़े-बड़े घरों के लड़के-लड़कियों की शादी तय कराना उसका काम था। इस मामले में कलकत्ते के सभी रईस उसे याद करते थे। आदमी भेजकर उसे बुलाया जाता था।

लेकिन सुरपति राय की पसन्द का लड़का मिलना मुश्किल है। लड़का रूपवान्, गुणवान् और धनवान् होना चाहिए। इसके अलावा वह नामी-गिरामी खानदान का हो। एक-दो पीढ़ी के अमीरों से सुरपति राय को बहुत चिढ़ है।

सुरपति राय पूछते—खानदान कैसा है?

व्रज घटक कहता—बैरकपुर का जमींदार है।

सुरपति राय उपेक्षा की हँसी हँसते। कहते—तुम्हारी बात सुनकर हँसी आती है व्रज, बैरकपुर भी क्या कोई जगह है? तुम्हीं बताओ? फिर वहाँ का जमींदार कैसा होगा? नाड़ाजोल, नाटोर या राजशाही का नाम लेते तो भी बात समझ में आती। जैसे हम खैराशोल के जमींदार हैं। खैराशोल के जमींदार घराने को तुम राजघराना कह सकते हो। उस घराने की लड़की की शादी बैरकपुर के जमींदार के लड़के से होगी? क्या तुम पागल हो गये हो व्रज? तुमने इस तरह की बात उठायी कैसे? अभी तक मैं तुम्हें बड़ा होशियार आदमी समझता था!

व्रज घटक कहता—लेकिन हुजूर, लड़का बड़ा अच्छा है। इस साल काशी हिन्दू विश्वविद्यालय से इंजीनियरिंग पास कर टाटा कम्पनी में डेढ़ हजार रुपये की नौकरी कर रहा है।

सुरपति राय कहते—तुम मुझे रुपये दिखा रहे हो? डेढ़ हजार रुपये कौन ऐसी रकम है? पहले खानदान देखोगे, उसके बाद रुपया! क्या मैं रुपया लेकर चाटूँगा! मेरे दादा ने जे. एम. सेनगुप्त को चैरिटी में बीस हजार रुपये दिये थे, पता है? बैरिस्टर जे. एम. सेनगुप्त! नाम सुना है न?

डरकर व्रज घटक कहता—जी हाँ—

सुरपति राय कहते—वे कोई मामूली आदमी नहीं थे। विलायती मेम से उन्होंने शादी की थी। लेकिन वही जे. एम. सेनगुप्त साहब खुद मेरे दादा के पास भीख माँगने आते थे।

अब व्रज घटक को शायद विश्वास नहीं होता। उसके मुँह से निकल पड़ा—भीख माँगने?

सुरपति राय कहते—हाँ, हाँ, जिसका नाम चन्दा है, उसी का नाम भीख है! यह जो हमारा देश स्वतन्त्र हुआ, इसके पीछे किसका पैसा लगा है? मेरे दादा का पैसा! यह सब तो पता नहीं रखते। मेरे दादा ने पैसा दिया था तभी तुम्हारे जवाहरलाल नेहरू आज गद्‌दी पर बैठे हैं।

हाँ, तो सुरपति राय ने आखिर कलकत्तेवाला मकान बेचना तय किया। उसके कर्ज भी पट जायेगा और जिसको जो देना है, देने के बाद भी हाथ में कुछ बचेगा। वह रुपया बैंक में डालकर वे खैराशोल चले जायेंगे।

सुरपति राय के खैराशोल जाकर बसने का यही इतिहास है।

राय वंश के आदि पुरुष का निवास-स्थान खैराशोल है। इसके पहले सुरपति राय एक-दो बार यहाँ आये थे। मकान बहुत पुराना है। कहीं-कहीं से वह टूट भी चुका था। लेकिन कोई बात नहीं, यहाँ आने के बाद सुरपति राय ने मकान की मरम्मत करा ली। भारी महल-जैसा मकान—चार खण्डों में बँटा हुआ। इतना बड़ा मकान उस इलाके में दूसरा नहीं है। इसका नौबतखाना भी देखने लायक है। कहा जाता है कि पहले यहाँ सुबह-शाम नौबत बजती थी। दबीर मियाँ को सुरपति राय के दादा मुर्शिदाबाद से ले आये थे। दबीर मियाँ इसी नौबतखाने में रहता था। उसकी बीवी और बाल-बच्चे भी यहीं रहते थे। यहीं उसकी पूरी गिरस्ती थी।

लेकिन वह जमाना नहीं रहा। सुरपति राय के दादा खैराशोल से चले गये तो वहाँ की रौनक भी जाती रही। फिर तो लोग गाँव छोड़-छोड़कर आस-पास के शहरों में जाकर बसने लगे। उसके बाद जो होना चाहिए था, वही हुआ था। पूरा इलाका जंगल से भर गया। पहले जहाँ लोग बसते थे, वहाँ जंगली पेड़-पौधे उगने लगे। बड़े-बूढ़े लोग एक-एक कर परलोकवासी हुए। उन दिनों के नयी उम्र के लड़के रोजी-रोटी की तलाश में शहरों में चले गये। कुछ बरसों के लिए खैराशोल उपेक्षित हो गया।

उसके बाद देश का बँटवारा हुआ।

देश का बँटवारा होते ही खैराशोल की शक्ल बदल गयी। नदी के उस पार से झुण्ड-के-झुण्ड लोग आने लगे। जिसको जहाँ जगह मिली, उसने वहीं झोंपड़ी डाल दी। जिसके पास रुपया-पैसा था, उसने उसी से थोड़ी-बहुत जमीन खरीद ली। उसके बाद वही पुराना खैराशोल नया खैराशोल बन गया। पहले इस इलाके से न कोई सड़क थी और न कोई ढंग का रास्ता। बरसात के दिनों में राय बाबू पालकी से आते-जाते थे। अब यहाँ साइकिल-रिक्शे चलने लगे। एक-दो टैक्सियाँ भी दिखायी पड़ने लगीं। पहले

जहाँ जंगल था, अब वहाँ साग-सब्जी बोयी जाने लगी। इसके अलावा शहर के भी कुछ लोगों ने खैराशोल में जमीन ले ली। वहाँ उनके मकान बने और बाग-बगीचे लगाये गये। फिर धीरे-धीरे जूनियर हाईस्कूल बना और एक-दो प्राइमरी स्कूल खुल गये। पहले डॉक्टर-वैद्य के नाम पर यहाँ कुछ नहीं था, लेकिन अब डॉक्टर हैं। गरीब-गुरबों के लिए एक बेड का छोटा-सा अस्पताल भी खुल गया है। अस्पताल खुलने के साथ शहर से डॉक्टर भी आया है।

सुरपति राय के पास पहले वही डॉक्टर आये। उन्हीं ने अपना परिचय दिया कि मैं यहाँ के अस्पताल का डॉक्टर हूँ। डॉक्टर समीरण सेन। इसके पहले वे कुछ दिन जिला अस्पताल में थे। अब सरकार ने उनका तबादला इस अस्पताल में कर दिया है। उन्हें यहाँ क्वार्टर भी मिला है।

सुरपति राय ने पूछा—अस्पताल में कुछ दवाएँ भी हैं या यों ही?

समीरण सेन बोले—जी, एकदम नहीं हैं, ऐसा तो नहीं कहा जा सकता, काम चलाने भर की दवाएँ हैं।

सुरपति राय ने पूछा—काम चलाने भर की क्यों? क्या सरकार कुछ नहीं देती?

समीरण सेन बोले—कितनी बार हेड ऑफिस को चिट्ठी लिखी है, लेकिन कोई फायदा नहीं हुआ।

सुरपति राय बोले—आप लोगों की सरकार भी कैसी है! अगर दवाएँ नहीं देगी तो अस्पताल क्यों चला रही है?

समीरण सेन बोले—दवा के बारे में आप लिखें तो शायद काम हो, हम लोगों की बात हेड आफिस सुनना नहीं चाहता।

सुरपति राय ने कहा—मुझे क्या गरज पड़ी है कि मैं चिट्ठी लिखूँ? सेन अनग्रेटफुल गवर्नमेण्ट! उसको कुछ लिखने का मतलब बेइज्जत होना है। आपको तो पता नहीं है कि आपका देश मेरे दादा के पैसे से स्वतन्त्र हुआ है। यह जो आप लोगों के जवाहरलाल नेहरू अब गद्दी पर बैठकर राज कर रहे हैं, यह किसकी बदौलत? मेरे दादा की बदौलत। यह सब आप लोग नहीं जानते।

समीरण सेन यह सब कैसे जान सकता है? डॉक्टरी पास करने के बाद उन्होंने नौकरी कर ली और जिला अस्पताल में कुछ दिन नौकरी करने के बाद वे तबादला होकर यहाँ आ गये। थोड़ी देर बैठने के बाद वे अपने काम से चले गये।

खैराशोल आने के बाद सुरपति राय को किसी हद तक मानसिक शान्ति मिली। यहाँ कलकत्ते की तरह नये अमीरों की भीड़ नहीं है। कलकत्ते में तो घर के बाहर कदम रखते ही उनका मिजाज गरम हो जाता था। वे जिधर भी देखते थे, नये-नये मकान बनते नजर आते थे। वे परेशान हो जाते थे कि लोगों के पास इतने रुपये कहाँ से आये! उनको ऐसा लगता था कि वे लोग नये-नये मकान खड़े कर दूसरों को अपनी दौलत दिखा रहे हैं। उनको ऐसा लगता था कि मकान की शक्ल में वही लोग भारी-भरकम

शरीर लिये खड़े हैं और दूसरों से कह रहे हैं कि देखो, हमारे पास कितने रुपये हो गये हैं!

जो लोग नये मकान नहीं बनवाते, वे पुराने मकानों की सफेदी करवाते या रँगाई, ताकि उनका मकान भी नया दिखे। पुराने मकान भी कैसे सजाये जाते! सुरपति राय को यह सब भी बुरा लगता था। उनको ऐसा लगता था कि लोग उनको दिखाने के लिए ऐसा करते हैं। उनका अपना मकान तो बाबा आदम के जमाने का था। उस मकान को उनके दादा ने बनवाया था। उन दिनों उस मुहल्ले में और किसी का उतना बड़ा मकान नहीं था। सभी मकान छोटे-छोटे और दूर-दूर थे। राय बाबू के मकान के चारों तरफ उन दिनों कोई मकान नहीं था। खुली जमीन पड़ी थी। फिर जमाना बदलने के साथ मुहल्ले का नक्शा भी बदलने लगा। मकानों की संख्या बढ़ने लगी। फिर आगे-पीछे और अगल-बगल कितने ही मकान बन गये! सुरपति राय के मकान में भी बड़े-बड़े मकान बने। जिस मुहल्ले में सुरपति राय का मकान सबसे पहले निगाह में पड़ता था, अब उसी मुहल्ले में उनका मकान मकानों की भीड़ में खो गया। मानो सुरपति राय सबकी निगाह में बेआबरू हो गये।

खैराशोल आने के बाद सुरपति राय के मन की वह स्थिति न रही। यहाँ वे ही सबसे बड़े आदमी हैं। यहाँ उनके मकान की तरह कोई दूसरा मकान नहीं है। बड़प्पन की इस भावना ने उनमें नयी जान फूँक दी।

यहाँ वे जब भी बाहर निकलते हैं लोग उनको देखते ही प्रणाम करते हैं। वे जहाँ भी जाते हैं लोग उनका आदर करते हैं। परिचित हो या अपरिचित, यहाँ कोई ऐसा नहीं है जो उनको देखते ही सिर न झुका दे और उनके सम्मान में एक किनारे हटकर न खड़ा हो जाय।

सुरपति राय भी बड़प्पन के अन्दाज में सबसे हाल-चाल पूछते हैं—ठीक-ठाक हो न भैया?

ऐसा लगता है कि सब उनके असामी हैं। लेकिन बात असल में ऐसी नहीं है। इस समय खैराशोल के लगभग सभी लोग नये हैं। सुरपति राय को कोई व्यक्तिगत रूप से नहीं जानता। सबने उनका नाम ही सुना है। वे जानते हैं कि खैराशोल के जमींदार शुरू से कलकत्ते में रहते हैं, अब शायद बाप-दादा का गाँव देखने कुछ दिनों के लिए यहाँ आये हैं। सुरपति राय के सवाल के जवाब में वे कहते हैं—जी हाँ, आपके आशीर्वाद से ठीक-ठाक हूँ।

कभी-कभी सुरपति राय और भी दो-चार बातें पूछते।

—इस बार खेती कैसी हुई?

लोग कहते—जी, इस बार खेती उतनी अच्छी नहीं हुई।

सुरपति राय पूछते—क्यों? अच्छी क्यों नहीं हुई?

लोग कहते–ऊपरवाले की मर्जी है मालिक! इस साल बारिश कहाँ हुई?

लोगों का कहना सही है। बंगाल के मौसम के हिसाब से इस बार बैसाख में पानी नहीं बरसा, जेठ में भी नहीं। लोगों ने सोचा कि असाढ़ में पानी जरूर बरसेगा। लेकिन जब असाढ़ बीत गया और पानी नहीं बरसा तब लोग सिर थामकर बैठ गये।

इसमें सुरपति राय बड़े परेशान हुए। मानो उन्हीं की परेशानी सबसे ज्यादा थी।

वे बोले–इसका कोई उपाय तो करना पड़ेगा न!

लेकिन इसका उपाय करना आसान नहीं है। फिर भी उन्होंने इस प्रसंग को छेड़कर सब को और ज्यादा परेशान कर दिया।

सुरपति राय की अपनी जमीन कम नहीं थी। काश्तकार लोग उसको जोते-बोते थे। सुरपति राय को फसल का हिस्सा मिल जाता था। इसलिए रास्ते में जिससे भी मुलाकात हो जाती उसी से वे खेती के बारे में पूछते।

कहते–क्या खबर है भाई? इधर कई महीने से पानी नहीं बरस रहा है और तुम लोग कान में तेल डाले बैठे हो? क्या होगा, इसके बारे में कुछ भी नहीं सोच रहे हो?

राह-चलते लोग राय बाबू की परेशानी देखकर परेशान हो जाते, जमींदार बाबू शहर में रहनेवाले हैं। इनको खेतीबारी के बारे में सोचने की क्या जरूरत पड़ गयी? फिर भी वे गाँववालों के लिए सोच रहे हैं, इससे सबको आश्चर्य भी हुआ और प्रसन्नता भी हुई।

दो-चार दिन में यह बात चारों तरफ फैल गयी कि जमींदार बाबू बड़े अच्छे आदमी हैं।

राधाकृष्ण डे की परचून की दुकान में बहुत-से लोग इकट्ठा होते थे। दुकान के सामने तखत पर खैराशोल के कुछ बड़े-बूढ़े और जाने-माने लोग आकर बैठते थे। वे लोग आपस में गपशप करते थे। वहीं राय बाबू के बारे में बात चली।

ज्योतिष सामन्त खैराशोल के खानदानी आदमी हैं। इस समय उनकी माली हालत बिगड़ चुकी है, फिर वे गाँव के भले-बुरे के बारे में माथापच्ची करना नहीं छोड़ते। शाम को वे भी राधाकृष्ण की दुकान में आकर बैठ जाते हैं। वहाँ उनको कई पुराने साथी मिल जाते हैं।

उन्हीं से ज्योतिष सामन्त ने कहा–देखो, तुम लोग जैसा सोच रहे हो, वैसा नहीं है। राय बाबू सचमुच भले आदमी हैं।

सबने पूछा–कैसे? क्या तुमने कुछ सुना है?

ज्योतिष सामन्त बोले–सुना कि सुरपति राय बहुत परेशान हैं चैत-बैसाख में पानी नहीं बरसा तो उन्होंने सबको अपने घर में बुलाया था।

वंशी दत्त बोले–मैं भी तो गया था।

यह सुनकर सब चौंक पड़े। वंशी दत्त को इतनी बड़ी खबर मालूम है, फिर भी उन्होंने अभी तक इसके बारे में किसी से कुछ नहीं कहा! यह कैसी बात हो गयी?

अब सभी ने वंशी दत्त को पकड़ा। कहा—अरे! हुजूर ने तुमको बुलाया और हम लोगों में से किसी को नहीं बुलाया, यह कैसी बात हुई?

वंशी दत्त बोले—उन्होंने मुझको बुलाया तो नहीं था, लेकिन जब मुझे पता चला कि वे इस बारे में बहुत ज्यादा सोच रहे हैं तब मैं ही स्वयं उनके पास चला गया।

राधाकृष्ण डे ने कहा—तुमने तो गजब कर दिया वंशी, हुजूर ने तुमको नहीं बुलाया और तुम बिन बुलाये अपनी तरफ से वहाँ पहुँच गये? तुम्हारी अक्ल की बलिहारी है!

वंशी दत्त बोले—जाने में क्या हर्ज है? असल में वही तो हमारे मालिक हैं! हम मामूली आदमी हैं और वे ठहरे जमींदार। इतने दिन कलकत्ते में रहने के बाद वे हमारे गाँव में आये हैं और हम उनके पास नहीं जायेंगे? मैं तो उनसे रुपया उधार माँगने नहीं गया था?

वंशी दत्त की बातों से लोगों की उत्सुकता बढ़ी।

किसी ने पूछा—तुमको राय बाबू कैसे लगे? सुना कि बड़े कंजूस हैं?

वंशी दत्त बोले—रुपये-पैसे के बारे में कोई बात नहीं हुई, इसलिए कैसे बताया जा सकता है कि वे कंजूस हैं या नहीं? लेकिन इतना देखा कि वे दमदार आदमी हैं!

—तुमको कैसे पता चला कि वे दमदार हैं?

वंशी दत्त बोले—हुजूर ने कहा कि क्या इस गाँव में कोई आदमी नहीं है? चैत, बैसाख और जेठ में पानी नहीं बरसा और इसके लिए कोई सोच भी नहीं रहा है! खैराशोल के लोग क्या गूँगे जानवर बन गये हैं?

ज्योतिष सामन्त ने पूछा—उनके घर में कौन-कौन हैं? सुना कि उनकी बीवी नहीं है?

वंशी दत्त बोले—मैंने तो सुना कि उनकी बीवी बहुत पहले मर गयी है?

राधाकृष्ण डे बोले—उनके घर से एक नौकरानी आकर मेरी दुकान से माचिस और मिट्टी का तेल वगैरह ले जाती है।

ज्योतिष सामन्त ने कहा—उसी नौकरानी से तुमने क्यों नहीं पूछा कि उनके घर में कौन-कौन हैं?

राधाकृष्ण डे ने कहा—मैंने पूछा था तो पता चला कि उनकी एक लड़की है और एक बुढ़िया बहन।

—क्या वह बहन विधवा है?

—अरे नहीं! मैंने सुना कि उसकी शादी नहीं हुई?

यह सुनकर सब लोग आश्चर्य में पड़ गये। जमींदार बाबू बड़े आदमी हैं, उनके पास पैसे की कमी नहीं है और उनके घर में उनकी क्वारी बहन पड़ी है! बहन के अलावा उनकी अपनी लड़की भी है जिनकी शादी नहीं हुई है। राधाकृष्ण डे की दुकान में बैठे लोगों में से किसी की समझ में यह रहस्य नहीं आया।

खैराशोल में यह बात किसी से छिपी नहीं रही। खैराशोल कोई बड़ी जगह नहीं है। इसलिए किसी को कोई बात मालूम होते ही वह गाँव में लगी आग की तरह चारों तरफ फैल जाती है। खासकर ऐसी खबर कि किसी लड़की की शादी की उम्र हो गयी है और उसकी शादी नहीं हुई। गाँव-देहात में ऐसी चटपटी खबर फैलते देर नहीं लगती। सुरपति राय भले आदमी हैं, इस खबर में कोई मजा नहीं है। इसलिए इस खबर की तरफ किसी का ध्यान नहीं गया। लेकिन सुरपति राय के घर में क्वारी बहन और बेटी हैं, इस खबर को लोगों ने चाव से सुना और दूसरों को सुनाया।

उस दिन उस लड़की को सबने अपनी आँखों से देख लिया।

सबको बड़ा आश्चर्य हुआ। वह तो सुरपति राय की ही लड़की है, इस बारे में किसी को सन्देह न रहा। देखने में बड़ी खूबसूरत है। उम्र अट्ठारह साल भी हो सकती है और बीस साल भी। लेकिन इतनी बड़ी लड़की हो गयी है और उसकी शादी नहीं हुई! फिर वह सड़क पर अकेली निकली है। उसके साथ लम्बे-लम्बे बालोंवाला कुत्ता भी है। कुत्ते के गले से बँधी चेन उसके हाथ में है। लगा कि वह कुत्ते को लेकर घूमने निकली है।

जिसने भी उस लड़की को देखा, वह आश्चर्य में पड़ गया। खैराशोल के लिए सचमुच यह नया दृश्य था।

घर से निकलकर वह लड़की सीधे सड़क से जा रही है। बीच-बीच में वह कुत्ते से कुछ कह भी रही है।

—टॉम, शरारत न करो! सड़के से चलो! उधर गन्दगी में मत जाओ!

वह लड़की न किसी की तरफ देख रही है और न किसी से बोल रही है। उसके साथ कोई नौकर भी नहीं है। बाप रे बाप! कैसी बेशरम लड़की है! सब लोग आँख फाड़कर उसकी तरफ देखने लगे।

असल में शहर की लड़की है न! इतने सारे मर्द उसकी तरफ देख रहे हैं, लेकिन उसे किसी की परवाह नहीं है! मानो उसके लिए यह खैराशोल नहीं, कलकत्ता शहर है। दिन दहाड़े इतने लोगों के सामने किस तरह सिर ऊँचा किये चली जा रही है। मानो लाट साहब की बेटी हो!

आस-पास के मकानों से औरतें ताक-झाँक करने लगीं। खिड़की या दरवाजे की आड़ से उसे देखने के लिए औरतों की भीड़ लग गयी। एक-एक खिड़की के पीछे पाँच-छह चेहरे। मानो किसी की बारात जा रही है।

—अरी, उसकी साड़ी कितनी अच्छी है, देख!

देख-देखकर मानो किसी की आँखों की आस नहीं मिटती। देखने में कितनी खूबसूरत है, उसकी साड़ी कितनी बढ़िया है, उसके गहने भी कितने अच्छे हैं! कुछ भी हो, है तो जमींदार घर की लड़की! वह खूबसूरत नहीं होगी तो क्या हम खूबसूरत होंगी?

लेकिन दीप्ति का किसी तरफ ध्यान नहीं है। वह अपनी जमींदारी में घूमेगी-टहलेगी तो किसको एतराज होगा? जहाँ उसका मन होगा, वहीं वह घूमने जायेगी। उसे किसी की परवाह नहीं है।

दीप्ति जब घर लौटी उस समय सुरपति राय बाहर बैठक में बैठे सामने सड़क की तरफ देख रहे थे।

उन्होंने दीप्ति को लौटते देखकर पूछा—अकेली कहाँ चली गयी थी?

दीप्ति इस बात पर खास तवज्जह न देकर अन्दर जाने लगी।

जाते-जाते उसने कहा—घूमने चली गयी थी।

सुरपति राय ने कहा—कहाँ जा रही हो? इधर सुनो।

दीप्ति मुड़कर खड़ी हो गयी।

सुरपति राय बोले—इधर आओ, यहाँ मेरे सामने आ जाओ।

इस पर दीप्ति को थोड़ा गुस्सा आया। वह एकदम पिता जी के सामने जाकर खड़ी हो गयी।

सुरपति राय ने कहा—हाँ, बड़ों से बात करने के लिए ठीक इसी तरह उनके सामने खड़े होना चाहिए। अब मेरी बात का जवाब दो। बताओ, कहाँ गयी थी?

दीप्ति बोली—कहा तो कि घूमने गयी थी।

सुरपति बाबू बोले—क्यों? इस मकान में इतनी बड़ी छत है, इतना बड़ा आँगन है, क्या वहाँ नहीं घूमा जा सकता?

दीप्ति बोली—टॉम बाहर निकलना चाहता था।

सुरपति बाबू ने कहा—क्या टॉम हमारी-तुम्हारी तरह बात कर सकता है कि वह बाहर जाने के लिए मचलने लगा और तुमसे रहा नहीं गया? टॉम तो एक जानवर है, वह जो चाहेगा क्या वही तुमको करना पड़ेगा?

फिर जरा रुककर सुरपति राय बोले—तुम खैराशोल में नयी-नयी आयी हो, यहाँ न किसी को जानती हो न पहचानती हो, इसलिए तुम्हारा अकेले बाहर निकलना ठीक नहीं है। अब इस तरह बाहर मत निकलना—मैं यह पसन्द नहीं करता।

दीप्ति ने कोई जवाब नहीं दिया। वह टॉम को लेकर मकान के अन्दर चली गयी।

कलकत्ते के हाईकोर्ट में मुकदमा चल रहा है। वहीं जाना पड़ेगा। चार-पाँच दिन पहले से उसकी तैयारी होने लगी।

सुरपति राय ने महराजिन को तीन दिन पहले से नोटिस दे दी।

उन्होंने कहा—देखो महराजिन, परसों मैं कलकत्ते जाऊँगा, समझ गयी? दिन में ग्यारह बजे ट्रेन है, इसलिए ठीक समय पर खाना परोस देना। बाद में यह मत कहना कि तुमसे पहले से नहीं बताया गया था। मैं घड़ी देखकर ठीक साढ़े नौ बजे भोजन करने बैठ जाऊँगा, याद रहेगा न? तुम भी भोर में चार बजे उठकर चूल्हा जला देना। याद रखना, ठीक चार बजे, देर न कर देना।

महराजिन से एक बात एक बार बता देना काफी है।

लेकिन ऐसा नहीं, सुरपति राय ने दिन में तीन बार उसे इस बात की याद दिलायी।

दोपहर में भोजन करते समय भी उन्होंने उससे कहा—सुन रही हो, महराजिन, याद है न कि परसों मैं कलकत्ते जाऊँगा। तुम तो हर बात बहुत जल्दी भूल जाती हो। किसी-किसी दिन तो तुम सब्जी में नमक डालना भी भूल जाती हो। हाईकोर्ट में मेरा मुकदमा चल रहा है। तुम घड़ी देखकर भोर में चार बजे उठ जाना और चूल्हा सुलगा देना। समझ गयी न? ग्यारह बजे ट्रेन है और मैं ठीक साढ़े नौ बजे भोजन करने बैठ जाऊँगा।

भोजन करते समय उन्होंने महराजिन को परसों क्या करना होगा उसकी याद दिलायी, तब उनको चैन मिला।

लेकिन शाम को फिर वही बात चालू हो गयी। आखिर उन्होंने अपनी बेटी को बुलाया।

कई बार बुलाने पर दीप्ति आयी। वह चुपचाप पिता जी के सामने खड़ी हो गयी।

सुरपति राय ने पूछा—क्या कर रही थी? छत पर टहल रही थी?

दीप्ति बोली—जी हाँ—

मानो यह जवाब सुरपति राय को पसन्द नहीं आया।

वे बोले—हर वक्त तुम छत पर क्यों टहलती हो? मकान के अन्दर इतना बड़ा आँगन है, वहाँ क्यों नहीं टहलती? क्या आँगन में हवा नहीं मिलती? क्या सारी हवा छत पर ही है?

दीप्ति ने इस प्रश्न का कोई उत्तर नहीं दिया। वह चुपचाप खड़ी रही।

सुरपति राय बोले—मेरी बात का जवाब क्यों नहीं दे रही हो? क्या तुम मुझे आदमी नहीं समझती? यही समझ रही हो न कि बूढ़ा बक रहा है, बकने दो! लेकिन मैं तुम्हारे भले के लिए कह रहा हूँ। एक दिन तुम्हारी भी गिरस्ती होगी, पति होगा, बाल-बच्चे होंगे और तुम भी बड़ी-बूढ़ी हो जाओगी। उस समय तुम मेरी बात का मतलब समझोगी।

फिर वे अचानक रुक गये—बोले—मैंने तुम्हें किसलिए बुलाया है? बताओ न, किसलिए बुलाया है? मैं तो तुम लोगों के पीछे अपना जरूरी काम भी भूलने लगा हूँ।

थोड़ी देर बाद उनको अपना जरूरी काम याद आया।

बोले—ठीक है, याद आया कि तुम्हें किसलिए बुलाया है। मैं यह कह रहा था कि परसों मैं कलकत्ते जाऊँगा, हाईकोर्ट में जरूरी मुकदमा है। इस घर में कोई दूसरा आदमी नहीं है कि मेरा कोई काम कर दे। अगर लड़की न होकर लड़का होती तो मुझे किस बात की परेशानी रहती? आराम से बैठा रहता, मौज करता और कोई काम पड़ता तो हुकुम देकर फुर्सत पा लेता!

दीप्ति लड़का न होकर लड़की है तो यह मानो उसी का अपराध है। मानो इसके लिए वही जिम्मेदार है!

सुरपति राय बोले—खैर, भगवान् ने मुझ पर दया नहीं की तो अब उसके बारे में बताने से क्या फायदा? मैं यह कह रहा हूँ कि परसों मैं कलकत्ता जाऊँगा, वहाँ मेरा मुकदमा है। सवेरे ग्यारह बजे ट्रेन है। मैं साढ़े नौ बजे भोजन करने बैठूँगा। समझ गयी।

दीप्ति ने गर्दन हिलाकर बताया—जी हाँ।

सुरपति राय बोले—मैं तुमसे इसलिए कह रहा हूँ कि तुम एक काम करोगी।

फिर उन्होंने महराजिन से जो कुछ कहा था, एक-एक कर वही सब दीप्ति से कहा। दीप्ति चुपचाप सुनती रही। उसने हाँ या ना कुछ भी नहीं कहा। वह चुप खड़ी थी।

सुरपति राय ने बेटी की तरफ देखा। कहा—तुम कुछ बोल नहीं रही हो? क्या तुम्हारे मुँह से आवाज नहीं निकलती?

थोड़ी देर रहने के बाद दीप्ति बोली—इसमें मैं क्या कहूँगी?

सुरपति राय बोले——क्या मतलब? तुम क्या कहोगी? क्या तुम नहीं जानती कि मैं बूढ़ा हो गया हूँ। मैं अक्सर जरूरी काम भूल जाता हूँ। कोई बात याद नहीं रहती। इसीलिए तुमसे कह रहा हूँ। कहीं ऐसा न हो कि समय पर मुझे भोजन न मिले और ट्रेन छूट जाय।

दीप्ति बोली—मैं महराजिन दीदी को याद दिला दूँगी।

फिर भी सुरपति राय ने उसे नहीं छोड़ा।

दीप्ति शुरू से आखिर तक एक ही बात को बार-बार दोहराया जिससे दीप्ति ने उसे रट लिया। फिर कहीं उसे छुटकारा मिला। पिता जी के सामने से दूर चले जाने के बाद उसने चैन की साँस ली।

अन्दर से बुआ की आवाज आयी—अरी, ओ दीपू, जरा इधर आ।

दीप्ति बुआ के कमरे में गयी। बोली—मुझे बुला रही हैं बुआ?

बुआ बोली—हाँ री, क्या भैया ने तुझे बुलाया था?

दीप्ति बोली—जी हाँ।

बुआ ने पूछा—किसलिए बुलाया था? फिर क्या? किसने क्या किया है? क्या भैया मुझे बुरा-भला कह रहे थे?

दीप्ति बोली—जी नहीं, पिता जी परसों कलकत्ते जायेंगे, वही बता रहे थे।

बुआ बोली—कलकत्ते जायेंगे? क्यों, क्या हुआ है? खैर, जायेंगे तो जायँ न। उसके लिए बार-बार तुझे बुलाने की क्या जरूरत पड़ गयी? तू क्या करेगी?

दीप्ति बोली—मैं कुछ नहीं करूँगी। मुझसे यही कहा गया कि परसों भोर चार बजे मैं महराजिन दीदी को जगा दूँगी। फिर वह चूल्हा जलाकर खाना बनायेगी। पिता जी सवेरे साढ़े नौ बजे खाना खा लेंगे।

बुआ ने सारी बातें सुन लीं। फिर उन्होंने बिस्तर पर करवट बदली। उसके बाद कहा—अरी दीपू, यह पाँव बड़ा दुख रहा है, जरा दबा देगी बिटिया?

मजबूरन दीप्ति को बुआ के बिस्तर पर बैठना पड़ा। वह बुआ के पाँवों को धीरे-धीरे दबाने लगी।

बुआ बोली—जरा जोर से दबा। बड़ा आराम मिल रहा है। कई दिनों से दायाँ पैर इतना दुख रहा है कि क्या बताऊँ!

जरा देर के लिए पाँव दबाना बन्द कर दीप्ति बोली—पिता जी से कह दूँ?

बुआ बोली—भैया से क्या कहेगी?

दीप्ति बोली—पिता जी से कहूँगी कि कोई डॉक्टर बुला दें।

यह सुनकर बुआ झल्ला उठीं।

बोलीं—खबरदार! भैया से कुछ कहने की जरूरत नहीं है। मेरे बारे में भैया से कुछ मत कहना। मैं मर भी जाऊँ तो भैया को खबर मत देना। अब तो मेरे लिये मर जाना अच्छा है। इतने दिन तो जिन्दा रहकर सब-कुछ देख लिया, अब जिन्दा रहने को जी नहीं चाहता!

यह कहकर बुआ साड़ी के आँचल से मुँह ढाँपकर फफक-फफककर रोने लगीं।

दीप्ति ने उन्हें चुप कराने के प्रयास में कहा—रोइये मत बुआ, क्यों अकारण रो रही हैं? आप रोयेंगी तो कोई सुन भी नहीं पायेगा। इसलिए यही अच्छा है कि चुपचाप लेटे रहिये। अगर ऊपर भगवान् हैं तो वही सब-कुछ देख रहे हैं और सुन रहे हैं।

बुआ बोल उठीं—बस! बस! भगवान् न सुन रहे हैं, न देख रहे हैं? अगर भगवान् होते तो क्या मेरी यह हालत होती? कभी तू मेरे सामने भगवान् का नाम मत लेना। भगवान् का नाम सुनने पर भी पाप लगता है!

इतना कहकर बुआ मन-ही-मन भगवान् को कोसने लगीं।

दीप्ति भी चुप हो गयी। वह चुपचाप बुआ के पाँव दबाती रही।

दीप्ति के लिए यह सब नया नहीं है। कलकत्ते में जो हाल था, खैराशोल में भी वही हाल है। लेकिन पहले बुआ ऐसी नहीं थी। जब दीप्ति छोटी थी तब यही बुआ उसके साथ हँसती और खेलती थीं। यही बुआ उसे अपने साथ बिस्तर पर लेकर सोती थीं। यह बुआ उसे खिलाती थीं, कपड़े पहनाती थीं और बाद में जब वह कुछ बड़ी हुई तब बँगला की पहली पुस्तक लेकर उसे पढ़ना-लिखना सिखाती थीं।

उन दिनों दीप्ति दुनियादारी नहीं समझती थी।

दीप्ति जब और बड़ी हुई तब वह धीरे-धीरे सब-कुछ समझने लगी। तब वह बुआ से पूछती थी—बुआ, मेरी माँ कहाँ हैं? मेरे स्कूल में जितनी लड़कियाँ हैं, सबकी माँ हैं।

बुआ कहतीं—तुम्हारी माँ चली गयी हैं।

दीप्ति पूछती—कहाँ चली गयी हैं? क्या माँ की शादी हो गयी है? क्या वह ससुराल चली गयी हैं?

बुआ कहतीं—ससुराल क्यों जायेंगी? यही तो तुम्हारी माँ की ससुराल है।

यह कहकर बुआ खूब हँसती थीं। उन दिनों दीप्ति बड़ी बेवकूफ लड़की थी। उन्हीं दिनों बुआ को देखने के लिए लड़केवाले आते थे और बुआ सज-धजकर उनके सामने जाकर बैठती थीं।

लड़केवाले तरह-तरह के सवाल करते थे।

कोई बुजुर्ग पूछता—तुम्हारा नाम क्या है बिटिया?

बुआ कहतीं—कुमारी उर्मिला राय।

फिर बुआ से कई लोग सवाल पूछते। कहाँ तक पढ़ी हो? क्या-क्या पकाना जानती हो? थोड़ी-बहुत सिलाई-कढ़ाई भी जानती हो न? अजीबोगरीब बीसियों सवाल।

उसके बाद बुआ को छुटकारा मिलता। बुआ वहाँ से भागकर जान बचाती। वे झटपट अपने बिस्तर पर आकर पड़ जातीं। बिजली के पंखे को और तेज करके वे अपना पसीना सुखाती।

कुछ लड़केवाले बुआ को पसन्द भी करते थे। बुआ को पसन्द न करने का कोई कारण नहीं था। राय घराने में सभी का रंग गोरा-चिट्टा है। पिता जी गोरे हैं, दीप्ति भी बहुत गोरी है।

लेकिन दीप्ति के पिता जी सुरपति राय अपनी बहन से कहते—नहीं उर्मिला, उस घर में तेरी शादी नहीं होगी।

सुनकर बुआ का चेहरा मुरझा जाता। लेकिन सुरपति राय को इसका पता नहीं चलता। वे कहते—बाद में व्रज घटक से पता चला कि उनके पूर्वज ढाका से इधर आकर बसे थे। इसका मतलब है कि वे पूर्वी बंगाल के हैं। पहले मुझे यह सब मालूम नहीं था। अगर यह सब मालूम होता तो तभी इनकार कर देता।

यह कहकर सुरपति राय अपने काम से चले जाते।

फिर कुछ दिन बाद व्रज घटक दूसरा रिश्ता लाता।

सुरपति राय पूछते—यह भी पूर्वी बंगाल की पार्टी तो नहीं है व्रज?

व्रज घटक दोनों हाथों से अपने कान पकड़ लेता और कहता—नहीं हुजूर! क्या फिर ऐसी गलती कर सकता हूँ? ये लोग असली राढ़ी हैं याने पद्मा नदी के इस पार के रहनेवाले और कुलीन।

सुरपति राय पूछते—लड़का देखने में कैसा है?

व्रज घटक कहता—हुजूर, एकदम साहब है। अंग्रेज बच्चा लगता है। समुद्र के फेन जैसा गोरा रंग!

सुरपति राय कहते—तुमने भी क्या उपमा दी व्रज, समुद्र के फेन जैसा रंग! क्या तुमने समुद्र का फेन देखा है? खैर, मुझे गोरे रंग की उतनी ख्वाहिश नहीं है। क्या मैं गोरा रंग लेकर चाटूँगा? मैं उतना गोरा नहीं हूँ तो क्या मेरी शादी नहीं हुई? मेरा रंग साँवला है तो क्या मैं बुरा आदमी हूँ?

व्रज घटक झेंपने लगता। फिर अपने कान पकड़कर वह कहता—हुजूर, आप भी क्या कहते हैं? आप गोरे नहीं हैं तो कौन गोरा है? आपको साँवला कहनेवाला खुद काला-कलूटा होगा!

यह सुनकर सुरपति राय खुश होकर हँसते। फिर पूछते—मैं कैसा गोरा हूँ? समुद्र के फेन जैसा या हिमालय की बर्फ जैसा?

व्रज घटक कहता—हुजूर, दूध में महावर मिलाने पर जैसा दूधिया लाल रंग आता है, वैसा ही आपका रंग है। बंगालियों में आप जैसे गोरे बहुत थोड़े लोग हैं। मैंने गलत नहीं कहा।

सुरपति राय कहते—खुशामद करना कोई तुमसे सीखे व्रज। तुम बहुत बड़े चापलूस हो। लेकिन तुम तो जानते हो कि मैं चापलूसी में आनेवाला नहीं हूँ।

व्रज घटक कहता—हुजूर, अगर मैंने आपकी चापलूसी की है तो आप जो सजा चाहें दे लें! सात पीढ़ियों से मेरे घर में घटक का काम हो रहा है। मैंने खुद तेरह रजवाड़ों में शादी करायी है। अठानबे जमींदार-कन्याओं की शादी मेरे हाथ से हुई। उनमें से एक भी बेवा नहीं हुई हुजूर, यह शायद आपको पता नहीं है!

सुरपति राय कहते—व्रज, तुम अपने को बहुत बड़ा चालाक समझते हो और मुझे बेवकूफ, यही न? लेकिन यह समझ लो व्रज, जब तक तुम काम न कराओगे तब तक तुम्हें एक पैसा नहीं मिलेगा।

इससे व्रज घटक का उत्साह मन्द पड़ जाता। वह कहता—क्या मैंने आपसे पैसा माँगा है कि आप ऐसी बात कह रहे हैं? आप खुद बताइये कि क्या कभी मैंने आपसे पैसा माँगा है? आपने जो कुछ दिया है, अपनी इच्छा से दिया है। आप बड़े आदमी हैं, इसलिए आपकी दया भी बड़ी है। आप गरीबों का कष्ट समझते हैं, इसलिए देते हैं। अगर आप नहीं देंगे तो हम कैसे जिन्दा रहेंगे?

इस पर सुरपति राय कहते—तुम फिर झूठ बोले व्रज, क्या मेरे अलावा कलकत्ते में और कोई बड़ा आदमी नहीं है? तुम्हारा ऐसा कहना सरासर गलत है।

व्रज घटक की आदत थी चुपचाप बैठे रहना, लेकिन यह बात सुनते ही वह सीधे उठ खड़ा होता। जोश में आकर कहता—हुजूर, यह आप क्या कह रहे हैं? कलकत्ते के बड़े लोगों को पहचानना अब मेरे लिये बाकी नहीं है। सभी घरों में मेरा आना-जाना है। अब भी मैं उनके घर जाता हूँ तो वे मुझे खीरमोहन खिलाते हैं।

सुरपति अचानक पूछते—खीरमोहन?

व्रज घटक कहता—जी हाँ, खीरमोहन!

सुरपति राय आश्चर्यचकित होकर पूछते—सिर्फ खीरमोहन? रसगुल्ला, गुलाबजामुन या चमचम, कुछ भी नहीं? सिर्फ खीरमोहन?

व्रज घटक कहता—जी हाँ, सिर्फ खीरमोहन!

सुरपति राय पूछते—क्यों? और कुछ क्यों नहीं? सिर्फ खीरमोहन क्यों?

इस सवाल पर व्रज घटक झेंपने लगता। कहता—जी, सबको पता है न कि मैं खीरमोहन ज्यादा पसन्द करता हूँ। इसीलिए—

अब सुरपति राय की उत्सुकता बढ़ती। वे पूछते—क्या तुम सचमुच खीरमोहन खाना पसन्द करते हो?

व्रज घटक गद्गद हो जाता। कहता—जी हाँ!

सुरपति राय फिर पूछते—लेकिन तुम खीरमोहन खाना पसन्द करते हो, यह बात दूसरों को कैसे मालूम हुई?

व्रज घटक कहता—क्यों न मालूम हो? आप क्या कह रहे हैं हुजूर? पहले दादा के साथ, फिर बाप के साथ मैं बचपन से इन घरों में जा रहा हूँ और मुझे कौन मिठाई पसन्द है यह इनको पता नहीं चलेगा? अरे, वही नाड़ाजोल को ले लीजिये। वहाँ के मित्र बाबू के घर की मालकिन की क्या कम उम्र हुई है? मेरे बाप ने उनकी उस घर में शादी करायी थी। वही रिश्ता ले आये थे! सिर्फ नाड़ाजोल के मित्र घराने की बात क्यों करूँ, पद्मपोखर में इस समय नाटोर के जो महाराजा हैं, उनकी शादी भी मेरे बाप ने करायी थी। अब

भी अगर उस घर में जाता हूँ तो अन्दर से रानी माँ मेरे लिये खीरमोहन भिजवा देती हैं!

सुरपति राय पूछते—क्या अब भी तुम उनके यहाँ जाते हो?

व्रज घटक कहता—अब कहाँ फुर्सत मिल पाती है, लेकिन मैं कुछ दिनों तक नहीं जाता तो वही लोग बुला भेजते हैं।

सुरपति राय फिर पूछते—फिर वहाँ जाओगे तो क्या वे लोग खीरमोहन ही खिलायेंगे?

व्रज घटक कहता—जी हाँ, खीरमोहन के बारे में मुझे कभी नहीं कहना पड़ता। कम-से-कम जब तक रानी माँ हैं तब तक नहीं कहना पड़ेगा। कभी-कभी वे मुझे जनानखाने में बुलवा लेती हैं और अपने सामने बिठाकर खीरमोहन खिलाती हैं।

सुरपति राय पर व्रज घटक की बातों का जादू जैसा असर होता। कलकत्ते के बड़े लोगों के जनानखाने के बारे में सुनते हुए उनको बड़ा मजा आता। इसमें उनका उत्साह कम नहीं होता।

वे पूछते—तुम सिर्फ खीरमोहन खाते हो या उनसे गपशप भी करते हो?

व्रज घटक कहता—गपशप भी करता हूँ। उनके सामने बैठकर खाऊँगा तो क्या गपशप नहीं करूँगा?

फिर वह कहता—गपशप का भी क्या अन्त है हुजूर? नैहर की बात, बाल-बच्चों की बात। जिस तरह मेरे बाप ने रानी माँ की शादी करायी थी, उसी तरह मैंने भी उनके लड़के-लड़कियों की शादी करायी है। अभी आपसे बताया न कि हमारे यहाँ घटकगिरी का काम सात पीढ़ियों से चल रहा है। मैंने खुद तेरह राजघरानों में और अठानबे जमींदार घरानों में शादी करायी है। आपकी बहन की शादी हो जाय तो आप भी मेरे यजमान होंगे। फिर तो मेरे निन्यानबे जमींदार यजमान हो जायेंगे।

उस दिन सुरपति राय को न जाने क्या सूझा था, उन्होंने अचानक पूछा—अच्छा व्रज, यह तो बताओ कि तुम कितने खीरमोहन खा सकते हो?

यह सवाल सुनकर व्रज घटक आश्चर्य में पड़ गया। अचानक ऐसा सवाल क्यों?

फिर भी वह बोला—जी, बहुत खा सकता हूँ।

सुरपति राय ने कहा—यही तो पूछ रहा हूँ कि कितना खा सकते हो?

व्रज घटक ने पूछा—बड़े साइज का या छोटे साइज का?

सुरपति राय बोले—समझ लो कि बड़े साइज का।

व्रज घटक ने पूछा—भोजन के बाद या खाली पेट में?

सुरपति राय ने कहा—खाली पेट में! अभी तक तो तुमने कुछ न खाया होगा?

व्रज घटक बोला—जी हाँ, अभी तक मेरे पेट में एक दाना अन्न नहीं पड़ा है। घर लौटने के बाद भोजन करूँगा।

सुरपति राय ने पूछा—तो अभी तुम कितने खीरमोहन खा सकते हो?

व्रज घटक थोड़ी देर सोचता रहा, फिर बोला—जी, आपके आशीर्वाद से नब्बे खा लूँगा।

सुरपति राय बोले—ठीक है, तुम बैठो। तुम मेरे सामने बड़े साइंज के नब्बे खीरमोहन खाओगे और मैं देखूँगा। मुझे तुम्हारी बात पर विश्वास नहीं होता।

हाँ, तो उसी समय मुहल्ले की दुकान में आर्डर चला गया। अगर मुहल्ले की दुकान में इतने खीरमोहन न मिले तो दूसरी दूकान से लाना पड़ेगा। खीरमोहन लाने के लिए एक आदमी को दौड़ाया गया। फिर पीतल की बड़ी परात में खीरमोहन आया।

सुरपति राय बोले—रुक जाओ, पहले मैं गिन लूँ।

खीरमोहन गिने गये। कुल नब्बे खीरमोहन थे। अब सुरपति राय बोले—लो, खाओ। मैं देखूँगा।

ढेर-सारे खीरमोहन देखकर तो व्रज घटक की नानी मरने लगी, लेकिन जब बात आ पड़ी तो क्या किया जाय! वह धीरे-धीरे एक-एक कर खीरमोहन खाने लगा। सुरपति राय आँखें फाड़कर उसका खाना देखने लगे। उर्मिला की शादी की बात दरकिनार हो गयी। नाड़ाजोल के मित्र घराने और नाटोर के राजघराने की बात अब किसी को याद न रही। खैराशोल का राय घराना किसी से कम नहीं है, अब उसी का निबटारा होने लगा! अगर व्रज घटक एक बार में नब्बे खीरमोहन खा लेगा तो उसी से खैराशोल के राय घराने का जय-जयकार होगा। अगर वह नहीं खा पायेगा तो उसके लिए इस घर का दरवाजा बन्द हो जायेगा!

सुरपति राय मन-ही-मन चाह रहे हैं कि व्रज घटक बाजी जीत जाय। अगर व्रज घटक जीतेगा तो वह उन्हीं की जीत होगी। व्रज घटक की हार-जीत मानो खैराशोल के राय वंशज सुरपति राय की हार-जीत हो गयी।

अब सुरपति राय को थोड़ा सन्देह होने लगा।

उन्होंने पूछा—हाजमे की गोली खाओगे व्रज?

व्रज घटक को इस समय बात करने को फुर्सत नहीं है। वह एक-एक खीरमोहन मुँह में रखकर निगलता जा रहा है। फिर भी उसने हुजूर की बात पर सिर हिला दिया। याने—नहीं!

व्रज घटक खीरमोहन निगलता चला गया।

जब व्रज घटक ने नब्बे खीरमोहन साफ कर दिये तब सुरपति राय ने मानो चैन की साँस ली। चलो, खैराशोल की इज्जत बच गयी।

फिर भी सुरपति राय ने पूछा—कैसा लग रहा है व्रज?

व्रज घटक की हालत अब-तब होने लगी थी। फिर भी उसने सिर हिलाकर कहा—सब ठीक है।

सुरपति राय ने फिर पूछा—थोड़ी देर लेटोगे व्रज? धोत को ढीला करके थोड़ी देर लेट जाओ न। लेटने का इन्तजाम करवा दूँ?

व्रज घटक उस समय मरणासन्न हो रहा था। फिर भी वह किसी तरह खड़ा हुआ। हार मानने से काम नहीं चलेगा। अगर वह हार गया तो यजमान उसके हाथ से निकल जायेगा।

सुरपति राय थोड़ा डर गये। वे बोले—तुम उठे क्यों व्रज? क्या घर जा रहे हो? इस समय यहीं लेटे रहते तो ठीक रहता। यहीं गद्देदार बिस्तर पर आराम से लेटे रहते।

व्रज घटक कुछ नहीं बोला।

सुरपति राय ने पूछा—क्या डकार आ रही है? डकार आयेगी तो तबीयत हलकी लगेगी।

बिना कुछ कहे व्रज घटक चलने के लिए आगे बढ़ा।

सुरपति राय बोले—यह लो दस रुपये, रख लो अपने पास। अभी इतना ही ले लो। कल आओगे तो तुम्हें गरद की चादर दूँगा, समझ गये? मैं आज ही तुम्हारे लिये चादर खरीदकर रख दूँगा।

अब व्रज घटक बोला—एक जोड़ी चप्पल भी मिल जाती तो बड़ा अच्छा रहता हुजूर, यह चप्पल एकदम फट गयी है। सड़क पर चलने में तकलीफ होती है।

सुरपति राय बोले—ठीक है, गरद की चादर भी दूँगा और एक जोड़ी चप्पल भी। कल तुम इसी समय आ जाना।

यह कहकर उन्होंने व्रज घटक को विदा किया।

फिर वे मकान के अन्दर जाकर अपनी बहन को पुकारने लगे—उर्मिला, अरी उर्मिला! कहाँ चली गयी?

जनानखाने से उर्मिला सब-कुछ सुन रही थी। उसकी शादी की बातचीत हो रही थी, इसलिए कैसा लड़का है, कैसा खानदान है, आड़ में खड़ी होकर वह सब-कुछ सुन रही थी। फिर दरवाजे की आड़ में खड़ी होकर उसने व्रज घटक का खीरमोहन खाना भी देखा था। लेकिन शादी की बातचीत ज्यादा आगे नहीं बढ़ी तो वह दुःखी हो गयी। फिर व्रज घटक के चले जाने के बाद वह अपने कमरे में जाकर छिप गयी थी।

अब भैया के बुलाने पर उर्मिला अपने कमरे से निकली।

सुरपति राय उसे पुकारते हुए वहीं पहुँच गये।

उर्मिला को देखकर वे बोले—जानती है उर्मिला, आज व्रज घटक कैसा बेवकूफ बना है? वह मुझे सुनाने लगा था कि नाड़ाजोल के मित्र लोग खैराशोल के राय बाबुओं से ज्यादा अमीर हैं। नाड़ाजोल जाने पर उसे खीरमोहन खाने को मिलता है। एक-दो खीरमोहन देता होगा उसे! लेकिन मैं भी छोड़नेवाला नहीं। आज उसे ऐसा बेवकूफ बनाया कि वह हमेशा याद रखेगा। मैंने उसे बिठाकर नब्बे खीरमोहन खिला दिये। एक-दो की जगह एकदम नब्बे! अब वह समझ जायेगा कि कौन आगे है, नाड़ाजोल के मित्र बाबू या खैराशोल के राय बाबू।

इतनी बड़ी खबर सुनकर भी उर्मिला कुछ नहीं बोली। उर्मिला के मुँह से वाहवाही का एक शब्द भी नहीं निकला तो सुरपति राय मन-ही-मन दुःखी हुए। ये लोग नहीं समझते कि हमारा खानदान कितना ऊँचा है। यह समझने की अक्ल भी इनमें नहीं है। उर्मिला भी बड़ी नासमझ है। यह भी नहीं समझती कि खैराशोल का राजघराना कितना पुराना और पोढ़ा है। यह भी नहीं जानती कि इस घराने के कैसे-कैसे लोग हो गये हैं। वह भी एक जमाना था! खैर, धीरे-धीरे उर्मिला समझने लगेगी। अभी इसकी उम्र ही क्या है। लेकिन जब यह समझेगी, तब इस बेअदबी के लिए जरूर मुझसे माफी माँग लेगी।

सुरपति राय ने सोचा—उर्मिला का भी क्या दोष है? इस समय कलकत्ते के कितने लोग खैराशोल के बारे में जानते हैं? लेकिन जब इनको पता चलेगा, तब ये कहेंगे—अरे! आप ही खैराशोल के राय रायान भानुप्रताप के लड़के हैं? आपने यह पहले क्यों नहीं बताया था?

लेकिन यह सब बताने की चीज नहीं है।

इस मुहल्ले में जितने जज-मजिस्ट्रेट और डॉक्टर-इंजीनियर हैं, घमण्ड के मारे जो इस समय जमीन पर कदम नहीं रखते, वही उस समय सुरपति राय के आगे सिर नीचा करके खड़े हो जायेंगे और कहेंगे—हमारे मुहल्ले में आप जैसे नामी-गिरामी आदमी हैं और ये अखबारवाले कुछ भी खबर नहीं रखते? शायद उस समय लोग कैमरा ले-लेकर फोटो खींचने लग जायेंगे।

उस समय की कल्पना में सुरपति राय खो गये।

मैं उस समय कहूँगा—क्यों आप लोग मेरे पीछे इस कदर परेशान हो रहे हैं? मैं एक मामूली आदमी हूँ, आप लोगों के मुकाबले में बहुत मामूली!

फिर सुरपति राय की विनयशीलता से लोग गद्गद हो जायेंगे। लोग उनकी और भी तारीफ करने लगेंगे। शायद कोई कहेगा—इस बार आप हमारे मुहल्ले से कांग्रेस के टिकट पर इलेक्शन लड़िये, हम सब लोग आपको वोट देंगे।

सुरपति राय इसी तरह की कल्पना में रात-दिन मशगूल रहते थे। किसकी शादी हुई और किसकी नहीं, यह सब सोचने के लिए उनके पास फुर्सत नहीं थी।

भैया के चले जाने के बाद उर्मिला फिर अपने कमरे में जाकर बिस्तर पर लेट गयी। उसे सारा संसार घूमता हुआ लगने लगा। जब उसे इस तरह चक्कर आता है, तब कुछ भी अच्छा नहीं लगता। सिर से पाँवों तक झुनझुनी दौड़ने लगती है।

लेकिन वह इसके बारे में किससे कहेगी?

जिस दिन व्रज घटक ने नब्बे खीरमोहन खाये, उसी दिन शाम को सुरपति राय उसके लिए चादर और चप्पल खरीद लाये। व्रज घटक के पाँवों की नाप कैसे मिलती तो उन्होंने चप्पल अपने पाँवों की नाप की ले ली थी। दूसरे दिन व्रज घटक के आने की बात है। उसे गरद की चादर और एक जोड़ी चप्पल देनी है।

पैकेट में रखी चादर और चप्पल लेकर सुरपति राय उर्मिला के कमरे की तरफ गये। बोले—अरी, यह देख क्या खरीदकर लाया हूँ।

दीप्ति उन दिनों बहुत छोटी थी। उसने सोचा कि शायद पिता जी उसके लिए खाने की चीज लाये हैं। उसने पूछा—क्या है पिता जी?

सुरपति राय ने पूछा—तेरी बुआ कहाँ गयी? तू अपनी बुआ को बुला, वह आकर देखें कि मैं क्या खरीदकर लाया हूँ।

उर्मिला को वह सब देखने की इच्छा नहीं थी। भैया के पागलपन को वह खूब जानती थी। खैर, उसके अलावा यह सब कौन जानेगा?

लेकिन उस समय उर्मिला को आना पड़ा। उसे सब-कुछ देखना भी पड़ा। लगभग एक सौ बीस रुपये की गरद की कीमती चादर और एक जोड़ी चप्पल। चप्पल भी सात रुपये की थी।

सुरपति राय ने कहा—तू कुछ नहीं बोल रही है? चादर कैसी है?

उर्मिला बोली—अच्छी है।

सुरपति राय बोले—अच्छी का मतलब? क्या यह सिर्फ अच्छी है? तू एकदम बेवकूफ है! तू कुछ भी नहीं समझती। नाटोर के किसी राजा ने क्या कभी किसी घटक को ऐसी चादर दी है? उसे नब्बे खीरमोहन खिलाये हैं, फिर ऊपर से गरद की यह चादर और यह चप्पल। व्रज घटक के पुरखों को कभी ऐसी चादर न मिली होगी। फिर भी वह आज तक तेरे लिये कोई ढंग का रिश्ता नहीं ला सका। खैर, मेरी बहन की शादी हो या न हो, खैराशोल के राय घराने की इज्जत में इजाफा हुआ यही बहुत है।

लेकिन दूसरे दिन सवेरे नौ बजे, ग्यारह बजे और फिर दोपहर हो गयी, व्रज घटक नहीं आया।

व्रज घटक का पता लगाने एक आदमी को दौड़ा दिया गया। लेकिन वह व्रज घटक की कोई खबर नहीं ला सका। घटक खुद ही आता है, इसलिए उसके घर का पता कोई नहीं जानता।

जब शाम के सात बजे, तब एक लड़का आया।

उस लड़के ने पूछा—क्या यही खैराशोल के राजा सुरपति राय का मकान है?

दरबान बोला—हाँ, किसको चाहिए?

—जी, मैं राजा बहादुर से मिलना चाहता हूँ। मैं व्रज घटक का लड़का हूँ।

दरबान आश्चर्य में पड़ गया। इत्ता-सा लड़का राजा बहादुर से मिलना चाहता है!

खैर, सुरपति राय के पास खबर गयी कि व्रज घटक का लड़का आपसे मिलने आया है।

सुरपति राय बोले—उसे मेरे पास ले आओ।

उस लड़के ने जाकर सुरपति राय को प्रणाम किया तो सुरपति राय ने उससे पूछा—तुम्हारे पिता जी कहाँ हैं? आज सवेरे मेरे यहाँ उनके आने की बात थी। क्या वे नाटोर राजा के घर गये हैं? मैं खैराशोल का राजा बहादुर हूँ तो क्या नाटोर के राजा से छोटा हो गया? क्या मेरी इज्जत नहीं है?

उस लड़के ने कहा—जी हुजूर, आज सवेरे मेरे पिता जी का स्वर्गवास हो गया है।

—स्वर्गवास हो गया है?

उस लड़के के गले में कछनी का पल्ला, हाथ में कम्बल की आसनी और नंगे पाँव देखकर ही सुरपति राय को शक होने लगा था।

अब यह सुनकर सुरपति राय के हाथ के तोते उड़ गये। व्रज घटक का लड़का जितना दुःखी था, सुरपति राय उससे ज्यादा दुःखी हुए।

व्रज घटक का इस तरह मर जाना उसके लड़के के लिए जितना दुःखदायी था, सुरपति राय के लिए उससे ज्यादा दुःखदायी साबित हुआ। व्रज घटक का लड़का यह नहीं समझ सका। वह सिर नीचा किये सुरपति राय के सामने खड़ा रहा। सुरपति राय को यह बुरा लगा। अब वे उस लड़के की सूरत से चिढ़ने लगे। उन्हें लगा कि वह लड़का आँखों के सामने से दूर हो जाय तो अच्छा हो। मानो वह लड़का उन्हें भरे बाजार में बेआबरू करने लगा था।

अगर व्रज घटक जिन्दा होता तो शायद वही समझता कि उसने मरकर सुरपति राय की इज्जत को किस तरह धूल में मिला दिया है। अब नाड़ाजोल और नाटोर के राजघरानों के मुकाबले में खैराशोल का राजघराना कितने नीचे गिर गया! अगर तू नब्बे खीरमोहन पचा नहीं सकता तो क्यों खाने के लिए तैयार हो गया? अब अगर किसी को पता चल गया कि खैराशोल के राजा सुरपति राय के यहाँ खीरमोहन खाकर व्रज घटक मर गया है तो वह क्या समझेगा? व्रज घटक खुद मरकर सुरपति राय को भी एक तरह से अधमरा कर गया।

सुरपति राय ने पूछा—आखिर तुम्हारे पिता जी को क्या हो गया था?

उस लड़के ने कहा—ऐसा कुछ नहीं हुआ था हुजूर! यहाँ से जाने के बाद वे बिस्तर पर लेट गये। उसके बाद कहने लगे कि पेट में दर्द हो रहा है।

—फिर?

—फिर उनको दस्त आने लगा और कै होने लगी।

सुरपति राय ने पूछा—तुम लोगों ने किसी डॉक्टर को बुलाया था?

लड़का बोला—जी हाँ, डॉक्टर आये थे। उन्होंने बताया कि खाना हजम न होने से जहर बन गया है। लेकिन उन्होंने उस दिन सवेरे से कुछ नहीं खाया था।

फिर उस लड़के ने पूछा—क्या पिता जी ने आपके यहाँ कुछ खाया था?

सुरपति राय सरासर झूठ बोले—नहीं तो? उन्होंने यहाँ कुछ भी नहीं खाया था। एक गिलास पानी तक नहीं पिया था।

राजघराने की इज्जत बचाने के लिए सुरपति राय को झूठ बोलना पड़ा। उन्होंने झूठ का सहारा लिया। खैर, कोई बात नहीं राजा राज्य चलाता है तो उसे झूठ बोलना पड़ता है। आज दुनिया में असत्य इतना स्वाभाविक हो गया है कि वह किसी को बुरा नहीं लगता। उसके सहारे काम भी खूब निकलता है।

खैर, सुरपति राय ने ज्यादा पूछताछ नहीं की। उन्होंने उस लड़के के हाथ में दस रुपये का नोट देकर कहा—अभी तो तुम्हें थोड़ा-बहुत खर्च करना पड़ेगा, यह लो इसे रख लो।

दस रुपये का नोट देखकर भी लड़का उदास रहा। वह चुपचाप रुपया लेकर चला गया।

उस दिन सुरपति राय का मिजाज बड़ा खराब रहा। वे सीधे बिस्तर पर जाकर लेट गये। उन्होंने सबसे कह दिया कि आज मैं कुछ नहीं खाऊँगा एक तो नब्बे खीरमोहन का पैसा पानी में गया, फिर गरद की चादर और चप्पल का क्या होगा? ऊपर से दस-दस रुपये दो बार देने पड़े—एक बार व्रज घटक को और दूसरी बार उसके लड़के को। इतना पैसा गल जाने का शोक वे किसी तरह भूल नहीं पा रहे थे। अब उपवास करने से शायद यह शोक कुछ कम पड़े!

यह सब बहुत पहले की बात है। उन दिनों सुरपति राय कलकत्ते में थे। उसके बाद एक जमाना गुजर चुका है। उनकी बहन के लिए जो भी रिश्ता आया है, किसी-न-किसी बात को लेकर वह गड़बड़ा गया है। चाहे वह खानदान की बात हो या लड़के की तनखाह की बात। लड़के के रंग ने भी कभी-कभी रोड़ा अटकाया है।

हर बार उर्मिला ने दरवाजे की आड़ से सब-कुछ सुना है और दो-चार दिन के लिए वह बहुत खुश भी रही। लेकिन वह खुशी ज्यादा दिन नहीं रही। फिर वह निढाल होकर

बिस्तर पर पड़ गयी। फिर ज्यों-ज्यों समय बीतता गया वह अन्दर-ही-अन्दर सूखती गयी।

सुरपति राय कभी-कभी बहन के पास आते थे। कहते थे—जानती है, आज तेरे लिये एक इंग्लैण्ड-रिटर्न लड़के का रिश्ता आया था।

भैया की बात सुननी पड़ती थी, इसलिए उर्मिला सुनती थी। लेकिन वह मुँह से एक भी शब्द नहीं निकालती थी।

सुरपति राय कहते—लड़का विलायत हो आया है तो क्या हुआ, उसका बाप क्या करता है वह तो बाद में पता चला। उसका बाप सात सौ रुपये का क्लर्क है। इसलिए मैंने इस रिश्ते को नामंजूर कर दिया। आजकल मामूली लोगों की हिम्मत भी कितनी बढ़ गयी है! लड़के का बाप कहता है कि लड़की देखने जाऊँगा!

सिर्फ यही एक नहीं, कितने ही इंग्लैण्ड-रिटर्न डॉक्टर या इंजीनियर लड़कों के यहाँ से रिश्ता आया, लेकिन किसी-न-किसी बहाने सुरपति राय ने उसे नामंजूर कर दिया। उनकी जबान पर सिर्फ एक बात थी—खैराशोल के राजघराने की इज्जत! उनका कहना था कि सुख-दुःख या आराम-तकलीफ से बढ़कर इज्जत होती है। अगर इज्जत चली गयी तो सुख और आराम से क्या मिलेगा? उनका कहना था कि इज्जत गँवाने से बेहतर मर जाना है।

उर्मिला की उम्र धीरे-धीरे बढ़ती गयी। उसके गोरे रंग पर झाँईं पड़ने लगी। उसके चेहरे पर मुँहासे निकल आये। फिर मुँहासा ठीक हुआ तो काले-काले धब्बे पड़ गये। एक दिन दीप्ति ने सुरपति राय से जाकर कहा—पिता जी, बुआ की तबीयत ठीक नहीं है।

यह सुनकर सुरपति राय ने कहा—तबीयत खराब है? क्या हुआ है?

दीप्ति ने कहा—आप चलिये न, बुआ को देख लीजिये।

सुरपति राय बोले—अभी मैं कैसे जा सकता हूँ? देख नहीं रही हैं कि मैं जरूरी काम कर रहा हूँ। तू ही पूछ ले कि क्या हुआ है।

बुआ को क्या हुआ है, यह पूछने के लिए दीप्ति अन्दर गयी।

फिर लौटकर उसने पिता जी से कहा—बुआ के पेट में दर्द हो रहा है।

सुरपति राय बोले—खाने-पीने में जरूर गड़बड़ हुई है? इसलिए पेट में दर्द हो रहा है। जा, बुआ से कह दे कि आज कुछ मत खाय, उपवास करे। एक दिन कुछ नहीं खायेगी तो सब ठीक हो जायेगा।

दीप्ति फिर दौड़कर बुआ के पास गयी। पिता जी ने जैसा कहा था, वैसा बुआ को सुना दिया।

बुआ बोली—मैं तो कल से कुछ नहीं खा रही हूँ।

दीप्ति फिर दौड़कर पिता जी के पास आयी। बोली—पिता जी, बुआ कल से कुछ नहीं खा रही हैं फिर भी उनके पेट में दर्द हो रहा है।

सुरपति राय चिढ़ गये। बोले—तू देख रही है कि मैं काम कर रहा हूँ, फिर भी परेशान कर रही है।

दीप्ति बोली—आप मुझको क्यों डाँट रहे हैं? मैंने क्या किया है? आप तो कोई काम नहीं कर रहे हैं, बैठे-बैठे तम्बाकू पी रहे हैं।

बेटी की बात सुनकर सुरपति राय और चिढ़े। बोले—क्या तम्बाकू पीना कोई काम नहीं है? क्या तम्बाकू पीने के लिए दिमाग खर्च नहीं करना पड़ता?

दीप्ति बोली—आप तो मुँह से तम्बाकू पी रहे हैं, उसमें दिमाग कैसे खर्च होगा?

सुरपति राय बोले—तू बहुत ज्यादा समझदार हो गयी है न? इत्ती-सी लड़की लेकिन बात कैसी कर रही है! मैं पूछता हूँ कि तम्बाकू पीने में दिमाग खर्च होता है या नहीं, तू कैसे जान सकती है? हर काम में आदमी को दिमाग खर्च करना पड़ता है!

दीप्ति ने पूछा—तो मैं बुआ से यही कह आऊँ?

सुरपति राय ने कहा—तुझे यह सब बुआ से कहने की जरूरत नहीं है, तू यहाँ से जा।

दीप्ति फिर दौड़ी और बुआ के पास पहुँची। दर्द के मारे बुआ छटपटा रही थीं।

वह बोली—बुआ, पिता जी तम्बाकू पी रहे हैं, जिसमें उन्हें दिमाग खर्च करना पड़ रहा है। इसलिए उन्होंने मुझसे कहा तू यहाँ से चली जा। मैं आपसे यही कहने के लिए चली आयी।

दर्द के मारे बुआ छटपटा रही थीं। उन्होंने कहा—तू भैया से जाकर कह दे कि किसी डॉक्टर को बुला लायें। डॉक्टर आकर दवा देगा तो दर्द कम हो जायेगा।

दीप्ति यह कहने के लिए पिता जी के पास गयी।

उसके कुछ कहने के पहले ही सुरपति राय बोले—यह तो अच्छी परेशानी हो गयी! फिर तेरी बुआ ने क्या कहला भेजा है?

दीप्ति बोली—बुआ कह रही हैं कि किसी डॉक्टर को बुला लाइये, डॉक्टर आकर दवा देगा तो दर्द कम हो जायेगा।

सुरपति राय ने कहा—तूने अपनी बुआ से यह क्यों नहीं कहा कि मैं अभी जरूरी काम कर रहा हूँ और मुझे फुर्सत नहीं है?

दीप्ति बोली—मैंने कहा है कि पिता जी तम्बाकू पी रहे हैं और तम्बाकू पीने में उनको दिमाग खर्च करना पड़ रहा है।

—तेरी बुआ ने क्या कहा?

दीप्ति बोली—यह सुनकर बुआ चुप रहीं। फिर बोलीं कि डॉक्टर दवा देगा तो सब ठीक हो जायेगा।

सुरपति राय बोले—बस, डॉक्टर की रट लगा रखी है! डॉक्टर क्या भला आदमी होता है? अभी बुला लाऊँगा तो आकर एक पुड़िया दवा देगा और कान उमेठकर दस रुपये

झटक लेगा। क्या उससे रोग खत्म हो जायेगा? डॉक्टर, ज्योतिषी और घटक, इन तीनों को मैं बरदाश्त नहीं कर सकता। ये तीनों ठग हैं और रुपये झटकने के चक्कर में रहते हैं।

बुआ से यही कहने के लिए दीप्ति दौड़कर अन्दर जाने लगी तो सुरपति राय ने झट से उसका हाथ पकड़ लिया।

कहा—फिर कहाँ जा रही है?

दीप्ति बोली—जाऊँ, बुआ से कह आऊँ।

—क्या कहेगी?

—यही जो आपने कहा कि डॉक्टर, ज्योतिषी और घटक, इन तीनों को आप बरदाश्त नहीं कर सकते। ये तीनों ठग हैं और रुपये झटकने के चक्कर में रहते हैं।

सुरपति राय बिगड़ गये। बोले—खबरदार! अब तू अपनी बुआ के पास नहीं जायेगी। अभी से तू चालाकी सीख गयी है और दूसरों को बेवकूफ बनाने लगी है। तू यहीं चुपचाप बैठी रह और जब तक मैं नहीं कहूँगा, तू यहाँ से नहीं हिलेगी। बैठ जा!

यह बहुत पहले की बात है। उस समय सुरपति राय कलकत्ते में रहते थे। तभी से उर्मिला के पेट में दर्द होने लगा था। कभी-कभी दर्द बहुत ज्यादा बढ़ जाता था और कई-कई दिन वह बिस्तर पर पड़ी रहती थी। कभी एक हफ्ता तो कभी एक महीना। कभी-कभी वे दो-तीन महीने दर्द के मारे परेशान रहती थीं। उस समय वे न खा सकती थीं, न सो सकती थीं और न उठ-बैठ सकती थीं। उस समय वे अक्सर रोने लगती थीं।

भतीजी आकर पूछती—बहुत तकलीफ हो रही है बुआ?

उर्मिला कहतीं—हाँ री, बहुत तकलीफ हो रही है।

दीप्ति कहती—पिता जी से कहूँ?

उर्मिला कहतीं—नहीं, भैया से कुछ कहने की जरूरत नहीं है।

दीप्ति पूछती—फिर किससे कहूँ? क्या करूँ?

बुआ कहतीं—किसी से कुछ नहीं कहना पड़ेगा, तुझे कुछ नहीं करना होगा। तू यहाँ से जा। क्या तेरी वजह से मैं थोड़ी रो भी नहीं सकूँगी?

बुआ करवट लेकर लेट जातीं। दीप्ति को कुछ नहीं करना रहता। वह इस कमरे से उस कमरे में भागती फिरती। इतने बड़े मकान में कोई नहीं है जिससे वह बोलती या कोई ऐसी चीज नहीं है जिससे खेलती। बचपन में उसे जो खिलौने मिले थे, वे पुराने हो गये हैं और बहुत-से टूट-फूट चुके हैं।

फिर अकेले खेलना कब तक अच्छा लगता है? कोई बहन नहीं है, भाई नहीं है, मुहल्ले का कोई लड़का या लड़की नहीं है जिससे वह खेलती या जिसके साथ उछल-कूद मचाती।

बुआ के कमरे से निकलकर दीप्ति दूसरी मंजिल के बारजे में जाती। वहाँ भी कुछ नहीं है। बारजे के कोने में झाड़ू पड़ा था। उसी को उठाकर उसने नीचे आँगन में फेंका। फिर वह झुककर देखने लगी कि वह कहाँ गिरा। वह सीधे चहबच्चे में जा गिरा। वहाँ एक कौआ बैठा न जाने क्या कर रहा था। उस अचानक हमले से घबड़ाकर वह भागा। बारजे में एक पिंजड़ा लटक रहा था। उसमें कभी कोई चिड़िया थी, जो मर चुकी है। लेकिन वह खाली पिंजड़ा अब भी वहाँ लटक रहा है। उसे हटा देने की बात भी किसी के दिमाग में नहीं आयी। दीप्ति उसी पिंजड़े को जोर-जोर से हिलाने लगी।

थोड़ी देर बाद उस पिंजड़े को हिलाते रहना भी दीप्ति को अच्छा न लगा। यह मकान ही उसका संसार है, लेकिन बहुत पुराना और बड़ा नीरस। अब इस संसार से उसकी तबीयत ऊब चुकी है। वह सीढ़ी से नीचे चली गयी। सड़क के किनारेवाले कमरे के दरवाजे में अन्दर से सिटकिनी लगी रहती है। वह एक कुर्सी खींचकर उस दरवाजे के पास ले आयी। फिर वह उसी कुर्सी पर खड़ी हो गयी। उचककर उसने उस दरवाजे की सिटकिनी खोली।

दरवाजा खोलते ही छोटी-सी खुली जमीन है। अभी तक उसे बगीचा कहा जाता है।

उस बगीचे में न कोई पेड़ है, न पौधा, और न घास ही है। किसी जमाने में वहाँ बगीचा था तो उस बगीचे में फूल के पौधे भी रहे होंगे और उनमें फूलों की कमी न रही होगी।

लेकिन अब वह सब-कुछ नहीं है। वहाँ चारों तरफ लोहे की रेलिंग है। लोहे की रेलिंग, शायद इसीलिए वह अभी तक खड़ी है। दीप्ति को वहाँ कहीं-कहीं सूखी घास की परत दिखायी पड़ी। एक जगह टीन का खाली डिब्बा पड़ा था। सिगरेट का एक खाली पैकेट भी बदरंग होकर पड़ा था।

उस बगीचे का गेट भी है।

गेट के पास बने कमरे में बूढ़ा दरबान रामलाल रहता है। अब पहरा देने की जरूरत नहीं है, इसलिए उसे तनखाह भी नहीं मिलती। फिर भी वह वहीं रहता है। दरवाजे पर कुत्ता जिस तरह पड़ा रहता है और घर से जो कुछ मिल जाता है खा लेता है, उसी तरह रामलाल वहाँ पड़ा रहता है।

दीप्ति उस कमरे के दरवाजे पर जाकर पुकारती—रामलाल।

बिटिया रानी को देखकर रामलाल घबरा जाता। कहता—बिटिया रानी, तुम बाहर क्यों आयी? कोठी के अन्दर जाओ।

बिटिया रानी कहती—नहीं, मैं बाहर जाऊँगी—सड़क पर घूमूँगी। मुझे घुमाने ले चलो।

रामलाल राजा साहब से बहुत डरता है। वह कहता—नहीं, राजा साहब डाँटेंगे। अन्दर चली जाओ। सड़क पर निकलोगी तो गाड़ी से दब जाओगी।

बिटिया रानी कहती—नहीं, तुम तो मुझे हाथ पकड़कर ले चलोगे, मैं कैसे गाड़ी से दब जाऊँगी?

दीप्ति जिद करने लगती। रामलाल उसे सड़क पर निकलने नहीं देता और वह सड़क पर घूमने के लिए मचलने लगती।

जब दोनों में इस तरह बातें होती रहतीं, तभी ऊपर कमरे में सुरपति राय की नींद खुल जाती।

वे रामलाल की आवाज सुनकर उसे बुलाते—दरबान!

रामलाल नीचे से जवाब देता—जी, हुजूर!

सुरपति राय चिल्लाकर कहते—अरे, चिल्लाओ मत!

राजा साहब की डाँट सुनते ही वह दबी आवाज में बिटिया रानी को होशियार कर देता। कहता—देखो, राजा साहब डाँट रहे हैं। चलो, अन्दर चलो।

फिर दीप्ति उस समय कुछ नहीं कहती। वह भी डर जाती। वह डरकर मकान के अन्दर चली जाती। उसका सड़क पर घूमना धरा रह जाता।

वह अपने कमरे में आकर बिस्तर पर लेट जाती। वह सो जाने की कोशिश करती, लेकिन उसे नीद नहीं आती। फिर वह बिस्तर से उठकर बगल के बड़े कमरे में चली जाती।

खैराशोल के जमींदार के कलकत्तेवाले मकान में वही सबसे बड़ा कमरा था। उस कमरे में कोई नहीं सोता था। उस कमरे में चारों तरफ बहुत-से रंग-बिरंगे चित्र टँगे थे। कोई चित्र सुरपति राय के दादा का था तो कोई दादी का। बीच में दीप्ति की माँ का चित्र था।

वह माँ का चित्र है, पहले दीप्ति को यह पता नहीं था। एक दिन बुआ ने उससे बताया था। बुआ ने कहा था—वह देखो, मेरी भाभी की याने तेरी माँ की तस्वीर है।

उसके बाद दीप्ति अक्सर वहाँ खड़े होकर उस चित्र को देखती थी। उस चित्र को देखते हुए वह क्या सोचती थी, क्या पता! तस्वीर तो बोल नहीं सकती, फिर उसके प्रति उसका क्यों उतना आकर्षण था, यह वह भी नहीं समझ पाती थी। फिर भी वह अक्सर उस चित्र को देखा करती थी। उस चित्र को देखते हुए वह अनमना हो जाती थी। फिर उसे कुछ भी अच्छा नहीं लगता था। वह बिस्तर से उठकर उसी चित्र को देखने गयी थी, लेकिन उसे अच्छा नहीं लगा तो फिर बिस्तर पर आकर चुपचाप लेट गयी।

फिर एक दिन दीप्ति के पिता जी ने कहा—अब हम इस मकान में नहीं रहेंगे।

दीप्ति को पहले ही बुआ से इस बात का पता चल गया था। लेकिन इस मकान को छोड़कर कहाँ जाना पड़ेगा, इसका उसे पता नहीं था।

बुआ ने कहा था—हम फिर खैराशोल चले जायेंगे और वहीं रहेंगे।

दीप्ति खैराशोल का नाम सुनती आयी थी। उसने यह भी सुना था कि वह खैराशोल के राजघराने की लड़की है। उसके पुरखे खैराशोल के राजा थे। लेकिन वह खैराशोल कहाँ है, कलकत्ते से कितनी दूर है और वहाँ का मकान देखने में कैसा है, यह सब वह नहीं जानती थी। उसकी बुआ भी नहीं जानती थी।

वह पूछती—क्या खैराशोल में भी चिड़िया है बुआ?

बुआ कहतीं—अरी, खैराशोल गाँव है, गाँव-देहात में चिड़िया नहीं होगी?

—फिर तो पेड़ भी होंगे?

बुआ कहतीं—तू कैसी बेवकूफ लड़की है? पेड़ क्यों नहीं रहेंगे? पेड़ तो हर जगह हैं! क्या कलकत्ते में पेड़ नहीं हैं? यहाँ भी कितने पेड़ हैं।

सिर्फ पेड़ नहीं, बड़े-बड़े बगीचे हैं। खैराशोल के राजा लोगों के आम और कटहल के बड़े-बड़े बाग हैं। बुआ जब छोटी थी तब उसने दीप्ति की माँ से सुना था।

उस समय दीप्ति बड़ी हो गयी थी। खैराशोल जाने की बात सुनकर उसे बड़ी खुशी हुई थी। वहाँ वह बाग में घूमेगी और खजूर का रस पियेगी।

—वहाँ नदी है न? नदी?

बुआ ने कहा था—हाँ है और उस नदी में बड़े-बड़े घड़ियाल भी हैं।

उस समय दीप्ति को ये सारी बातें सुनना बहुत अच्छा लगा था। खैराशोल की नदी में जो घड़ियाल हैं, वे कलकत्ते के चिड़ियाखाने के घड़ियालों की तरह नहीं हैं। वे घड़ियाल पालतू या कहीं बन्द नहीं हैं। वे अपनी मर्जी से नदी में तैरा करते हैं। किनारे पर खड़े होकर उन घड़ियालों की धमाचौकड़ी देखने में बड़ा मजा आता है। कलकत्ते के मकान में रहते हुए दीप्ति खैराशोल के उन्मुक्त ग्राम्य वातावरण की कल्पना करती थी। इसलिए कलकत्ता छोड़कर खैराशोल जाने की बात उसे बुरी नहीं लगी थी।

हाँ, तो एक दिन सचमुच उन लोगों को कलकत्ते का मकान छोड़ना पड़ा।

वे लोग बहुत दिनों से कलकत्ते के मकान में रह रहे थे। इसलिए उस मकान से बहुत-सी पुरानी यादें जुड़ी हुई थीं। खैराशोल के राजा न जाने कब गाँव छोड़कर कलकत्ते में आकर बस गये थे। यहाँ आने का एकमात्र कारण शहर के प्रति आकर्षण था। इसलिए उन लोगों ने यहीं मकान बनवाया था। दीप्ति उस समय कहाँ थी? वह तो बहुत पुरानी बात है। लेकिन दीप्ति को यह सब सोचने में बड़ा आनन्द आता था। बुआ उन दिनों की बातें बताया करती थीं।

बुआ कहती थीं—जब मैं छोटी थी तब तेरी दादी ये सब कहानिगाँ सुनाया करती थीं। जिस समय यह मकान बना था उस समय आस-पास में और मकान नहीं था। मैंने भी बचपन में देखा है कि उस तरफ कोई मकान नहीं था। खिड़की से पूरा आसमान दिखायी पड़ता था। बहूत दूर एक जगह ऐसा लगता था कि धरती और आसमान आपस में मिल गये हैं। फिर पेड़ कितने थे! जिधर देखो, उधर पेड़। अँधेरा होते ही चारों तरफ सियार बोलने लगते थे।

दीप्ति पूछती—आपको डर नहीं लगता था?

बुआ कहतीं—हाँ, किसी दिन रात को नींद खुल जाती थी तो मैं माँ से लिपटकर लेटी रहती थी।

उसके बाद वह मकान बना—वह मकान जिसकी छत पर साड़ियाँ सूख रही हैं। फिर उधरवाला वह मकान बना। दिनभर राजगीर और मजदूर काम करते थे। ईंटों को जोड़-जोड़कर तिमंजिला मकान बनाया गया था। बुआ ने वह सब देखा था।

जब बुआ की तबीयत ठीक रहती थी तब वे खूब बोलती थीं। तभी वे भतीजी को पुराने समय की कहानियाँ सुनाया करती थीं।

बुआ कहती थीं—देख, जब पश्चिम तरफ का वह दुमंजिला मकान बन रहा था तब न जाने क्या हो गया था। एक दिन देखा कि उस अधबने मकान के सामने बहुत-से लोगों की भीड़ इकट्ठा हो गयी है। उस भीड़ में कई पुलिसवाले भी थे। लाल पगड़ी देखकर उनको पहचान गयी थी। लेकिन यह नहीं समझ पायी कि वहाँ क्या हुआ था। उस समय मैं भी तेरी तरह छोटी थी। मैं भी तेरी तरह घर से नहीं निकल सकती थी। सिर्फ खिड़की से नये बने और बन रहे मकानों को देखा करती थी। उस समय इस मकान में भी कितने लोग थे। नीचे बरामदे में कितने लोगों का आना-जाना लगा रहता था। मैं वही सब देखा करती थी। उन दिनों छत पर गमलों में नागफनी के कई पेड़ लगे थे। मुझे वे पेड़ बहुत अच्छे लगते थे।

दीप्ति कहती—बुआ, उन मकानों तक घूम आने का मन कर रहा है। मन कर रहा है कि उन लोगों से जाकर बातें करूँ।

लेकिन जाड़े में पेड़ों के सूखे पत्तों का जो हाल होता है, बुआ और भतीजी के मन की इच्छाओं का वही हाल होता था। पतझड़ में पेड़ों के पत्ते जिस तरह बिला जाते हैं उसी तरह दोनों की इच्छाएँ बिला जाती थीं। सुरपति राय को इसका पता नहीं चलता था, क्योंकि उनकी दुनिया अलग थी। उस दुनिया में वे खैराशोल के राजा जयप्रताप राय के पौत्र थे और राय रायान भानुप्रताप राय के पुत्र। कलकत्ते के रईसों के मुहल्ले के वे स्वयंभू नेता थे। खैर, उन्हें इस बात की परवाह नहीं थी कि कोई उनको अपना नेता मानता है या नहीं! वे अपने मन के नेता थे।

कलकत्ते में खैराशोल के राय घराने की जिन्दगी कैसी थी उसी पर यह छोटी-सी न्यूजरील है।

लेकिन वही परिवार जब खैराशोल से वापस आया तब इसे नये परिवेश से उसने किस तरह अपना तारतम्य बैठाया, यह भी अपने में एक कहानी है। जिस तरह कलकत्ते में सुरपति राय अपने कुल गौरव को बरकरार रखकर चलते थे उसी तरह खैराशोल में चलने लगे। अब एकमात्र रामलाल रह गया था। और सब जा चुके थे। जिन्दगी भर सुरपति राय ने जितना जाते देखा उतना कभी नहीं आया। कहना तो यों चाहिए कि उनका सब-कुछ चला गया और आया कुछ भी नहीं। नौकर-चाकर, नायब-गुमाश्ता, प्यून-प्यादा और मान-मर्यादा सब चले गये। अब कोई नहीं है, कुछ नहीं है। लेकिन दरबान रामलाल अब भी टिका हुआ है, क्योंकि जाने के लिए इस संसार में उसकी कोई जगह नहीं है। इसलिए रामलाल है तो उसके हुजूर सुरपति राय भी हैं।

सब-कुछ चले जाने के बाद अब भी सुरपति राय समझते हैं कि सब-कुछ है। अब भी वे जाड़े में सन्दूक से दुशाला निकालते हैं। एक जोड़ी चप्पल निकालते हैं। पिता जी के जमाने की, हिरन के चमड़े की चालीस साल पुरानी चप्पल। फिर अपने हाथ स

धोती में चुनट डालते हैं। उसके बाद उस धोती, चप्पल और दुशाले से सज-धजकर हाथ में छड़ी लिये वे गाँव की सड़क पर निकलते हैं। रामलाल उनके पीछे-पीछे चलता है।

नाक के नीचे ऐंठी हुई मूँछें बिच्छुओं के डंक की तरह नुकीली होकर दोनों तरफ से ऊपर को उठी हुई होती हैं। गाँव की कच्ची सड़क से सुरपति राय धीरे-धीरे चलते हैं और रामलाल उनके पीछे-पीछे चलता है। अगर रास्ते में कोई बैलगाड़ी सामने से आती दिखायी पड़ती है तो रामलाल लपककर आगे बढ़ जाता है और चिल्लाता है—रोको! रोक दो!

गाड़ीवान घबड़ाकर बैलगाड़ी रोक लेता है।

रामलाल कहता है—गाड़ी साइड से ले चलो।

याने बैलगाड़ी को सड़क के एक किनारे हटा लो।

धूल और कीचड़ से भरी गाँव की सड़क। वह ज्यादा चौड़ी भी नहीं है। दोनों तरफ गड्ढे बन गये हैं, बीच का हिस्सा थोड़ा ऊँचा है और वही सड़क है। फिर भी गाड़ीवान किसी तरह बैलगाड़ी को एक किनारे कर लेता है। सड़क खाली पाकर सुरपति राय आगे बढ़ जाते हैं। उनको तो अपनी नाक की सीध में चलना है। वे सड़क के किनारे

नहीं हट सकते, हटना है तो गाड़ीवान अपनी गाड़ी लेकर हट जाय। गाड़ीवान को पता होना चाहिए कि वे राजा जयप्रताप के पौत्र और राय रायान भानुप्रताप के पुत्र हैं।

उस बार खैराशोल में इलेक्शन की खबर आयी। चुनाव होगा। खैराशोल के लोग अखबार से मतलब नहीं रखते। दुनिया के किस कोने में क्या हो रहा है, यह जानने की जरूरत वे महसूस नहीं करते। खेतों से धान और पटसन मिल जाते हैं, दालें और सब्जियाँ पैदा होती हैं और तालाबों में मछलियाँ हैं। खैराशोल के लोग इसी से सन्तुष्ट हैं। कहाँ क्या हो रहा है, यह जानने की जरूरत वे महसूस नहीं करते और न उनको इसकी जरूरत पड़ती है।

रामलाल ने आकर बताया—हुजूर, एक आदमी आपसे मिलना चाहता है।

सुरपति राय बोले—हाँ, उसे मेरे पास ले आ और चिलम भी बदल दे।

फिर वह आदमी आया और नमस्कार करके सामने खड़ा हो गया। सुरपति राय ने उसकी तरफ़ देखा, लेकिन उससे बैठने के लिए नहीं कहा। हर किसी को बैठने के लिए कहना उनकी मर्यादा के विरुद्ध है। उन्होंने सिर ऊँचा करके पूछा—कहाँ से आना हो रहा है?

उस युवक ने कहा—जी, मैं यूनियन बोर्ड के दफ्तर से आ रहा हूँ।

सुरपति राय ने फिर भी उससे बैठने के लिए नहीं कहा। पूछा—यूनियन बोर्ड के दफ्तर में आप क्या करते हैं?

उस युवक ने कहा—जी, मैं वहाँ का क्लर्क हूँ।

सुरपति राय ने उसकी तरफ हकारत की नजर से देखा।

पूछा—कितनी तनखाह मिल जाती है?

वह युवक बोला—सब-कुछ कट जाने के बाद तिरपन रुपये।

—तिरपन रुपये तनखाह पाते हो और मँहगाई?

उस युवक ने कहा—बारह रुपये।

सुरपति राय ने पूछा—उससे तुम्हारा खर्च चल जाता है?

वह युवक बोला—चलता तो नहीं है, लेकिन क्या करूँ, उसी में चलाना पड़ता है।

सुरपति राय बोले—तनखाह तो बस वही कुछ रुपये पाते हो, लेकिन बालों को तो खूब सँवारा है। आजकल के लड़कों का क्या कहना! तिरपन रुपये तनखाह पाकर इस तरह बाल सँवारने में शरम नहीं आती? वह लड़का चुपचाप खड़ा रहा। उसे बैठने की हिम्मत नहीं पड़ी। फिर सुरपति राय जब तक नहीं कहेंगे, वह कैसे बैठेगा?

उस लड़के के रंग-ढंग से सुरपति राय का गुस्सा थोड़ा कम हुआ। कोई दूसरा लड़का होता तो शायद ऐसी बात सुनने के बाद कोई कड़ा जवाब देता। कम-से-कम यही कहता कि मैंने अपना बाल सँवारा है तो आपको क्यों बुरा लग रहा है?

लेकिन यह लड़का वैसा कुछ नहीं बोला तो सुरपति राय का मिजाज नरम पड़ गया। उन्होंने पूछा—हाँ, तुम्हारा नाम क्या है?

—जी, मेरा नाम भूपाल बख्शी है।

सुरपित राय ने पूछा—राढ़ी हो या वंगज?

—जी, मैं राढ़ी ब्राह्मण हूँ।

कहाँ के रहनेवाले हो?

वह लड़का बोला—इस नदिया का रहनेवाला हूँ।

—गाँव?

—जिरैतपुर।

सुरपति राय कुछ सोचने लगे। रामलाल चिलम भरकर ले आया। सुरपति राय ने फर्शी हुक्के का नैचा मुँह से लगाकर ढेर-सारा धुआँ छोड़ा। उसके बाद पूछा—जिरैतपुर में बाँभन और कायस्थ कितने घर हैं?

वह लड़का इस सवाल से आश्चर्य में पड़ गया। चुनाव के काम से वह खैराशोल के बहुत-से घरों में गया है, लेकिन इस तरह के इतने सवाल किसी ने नहीं किये। फिर भी उसने सुरपति राय के प्रश्न का उत्तर दिया—पाँच घर ब्राह्मण और सात घर कायस्थ। शेष घर ग्वालों और अन्य जातियों के लोगों के हैं।

एक बीघे में धान कितना होता है?

भूपाल बोला—मिट्टी बलुई है, इसलिए ज्यादा नहीं होता। किसी तरह बीघा पीछे तीन मन हो जाता है।

फिर थोड़ा सोच लेने के बाद सुरपति राय ने कहा—हाँ, देश के लोगों की हालत ठीक नहीं है। शायद गाँव के लोगों को भरपेट भोजन भी नहीं मिल पाता। खैर, तुम मेरे पास किसलिए आये हो?

अब भी सुरपति राय ने उस लड़के से बैठने के लिए नहीं कहा। वह लड़का खड़े-खड़े थक रहा था और सोच रहा था कि शायद अब मुझसे बैठने के लिए कहा जायेगा। चुनाव का काम उसका निजी नहीं, सरकारी है। सरकारी काम से वह जहाँ भी गया है उसे यथोचित आदर मिला है।

उस लड़के ने अपने हाथ में लिये झोले में से कुछ छपे हुए कागज निकाले और कहा—यह देखिये, इस पर यहाँ आपको दस्तखत करना है।

सुरपति राय तम्बाकू पीना भूल गये। बोले—क्या कहा? क्या बात है यही नहीं समझ-बूझ लिया और तुम्हारे कहने से दस्तखत कर दूँगा?

लड़का बोला—इलेक्शन आ रहा है, लेकिन वोटर लिस्ट में आपका नाम नहीं है। आप यहाँ दस्तखत कर देंगे तो उस लिस्ट में आपका नाम चढ़ जायेगा।

सुरपति राय चौंके। बोले—क्या कहते हो? मेरा नाम ही नहीं है?

उस लड़के ने कहा—जी नहीं, यह लिस्ट है, देखिये न, इसमें आपका नाम नहीं है।

सुरपति राय ने वोटर लिस्ट को हाथ में लेकर अच्छी तरह देखा। खैराशोल के बाँभन-कायस्थ, खटिक-पासी और केवट-काछी वगैरह सभी लोगों के नाम हैं और उन्हीं

का नाम नहीं है! वे इस इलाके के सबसे पुराने आदमी और रईस हैं और उन्हीं का नाम गायब!

वे गुस्से में आ गये और बिगड़कर बड़बड़ाने लगे।

बोले—क्यों? क्यों मेरा नाम इस लिस्ट में नहीं है?

उस लड़के ने कहा—पिछले चुनाव के समय आप कलकत्ते में थे, इसलिए वहाँ की लिस्ट में आपका नाम चढ़ा था, यहाँ की लिस्ट में नहीं। इसलिए आप इस प्रार्थनापत्र पर दस्तखत कर दीजिये तो आपका नाम यहाँ की लिस्ट में चढ़ जायेगा!

अब सुरपति राय गम्भीर होकर बोले—क्या? तुमने क्या कहा? मैं प्रार्थनापत्र पर दस्तखत करूँगा? कल के छोकरे होकर तुम राजा जयप्रताप राय के पौत्र और राय रायान भानुप्रताप राय के पुत्र से प्रार्थनापत्र पर दस्तखत करने के लिए कह रहे हो? तिरपन रुपये डियरनेस एलाउन्स पानेवाले क्लर्क होकर तुम्हें इतनी हिम्मत कैसे हो गयी कि मुझसे दरख्वास्त करने को कह रहे हो?

फिर वे तेज आवाज में बोले—निकल जाओ! निकल जाओ मेरे घर से!

उस लड़के ने कहा—क्यों आप मुझे डाँट रहे हैं मैंने क्या किया है?

सुरपति राय बोले—तुमने नहीं किया तो किसने किया है? मैं कलकत्ते से खैराशोल में आ गया हूँ, यह खबर दुनिया भर के लोगों को मालूम हो चुकी है। थाने के दारोगा से लेकर रेल स्टेशन के स्टेशन मास्टर तक और छोटे से लेकर बड़े तक सबको इस बात का पता है कि मैं यहाँ हूँ और तुम्हारे यूनियन बोर्ड को इसका पता नहीं है? क्या यह मेरा दोष है?

वे उठ खड़े हुए और बोले—इस समय तुम्हारे यूनियन बोर्ड का प्रेसीडेण्ट कौन है? मैं अभी उसकी नौकरी ले लूँगा। मैं तुम्हारी भी नौकरी ले सकता हूँ, समझ गये? बोलो, जे. एम. सेनगुप्त का नाम सुना है?

अब वह लड़का घबरा गया। जे. एम. सेनगुप्त का नाम उसने नहीं सुना है। पूछा—वे कहाँ नौकरी करते हैं?

सुरपति राय ने कहा—तुमने जे. एम. सेनगुप्त का नाम भी नहीं सुना है? तुम लोग इतने मूर्ख क्यों हो? मैं पूछता हूँ कि इस देश को किसने स्वतन्त्र किया है? बताओ, यह जो हमारा देश स्वतन्त्र हुआ है, वह किसकी बदौलत? वह कौन था?

उस लड़के ने घबड़ाकर कहा—जी, नेताजी सुभाषचन्द्र बोस।

सुरपति राय उपेक्षा के साथ हँसे।

अब उस लड़के ने मानो अपनी गलती सुधार ली और कहा—जी नहीं, महात्मा गाँधी ने इस देश को स्वतन्त्र किया है।

सुरपति राय बोले—तुम खाक जानते हो! इसीलिए मैं कहता हूँ कि कलकत्ता यूनिवर्सिटी बोगस संस्था है। जिसमें सारे गधों को वहाँ मास्टर बनाकर रखा गया है। अरे, जिस आदमी ने इस देश को स्वतन्त्र किया है, तुम उसी का नाम नहीं जानते और सरकारी कागज पर मुझसे दस्तखत कराने आये हो?

अब उस लड़के ने वहाँ से भागना ही उचित समझा। वह धीरे-धीरे दरवाजे की तरफ बढ़ने लगा, लेकिन सुरपति राय इतनी जल्दी उसे कैसे छोड़ते!

बोले—तुम कहाँ भाग रहे हो? रुको! जिस देश में तुम रह रहे हो, उस देश को किसने स्वतन्त्र किया, यह जाने बगैर तुम चले जाओगे? सुन लो, जे. एम. सेनगुप्त—जे. एम. सेनगुप्त। वह इण्डिया का कितना बड़ा आदमी था, यह तुम अन्दाजा नहीं लगा सकते। लेकिन वही आदमी मेरे पिता जी के पास आया था। मेरे पिता जी का नाम जानते हो? राय रायाना भानुप्रताप राय! इस देश को स्वतन्त्र करने के लिए मेरे पिता जी ने जे. एम. सेनगुप्त को पचास हजार रुपये दिये थे। तुम मेरे पिता जी का नाम ही नहीं जानते और सरकारी कागज पर मुझसे दस्तखत कराने आये हो? वोटर लिस्ट में मेरा नाम नहीं है तो मेरा कुछ नहीं बिगड़ेगा। मैं किसी कागज पर दरख्वास्त नहीं करूँगा। अब तुम जा सकते हो और जो कुछ करते बने कर लो!

फिर उन्होंने हाँक लगायी—दरबान!

रामलाल चिलम भरकर ले आया। सुरपति राय थक चुके थे, अब शान्ति से बैठकर तम्बाकू पीने लगे।

मुकदमे के सिलसिले में सुरपति राय का कलकत्ते जाना भी एक घटना है। लोग अमेरिका, इंग्लैण्ड और जर्मनी जाते हैं लेकिन कोई उसको लेकर माथापच्ची नहीं करता। लेकिन खैराशोल में यह बात नहीं है। खैराशोल के सब लोगों को पता चल गया कि सुरपति राय मुकदमे के सिलसिले में कलकत्ते जा रहे हैं। गाँव के बच्चे-बूढ़े और औरत-मर्द किसी से यह खबर छिपी न रही।

राधाकृष्ण डे की परचून की दुकान पर उसी के बारे में बातें होने लगीं।

ज्योतिष सामन्त बोले—राय बाबू मुकदमा लड़ने कलकत्ते जा रहे हैं।

वंशी दत्त बोले—तुम खाक जानते हो! वे मुकदमा लड़ने नहीं, अपनी लड़की के लिए रिश्ता तय करने जा रहे हैं।

राधाकृष्ण डे बोले—अरे नहीं, लड़की के लिए नहीं, वे अपनी बहन के लिए रिश्ता करने जा रहे हैं।

सुरपति राय की बहन के रिश्ते की बात सुनकर सब लोग आश्चर्य में पड़ गये। क्या राय बाबू की बहन भी है? अरे, उस बहन को तो हम लोगों ने नहीं देखा!

वंशी दत्त बोले—उस दिन जो लड़की कुत्ते की चेन पकड़े सड़क से जा रही थी, वह तो राय बाबू की लड़की है।

राधाकृष्ण डे ने कहा—वह तो राय बाबू की लड़की है, लेकिन उनके घर में उनकी एक बहन भी है, जिसकी अभी तक शादी नहीं हुई है।

ज्योतिष सामन्त को कोई काम-काज नहीं है। उनके लड़के ही खेत-खलिहान की देख-भाल करते हैं। उन्होंने कहा—तुम्हें कैसे पता चला राधाकृष्ण? क्या उनकी बहन भी कभी रास्ते में निकली थी?

राधाकृष्ण डे बोले—नहीं, नहीं, राय बाबू के घर में जो औरत खाना पकाती है, वही एक दिन गरम मसाला लेने मेरी दुकान पर आयी थी। उसी से पता चला।

गजब हो गया! राय बाबू की बहन भी है, यह सबके लिए नयी खबर है, किसी तक नये आविष्कार की तरह! ऐसी खबर सुनने पर चिलम-चिलम तम्बाकू खर्च होने लगता है।

वंशी दत्त यह खबर सुनकर चौंक पड़े। बोले—और एक चिलम तम्बाकू दो राधाकृष्ण! तुमने ऐसी खबर सुना दी कि अब एक चिलम से काम नहीं चलता। तुम क्या कह रहे हो? अगर राय बाबू की बहन है, तो उसकी क्या उम्र होगी?

राधाकृष्ण बोला—मैंने तो सुना कि तीस की है—

तीस की? तीस साल की हो गयी और उसकी शादी नहीं हुई? यह बात सोचते हुए भी मानो सबके बदन में झुनझुनी दौड़ने लगी। गजब हो गया! उतनी बड़ी बहन को जमींदार बाबू घर में पाल रहे हैं?

राधाकृष्ण की दुकान पर रोज ही लोग जुटते थे, लेकिन उस दिन सबको मजा आ गया। जमींदार बाबू इतने दिनों से खैराशोल में हैं, लेकिन उनके घर में उनकी अनब्याही बहन है, यह किसी को पता नहीं था?

ज्योतिष सामन्त ने पूछा—उस महराजिन ने और क्या-क्या बताया राधाकृष्ण?

राधाकृष्ण डे बोले—और क्या बतायेगी? उससे ज्यादा कुछ पूछा भी तो नहीं जा सकता, कहीं शक करने लगे तो? इसलिए उतनी खबर पाकर मैं चुप लगा गया।

सुरपति राय के कलकत्ता जाने के पीछे असली रहस्य क्या है, इसका पता चल जाने से सब खुश हुए। फिर भी लोगों के मन में शंका बनी रही। असली मामला क्या है—मुकदमा या बहन की शादी? राय बाबू अभी किसलिए कलकत्ते गये?

वंशी दत्त सीधे घर नहीं गये। वे थोड़ा-सा चक्कर लगाकर राय बाबू के मकान के सामने से निकले। देखा कि रामलाल दरवाजे के सामने बैठा है। उन्होंने आगे बढ़कर उससे दोस्ताने ढंग से बात की।

पूछा—कैसे हो रामलाल भाई? सब ठीक-ठाक है न?

रामलाल बोला—हाँ बाबू जी, सब ठीक है।

वंशी दत्त ने पूछा—जमींदार बाबू कैसे हैं?

रामलाल बोला—हुजूर कलकत्ते गये हैं।

वंशी दत्त ने ऐसा ढोंग किया कि मानो उन्हें कुछ भी पता नहीं है। उन्होंने बड़े भोलेपन से पूछा—अच्छा? कब गये हैं?

रामलाल ने कहा—हुजूर परसों गये हैं। उनके पास क्या एक काम है? कितनी बड़ी जमींदारी है, इसलिए हुजूर को कितना काम करना पड़ता है! खैराशोल में बैठे रहने से उनका कैसे चलेगा?

वंशी दत्त बोले—हाँ, कैसे चल सकता है? तुम्हारे हुजूर तो हम लोगों की तरह बैठकबाजी नहीं कर सकते? यही देखो न, हम लोग अभी तक गपशप कर रहे थे, अब मैं घर लौट रहा हूँ। घर जाकर तेल लगाऊँगा, तम्बाकू पियूँगा, फिर उसके बाद तालाब में डुबकी लगाऊँगा। तालाब में डुबकी लगाने के बाद बदन पोंछ-पाँछकर खाना खाने बैठूँगा। उसके बाद सो जाऊँगा। सोकर उठने के बाद फिर राधाकृष्ण की दुकान पर चला जाऊँगा, वहीं तम्बाकू पियूँगा और रात तक सबसे गप लड़ाऊँगा। तुम्हारे हुजूर तो हम लोगों की तरह फालतू नहीं घूम सकते! तुम्हारे हुजूर तो राजा आदमी हैं।

रामलाल ने कहा—यह तो आपने सही कहा है बाबू जी, हुजूर तो हुजूर ही हैं। हुजूर असली राजा आदमी हैं!

—लेकिन तुम्हारे हुजूर अचानक कलकत्ते क्यों गये?

—यह मैं कैसे जान सकता हूँ? मैं तो हुजूर से पूछ नहीं सकता।

रामलाल बँगला साफ बोल लेता है, लेकिन कभी-कभी उसकी बातों में हिन्दी शब्द आ जाते हैं। फिर भी वंशी दत्त का कौतूहल नहीं मिटा। उन्होंने पूछा—तुम्हारा घर कहाँ है रामलाल?

रामलाल बोला—घर? याने मैं कहाँ का रहनेवाला हूँ, यही पूछ रहे हैं? मेरा घर दरभंगा में है। आपने दरभंगा का नाम तो सुना होगा?

वंशी दत्त ने दरभंगा का नाम नहीं सुना था। उन्होंने खुलना, ढाका और कलकत्ते का नाम सुना है, लेकिन दरभंगा उनके लिए नया नाम है।

उन्होंने पूछा—वह कहाँ है? उत्तर में या दक्षिण में?

रामलाल बोला—पश्चिम में है बाबू जी।

—क्या तुम कभी घर नहीं जाते? क्या घर में तुम्हारा कोई नहीं है?

रामलाल बोला—नहीं बाबू जी, जब से मैंने होश सँभाला है तभी से हुजूर के पास हूँ। हुजूर ही मेरे लिये सब-कुछ हैं। अब तो यही बंगाल मुलुक मेरा मुलुक हो गया है। अब मैं कहाँ जाऊँगा बाबू जी, हुजूर के अलावा इस दुनिया में मेरा कोई नहीं है।

वंशी दत्त रामलाल के सामने चबूतरे पर बैठ गये। वे रामलाल से दोस्ती करके राय परिवार के अन्दर की खबर जानना चाहते हैं। वे बोले—तुम बड़े भले आदमी हो रामलाल, तुम्हारा भला होगा। तुम्हारा भाग्य अच्छा है, तभी तो तुम्हें हुजूर जैसे मालिक मिले हैं।

—हाँ बाबू, हुजूर राजा आदमी हैं।

—तो तुम्हें कितनी तनखा मिलती है?

—तनखा? तनखा लेकर मैं क्या करूँगा बाबू जी? क्या रुपया लेकर मैं राजा बन जाऊँगा? हुजूर ही मेरी तनखा है और हुजूर ही मेरा रुपया। हुजूर के चरणों पर मेरी परवरिश हुई है और उन्हीं के चरणों पर मेरी साँस छूटेगी। इस बुढ़ापे में मैं रुपया लेकर क्या करूँगा? मेरी सारी जरूरत हुजूर पूरी कर देते हैं।

वंशी दत्त बोले—बहुत अच्छा है रामलाल, बहुत अच्छा है। तुम्हारा बहुत भला होगा देख लेना।

रामलाल बोला—सब हुजूर की किरपा है।

वंशी दत्त ने पूछा—अच्छा रामलाल, तुम्हारे हुजूर की तो वही एक लड़की है?

—हाँ बाबू जी।

—क्या घर में और कोई नहीं है?

—हैं बाबू जी, हुजूर की एक बहन हैं!

—बहन? हुजूर की बहन भी हैं? बहन की तो शादी हो गयी होगी?

रामलाल बोला—नहीं बाबू जी, बहन जी की शादी नहीं हुई है।

—अच्छा? क्यों नहीं शादी हुई?

रामलाल फिर बोला—नहीं बाबू जी, बहन जी की शादी नहीं हुई। बिटिया रानी की भी शादी नहीं हुई है। बहन जी बीमार हैं न।

बहन जी के बीमार होने का मतलब वंशी दत्त समझ नहीं सके।

पूछा—बीमार है मतलब? कैसी बीमारी?

—यह सब मैं नहीं जानता।

क्या तुम्हारे हुजूर अपनी बहन की शादी तय करने कलकत्ते गये हैं?

यह सब हुजूर जानते होंगे। मैं नौकर आदमी हुजूर के घर की बात कैसे जान सकता हूँ?

फिर भी वंशी दत्त देर तक वहीं बैठकर रामलाल से बातें करते रहे। खैराशोल का आकाश धूप में झुलसने लगा था। बदन भी धूप से जलने लगा था। वंशी दत्त अभी तक नहाये नहीं थे—खाना भी नहीं खाया था। फिर भी वहीं बैठे रहे। इतनी देर हो गयी, लेकिन वे राय परिवार की कोई खास खबर मालूम नहीं कर सके। फिर शाम को राधाकृष्ण की दुकान पर जाकर वे कौन-सी नयी बात सुनायेंगे? दूसरों की चर्चा किये बिना उन लोगों का वक्त नहीं कटना चाहता। अन्त में वंशी दत्त हारकर खड़े हुए।

पूछा—तुम्हारा भोजन हो चुका है रामलाल?

रामलाल बोला—जी हाँ।

वंशी दत्त ने पूछा—क्या भोजन हुआ?

रामलाल बोला—दाल, भात और सब्जी।

—कौन-सी सब्जी?

रामलाल बोला—आलू और परवल की सब्जी।

—बस? और कुछ नहीं?

—जी नहीं।

वंशी दत्त ने पूछा—तुम्हारे हुजूर, तुम्हारी बहन जी और बिटिया रानी, सबने वही खाया?

रामलाल बोला—जी हाँ, सबने वही खाया।

अब वंशी दत्त ने रामलाल को कुरेदने की कोशिश की। कहा—तब तो तुम्हें बहुत तकलीफ है रामलाल? इतना मामूली खाना खाने में जरूर तकलीफ होती होगी। शायद तुम्हारा पेट भी नहीं भरता।

रामलाल बोला—पेट क्यों नहीं भरेगा बाबू जी? भगवान् की दया से खाने-पहनने की कमी कभी नहीं हुई।

इतने में वंशी दत्त से देखा कि एक नौजवान साइकिल चलाकर राय बाबू के मकान की तरफ आ रहा है। वह धोती, कमीज और चप्पल पहने हुए है। फाटक के सामने आकर वह साइकिल से उतरा।

उसने रामलाल से पूछा—क्या तुम्हारे हुजूर घर में हैं?

अपरिचित आदमी। अपरिचित आदमी को देखते ही खैराशोल के आगे उसके बारे में सब-कुछ जान लेना चाहते हैं। उस युवक ने सुरपति राय के बारे में रामलाल से ही पूछा था, लेकिन वंशी दत्त बीच में कूद पड़े।

उन्होंने पूछा—आप कहाँ से आ रहे हैं?

उस युवक ने कहा—जिरैतपुर से।

जिरैतपुर।

वंशी दत्त ने पूछा—आपका क्या नाम है?

युवक ने कहा—भूपाल बख्शी।

—भूपाल बख्शी? आप राढ़ी ब्राह्मण हैं या वंगज?

—राढ़ी ब्राह्मण हूँ।

—बहुत अच्छा, बहुत अच्छा! आप क्या करते हैं?

उस युवक ने कहा—मैं यूनियन बोर्ड में नौकरी करता हूँ।

—कितनी तनखाह पाते हैं?

भूपाल बख्शी बोला—सब-कुछ कट जाने के बाद तिरपन रुपये। महँगाई भत्ता बारह रुपया मिलता है!

इतनी देर बाद वंशी दत्त ने उस युवक को महत्त्व दिया। अब वे उसकी मर्यादा का ख्याल रखकर उससे बात करने लगे। बोले—आप सुरपति बाबू से मिलने आये हैं? लेकिन वे तो यहाँ नहीं हैं, अपनी बहन की शादी के सिलसिले में कलकत्ते गये हैं।

रामलाल ने उस युवक से कहा—नहीं बाबू, हुजूर किसलिए कलकत्ते गये हैं, यह मुझे नहीं मालूम।

वंशी दत्त रामलाल से कहने लगे—नहीं रामलाल, तुम ठीक से नहीं जानते, तुम्हारे हुजूर अपनी बहन की शादी तय करने के लिए गये हैं।

रामलाल ने कहा—यह आपसे किसने बताया? यह आपने कैसे जान लिया?

वंशी दत्त बोले—यह जानना क्या मुश्किल है? खैराशोल के सभी लोग जानते हैं और मैं नहीं जानूँगा?

—खैराशोल के लोग कैसे जानते हैं?

वंशी दत्त बोले—क्यों नहीं जानेंगे? यहाँ किसके घर में क्या हो रहा है और कौन अपने घर में क्या खा रहा है, यह यहाँ के लोगों को पता चल जाता है। तुम कह रहे हो कि तुम्हारे हुजूर किसलिए कलकत्ते गये हैं, तुम नहीं जानते। यहाँ कोई खबर दबी नहीं रहती रामलाल, दबी नहीं रहती। हम लोगों को सब पता चल जाता है।

भूपाल बख्शी ने इन बातों के लिए कोई आग्रह नहीं दिखाया।

उसने रामलाल से पूछा—सुरपति बाबू कब आयेंगे?

रामलाल बोला—यह तो मैं नहीं जानता बाबू जी।

वंशी दत्त ने फिर आगे बढ़कर भूपाल बख्शी से पूछा—आप अपना काम बताइये न?

भूपाल बख्शी बोला—चुनाव का काम है।

शायद वंशी दत्त और कुछ पूछते, लेकिन तभी उनका छोटा लड़का दौड़ता हुआ आया। बोला—पिता जी, जल्दी चलिये, दादी बुला रही हैं।

वंशी दत्त अपने लड़के पर बिगड़ गये। बोले—देख नहीं रहा है कि मैं कोई काम कर रहा हूँ और तू झमेला करने चला आया। जा, घर जा, मैं आ रहा हूँ।

इतना कहकर वे फिर भूपाल बख्शी से कुछ पूछने जा रहे थे, लेकिन उनका छोटा लड़का बाप का हाथ पकड़कर खींचने लगा। बोला—नहीं, जल्दी चलिये, दादी बुला रही हैं।

वंशी दत्त झल्ला गये—क्यों बुला रही हैं? मैं तो कह रहा हूँ कि काम खतम करके आ रहा हूँ। तेरी दादी को क्यों इतनी जल्दी पड़ गयी? क्या हुआ है? क्यों तू जल्दी मचा रहा है?

उस छोटे लड़के ने कहा—मेरा भाई हुआ है।

—क्या? क्या कहा तूने? तेरा भाई पैदा हुआ है? वंशी दत्त के सिर पर मानो आसमान टूट पड़ा।

उसके लड़के ने कहा—हाँ, भाई हुआ है। इसीलिए दादी आपको बुला रही हैं। यह भाई बड़ा रोता है। खूब रो रहा है। अभी आपको पण्डित जी के घर जाना है।

वंशी दत्त ने रामलाल की तरफ देखते हुए कहा—देख लिया रामलाल, मेरे घर का हाल देख लिया न? न कहना, न सुनना, बीबी जी ने बच्चा पैदा करके रख दिया। अभी तक मेरा नहाना-खाना नहीं हुआ है, लेकिन उधर किसी का ध्यान नहीं है। औरतों में अक्ल नाम की चीज नहीं है! तुमसे दो मिनट बात करूँगा, वह भी किसी को बरदाश्त नहीं होगा। बच्चा पैदा करने के लिए और कोई समय नहीं मिला। क्यों, सवेरे नहीं कर सकती थी? तुम्हीं बताओ, उससे क्या नुकसान हो जाता?

लड़के ने कहा—पिता जी, जल्दी चलिये न, दादी ने जल्दी चलने के लिए कहा है।

वंशी दत्त ने लड़के को डाँटा—चुप रह। बड़बड़ा मत! गलती तो तेरी माँ की है। इस भरी दोपहर में क्यों तेरा भाई होता है? अब मैं नहाऊँगा-खाऊँगा या पण्डित जी के यहाँ दौड़ूँगा?

इतना कहकर वंशी दत्त पण्डित जी के घर की तरफ चले। पण्डित जी के घर का रास्ता ज्योतिष सामन्त के मकान के सामने से था। ज्योतिष सामन्त खाना खाने के बाद तालाब के किनारे हाथ-मुँह धो रहे थे। वंशी दत्त को कहीं जाते देखकर वे आश्चर्य में पड़ गये। बोले—अब कहाँ चले वंशी?

वंशी दत्त बोले—बड़ी मुश्किल में पड़ गया हूँ भाई, इस दोपहर में मेरी बीवी के बच्चा हुआ है, इसलिए पण्डित जी को खबर करने जा रहा हूँ।

ज्योतिष सामन्त बोले—तुम्हारे लिये भी अच्छी परेशानी है।

वंशी दत्त बोले—मेरे लिये कोई परेशानी नहीं है। परेशानी तो भगवान् के लिए है। जिन्होंने पैदा किया है, वही परवरिश करेंगे।

उन्हें खड़े होने की फुर्सत नहीं है। वे बेटे का हाथ पकड़कर जल्दी-जल्दी चले गये।

उस दिन भी दीप्ति कुत्ते की चेन पकड़कर रास्ते में घूमने निकली थी। वह न किसी की तरफ देखती और न किसी से बात करती। खैराशोल के लिए यह दृश्य एकदम नया था। खैराशोल की घिसी-पिटी ग्रामीण जीवन-यात्रा से इसका कहीं मेल नहीं था। खैराशोल के परिवेश की स्वाभाविकता में यह घटना एकदम अस्वाभाविक थी।

जिस दिन दीप्ति पहली बार घूमने निकली थी, उस दिन उसने लाल साड़ी पहनी थी। लेकिन जब वह दूसरी बार निकली तब नीली साड़ी में थी—गहरे नीले रंग की साड़ी।

नीले रंग की साड़ी में दीप्ति बड़ी अच्छी लग रही थी। पूरब टोले, उत्तर टोले, पश्चिम टोले, हर टोले में खबर पहुँच गयी कि जमींदार सुरपति राय की लड़की फिर कुत्ता लेकर

रास्ते में निकली है। खैराशोल के जमींदारों को लोगों ने ज्यादा नहीं देखा था, लेकिन उनके बारे में कहानियाँ सुन रखी थीं। राजा जयप्रताप राय को लोगों ने नहीं देखा था। जिन लोगों ने देखा था, वे मर-खप चुके थे।

लेकिन राय रायान भानुप्रताप राय को खैराशोल के बहुत-से लोगों ने देखा है। दरबान और नौकर को साथ लेकर जब वे नदी में नहाने जाते थे तब उनके साथ आधा सेर सरसों का तेल जाता था।

राय रायान भानुप्रताप राय बड़े सीधे-सादे आदमी थे। वे कलकत्ते के मकान में रहते थे और साल में एक-दो बार खैराशोल आते थे। जब वे आते थे तब उनकी बैठक में लोगों की भीड़ लग जाती थी। मालिक से मिलने दूर-दूर से लोग आते थे और उनके पाँव छूते थे। लोग उनके पाँव छूते थे तो वे कभी एतराज नहीं करते थे। वे दोनों पाँव आगे कर देते थे।

एक बार ऐसे ही मौके पर राय रायान ने एक आदमी से कहा—क्यों रे दुलो, तू एक किनारे मुँह लटकाये क्यों-खड़ा है? क्या तू पाँव नहीं छुयेगा?

वे दुलाल को दुलो कहते थे।

किसी ने कहा—हुजूर, दुलो का अशौच चल रहा है। परसों उसकी घरवाली मर गयी है।

राय रायान ने दुलो से कहा—घरवाली मर गयी है? तब तो तुझ पर संकट आ गया है। अब तो तुझे उसका किरिया-करम भी करना पड़ेगा। तेरे बाल-बच्चे कितने हैं?

दुलो बोला—मैं तो उन्हीं के बारे में सोचकर परेशान हो रहा हूँ मालिक, नहीं तो मुझे कोई परेशानी नहीं है।

राय रायान ने पूछा—तेरे बाल-बच्चे कितने हैं, यह तो बतायेगा?

दुलो ने कहा—पहली से सात और दूसरी से तेरह, कुल बीस मालिक!

राय रायान का कौतूहल बढ़ा। उन्होंने पूछा—लड़के कितने और लड़कियाँ कितनी?

दुलो ने कहा—हुजूर बारह लड़कियाँ और आठ लड़के।

अब राय रायान से रहा नहीं गया। पाँव से चप्पल निकालकर वे दुलो की पीठ पर तड़ातड़ जमाने लगे।

उन्होंने कहा—कमबख्त! और कोई काम-काज नहीं, बस बच्चे पैदा करना? एक बहू को मारकर भी तुझे चैन नहीं मिला और दूसरी को भी तूने मार डाला? तूने समझ क्या रखा है? तुझे नरक में भी जगह नहीं मिलेगी।

दुलाल रोता रहा और उसकी आँखों से झर-झर आँसू गिरने लगे।

फिर भी राय रायान का गुस्सा कम नहीं हुआ। वे दुलो को पीटते ही गये।

वे बोले—इस पर भी तू रो रहा है हरामजादा? रोते हुए तुझे शर्म नहीं आती? बच्चा पैदा करते समय तुझे शर्म नहीं आयी थी? उस समय तुझे अपनी बीवी पर दया नहीं आयी थी? तुझे गोली मार देने पर भी मेरा गुस्सा ठण्डा नहीं होगा। कमबख्त कहीं का!

दुलाल राय रायान के पाँव पकड़ने गया।

इतनी देर तक राय रायान के हाथ चल रहे थे अब उनके पाँव भी चलने लगे। उन्होंने लात मारकर दुलो को जमीन पर गिरा दिया। लात खाकर दुलो लुढ़कता हुआ चौखट के पास चला गया। वह गिड़गिड़ाकर बोला—अब मत मारिये मालिक, अब मैं शादी नहीं करूँगा, कान पकड़ रहा हूँ।

यह सुनकर राय रायान का गुस्सा और बढ़ गया। वे बोले—क्या अब भी तू शादी करने की बात सोच रहा था? लड़के-लड़कियाँ मिलाकर बीस हैं, अब भी शादी करने के लिए तेरा मन ललचता है? मर जा तू! मैं तुझे मार डालूँगा।

राय रायान दुलो को लतियाते और गाली बकते गये। फिर न जाने क्या सोचकर उन्होंने दुलो को लतियाना बन्द किया। कहा—उठ! अब उठ जा!

दुलो फिर भी नहीं उठा।

राय रायान बोले—क्यों रे, क्यों नहीं उठता? उठ जल्दी! कमबख्त बहाना बनाकर पड़ा है।

यह कहकर उन्होंने दुलो को हाथ पकड़कर उठाया। दुलो के पाँव लड़खड़ा रहे थे और उसके बदन से खून रिस रहा था।

राय रायान ने चिल्लाकर कहा—ठीक से खड़े हो!

दुलाल ने किसी तरह कहा—हुजूर, खड़ा नहीं हुआ जाता। कमर दुख रही है।

—कमर दुख रही है? कमबख्त! बीस बच्चे पैदा करते समय कमर नहीं दुखी थी? अब कमर दुख रही है?

राय रायान ने आवाज दी—नायब बाबू!

नायब बाबू फौरन सामने आकर खड़े हो गये।

राय रायान बोले—नायब बाबू, दुलो को पाँच सौ रुपये दे दीजिये।

पाँच सौ रुपये! पाँच सौ रुपये में पच्चीस बीघे फसली जमीन मिल जाती है।

नायब बाबू की तरफ देखकर राय रायान ने डाँटकर कहा—मुँह बाये क्या देख रहे हैं? रुपये ले आइये। देखते नहीं कि कमबख्त मरा जा रहा है।

नायब बाबू ने कहा—जी, दुलाल ने तीन साल से लगान भी नहीं दिया है।

राय रायान का पारा चढ़ गया। वे बोले—मेरे सामने जबान न चलाइये। आप सुन नहीं रहे हैं कि उसकी घरवाली मर गयी है? अब बीस बच्चों को लेकर क्या वह भीख माँगता फिरेगा? क्या आप यही चाहते हैं कि वह कमबख्त भिखमंगा बने? तब तो सारा झमेला मेरे कन्धे आयेगा और मैं ही सबको खिलाता रहूँगा।

खैराशोल के लोग राय रायान भानुप्रताप राय के बारे में ऐसी न जाने कितनी कहानियाँ सुनते थे। राय रायान की हर बात विचित्र थी।

इसी तरह एक बार राय रायान भानुप्रताप राय खैराशोल आये थे। खैराशोल में उन्होंने किसी से सुना कि नदी के उस पार के जमींदार श्याम कुण्डू ने नाटक-मण्डली बनायी

है। खैराशोल के लोग इच्छामती के पार जाकर नाटक देखते और नाटक की बड़ी तारीफ करते। बंगाल में उन दिनों ऐसी बहुत-सी नाटक-मण्डलियाँ थीं जो खुले मंच पर नाटक खेलती थीं। ऐसे लोक-नाट्यों को 'यात्रा' कहा जाता था। आज भी बंगाल में 'यात्रा' की बड़ी धूम है। अब तो बीसियों अच्छी-अच्छी मण्डलियाँ बन गयी हैं।

खैर, राय रायान को यह भी सुनने को मिला कि श्याम कुण्डू की जमींदारी में बसनेवाले लोगों ने हेकड़ी जताकर खैराशोल के लोगों से कहा है कि देख ले, खैराशोल के राय रायान ऐसी नाटक-मण्डली क्या बनायेंगे? इसी से समझ ले कि हमारे श्याम कुण्डू कितने अमीर हैं!

नमक-मिर्च लगाकर ये सब बातें राय रायान तक पहुँचायी गयीं। उन्होंने सब-कुछ सुनकर कहा—क्या? श्याम कुण्डू इतना अमीर हो गया है? मैं श्याम कुण्डू की जमींदारी खरीद लूँगा।

राय रायान की बात पत्थर की लकीर होती थी। उन्होंने उसी दिन वकील के पास आदमी भेजा। वकील आया।

वकील ने पूछा—क्या खबर है राय रायान? आपने मुझे एकाएक क्यों बुला भेजा है?

राय रायान बोले—क्या बताऊँ वकील साहब, बेड़ाचाँपा का श्याम कुण्डू मुझसे टक्कर लेना चाहता है।

—ऐसी बात है? आपसे टक्कर लेना चाहता है?

—हाँ भाई, क्या बताऊँ! अब इसका कोई इलाज करना है वकील साहब!

वकील साहब ने पूछा—आप सारी बात बताइये। क्या हुआ है?

—तो सुनो!

राय रायान ने सारा किस्सा बताया—खैराशोल के लोग श्याम कुण्डू की 'यात्रा' देखने बेड़ाचाँपा गये थे। श्याम कुण्डू के पास इतना पैसा हो गया है कि उसने अपने पैसे से यात्रा-पार्टी बनायी है और वहाँ के लोगों ने यहाँ के लोगों से कहा है कि क्या तेरे खैराशोल के जमींदार के पास ऐसी यात्रा-पार्टी है? अब समझ लो उन लोगों का घमण्ड!

सब-कुछ सुनकर वकील ने राय रायान को और ज्यादा उकसाया।

कहा—फिर तो उन लोगों को सबक सिखाना पड़ेगा!

राय रायान बोले—श्याम कुण्डू की जमींदारी खरीदकर उन लोगों को सबक सिखाना होगा। तुम उन लोगों के वकील से बात करो।

राय रायान के वकील ने श्याम कुण्डू के वकील से बात की। फिर नदी के उस पार के लोगों से इस पार के लोगों की कहा-सुनी होने लगी जो धीरे-धीरे मारपीट में बदलती गयी।

खैराशोल के लोग उस पार बेड़ाचाँपा से गाय चुराकर इस पार भाग आते हैं। इच्छामती नदी के इस पार के लोग उस पार हाट में जाते तो वहाँ के लोग इनको दौड़ा लेते। फिर बेड़ाचाँपा में डाका पड़ा और खैराशोल के लोग बदनाम हुए।

राय रायान पैसा खर्च कर मुर्शिदाबाद से लठैत ले आये। श्याम कुण्डू ने भी जेसोर से लठैत बुलाये। दोनों तरफ से पैसा पानी की तरह बहने लगा। राय रायान भानुप्रताप के घर सदावर्त चालू हो गया। उन्होंने अपना भण्डार खोल दिया। जिसकी जितनी इच्छा हो खाओ! ऐसा मौका बार-बार नहीं आता। उस पार बेड़ाचाँपा के श्याम कुण्डू के घर में भी मेला लग गया। जो जितना चाहो खाओ और तेल पिला-पिलाकर लाठियों को मजबूत बनाओ। ये लोग कहते कि उन लोगों को सबक सिखाना होगा और वे लोग कहते कि इन लोगों को सबक सिखाना होगा।

असली झगड़ा श्याम कुण्डू और भानुप्रताप के बीच था, लेकिन सबसे ज्यादा हल्ला मचाया खैराशोल और बेड़ाचाँपा के आम लोगों ने।

अन्त में राय रायान के वकील ने जमीन के मालिकाना हक को लेकर श्याम कुण्डू को नोटिस दी। उधर से श्याम कुण्डू के वकील ने भी इसी बात को लेकर भानुप्रताप राय को नोटिस दी। दोनों का झगड़ा रानाघाट की कचहरी में पहुँच गया।

राय रायान ने कहा—अगर मैं लोअर कोर्ट में हार जाता हूँ तो हाईकोर्ट में जाऊँगा। देख लूँगा कि उसके पास कितना पैसा है।

श्याम कुण्डू ने भी कहा—मैं भी हाईकोर्ट से सुप्रीम कोर्ट जाऊँगा और देख लूँगा कि किसके पास कितना पैसा है!

मामूली यात्रा-पार्टी को लेकर झगड़ा शुरू हुआ तो वह कोर्ट-कचहरी तक पहुँच गया। फिर तो वकीलों, पेशकारों और मुहर्रियों का पौ बारह हो गया। वे सब दोनों हाथों से रुपया लूटने लगे। झूठी गवाही देने के लिए दोनों तरफ लोगों की भीड़ लगने लगी।

श्याम कुण्डू ने ताल ठोंककर कहा—मेरे पड़ोस में रहकर मुझसे वैर करता है! मैं इसका बदला लेकर रहूँगा।

यह सुनकर खैराशोल के राय रायान ने भी कहा—इससे पहले मैं श्याम कुण्डू से भीख मँगवा कर मानूँगा। मेरा नाम राय रायान भानुप्रताप राय है।

राधाकृष्ण डे के दादा उन दिनों जिन्दा थे। उन्होंने राय रायान से कहा—हुजूर, आप पीछे मत हटिये! आपका जो अपमान करता है, उसका सत्यानाश करना पड़ेगा।

उधर बेड़ाचाँपा के श्याम कुण्डू के घर भी उस गाँव के बड़े-बूढ़े लोग पहुँचने लगे और उनसे कहने लगे—हुजूर, आप लड़ते जाइये, हम सभी गाँववाले आपके साथ हैं।

इस तरह बारह बरस मुकदमा चलने के बाद राय रायान भानुप्रताप राय जीते। लेकिन तब तक श्याम कुण्डू मर चुके थे। उनके नाबालिग लड़के ठीक से मुकदमा नहीं लड़ सके। लेकिन तब तक दोनों पक्ष तबाह हो चुके थे। दोनों जमींदारों की जमीनें बिकने लगी थीं। वकीलों, पेशकारों और कचहरी के कारिन्दों का पेट भर चुका था।

उस हालत में राय रायान ने कहा कि 'विजयोत्सव' मनाया जायेगा। विजयोत्सव के दिन कलकत्ते के आतिशबाजों ने खैराशोल आकर आतिशबाजियाँ छोड़ीं। राय रायान के घर में खैराशोल और बेड़ाचाँपा के लोगों ने तीन दिनों तक भरपेट खाना खाया। चारों

तरफ धन्य-धन्य होने लगा। सबने राय रायान से कहा—हुजूर, आपने सचमुच दिखा दिया कि राजा कैसा होना चाहिए!

बेड़ाचाँपा से जो लोग खाने आये थे उन लोगों ने भी कहा—हम लोगों ने उसी समय श्याम कुण्डू को बार-बार समझाया था कि आप खैराशोल के राजा साहब से मत लड़िये, जीत नहीं सकेंगे, हार जायेंगे लेकिन उन्होंने हमारी सलाह नहीं मानी। अब क्या हुआ?

राय रायान ने पूछा—तुम लोगों ने श्याम कुण्डू को मना किया था?

उन लोगों ने कहा—मना किया था या नहीं, आप इन्हीं लोगों से पूछ लीजिये।

बेड़ाचाँपा के और भी लोग जो खाना खाने आये थे और खाना खाने के बाद एक तरफ खड़े होकर पान चबा रहे थे, उन सबने कहा—हाँ हुजूर, हमने भी श्याम कुण्डू को मना किया था, लेकिन उन्होंने किसी की बात नहीं मानी। वे आप जैसे आदमी से लड़ने लग गये। हमने उसी समय कह दिया था कि यह शेर और सियार की लड़ाई है।

खैराशोल के हुजूर उन लोगों की बात सुनकर खुश हो गये। उन्होंने कहा—जाओ, अब तुम लोग अपने-अपने घर जाओ भाई। हाँ, सबने ठीक से खाना खाया है न?

सबने कहा—जी हुजूर, हमने भरपेट खाया है। आप जैसे दानी के घर खाकर कौन नहीं अघा जायेगा? अब मालिक, आपको एक बार बेड़ाचाँपा चलना होगा। हम चाहते हैं कि वहाँ आपके चरणों की धूल पड़े।

राय रायान ने उन लोगों को बेड़ाचाँपा जाने का वचन दिया, तब वे लोग वहाँ से टले।

यह सब तो हुआ, लेकिन उस दिन विजयोत्सव मनाने के लिए राय रायान को कितना मूल्य चुकाना पड़ा था, यह किसी को पता नहीं चला था। उन पर कर्ज का इतना बोझ लद चुका जिसे ढोना उनके लिए मुश्किल हो गया। वे कर्ज का बोझ लेकर कलकत्ते गये। फिर वे खैराशोल नहीं लौट सके। बेड़ाचाँपा भी वे नहीं जा सके। उसी के कुछ दिन बाद कलकत्ते में उनका देहावसान हो गया।

फिर मजे की बात यह हुई कि उसके कई साल बाद देश का बँटवारा हुआ और हिन्दुस्तान-पाकिस्तान बने। इच्छामती नदी के इस पर का इलाका भारत में रहा और उस पार का इलाका पाकिस्तान में चला गया। बेड़ाचाँपा पाकिस्तान के हिस्से में पड़ा। मुकदमे में लाखों रुपये खर्च कर राय रायान ने जिस जायदाद पर कब्जा किया था वह हाथ से निकल गयी। उन्होंने श्रम, समय और धन जो खर्च किये थे, उनके बदले में उन्हें कुछ नहीं मिला।

मरते समय राय रायान भानुप्रताप राय को बड़ा कष्ट मिला था, लेकिन उन्होंने यह दिखा दिया था कि किसको जमींदार कहा जाता है। इसी से वे खैराशोल के लोगों के लिए किंवदन्ती के महानायक बन गये। उन्हीं के लड़के सुरपति राय को न बाप की दौलत मिली थी और न जमींदारी। सरकार ने सब-कुछ ले लिया था। अगर उनको कुछ मिला तो बस बाप का मिजाज!

दीप्ति उन्हीं सुरपति राय की बेटी है तो उर्मिला उन्हीं की बहन। इन दोनों ने पूर्वजों का ऐश्वर्य नहीं देखा, लेकिन उसके बारे में कहानियाँ सुनी हैं। गुजरे जमाने की कहानियाँ सुनी हैं और इस जमाने में विद्रोह करना चाहा है।

खैराशोल के रास्ते में पालतू कुत्ता लेकर घूमना भी शायद एक तरह का विद्रोह है। खैराशोल के लोग एकटक दीप्ति की तरफ देख रहे थे।

एक ने कहा—बड़ी घमण्डी लड़की है, एक बार भी हम लोगों की तरफ नहीं देख रही है।

दूसरे ने कहा—उसका दादा राय रायान भानुप्रताप राय भी ऐसा घमण्डी था। उसका खानदान ही ऐसा है।

और एक आदमी वहीं खड़ा था। वह भी सब-कुछ देख और सुन रहा था। उसने कहा—वह शायद हम लोगों को जानवर समझती है।

पहलेवाले ने फिर कहा—वह तो ऐसा समझती ही है। देखो न, किस तरह कुत्ते से बात कर रही है, लेकिन गाँव के लोगों से नहीं बोलती।

इन लोगों की एक-दो बातें दीप्ति के कानों में पड़ तो रही थीं, लेकिन उसने उधर ध्यान नहीं दिया। पिता जी कलकत्ते गये हैं, घर में बुआ बिस्तर पर पड़ी रहती हैं, सवेरे महराजिन खाना पकाती हैं, लेकिन उसके पास कोई काम नहीं रहता। फिर दोपहर आती है। दोपहर में सबके भोजन कर लेने के बाद कुछ देर के लिए किसी के पास कोई काम नहीं रहता। महल-जैसे उस विशाल मकान में सन्नाटा उतर आता है। दुनिया चलती रहती है तो आवाज होती है, लेकिन खैराशोल में कहीं कोई आवाज नहीं है। इसलिए दीप्ति को सब-कुछ बड़ा नीरस लगता है। टॉम के साथ कितना समय बिताया जा सकता है? उसे भी बाहर घुमाने ले जाना जरूरी है, लेकिन कौन उसे घुमाने ले जायेगा? रामलाल से कहने पर वह उसे जरूर ले जायेगा। लेकिन उस समय फाटक पर कौन पहरा देगा?

जितनी देर टॉम खुश रहता है, दीप्ति के आगे-पीछे चक्कर काटता है। मानो वह जानवर कहता है कि मुझे बाहर घुमाने ले चलो।

दीप्ति बोली—अरे! मुझे कौन घुमाने ले जाय, इसी का ठिकाना नहीं है और मैं तुझे कहाँ घुमाने ले चलूँ? क्या तू नहीं जानता कि मैं लड़की हूँ? तू क्या नहीं समझता कि मेरी कोई इच्छा नहीं हो सकती? आखिर तू यह सब कैसे समझेगा? तू तो एक गूँगा जानवर ही है न! उस दिन मैं तुझे घुमाने ले गयी थी। लेकिन लौटने पर पिता जी ने मुझे किस तरह डाँटा, यह तो तू नहीं समझ सका।

टॉम ने कोई जवाब नहीं दिया। देता भी कैसे? उसने जीभ निकालकर अगले दोनों पैर दीप्ति के पेट के पास रखकर पीछे के पैरों के बल सीधे खड़ा हो गया। मानो वह कहने लगा कि आज तो मालिक घर में नहीं हैं, आज तो आप घूमने चल सकती हैं?

दीप्ति बोली—पिता जी घर में नहीं हैं तो क्या हुआ, जब वे लौटकर सुनेंगे कि मैं तुझे घुमाने ले गयी थी तब क्या होगा? तुझे तो नहीं पता कि मेरे दादा कौन थे। राय रायान भानुप्रताप राय मेरे दादा थे। इच्छामती नदी के उस पार बेड़ाचाँपा के जमींदार श्याम कुण्डू की जमींदारी खरीदने के लिए मेरे दादा ने मुकदमा किया था। यह सब तू कैसे जानेगा? उसी खानदान का खून मेरे शरीर में है। लेकिन गुस्सा करने से कोई फायदा नहीं है! उस समय मेरे दादा भी अगर गुस्सा न करते तो आज खैराशोल की शक्ल कुछ और होती। एकदम दूसरी शक्ल हो गयी होती। फिर तो तेरे गले में लोहे की चेन के बदले सोने की चेन होती।

प्यार पाने पर टॉम और ज्यादा प्यार पाना चाहता है। इसलिए उसे प्यार दिखाना भी खतरे से खाली नहीं है। उसने अगले दोनों पैर और ऊपर कर दिये—एकदम दीप्ति की छाती के पास। फिर जीभ निकालकर वह अपना मुँह दीप्ति के मुँह के पास ले जाने की कोशिश करने लगा।

—क्यों शरारत कर रहा है? चल, चल, मैं तुझे घुमाने ले चलती हूँ!

रामलाल फाटक के सामने टूटे शेर की छाँह में बैठा ऊँघ रहा था।

बिटिया रानी को देखते ही रामलाल बोला—क्या मैं भी आपके साथ चलूँ बिटिया रानी?

दीप्ति बोली—नहीं, तुम्हारे जाने की जरूरत नहीं है, मैं टॉम को घुमाने ले जा रही हूँ। बाहर निकलने के लिए टॉम जिद कर रहा है।

टॉम को लेकर रास्ते में निकलना खतरे से खाली नहीं है। दीप्ति खैराशोल के लोगों की परवाह नहीं करती, लेकिन खैराशोल के कुत्ते उसे परेशान कर देते हैं। टॉम को देखते ही वे भूँकने और उसकी तरफ दौड़ने लगते हैं। टॉम भी उनकी तरफ झपटना चाहता है। लेकिन टॉम अकेला होता है और वे अनेक होते हैं। फिर टॉम उनसे नहीं दबता।

जब एक साथ कई कुत्ते भूँकते हुए टॉम को घेर लेते हैं तब टॉम भी उनकी तरफ झपटता है। उस हालत में दीप्ति के लिए बड़ी परेशानी होती है। वह टॉम के गले की चेन को जोर से पकड़े रहती है। और कहती है—टॉम शरारत न करो, चुप रहो।

टॉम मुँह उठाकर दीप्ति की तरफ देखता है और मानो उन कुत्तों से निपट लेने की इजाजत माँगता है।

दीप्ति उसे डाँटती है—नहीं, एकदम नहीं। उनको चिल्लाने दो, तुम उनकी तरफ मत देखो। वे सब शरारती कुत्ते हैं, तुम उनके पास मत जाओ। खबरदार! वैसे कुत्तों के पास नहीं जाना चाहिए। लोग तुमको बुरा कहेंगे। छिः!

लेकिन टॉम यह सब नहीं समझता। ललकारनेवालों से वह निपट लेना चाहता है।

अब दीप्ति ने उसे जोर से डाँटा—फिर शरारत कर रहे हो? मैंने कह दिया न कि ऐसी शरारत नहीं की जाती। इससे लोग तुम्हीं को बुरा कहेंगे। फिर भी तुम मेरी बात नहीं मानते? अब शरारत करोगे तो मैं बहुत डाँटूँगी।

डाँट पड़ने पर टॉम थोड़ा शान्त हुआ। वह चुपचाप दीप्ति के साथ चलने लगा। अब उसने सचमुच शरारत नहीं की।

लेकिन एक टोले से दूसरे टोले की सीमा में पहुँचते ही फिर एक झुण्ड कुत्ते टॉम की तरफ दौड़े। अब ऐसे कुत्तों की तादाद ज्यादा है। उस टोले के औरत-मर्दों को इस दृश्य से बड़ा मजा आ गया। वे दूर खड़े तमाशा देखने लगे। अगर इस टोले के कुत्ते जमींदार बाबू के कुत्ते को पछाड़ दें तो उनको बड़ा मजा आ जाय।

खैराशोल के लोगों के पास अक्सर कोई काम नहीं रहता। खाने, सोने और गपशप करने में ही उनका ज्यादा समय निकल जाता है। फिर भी इस तरह जीना उनको बड़ा नीरस लगता है। इसलिए कुत्तों की लड़ाई देखने में उनको बड़ा मजा आता है। अब ऐसा मौका आया तो वे बड़े खुश हुए। कम-से-कम कुछ समय तो मजे में कट जायेगा! इस गाँव की औरतें रात रहते उठ जाती हैं। फिर उनको गोबर से घर और आँगन लीपना, जलावन जुटाकर भट्ठी जलाना और धान उबालना पड़ता है। मर्द लोग रात का भिंगोया भात खाने के बाद हल लेकर खेतों में चले जाते हैं। लेकिन शाम को कोई खास काम नहीं रहता। उस समय लोग चौपाल में बैठकर ताश खेलते हैं, तम्बाकू पीते हैं या राधाकृष्ण डे की दुकान में जाकर किसने क्या किया और किसने क्या नहीं किया, उसी पर बहस करते रहते हैं। इसको वे लोग दूसरों की बुराई करना नहीं समझते।

पश्चिम टोले के पास पहुँचते ही दीप्ति को कई बड़े-बड़े कुत्तों ने आकर घेर लिया। ऐसा लगा कि वे टॉम को नोचकर खा जायेंगे। दीप्ति विकट संकट में फँस गयी। उसे किसी की मदद की भी उम्मीद नहीं थी। उसने इधर-उधर चारों तरफ देखा। चारों तरफ उस टोले के लोग थे। लेकिन सभी मुँह बाये तमाशा देख रहे थे।

अचानक एक साइकिल आकर दीप्ति के सामने रुकी। उस साइकिल से समीरण सेन उतरे। डॉक्टर समीरण सेन। साइकिल से उतरते ही उन्होंने उन कुत्तों को भगाया—भाग! भाग यहाँ से!

फिर न जाने क्या हुआ, वे कुत्ते दुम दबाकर दूर चले गये और वहीं से भूँकने लगे।

अब डॉक्टर सेन दूर खड़े लोगों की तरफ देखकर कहने लगे—आप लोग चुपचाप खड़े होकर क्या देख रहे हैं? मुँह बाये क्या देख रहे हैं, बोलिये? तमाशा देख रहे हैं? एक महिला संकट में पड़ी हैं और आप लोग बड़े-बूढ़े होकर तमाशा देख रहे हैं? आप लोगों को शर्म नहीं आती?

अब वे लोग वहाँ खड़े नहीं रहे। शायद डॉक्टर साहब की बात सुनकर उनको शर्म आयी। कोई जवाब दिये बगैर उन लोगों ने अपने-अपने घर में घुसकर अपनी लज्जा बचायी।

डॉक्टर सेन ने अब दीप्ति की तरफ देखकर कहा—अब आप घर चली जाइये, कोई आपको परेशान करने की हिम्मत नहीं करेगा।

दीप्ति को सहसा लगा कि उसे नशा हो गया है और वह नशा किसी तरह उतरना नहीं चाहता। उसने सोचा कि क्या कोई आदमी इतना सुन्दर हो सकता है!

तब तक डॉक्टर सेन साइकिल पर बैठकर सीधे अपने गन्तव्य की ओर चले गये। दीप्ति देर तक उसी तरफ देखती रही।

यह सब बहुत जल्दी हो गया। यह सब होने में शायद एक ही पक्ष ने पहल किया। इसके पहले न कोई भूमिका है और न बाद में उपसंहार। लेकिन उस भूमिकाहीन और उपसंहारहीन घटना ने ही मानो एक क्षण में दीप्ति को झकझोर दिया।

टॉम के आगे बढ़ने के प्रयास में जब चेन खिंचने लगी तब दीप्ति को होश आया। उसे ख्याल आया कि मैं कहाँ खड़ी हूँ। तब उसे पश्चिम टोला दिखायी पड़ा। चारों तरफ देखने के बाद उसे सारी घटना याद आयी। उसे याद आया कि उसके पिता जी कलकत्ते गये हुए हैं। उसे याद आया कि उसकी बुआ घर में अकेली है। गेट पर अकेला रामलाल पहरा दे रहा है। उसे यह भी याद आया कि वह तो पुरातन परिवेश से कटकर टॉम को घुमाने बाहर निकली है।

उसके बाद दीप्ति कब टॉम को लेकर घर लौटी और कब वह साड़ी-ब्लाउज बदलकर बिस्तर पर लेट गयी, यह सब उसी को पता नहीं रहा। वह न जाने क्या-क्या सोचती रही। फिर न जाने कब धरती पर अँधेरा उतर आया, उसे पता नहीं चला। खिड़की से बाहर जिस दुनिया का रूप वह रोज देखती आयी है, वह कब बदल गयी, इसका उसे पता ही नहीं रहा। असल में कब वह सो गयी थी, इसका उसे पता ही नहीं चला था।

महराजिन के बुलाने पर वह बिस्तर पर उठ बैठी।

उसने पूछा—क्या साँझ हो गयी है महराजिन दीदी?

महराजिन बोली—साँझ की क्या कह रही हो बिटिया रानी? रात हो गयी है! रात के दस बजे हैं। तुम सोयी हो देखकर मैंने सोचा कि शायद तुम्हारी तबीयत खराब है, इसलिए पूछने चली आयी।

दीप्ति ने अचानक पूछा—अच्छा महराजिन दीदी, यहाँ खैराशोल में कोई डॉक्टर नहीं है?

महराजिन बोली—डॉक्टर क्यों नहीं है? अस्पताल है और डॉक्टर नहीं रहेगा? क्या कभी ऐसा हो सकता है?

दीप्ति बोली—तुम तो बाहर निकलती हो, इसलिए तुम्हें पता है कि खैराशोल में डॉक्टर और अस्पताल हैं या नहीं। मुझे कैसे पता होगा? मैं तो बाहर नहीं निकलती।

महराजिन ने कहा—क्यों? आज शाम को तो निकली थी?

दीप्ति बोली—निकली तो थी, लेकिन क्या अस्पताल देखने गयी थी?

महराजिन बोली—जानती हो बिटिया रानी, यहाँ के अस्पताल के डॉक्टर बड़े भले आदमी हैं।

दीप्ति ने कहा—डॉक्टर भले आदमी हैं तो मैं क्या करूँगी? क्या मैंने डॉक्टर के बारे में पूछा है?

महराजिन बोली—नहीं, तुमने नहीं पूछा, मैं यों ही बता रही हूँ।

दीप्ति ने पूछा—लेकिन तुम्हें यह कैसे पता चला कि डॉक्टर भले आदमी हैं?

महराजिन बोली—क्यों नहीं पता चलेगा? उस दिन डॉक्टर हमारे बाबू के पास आये थे न?

—अच्छा! कब आये थे?

—बहुत दिन पहले आये थे। हम लोग खैराशोल आये हैं, यह सुनकर वे हमारे बाबू से मिलने आये थे। उसी समय उन्हें देखा था। बड़े भले आदमी हैं। यहाँ सभी लोग उनकी बड़ी तारीफ करते हैं।

दीप्ति बहुत-कुछ पूछना चाहती थी, लेकिन महराजिन पर विश्वास नहीं किया जा सकता। कहीं वह ये सब बातें किसी से कह न दे।

अचानक महराजिन ने कहा—तुमने अभी तक अस्पताल नहीं देखा बिटिया रानी?

दीप्ति बोली—मैं क्यों अस्पताल देखने जाऊँ। अस्पताल देखने से क्या मिलेगा? क्या मैं बीमार हूँ कि अस्पताल का पता लगाती फिरूँगी?

महराजिन ने उँगली के इशारे से खिड़की के बाहर दिखाया।

कहा—वह जो बाँस की कोठी है, उसी के पास वह जो इकमंजिला नया मकान है, वही खैराशोल का अस्पताल है।

दीप्ति ने उधर देखा। हाँ, वहाँ एक नया मकान तो है। दीप्ति ने उसे पहले भी देखा था, लेकिन वही खैराशोल का अस्पताल है, यह वह नहीं जानती थी।

महराजिन बोली—उसी के पीछे वह जो छोटा-सा मकान है, जिसमें बत्ती जल रही है, उसी में डॉक्टर साहब रहते हैं।

दीप्ति ने पूछा—तुम इतना कैसे जान गयी महराजिन दीदी, तुम तो हमेशा रसोईघर में रहती हो और खाना पकाती हो?

महराजिन बोली—नमक, तेल, मसाला खरीदने के लिए मुझे बाजार नहीं जाना पड़ता?

अब डॉक्टर के बारे में ज्यादा पूछताछ करना ठीक नहीं है समझकर दीप्ति बोली—चलो, अब मुझे खाना दे दो।

दीप्ति जब खाना खाने बैठी तब महराजिन ने अस्पताल और डॉक्टर के बारे में और बहुत-कुछ बताया, लेकिन दीप्ति ने उधर ध्यान नहीं दिया। उसने चुपचाप खाना खा लिया। फिर वह हाथ-मुँह धोकर अपने कमरे में आयी और दरवाजा बन्द कर बिस्तर पर लेट गयी।

सुरपति राय सिर्फ तीन दिन बाहर रहे। उसके बाद वे खैराशोल लौट आये।

हाईकोर्ट में मुकदमा चल रहा है। दादा जयप्रताप राय के जमाने से यह मुकदमा चल रहा है। सुरपति राय के पिता राय रायान भानुप्रताप राय ने इस मुकदमे को चलाया, अब यही मुकदमा सुरपति राय लड़ रहे हैं।

इस मुकदमे का फैसला किस पीढ़ी में होगा, इसका कोई ठिकाना नहीं है। कलकत्ते के बैरिस्टर, एटार्नी और एडवोकेट पीढ़ी-दर-पीढ़ी रुपया खा रहे हैं।

राय रायान भानुप्रताप राय ने भी बैरिस्टर, एटार्नी और एडवोकेट के पीछे बहुत रुपया लुटाया। उस समय भी वकील-बैरिस्टर लोग कहते थे कि अब जल्दी ही मुकदमे का फैसला हो जायेगा।

वे सब न जाने क्या-क्या कानूनी दाँव-पेंच समझाते थे, लेकिन राय रायान भानुप्रताप राय कुछ भी नहीं समझते थे। वे समझना भी नहीं चाहते थे। वे सब कहते थे—वह सब मैंने तुम लोगों पर छोड़ दिया है, तुम्हीं लोग समझो। मुझे वह सब नहीं समझना, मेरे पास उतना समय नहीं है।

सुरपति राय भी अपने वकील-बैरिस्टरों से यही बात कहते हैं।

उन्हें कोर्ट में हाजिर होना पड़ता है, इसलिए वे हाजिर होते हैं। इससे उनकी इज्जत बढ़ती है। मामला-मुकदमा नहीं है तो किस बात का जमींदार? गरीब और मामूली हैसियत के लोग मामला-मुकदमा नहीं करते। सुरपति राय जब एटार्नी के चेम्बर में घुसते हैं तब उनकी खातिरदारी में लोग दौड़ पड़ते हैं।

सब पूछते हैं—सर चाय पियेंगे या शरबत?

सुरपति राय कहते हैं—अरे, तुम लोग ठहरो तो! क्या मैं यह सब नहीं पीता कि तुम लोग पीने के लिए पूछ रहे हो? अभी मैं ग्रैण्ड होटल से लञ्च खाकर आ रहा हूँ। इसलिए अब काम की बात करो। तारीख कब पड़ रही है?

इसी तरह सुरपति राय कलकत्ते में दो-तीन दिन बिताते हैं। उसके बाद वे खैराशोल लौट आते हैं। लेकिन इन दो-तीन दिनों में राय रायान भानुप्रताप राय के जमाने की दो-तीन जड़ाऊ अँगूठियाँ हैमिल्टन साहब की दुकान में गिरवी पड़ जाती हैं। फिर वे अँगूठियाँ कभी नहीं छुड़ायी जातीं। इसी तरह पूर्वजों की कितनी चीजें कहाँ किसके पास चली गयी हैं, सुरपति राय इसका हिसाब नहीं रखते।

लेकिन वकील-बैरिस्टरों के आगे खैराशोल की प्रतिष्ठा को नहीं गिराया जा सकता। प्रतिष्ठा बड़ी चीज है या रुपया-पैसा?

कलकत्ता हाईकोर्ट का हर कोई राजा जयप्रताप राय का नाम जानता है। उन्होंने इण्डिया गवर्नमेण्ट के खिलाफ मुकदमा किया था। उस जमाने में सरकार से मुकदमा लड़ना खिलवाड़ नहीं था। उन दिनों अखबारों में यह खबर बड़े-बड़े हरफों में छपी थी—'भारत सरकार के खिलाफ खैराशोल के राजा जयप्रताप राय ने मुकदमा दायर किया।'

उसके बाद सुरपति राय जब हाईकोर्ट पहुँचे तब जज ने उनसे पूछा था—आप ही विख्यात राजा जयप्रताप राय के पौत्र हैं?

सुरपति राय ने हँसकर कहा था—जी हाँ, हुजूर!

शायद जज को इस पर भी सन्तोष नहीं हुआ था, उन्होंने पूछा था—आपके पिता राय रायान भानुप्रताप राय ने जब सुप्रीम कोर्ट में मुकदमा जीता था तब तो उन्हीं ने कलकत्ता हाईकोर्ट के एडवोकेट, बैरिस्टर और एटार्नी वगैरह को चालीस हजार रुपये खर्च कर ग्रैण्ड होटल में डिनर खिलाया था?

फिर सुरपति राय ने हँसकर कहा था—यस, योर ऑनर!

तब जज ने मुस्कराकर कहा था—तो अब आप मुकदमा चलाये जा रहे हैं?

सुरपति राय ने उत्तर दिया था—जी हाँ हुजूर, मैं ही उन स्वनामधन्य पुरुषों का वंशज हूँ।

खबर पाते ही ज्योतिष सामन्त भागे-भागे राधाकृष्ण डे की दुकान पर आये।

बोले—अरे राधाकृष्ण, जमींदार बाबू खैराशोल लौट आये हैं।

वंशी दत्त को भी खबर मिल गयी थी। वे भी दौड़ते हुए आये।

बोले—हाँ, हाँ, जमींदार बाबू लौट आये हैं।

राधाकृष्ण डे ने पूछा—क्या उनकी बहन की शादी का कुछ तय हुआ?

इस पर दोनों बोले—अरे, बहन की शादी-वादी नहीं, मुकदमा चल रहा है। हाईकोर्ट में मुकदमे की सुनवायी थी।

—यह किसने कहा?

बंशी दत्त बोले—रामलाल ने अभी सब बताया।

फिर सब मिलकर इसी पर विचार-विमर्श करने लगे कि कैसा और किससे मुकदमा हो सकता है।

बैठक के बीच में ही हरसुन्दर आ पहुँचे थे। शहद के लालच में जिस तरह शहद की मक्खियाँ आती हैं उसी तरह बैठकबाज लोग बैठक में आ जुटते हैं। खैराशोल के

लोगों को खाना मिले या न मिले बैठकबाजी जरूर करेंगे। बेमतलब गपशप करने से खैराशोलवालों की सेहत बनती है, उनका हाजमा बढ़ता है और रात को ठीक से नींद आती है।

राधाकृष्ण डे की दुकान की बैठक में अभी जो आये उनका नाम हरसुन्दर है, लेकिन लोग उन्हें 'हर' कहते हैं। कभी-कभी काम पड़ता है तो वे कलकत्ते जाते हैं। उनका कारोबार आम-कटहल का है। आम-कटहल का बाग खरीदकर वे कलकत्ते के कोले बाजार की आढ़त में आम-कटहल भेजते हैं।

हर ने कहा—जमींदार बाबू से मेरी मुलाकात हुई है।

सबने एक साथ पूछा—अरे? कलकत्ते में तुम्हारी मुलाकात जमींदार बाबू से हुई थी?

हर ने कहा—हाँ, हाँ, जमींदार बाबू से ही समझ लो, उनके चपरासी से भेंट हो गयी थी।

सबको और भी आश्चर्य हुआ। सबने एक साथ पूछा—जमींदार बाबू के पास चपरासी कहाँ से आया? उनके पास तो चपरासी नहीं है।

हर ने कहा—अरे, होटल में चपरासी नहीं होते? जमींदार बाबू जिस होटल में रहते हैं, वहाँ जो चपरासी उनकी सेवा-टहल करता है, मैंने उसी से कहा कि मैं जमींदार बाबू से मुलाकात करना चाहता हूँ। यह सुनकर उसने क्या कहा जानते हो? उसने कहा कि अभी साहब से मुलाकात नहीं हो सकती, अभी साहब शराब पी रहे हैं।

शराब! शराब का नाम सुनते ही सब चंगा हो गये! क्या जमींदार बाबू कलकत्ते जाकर शराब पीते हैं? कई दिनों से राधाकृष्ण डे की तबीयत ठीक नहीं चल रही है। बदन टूट रहा है। शराब का नाम सुनते ही उन्होंने अपने को तरोताजा महसूस किया। उसने कहा—क्या बकते हो हर? जमींदार बाबू भला शराब पी सकते हैं?

हर ने कहा—क्या शराब पीना बुरा है?

बीवी के बच्चा होने के कारण वंशी दत्त कई दिन बहुत परेशान थे। बच्चा हुआ कहने से तो बच्चा नहीं होता, उसके लिए तमाम खर्च करना पड़ता है। दाई बुलाओ, सौरी का इन्तजाम करो, दूध लाओ—घर में बच्चा पैदा होने पर क्या एक काम रहता है। सौरी का छप्पर चूने लगा तो उसके लिए खरपुआल का इन्तजाम करो। कई दिन वंशी दत्त को बहुत खटना पड़ा है। भागदौड़ बहुत करनी पड़ी है। ठीक ऐसे मौके पर शराब की चर्चा चली। शराब का नाम सुनते ही वे तन-बदन और मन-मिजाज से चंगा हो गये।

बोले—कलकत्ते जाकर जमींदार बाबू ने आखिर यह बुरी आदत डाल ली!

इस बात पर सबकी एक राय है। जमींदार बाबू मुकदमा लड़ने गये थे तो ठीक है, लेकिन शराब पीने की क्या जरूरत पड़ गयी? घर में अनब्याही बहन पड़ी है, बेटी पड़ी है। उनको खैराशोल में छोड़कर कलकत्ते जाकर शराब पीना और मौज उड़ाना मानो सबको बहुत बुरा लगा। शराब की बुराई करने में भी नशा है।

बहुत देर तक किसी के मुँह से कोई बात नहीं निकली। जमींदार बाबू की बहन और बेटी के बारे में सोचकर मानो सबको अफसोस होने लगा।

वंशी दत्त बोले—सुन लो, मैं कहता हूँ कि सब चौपट हो जायेगा।

इतने में ज्योतिष सामन्त ने और एक खबर दी। कहा—और भी एक खबर है।

—क्या खबर है? कैसी खबर है? सबने एक साथ पूछा।

ज्योतिष सामन्त बोले—उस दिन मैं पश्चिम टोले में गया था। जानते हो, वहाँ जाकर मैंने क्या सुना? सुना कि जमींदार बाबू की लड़की और यूनियन बोर्ड का डॉक्टर दोनों सड़क पर खड़े होकर बोल-बतिया रहे थे, हँस रहे थे और न जाने क्या-क्या कर रहे थे।

ऐसी खबर सुनने में वंशी दत्त को बड़ा मजा आता है। उन्होंने कहा—रास्ते में खड़े होकर?

ज्योतिष सामन्त बोले—रास्ते में खड़े होकर नहीं तो मैं क्यों कह रहा हूँ? दिनदहाड़े सबके सामने दोनों नखरे दिखा रहे थे।

—तो पश्चिम टोले के लोगों ने क्या कहा?

ज्योतिष सामन्त बोले—क्या कहेंगे? खड़े होकर तमाशा देखने लगे।

—फिर क्या हुआ?

—जब चारों तरफ से सब लोग घूर-घूरकर देखने लगे तब डॉक्टर साइकिल पर बैठकर भाग निकला।

राधाकृष्ण डे बोले—डॉक्टर का कोई दोष नहीं है—मैं जो कह रहा हूँ, सुन लो—सारा दोष जमींदार बाबू की लड़की का है। कलकत्ते की लड़की है। कलकत्ते की लड़की का कोई भरोसा नहीं है। जिस लड़की का बाप शराब पीता है, उस लड़की का चरित्र कैसे ठीक रह सकता है? मैं तो इस दुकान पर बैठा रहता हूँ, लेकिन मैंने जो कह दिया वही ठीक है—चाहो तो पता लगा लो।

इतने बड़े मसले पर इतनी आसानी से राधाकृष्ण डे ने फैसला दे दिया कि कोई उस पर विश्वास नहीं कर सका।

लेकिन सबने यही कहा कि इसका नतीजा अच्छा नहीं होगा। इतना बड़ा पाप देखकर भगवान् चुप नहीं बैठे रहेंगे। भगवान् के राज्य में अन्याय ज्यादा दिन नहीं चलता। तुम लोग देख लेना कि खैराशोल के भाग्य में कितना दुःख बदा है। खैराशोल पाप से भर जायेगा। लेकिन भगवान् अगर हैं, चाँद-सूरज अगर अब भी आसमान में निकलते हैं तो इसका फैसला होकर रहेगा।

हाँ, तो वही हुआ। आखिर फैसला होकर रहा।

सुरपति राय के कलकत्ते से लौटने के कुछ महीने बाद खैराशोल में तहलका मच गया। इस बार भी खबर हरसुन्दर ले आये। वे कभी-कभी कलकत्ते जाते हैं। कलकत्ते में उनका आना-जाना है। खैराशोल के लोगों को उन्हीं से कलकत्ते का हाल-चाल मालूम होता है।

उन्होंने आकर बताया। कहा—सुना? हमारे जमींदार बाबू को इस साल 'पद्मश्री' टाइटिल मिली है!

वंशी दत्त कभी खैराशोल से बाहर कहीं नहीं गये। उन्हें इसकी जरूरत भी नहीं पड़ी। उन्होंने पूछा—यह पद्मश्री क्या है?

सिर्फ वंशी दत्त को बदनाम करने से क्या फायदा? सच कहा जाय तो पद्मश्री क्या है, यहाँ कोई नहीं जानता। राधाकृष्ण डे भी नहीं जानते। कहना चाहिए कि उन्होंने सारी जिन्दगी परचून की दुकान चलाने में लगा दी है। उसी से उन्होंने थोड़ा-बहुत पैसा कमाया है। इसलिए पैसे के अलावा वे दुनिया में और किसी चीज की खबर नहीं रखते।

उन्होंने भी पूछा—हर, यह पद्मश्री क्या है?

ज्योतिष सामन्त बोले—पद्म तो जानता हूँ, लेकिन यह पद्मश्री क्या बला है? क्या यह कोई दवा है? आजकल दवा का नाम भी तो विचित्र होता है।

हरसुन्दर बोले—यह टाइटिल है। जैसे राय रायान भानुप्रताप राय थे, वैसे हमारे जमींदार बाबू पद्मश्री सुरपति राय हैं। भारत सरकार ने उनको यह खिताब दिया है। यह भी एक पदवी है।

वंशी दत्त बोले—फिर तो अब से उनको पद्मश्री बाबू कहना पड़ेगा।

राधाकृष्ण डे बोले—हाँ, कहना ही पड़ेगा—

हरसुन्दर बोले—हाँ, मैं कलकत्ते जाकर अखबारों में यह खबर खुद अपनी आँखों से देख आया हूँ।

जब हरसुन्दर खुद अपनी आँखों से खबर देख आये हैं तब उस पर अविश्वास नहीं किया जा सकता।

याद है, उस उपलक्ष्य में सुरपति राय ने अपने घर में प्रीतिभोज का आयोजन किया था। खैराशोल के खास किसी को उसमें आमन्त्रित नहीं किया गया था। लेकिन न जाने कहाँ-कहाँ से बहुत-से लोग उस प्रीतिभोज में आये थे। वे सभी अच्छे-अच्छे कपड़े पहने हुए थे। उस समय पूरे मकान को रँगा गया था।

मकान के सामने जहाँ शेर की टूटी मूर्ति थी, रामलाल वहीं बैठकर पहरा देता था। राय रायान भानुप्रताप राय के जमाने में उस शेर की बगल में सीमेण्ट का बना और एक शेर था। दोनों बगल दोनों शेर फाटक का पहरा देते थे। लेकिन न जाने क्यों एक शेर टूट चुका था। फिर उस टूटे शेर को बदला नहीं गया था। वह उसी तरह टूटा पड़ा था।

अब राजगीर बुलाकर वहाँ सीमेण्ट का नया शेर बनवाया गया। फिर तो पूरे मकान की शक्ल बदल गयी।

फाटक के बायीं ओर दीवाल में चौकोर संगमरमर लगाया गया। उस संगमरमर पर बड़े-बड़े हरफों में लिखा था—'पद्मश्री सुरपति राय'।

जब राजगीरों ने काम लगाया तब झुण्ड-के-झुण्ड लोग मुँह बाये उनका काम देखने लगे। लोग रामलाल से पूछने लगे—मकान की रँगाई-पुताई क्यों हो रही है रामलाल?

—जमींदार बाबू के नाम-लिखा संगमरमर लगाया गया तो लोगों के आश्चर्य का ठिकाना न रहा। लोगों ने पूछा—पद्मश्री का क्या माने है।

—जमींदार बाबू के नाम से पहले वह क्या लिखा है? उसका क्या मतलब होता है?

बैठक में बैठे जमींदार बाबू फर्शी हुक्का पी रहे थे। लोगों के सवाल उनके कान में पड़े तो वे बाहर आये।

बोले—भागो, भागो तुम लोग यहाँ से। पद्मश्री का मतलब नहीं समझते तो यहाँ खड़े होकर क्या देख रहे हो? जाओ, यहाँ भीड़ न लगाओ।

उन्होंने रामलाल को बुलाकर कहा—यहाँ किसी को खड़े होने मत देना, डण्डा मारकर भगा देना।

रामलाल ने कहा—जी हुजूर!

उसके बाद उसने बड़ी विनय के साथ पूछा—हुजूर, आपके नाम से पहले क्या लिखा गया है? लोग उसी के बारे में पूछते हैं। उसका क्या मतलब है?

सुरपति राय ने कहा—लोगों से कह देना कि मैं राजा बन गया हूँ। मुझे राजा का खिताब मिला है वही उसमें लिखा है।

रामलाल बूढ़ा हो गया था। उसने राय रायान भानुप्रताप राय का जमाना देखा था, फिर राजा सुरपति राय का भी जमाना देखा। उसे सचमुच बड़ी खुशी हुई। उसी दिन से वह अपने हुजूर को राजा बाबू कहने लगा।

अगर कोई आता है तो वह कहता है राजा बाबू इस समय कोठी में नहीं हैं।

अब उसकी बोलचाल में हिन्दी शब्दों की भरमार होने लगी। बँगला वह बहुत कम बोलने लगा।

खैराशोल के लोगों को अब भी वे सब बातें याद हैं। उन दिनों कैसी तड़क-भड़क थी! सवेरा होते ही नौबतखाने में नौबत बजने लगती थी। राजा की कोठी में पूड़ियाँ तलने की खुशबू बाहर लोगों को मिलनी लगी थी।

सबको पता चल गया था कि जमींदार बाबू राजा बन गये हैं। इसलिए उनके यहाँ खिलाने-पिलाने की धूम मची थी। फिर राजा भी ऐसा-वैसा नहीं, एकदम सरकारी राजा! राजा बनने का सिलसिला राजा जयप्रताप के जमाने से चालू हुआ है। उसके बाद राय रायान भानुप्रताप राय और फिर सुरपति राय। राजाओं का राज लगातार चला आ रहा है। खैराशोल में और किस खानदान को इतनी नामवरी मिली है?

यह सब सोचकर रामलाल की मूँछें फूल जाती थीं! उसका सीना मानो दस हाथ का हो जाता था।

जिस दिन खाना-पीना हुआ उस दिन रामलाल की पोशाक की चटक देखने लायक थी। उसने लाल रंग की धोती कच्छा मारकर पहन रखी थी। बदन पर वैसे ही लाल रंग की फतूही थी। सिर पर पगड़ी भी लाल रंग की थी। हाथ में लाठी लिये वह सीमेण्ट के शेरों के बीच खड़े होकर पहरा देने लगा था।

सबसे पहले डॉक्टर समीरण सेन साइकिल से आ पहुँचे थे।

साइकिल से उतरकर डॉक्टर ने रामलाल से पूछा था—पद्मश्री सुरपति राय हैं?

रामलाल ने जबर्दस्त सलाम मारकर कहा था—आइये डाक्टर साहब, आइये।

सिर्फ डॉक्टर नहीं, जितने भी बड़े-बड़े मेहमान आये थे, रामलाल सबको उसी तरह सलाम मारकर अन्दर ले गया था। सब प्रसन्न थे। पद्मश्री सुरपति राय हाथ जोड़कर सबका स्वागत कर रहे थे। सुरपति राय के लिए कोई गुलदस्ता लाया था तो कोई गरद का जोड़ा। हर आदमी कुछ-न-कुछ लाया था। आखिर राजा सुरपति राय को उपहार देना था न!

सुरपति राय सबसे कहने लगे थे—यह सब क्या है? इसके लिए क्यों आप लोगों ने तकलीफ की? आप लोग मुझसे स्नेह करते हैं, यही मेरे लिये सबसे बड़ा उपहार है।

यह कहने से भी क्या कोई खाली हाथ आ सकता है?

सबके लिए कुशासन, केले के पत्ते और मिट्टी के गिलास में पानी का इन्तजाम था। सब एक साथ कतारों में भोजन करने बैठे थे। गरम-गरम पूड़ियाँ पत्तलों में पड़ने लगी थीं। बहुत दिनों से राय बाबू के घर में कोई समारोह नहीं हुआ था। अब इसी

उपलक्ष्य में सबको एक साथ बैठाकर खिलाया गया। बात असल में यह थी कि लोगों को पता तो चल जाय! सिर्फ अखबारों में खबर छप जाने से कितने लोगों को पता चलता है? इससे तो यही अच्छा है कि सवेरे से नौबत बज रही है—यही असली प्रचार है।

किसी जमाने में राय रायान भानुप्रताप राय मुकदमा लड़कर मशहूर हुए थे, अब सुरपति राय 'पद्मश्री' खिताब पाकर मशहूर हो गये।

खैराशोल के लोगों में से खास किसी को बुलाया नहीं गया था। फिर भी खैराशोल के लोगों ने उस समारोह को अपनी चर्चा का विषय बना लिया।

राधाकृष्ण डे की दुकान पर जबर्दस्त बैठक चल रही है।

वंशी दत्त बोले—सुना है कि रानाघाट से कतला मछली आयी है। उसी से कलिया बनेगा।

ज्योतिष सामन्त बोले—हाँ, मैंने भी ऐसा सुना है।

राधाकृष्ण डे शुरू से दुःखी थी। इतनी बड़ी दावत होने जा रही है और उनकी दुकान से तेल, घी या मसाला कुछ भी नहीं खरीदा गया। उन्हें एक पैसे भी आमदनी नहीं हुई।

उन्होंने कहा—कुछ भी कहो, जमींदार बाबू भले आदमी नहीं हैं। मेरी दुकान से भी तो कुछ खरीद सकते थे? क्या मैं उनसे ज्यादा पैसा लेता?

वंशी दत्त बोले—तुम्हारे खराब कहने से क्या होता है? सरकार तो उनको अच्छा कह रही है। अगर सरकार उनको अच्छा नहीं कहेगी तो खिताब क्यों देगी? खिताब तो अच्छे आदमियों को मिलता है।

इतने में दूर से साइकिल चलाकर वही आदमी आता दिखायी पड़ा।

वंशी दत्त उसे पुकारने लगा—श्रीमान् जी, ओ श्रीमान् जी! जरा इधर आइये।

भूपाल बख्शी साइकिल रोककर उतर पड़ा। फिर वह साइकिल लेकर पास आया।

वंशी दत्त ने उससे पूछा—क्या आप जमींदार बाबू के घर गये थे?

भूपाल बख्शी बोला—जी हाँ, लेकिन मुलाकात नहीं हो सकी। देखा, वहाँ बहुत लोगों की भीड़ है और नौबत बज रही है।

ज्योतिष सामन्त ने पूछा—क्या आपको भी वहाँ न्योता मिला था?

भूपाल बख्शी बोला—मुझे क्यों न्योता मिलेगा? मैं कौन होता हूँ? मैं तो पैंसठ रुपये का किरानी हूँ। वहाँ तो बड़े-बड़े लोगों को न्योता दिया गया है।

राधाकृष्ण डे ने पूछा—अच्छा, यह पद्मश्री क्या है बता सकते हैं? क्या आपको इसके बारे में कुछ मालूम है?

भूपाल बख्शी बोला—क्यों नहीं मालूम है? खूब मालूम है।

ज्योतिष सामन्त बोले—बताइये न वह क्या है, जरा समझ लें।

भूपाल बख्शी बोला—यह एक तरह का खिताब है। रुपये देने पर मिल सकता है। कभी-कभी खुशामद और सिफारिश से भी मिल जाता है।

यह सुनकर सब हैरान हो गये। रुपये देकर जो खिताब मिलता है, उसके लिए इतना बड़ा आयोजन क्यों?

भूपाल बख्शी बोला—हमारे यूनियन बोर्ड के जो प्रेसीडेण्ट हैं न, उन्हीं ने हम लोगों से बताया। हम तो यह सब नहीं जानते थे। हम लोगों ने उन्हीं से सुना। उन्होंने भी 'पद्मश्री' लेने की कोशिश की थी, लेकिन बहुत ज्यादा खर्चा था, इसलिए नहीं ली।

सब ने पूछा—खर्चा कैसा?

भूपाल बख्शी बोला—अरे, उसमें बहुत खर्चा है।

—कितना खर्चा है?

भूपाल बख्शी बोला—पहले तो और ज्यादा खर्चा पड़ता था, अब थोड़ा कम हो गया है। पहले इस खिताब के लिए पाँच लाख रुपये खर्च पड़ता था, लेकिन अब यह भाव तीन लाख रुपये में उतर आया है। फिर हमारे प्रेसीडेण्ट साहब तीन लाख रुपये भी खर्च नहीं कर सकते। उसके लिए सारी जमीन-जायदाद बेचनी पड़ती। अगर सब-कुछ बेच-बाच दें तो खायेंगे क्या?

वंशी दत्त ने पूछा—लेकिन तीन लाख रुपये देने पर सरकार क्या देगी?

भूपाल बख्शी बोला—क्या देगी, सिर्फ एक टुकड़ा कागज और उस पर लिखा रहेगा 'पद्मश्री'।

—उस कागज से क्या होगा?

भूपाल बख्शी बोला—क्या होगा, उस कागज को फ्रेम में मढ़वाकर घर में टाँग दिया जायेगा। फिर घर में जो कोई आयेगा, उसको देखेगा। फिर जमींदार बाबू ने जो किया है, वही करना पड़ेगा। मकान के फाटक पर चौकोर संगमरमर लगवाकर उस पर अपना नाम और नाम के साथ 'पद्मश्री' लिखवानी पड़ेगी।

राधाकृष्ण डे ने पूछा—क्या उससे पेट भर जायेगा?

भूपाल बख्शी बोला—हमारे जमींदार साहब तो यही समझते हैं कि उससे पेट भर जायेगा।

वंशी दत्त बोले—उस रुपये से तो वे अपनी बहन और बेटी की शादी कर सकते थे। उससे तो उनका एक कर्त्तव्य पूरा होता!

भूपाल बख्शी ने इस बात का कोई जवाब नहीं दिया। उसने सिर्फ कहा—जमींदार बाबू ने इसी के लिए अपनी सारी जमीन-जायदाद बेची है। मोल-भाव करके दाम कुछ

कम कराने के लिए वे कलकत्ते गये थे। लेकिन कांग्रेसी नेता लोग तीन लाख से कम में किसी तरह राजी नहीं हुए।

—फिर?

भूपाल बख्शी बोला—फिर मैंने सोचा कि जमींदार साहब को कम-से-कम बधाई तो दे आऊँ, लेकिन देखा कि वहाँ बहुत-से लोग बैठे हैं, बड़ी चहल-पहल है और फाटक पर नौबत बज रही है। वह सब देखकर अन्दर जाने की हिम्मत नहीं पड़ी। यही तो मैं यूनियन बोर्ड के प्रेसीडेण्ट साहब से बता रहा था। कभी किताब में पढ़ा था कि चालाकी से कोई काम नहीं होता, लेकिन हो तो गया! इस जमाने में हर काम चालाकी से होता है।

इतना कहकर भूपाल बख्शी वहाँ नहीं रुका। वह साइकिल पर बैठकर जिरैतपुर की तरफ चला गया।

उधर दीप्ति अपने मकान में दौड़ती हुई बुआ के कमरे में गयी।

उसने कहा—जानती हैं बुआ, कौन आया है? डॉक्टर आये हैं। डॉक्टर समीरण सेन, यहाँ के अस्पताल के डॉक्टर। वही आये हैं।

उर्मिला फिर भी लेटी रहीं। उन्होंने कहा—डॉक्टर आया है तो मैं क्या करूँगी?

दीप्ति बोली—नहीं, मैं यही पूछ रही हूँ कि क्या उन्हें बुलाऊँ?

बुआ बोलीं—क्यों बुलायेगी? क्या उन्हें तू जानती है?

दीप्ति बोली—हाँ बुआ, मैं उन्हें जानती हूँ। वे भी मुझे जानते हैं।

बहुत दिन बाद आज बुआ के चेहरे पर हँसी खिली। न जाने कितने दिन हो गये, दीप्ति ने बुआ के चेहरे पर हँसी की झलक नहीं देखी थी। बुआ दिन भर बिस्तर पर पड़ी रहती हैं।

बुआ बोलीं—अगर तुझसे डॉक्टर की जान-पहचान है तो उन्हें यहीं बुला ला! मुझे कोई दवा दे जायँ। अभी तो वे नीचे दावत खाने आये हैं न। लेकिन खबरदार, भैया को पता न चले।

दीप्ति बोली—रुकिये, मैं अभी डॉक्टर को बुला लाती हूँ।

इतना कहकर दीप्ति अपने कमरे में चली गयी। उसने जल्दी-जल्दी साड़ी-ब्लाउज बदल लिया। फिर शीशे में चेहरा देख लेने के बाद बालों पर कंघी फेर ली।

बहुत दिनों बाद उर्मिला को भी आज सजने की इच्छा हुई। जिन्दगी में शायद आज पहली बार कोई डॉक्टर उन्हें देखने आ रहे हैं। बड़ी मुश्किल से पलँग का किनारा

पकड़कर वे उठीं। फिर पलँग पर बैठे-बैठे उन्होंने बदन पर साड़ी ठीक से लपेट ली। बहुत दिनों बाद उन्हें अपना तन-बदन थोड़ा हलका महसूस हुआ। उन्हें लगा कि उनके दोनों हाथ पंख बन गये हैं और उन पंखों के सहारे वे आसमान में उड़ जायेंगी।

दीवाल के पास रखे आईने के सामने जाकर उर्मिला खड़ी हुई। अपने चेहरे की तरफ देखकर उन्हें बड़ा अच्छा लगा। वे कितनी खूबसूरत हैं! वे देखने में कितनी अच्छी हैं! वे आईने के पास अपना चेहरा ले गयीं--एकदम शीशे के पास। मानो उन्होंने शीशे से अपना चेहरा सटा दिया। उनकी गर्म साँस से शीशा धुँधला पड़ गया। फिर उन्हें कुछ भी नहीं दिखायी पड़ा।

दीप्ति अब तक सीढ़ी से नीचे चली आयी थी। नीचे पूरे आँगन में शामियाना लगाया गया है। कनात के झरोखे से सब देखने लगी। वहाँ न जाने कितने लोग खाने बैठे हैं। दमालू, मछली का कलिया और न जाने क्या-क्या बना है। सभी चेहरे अपरिचित हैं। एक-एक कर सबकी तरफ देखकर दीप्ति एक परिचित चेहरे को ढूँढ़ने लगी।

उसके सर्वाङ्ग में झुनझुनी-सी दौड़ने लगी। कहीं कोई उसे देख न ले! कहीं कोई उसे पूछ न बैठे—यहाँ खड़ी होकर चोरी-चोरी किसको देख रही हो बिटिया रानी? फिर वह इस सवाल का क्या जवाब देगी?

क्या डॉक्टर समीरण सेन नहीं आये हैं? क्या पिता जी ने उनको नहीं बुलाया है?

यहाँ लोगों को इतनी बड़ी दावत दी गयी और यहीं के डॉक्टर इस दावत में नहीं आयेंगे, यह कैसे हो सकता है? दीप्ति की आँखें उन्हें तलाशने लगीं। लेकिन नहीं, वे कहीं नहीं दिखायी पड़े। फिर क्या वे खाना खाकर जा चुके हैं?

इतने में दीप्ति को अपने पीछे किसी की आवाज सुनायी पड़ी। दीप्ति ने तुरन्त अपने को आड़ में छिपा लिया। वहीं से उसने देखा कि डॉक्टर समीरण सेन उधर से चले आ रहे हैं। उनके साथ और भी कोई हैं।

समीरण सेन के साथी ने कहा—सुरपति राय खानदानी आदमी हैं, यह तो उनको देखने से ही पता चलता है।

डॉक्टर सेन बोले—मैंने सुना है कि एक बार जिद में आकर राय रायान भानुप्रताप राय ने इच्छामती के उस पार की जमींदारी खरीद ली थी।

उनके साथी ने पूछा—क्यों? किस बात की जिद थी?

डॉक्टर सेन बोले—वह एक मजेदार किस्सा है। मुझे तो वह सुनकर बड़ा आश्चर्य हुआ था। इच्छामती के उस पार एक जमींदार थे श्याम कुण्डू। उन्होंने नाटक-मण्डली

बनायी थी। यह सुनकर भानुप्रताप ने भी नाटक-मण्डली बनाने की ठान ली। इसी बात पर दोनों में मनमुटाव हो गया। आखिर भानुप्रताप ने श्याम कुण्डू के खिलाफ मुकदमा दायर कर दिया। फिर मुकदमे में जीतकर ही भानुप्रताप ने दम लिया था। ऐसी भयानक जिद थी उनकी!

उनके साथी ने कहा—पहले खानदानी लोग ऐसे ही होते थे।

फिर उनके साथी ने ही पूछा—अच्छा मिस्टर सेन, सुरपति राय की फैमिली में कौन-कौन हैं? क्या उनकी पत्नी हैं?

डॉक्टर सेन बोले—जी नहीं, उनकी पत्नी नहीं हैं। उनकी एक बहन है और एक लड़की।

—वह लड़की देखने में कैसी है?

डॉक्टर सेन बोले—लाजवाब! देखने में बड़ी खूबसूरत है। मैंने उससे एक बार बात की है। उसका आचरण भी बड़ा अच्छा है।

दीप्ति को लगा कि अब वह गिर पड़ेगी। उसने दीवाल को अच्छी तरह पकड़ लिया। फिर भी उसे लगा कि उसका दम घुटता जा रहा है। बदन की सारी ताकत लगाकर उसने वहाँ से भागना चाहा। लेकिन उसके दोनों पाँव मानो धरती से चिपक गये। वह किसी तरह हिल नहीं सकी।

अचानक किसी के गिरने की अवाज सुनकर डॉक्टर सेन और उनके साथ के सज्जन दोनों चौंक पड़े। क्या कोई गिर पड़ा।? कैसी आवाज हुई? कौन गिरा?

जल्दी-जल्दी दोनों ने इधर-उधर देखा। हाँ, कोई गिर पड़ा है।

—कौन? कौन गिर पड़ा?

डॉक्टर सेन ने जेब से टार्च निकाला। रात हो जाने पर गाँव के रास्ते में अँधेरा रहता है। लेकिन डॉक्टर होने के नाते रात-बिरात उनको बाहर निकलना पड़ता है। इसलिए टार्च उनकी जेब में हमेशा रहता है। टार्च जलाते ही उन्होंने देखा कि जमींदार बाबू की लड़की गिर पड़ी है।

शायद उस समय भी दीप्ति को थोड़ा होश था। हलकी अँधियारी में उसने देखा कि कोई उसके चेहरे पर टार्च की रोशनी फेंक रहा है। उसने उसे देखने की बड़ी कोशिश की, लेकिन उस समय उसकी आँखों के आगे अँधेरे के अलावा और कुछ नहीं था। फिर उसे कुछ भी याद न रहा।

दीप्ति को जब थोड़ा होश आया तब उसने अपने सामने वही चेहरा देखा।

वह अनुभूति क्षण भर की थी। क्षण भर की वही अनुभूति, वही सुन्दरतम चेतना उसके जीवन में स्मरणीय बन गयी। वही क्षण उसके जीवन में सरसता का स्रोत बन गया।

डॉक्टर के पास सुरपति राय भी खड़े थे।

सुरपति राय ने पूछा—क्या हुआ है डॉक्टर?

डॉक्टर सेन बोले—शायद शॉक लगा था और कोई बात नहीं है।

सुरपति राय ने पूछा—कैसा शॉक डॉक्टर? उसका हेल्थ ठीक है, पल्स ठीक हैं, प्रेशर भी ठीक है, जब उसका सब-कुछ नार्मल है—तब शॉक किस बात का लगेगा?

डॉक्टर सेन ने कहा—जी। शायद किसी कारण से आपकी लड़की को मानसिक आघात लगा है।

—मानसिक आघात? याने सदमा?

सुरपति राय ने जमीन-आसमान एक किया, फिर भी वे समझ नहीं पाये कि उनकी लड़की को कैसा सदमा पहुँच सकता है? वह लड़की भी कितनी बड़ी है और उसका मन भी कितना बड़ा है कि उस मन को आघात लग सकता है!

—ठीक है, तुम देखो, मैं आ रहा हूँ।

नीचे बहुत लोग सुरपति राय का इन्तजार कर रहे थे। सुरपति राय को पद्मश्री खिताब मिलने के बाद न जाने कहाँ-कहाँ से कैसे-कैसे लोग उनके पास आने लगे थे। तरह-तरह के लोग तरह-तरह के काम लेकर आये थे। कोई उनसे मुलाकात करना चाहता है तो कोई जान-पहचान बढ़ाना। फिर कोई सहायता भी चाहता है।

सुरपति राय किसी को निराश नहीं करते। कहते हैं—अरे भाई, यह मत समझ लो कि सरकार ने मुझे कोई बड़ा-सा-खिताब दिया है तो मैं कोई बड़ा आदमी बन गया हूँ। मैं जो पहले था, अब भी वही हूँ। मुझसे मिलने के लिए इतनी तकलीफ करने की क्या जरूरत थी? सरकार ने अच्छा समझा है, इसलिए मुझे खिताब दिया है। इसके लिए मैं तो सरकार के पास नहीं गया था?

उनके चरण छूने के लिए सब आगे आते हैं। सुरपति राय भी अपने पाँव आगे बढ़ा देते हैं और कहते हैं—अरे, तुम लोग मुझे शान्ति से बैठने भी नहीं दोगे? बस करो बेटे, बस करो!

'बस करो' कहने से वे क्यों सुनते? वे बार-बार उनके चरण छूकर हाथ माथे से लगाते हैं।

डॉक्टर सेन उस समय भी दीप्ति की देखभाल में लगे थे। उन्होंने पूछा—आपको कैसी तकलीफ हो रही है, जरा बतायेंगी मिस राय?

दीप्ति बोली—मुझे बहुत तकलीफ है डॉक्टर साहब!

डॉक्टर सेन इस बात का मतलब नहीं समझ सके। उन्होंने पूछा—बहुत तकलीफ कैसी?

दीप्ति बोली—मेरी तकलीफ दूसरी तरह की है। वह आप कैसे समझ सकेंगे? मुझे कुछ भी अच्छा नहीं लगता।

डॉक्टर सेन ने पूछा—क्यों अच्छा नहीं लगता? आपको भूख लगती है न? रात को नींद आती है न?

दीप्ति बोली—मैं क्या चाहती हूँ, यही मैं नहीं समझती डॉक्टर साहब।

डॉक्टर सेन बोले—इतनी निराश क्यों हो रही हैं? आपकी उम्र ही क्या है? इतनी जल्दी निराश होने से कैसे काम चलेगा? अभी आपके सामने कितना बड़ा भविष्य पड़ा है। अभी आपकी शादी होगी, आपका अपना घर होगा, सन्तानें होंगी, फिर आप मेरी बात याद करेंगी। इस उम्र में कभी-कभी ऐसा हो जाता है। लेकिन वह सब लेकर परेशान नहीं होना चाहिए।

दीप्ति बोली—आप मुझे इतना आश्वासन मत दीजिये डाक्टर साहब, मुझे बड़ा डर लगता है।

—डर लगता है? क्यों डर लगता है?

दीप्ति बोली—आप ही बताइये, क्यों नहीं डर लगेगा? आपकी तरह कोई मुझसे बात नहीं करता। मैं घर में एकदम अकेली कैसे रह सकती हूँ बताइये?

डॉक्टर सेन ने पूछा—क्या आपके घर में ऐसा कोई नहीं है, जिससे आप बात कर सकें?

दीप्ति बोली—नहीं डॉक्टर साहब, कोई नहीं है। मैं एकदम अकेली हूँ।

फिर डॉक्टर सेन के कुछ कहने से पहले ही दीप्ति बोली—डॉक्टर साहब, आप मेरा हाथ पकड़ लीजिये, मैं उठकर बैठना चाहती हूँ।

—लेकिन अभी आप कमजोर हैं। कहीं सिर चकरा गया तो?

दीप्ति बोली—क्यों सिर चकरायेगा? आप तो मेरे पास हैं न? आप मुझे दोनों हाथों से पकड़ लेंगे। लीजिये, जरा हाथ पकड़ लीजिये, मैं बैठना चाहती हूँ।

उसने दोनों हाथ डाक्टर सेन की तरफ बढ़ा दिये।

डॉक्टर सेन ने दोनों हाथों से दीप्ति के दोनों हाथ पकड़ लिये। लेकिन दीप्ति मानो उठ नहीं पा रही थी।

दीप्ति बोली—मुझसे उठा नहीं जा रहा है डॉक्टर साहब!

फिर दीप्ति मानो बदन की सारी ताकत लगाकर डॉक्टर सेन से लिपट गयी और बोली—अब मुझे बैठा दीजिये। मुझे छोड़ मत दीजिये डॉक्टर, नहीं तो मैं गिर जाऊँगी।

डॉक्टर सेन बोले—आप इस तरह कितनी देर बैठ सकेंगी?

दीप्ति बोली—लेटे-लेटे पीठ में दर्द होने लगा है डॉक्टर साहब, अब मुझे इस तरह पड़े रहना अच्छा नहीं लगता। लेकिन आप मेरा हाथ छोड़ मत दीजिये, जोर से पकड़े रहिये।

डॉक्टर सेन बोले—लेकिन आप इस तरह कितनी देर बैठी रहेंगी?

दीप्ति ने डॉक्टर सेन के चेहरे की तरफ देखा। डाक्टर का चेहरा उसके चेहरे के बहुत पास आ चुका था। दीप्ति ने पूछा—आपको बहुत तकलीफ दे रही हूँ न?

डॉक्टर सेन बोले—तकलीफ किस बात की? रोगियों की सेवा करना ही तो मेरा काम है।

दीप्ति बोली—अब मुझे बहुत अच्छा लग रहा है डॉक्टर साहब! अब मुझे लग रहा है कि मैं अकेली नहीं हूँ। कम-से-कम मुझे देखनेवाला तो कोई है!

डॉक्टर सेन बोले—आप यह सब मत सोचिये मिस राय, आप अपने दिमाग से यह सब निकाल दीजिये। आपका सारा रोग आपके मन में है।

दीप्ति ने पूछा—क्या आप मन का रोग ठीक नहीं कर सकते?

डॉक्टर सेन बोले—लेकिन ऐसा करने पर तो मन का रोग ठीक नहीं होगा।

दीप्ति ने पूछा—फिर कैसे यह रोग ठीक होगा?

डॉक्टर सेन बोले—जरा अपने मन पर काबू रखना होगा।

दीप्ति बोली—मैं किस तरह मन पर काबू रखूँगी? मुझे जिन्दगी में कुछ नहीं मिला। अगर मैं कुछ पाना चाहती हूँ तो क्या वह अनुचित होगा।

डॉक्टर सेन बोले—आप अपने बारे में क्यों इतना सोच रही हैं? क्या आपके पास सोचने के लिए और कोई बात नहीं है?

दीप्ति बोली—बताइये, मैं और क्या सोचूँ?

डॉक्टर सेन बोले—आप कोई किताब क्यों नहीं पढ़तीं? दुनिया में किताब एक ऐसी चीज है जिससे सुख में सन्तोष मिलता है और दुःख में सान्त्वना। आप किताब पढ़ने की आदत डालिये तो आपका यह सारा रोग ठीक हो जायेगा।

दीप्ति बोली—लेकिन इस खैराशोल में किताब कहाँ मिलेगी? यहाँ कोई लाइब्रेरी भी तो नहीं है।

डॉक्टर सेन बोले—मेरे घर में कुछ किताबें हैं, क्या आप पढ़ना पसन्द करेंगी।

दीप्ति ने पूछा—क्या आप पढ़ने के लिए देंगे?

डॉक्टर सेन बोले—क्यों नही दूँगा? मैं किसी दिन आपको किताब दे जाऊँगा।

दीप्ति बोली—आप क्यों तकलीफ करेंगे? मैं तो टॉम को लेकर बाहर निकलती हूँ। जिस दिन मैं पश्चिम टोले जाऊँगी, खुद आपके घर से किताब ले लूँगी।

डॉक्टर सेन बोले—अभी आपका शरीर कमजोर है, आप क्यों उतनी दूर जाकर तकलीफ करेंगी? मैं जल्दी ही आपको किताब दे जाऊँगा।

इतने में जूता पहनकर किसी के आने की आवाज आयी। सुरपति राय ऊपर आ रहे थे। फौरन दीप्ति डॉक्टर का हाथ छुड़ाकर बिस्तर पर लेट गयी। डॉक्टर सेन भी उसी समय कमरे से निकले। कमरे के बाहर जमींदार बाबू से डॉक्टर सेन की मुलाकात हो गयी।

सुरपति राय ने पूछा—कैसा देखा डॉक्टर?

डॉक्टर सेन बोले—कोई खास बात नहीं है। लेकिन आराम की जरूरत है। मैंने दवा दी है, उसी से सब ठीक हो जायेगा।

सुरपति राय ने पूछा—लेकिन इस तरह क्यों गिर पड़ी?

डॉक्टर सेन बोले—यह कोई सीरियस केस नहीं है। आप परेशान मत होइये। हो सकता है, किसी कारण से मानसिक आघात लगा हो।

सुरपति राय बोले—मेण्टल शॉक? इतनी छोटी लड़की का कितना बड़ा मन होगा कि उसमें शॉक लगेगा?

डॉक्टर सेन बोले—कुछ कहा नहीं जा सकता मिस्टर राय, छोटे बच्चे में भी मन होता है। इसलिए उसकी भी उपेक्षा नहीं करना चाहिए। आप उसकी शादी क्यों नहीं कर देते?

सुरपति राय बोले—क्या मैं उसकी शादी नहीं करना चाहता? लेकिन कोई बढ़िया लड़का नहीं मिल रहा है डॉक्टर।

अब इस बात का क्या जवाब दिया जाय, डॉक्टर समझ नहीं पाये। सिर्फ बोले—आपकी लड़की बड़ी सुन्दर और सुशील है, उसके लिए लड़का मिलना मुश्किल नहीं है। अब रहा आपके खानदान के योग्य वर मिलना—

सुरपति राय बोले—खानदान की बात करते हो तो वह एकदम सही है। तुम मेरे खानदान के बारे में कुछ भी नहीं जानते। जे. एम. सेनगुप्त का नाम सुना है डॉक्टर? वही जे. एम. सेनगुप्त एक बार मेरे दादा के पास भीख माँगने आये थे।

डॉक्टर सेन सुरपति राय की बात समझ नहीं सके, इसलिए उनके मुँह से निकल गया—भीख माँगने?

सुरपति राय बोले—हाँ, उसे भीख ही कह सकते हो। इसका मतलब यह है कि वे कांग्रेस के लिए चन्दा माँगने आये थे। हाँ, तो मेरे दादा ने पचास हजार रुपये चन्दा दिया था। समझ लो कि उन दिनों पचास हजार रुपये की क्या कीमत थी। आज के पाँच लाख रुपये की कीमत के बराबर समझ लो।

दीप्ति की तबीयत खराब होने से बात शुरू हुई तो वह राय घराने की प्रतिष्ठा तक पहुँच गयी। यही तो सुरपति राय का प्रिय प्रसंग है। एक बार यह प्रसंग छिड़ जाय तो खत्म होने का नाम नहीं लेता। डॉक्टर सेन को घर लौटने में देर हो रही थी, इसलिए वे कोई बहाना बनाकर वहाँ से चले।

कुछ ही दिनों बाद इलेक्शन का झमेला शुरू हुआ। फिर तो चुनाव के सिलसिले में लोगों का आना-जाना शुरू हो गया। हमारे देश में बीसियों पार्टियाँ हैं। सभी पार्टीवाले वोट माँगने लगे। जो भी आता, सुरपति राय उसी से कहते—मैं वोटर नहीं हूँ।

सभी पार्टीवाले आश्चर्य में पड़ जाते। कहते—वोटर लिस्ट में आपका नाम नहीं है? इसका मतलब?

सुरपति राय कहते—इसी से तुम लोग समझ लो। समझ लो कि हमारे देश की सरकार कैसी है? सरकार ने मुझको 'पद्मश्री' खिताब दिया, लेकिन यह नहीं देखा कि वोटर लिस्ट में मेरा नाम है या नहीं। चलो, अच्छा हुआ। मेरा वोट नहीं है तो मैं झंझट से बच गया।

मतदाताओं की सूची में सुरपति राय का नाम नहीं है तो उन्हें कोई अफसोस भी नहीं है। जीवन में उन्होंने बहुत संघर्ष किया है और कष्ट भी बहुत झेला है। लेकिन वे मुँह बन्द रखकर सब-कुछ बरदाश्त करते रहे। अगर उनको किसी बात का खयाल रहा तो वह अपने कुल गौरव का। वही उनके लिए सब-कुछ है। अतीत ही उनके लिए एकमात्र सत्य है। वे जी-जान से अपने अतीत को अगोरते हैं तथा वर्तमान और भविष्य की उपेक्षा करते हैं। भले ही उनके पास धन न हो, भले ही उनका स्वास्थ्य बिगड़ चुका हो, लेकिन उनका अतीत तो बना है। उनका अतीत गौरवमय है, ऐतिह्यमय है और ऐसा है जिसके बारे में दूसरों से बताया जा सके। अतीत उनके दिल और दिमाग पर छाया रहता है।

कभी-कभी सुरपति राय डाकिये को बुलाते हैं। गाँव के डाकखाने का डाकिया उन्हीं के घर के सामने से जाता है। प्रायः रोज ही जाता है। डाकिया पास आता है तो वे पूछते हैं—क्या कोई चिट्ठी है?

डाकिया कहता है—नहीं हुजूर!

यह कहकर डाकिया चला जाता है।

सुरपति राय मन-ही-मन कुढ़ते हैं कि डाकिये से चिट्ठी के बारे में पूछने की क्या जरूरत थी? चिट्ठी उन्हें कौन लिखेगा? इस संसार में उनका कोई है भी तो नहीं। लेकिन उनको 'पद्मश्री' खिताब मिला है, यह तो दुनिया भर के लोगों को पता चल गया है। सरकारी गजट में भी छपा है। अखबार में भी वह खबर आयी है। फिर भी किसी ने चिट्ठी लिखकर बधाई नहीं दी। इस देश का क्या हाल हो गया है! क्या रातोंरात इस देश के सारे लोग नमकहराम हो गये हैं?

अस्पताल का काम खत्म हो गया। रोगी, रोग और दवा का झमेला नहीं है। अब डॉक्टर समीरण सेन डॉक्टर नहीं है, सिर्फ समीरण। इस समय वे आराम करते हैं। अपने छोटे-से क्वार्टर में बिस्तर पर लेटकर कोई किताब पढ़ते हैं। उस दिन भी वे इसी तरह किताब पढ़ रहे थे। अचानक बाहर आहट हुई तो वे सजग हो गये।

पूछा—कौन?

बाहर से किसी लड़की की आवाज आयी—मैं हूँ।

मैं? मैं कौन? इस समय कौन मरीज आ गया! इस समय तो कोई नहीं आता।

बिस्तर में उठकर डॉक्टर सेन ने दरवाजा खोला। दरवाजा खोलते ही वे आश्चर्य में पड़ गये।

बोले—अरे, आप? आइये, आइये।

दीप्ति बोली—मेरे साथ टॉम भी है।

डॉक्टर बोले—उससे क्या हुआ? आप उसे भी लेते आइये। आज आप फिर घूमने निकली हैं? तबीयत ठीक है न?

दीप्ति बोली—तबीयत ठीक है। आज मैं पिता जी से पूछकर निकली हूँ। मैंने उनसे कहा है कि डॉक्टर साहब ने मुझसे टहलने के लिए कहा है।

डॉक्टर बोले—लेकिन मैंने तो आपसे टहलने के लिए नहीं कहा है?

दीप्ति बोली—अगर ऐसा न कहती तो पिता जी बाहर घूमने की इजाजत न देते।

डॉक्टर बोले—लेकिन आप तो टहलने के बहाने मेरे यहाँ चली आयीं? आप यहाँ बैठी रहेंगी तो टहलना कैसे होगा?

दीप्ति बोली—मैं तो आपसे मिलने के लिए आयी हूँ।

डॉक्टर बोले—मैंने उस दिन आपके पिता जी से कह दिया है कि अब आप अपनी लड़की की शादी कर दीजिये।

दीप्ति बोली—मैं उस दिन आपकी बात सुन रही थी। इसीलिए आज यहाँ आयी हूँ। आपने उस दिन पिता जी से वह बात क्यों कही?

डॉक्टर बोले—मैंने गलत तो नहीं कहा है? मैंने आपके भले के लिए कहा है।

दीप्ति बोली—आप पिता जी की बात छोड़िये। पिता जी जिन्दगी भर अपने को लेकर मशगूल रहे। वे हमारे बारे में क्या सोचेंगे?

—कितने दिन पहले आपकी माँ का स्वर्गवास हुआ है?

दीप्ति बोली—मैंने माँ को नहीं देखा है। घर में माँ का फोटो है, वही देखा है।

डॉक्टर बोले—आपकी माँ देखने में बड़ी सुन्दर थीं।

दीप्ति बोली—यह आपने कैसे समझ लिया? क्या आपने माँ का फोटो देखा है?

डॉक्टर बोले—मैं आपकी माँ का फोटो कैसे देखूँगा? मैं तो आपके मकान के हर कमरे में नहीं गया! मैं आपको देखकर ही आपकी माँ के बारे में अनुमान कर रहा हूँ।

यह सुनकर दीप्ति का चेहरा शर्म के मारे लाल हो गया। थोड़ी देर उसके मुँह से कोई बात नहीं निकली।

डॉक्टर बोले—आपको गर्मी लग रही होगी। लीजिये, पंखा लीजिये—

यह कहकर डॉक्टर ने दीप्ति की तरफ ताड़ का पंखा बढ़ा दिया।

दीप्ति ने पंखा ले लिया, लेकिन झला नहीं। कहा—अच्छा, आप भी तो अकेले हैं, क्या आपको अकेले रहने में बुरा नहीं लगता?

डॉक्टर बोले—क्यों बुरा लगेगा? मेरे पास बहुत-से रोगी आते हैं, उन्हीं को लेकर मैं दिन भर व्यस्त रहता हूँ, दम लेने की फुर्सत नहीं मिलती।

दीप्ति बोली—फिर आप मेरी हालत के बारे में सोचिये! उतना बड़ा मकान, उतने बड़े मकान के बहुत-से कमरों में तो कभी जाना भी नहीं होता, उसी मकान में मुझे कैद रहना पड़ता है। मेरा तो दम घुटने लगता है। आपका मकान बड़ा अच्छा है। अगर मेरा मकान ऐसा छोटा होता तो कितना अच्छा रहता!

डॉक्टर बोले—मेरा यह मकान भी क्या कोई मकान है? न हवा है, न रोशनी। अगर मैं आपके मकान जैसे बड़े और खुले मकान में रह पाता तो मुझे न जाने कितनी खुशी होती!

दीप्ति बोली—मेरा मकान तो भुतहा मकान है, भूत का डेरा! अगर आप मेरी तरह उस मकान में रहते तो आपका भी दम घुटने लगता। अगर मुझे ज्यादा दिन उस मकान में रहना पड़ेगा मैं तो पागल हो जाऊँगी।

इतने में एक स्त्री कमरे में आयी, लेकिन दीप्ति को देखकर दरवाजे के पास रुक गयी।

डॉक्टर ने उस स्त्री से पूछा—क्या है मालती?

मालती थोड़ा आगा-पीछा करने लगी, फिर बोली—आज क्या खाना बनाऊँगी, यही पूछने आयी थी।

डॉक्टर बोले—अभी तुम जाओ, मैं बाद में बता दूँगा।

फिर मालती वहाँ नहीं रुकी, अपने काम से चली गयी।

दीप्ति बोली—अब मैं जाऊँ।

डॉक्टर बोले—क्यों, क्या हुआ? क्यों जायेंगी? वह मेरे घर में काम-काज करती है, यहीं रहती है, यहीं खाती है। आप उसी को देखकर शरमा रही हैं? मैं तो बहुत देर करके खाना खाता हूँ, इसलिए खाना भी देर से पकता है। आप बैठिये।

दीप्ति बोली—यहाँ आते समय मैं बहुत डर रही थी कि कहीं आप बुरा न मान जायँ।

—मैं क्यों बुरा मानूँगा?

दीप्ति बोली—मुझे ऐसा लगता था इसलिए मैं बता रही हूँ।

डॉक्टर बोले—आप किसी तरह का संकोच मत कीजिये, जब आपकी इच्छा हो, आइये।

दीप्ति बोली—आप सच कह रहे हैं कि बुरा नहीं मानेंगे?

डॉक्टर बोले—मैं क्यों बुरा मानूँगा? आपने ऐसी बात कैसे सोच ली? आप सहमी-सी क्यों बैठी हैं? आराम से बैठिये।

अब दीप्ति कुर्सी की पीठ से टिककर आराम से बैठी।

फिर बोली—जानते हैं, इस खैराशोल में कितने लोग हैं, लेकिन मैं किसी से नहीं बोलती। यहाँ किसी से बात करना मुझे अच्छा नहीं लगता। जब शाम को मैं टहलने निकलती हूँ तब लोग मेरी तरफ मुँह बाये देखते रहते हैं। आप ही बताइये, अगर किसी की तरफ इस तरह देखा जाय तो क्या अच्छा लगता है?

डॉक्टर बोले—जी हाँ, ऐसा कभी किसी को अच्छा नहीं लगता। अगर लोग मेरी तरफ इस तरह देखने लगें तो क्या मुझे अच्छा लगेगा?

दीप्ति बोली—बताइये, लोग मेरी तरफ क्यों इस तरह देखते हैं?

डॉक्टर बोले—आप देखने में खूबसूरत हैं, शायद इसीलिए लोग आपको देखते हैं। सुन्दर वस्तु की तरफ देखना कौन नहीं पसन्द करता?

दीप्ति मन-ही-मन खुश हुई। बोली—मैं कहाँ खूबसूरत हूँ?

डॉक्टर बोले—क्या फूल खुद जानता है कि वह कितना सुन्दर है? लोगों की आँखों को फूल सुन्दर लगता है, इसीलिए फूल सुन्दर है। लोग फूल को देखते हैं, उसे डाली से तोड़ लेते हैं।

दीप्ति बोली—आप बहुत झूठ बोलते हैं। अगर मैं सुन्दर हूँ तो आप मेरी तरफ क्यों नहीं देखते?

—किसने कहा कि मैं आपकी तरफ नहीं देखता?

दीप्ति बोली—कहाँ देखते हैं? उस दिन मैं टॉम को लेकर पश्चिम टोले में टहल रही थी और आप साइकिल पर बैठे सामने से चले आ रहे थे, लेकिन आपने मेरी तरफ एक बार भी नहीं देखा।

डॉक्टर बोले—वाह! आप क्या कह रही हैं? मैंने नहीं देखा था? अगर मैंने नहीं देखा तो उन आवारा कुत्तों को भगाया कैसे?

दीप्ति बोली—आपने कुत्तों को तो भगाया, लेकिन मेरी तरफ कब देखा? आप तो मुझसे बोले भी नहीं, सीधे साइकिल पर बैठकर चले गये।

डॉक्टर बोले—अगर मैं वहाँ उस समय आपसे बात करता तो आप ही कहतीं कि यह डॉक्टर कैसा है! कितना बातूनी है। रास्ते में कोई लड़की मिल गयी तो उससे बात करने लग गया।

इस बात पर दोनों एक साथ हँसने लगे।

दीप्ति बोली—चलिये, इतनी देर बाद आपके चेहरे पर हँसी दिखायी पड़ी। आप इतने गम्भीर बने रहते हैं कि क्या बताऊँ!

फिर जरा रुककर बोली—सचमुच उस दिन आप अगर न आ जाते तो मेरा बुरा हाल होता। इसके लिए मैं आपको किस तरह धन्यवाद दूं, समझ नहीं पा रही हूँ।

डॉक्टर बोले—अरे, मैंने कौन ऐसा काम किया है कि उसके लिए धन्यवाद देना पड़ेगा? आप न होतीं, कोई और होता तो भी मैं वैसा करता।

दीप्ति बोली—चलिये न, कहीं टहल आया जाय।

डॉक्टर ने पूछा—कहाँ जायेंगी?

दीप्ति बोली—यह तो आप मुझसे ज्यादा जानते हैं। आप यहाँ हर जगह आते-जाते रहते हैं, कोई ऐसी जगह बताइये जो एकान्त हो, आस-पास लोग-बाग न हों और चारों तरफ धान के खेत हों। ऐसी जगह चलिये जहाँ सिर्फ हम दो हों, नीचे धरती और ऊपर आकाश के अलावा और कुछ न हो। मुझे भीड़ एकदम अच्छी नहीं लगती।

डॉक्टर कुर्सी छोड़कर उठे और बोले—चलिये, मुझे कोई एतराज नहीं है। मैं एक मिनट में तैयार हो लेता हूँ।

एक मिनट में डॉक्टर बाहर चलने के लिए तैयार हो गये।

बोले—चलिये। आप जहाँ कहेंगी? वहीं चलूँगा।

दीप्ति डॉक्टर की बात सुनकर हँसने लगी और बोली—अगर मैं कहूँ कि नरक में चलिये तो?

अब डॉक्टर हँसने लगे। उन्होंने हँसते हुए कहा—आपके साथ मैं नरक में भी जाने को तैयार हूँ।

फिर चलते-चलते दीप्ति बोली—अगर कोई हम दोनों को इस हालत में देखेगा तो यही समझेगा कि हम दोनों में बड़ी पुरानी जान-पहचान है।

डॉक्टर बोले—कोई क्या समझेगा, यह सब मत सोचिये। आप सिर्फ अपनी बात कहिये।

टॉम की चेन पकड़कर चलते-चलते दीप्ति बोली—मैं अपनी बात क्या बताऊँ। मैं इस दुनिया में लड़की होकर पैदा हुई हूँ, यही मेरा अपराध है। इसके अलावा मुझे कुछ नहीं कहना है।

डॉक्टर बोले—अगर आप लड़का होतीं और मैं लड़की होकर पैदा होता तो जरूर आपसे प्यार करने लगता।

दीप्ति बोली—फिर तो मैं उसे अपना सौभाग्य मानती, लेकिन—

डॉक्टर बोले—मैं देख रहा हूँ कि आप अभी तक आदमी नहीं पहचानतीं। क्या आप नहीं जानतीं कि डॉक्टर लोग भले आदमी नहीं होते?

दीप्ति बोली—मैं इतना नहीं जानती। मैं सिर्फ यही जानती हूँ कि आप दूसरे की तकलीफ को समझते हैं।

डॉक्टर बोले—किसी के बारे में इतनी जल्दी राय मत दीजिये मिस राय, इन्सान जैसा दुष्ट जानवर शायद दूसरा नहीं है।

दीप्ति बोली—आप सचमुच बड़े चालाक हैं। किस बात का कैसा जवाब देना चाहिए, यह आप खूब जानते हैं।

डॉक्टर बोले—अगर मैं बेवकूफ होता तो क्या आप अकेले मेरे साथ ऐसी सुनसान जगह पर आने की हिम्मत करतीं?

इतने में दूर से किसी की आवाज सुनायी पड़ी—डॉक्टर साहब! डॉक्टर साहब!

डॉक्टर और दीप्ति दोनों ने मुड़कर देखा। देखा कि डाकिया दूर से दौड़ता हुआ आ रहा है।

पास आकर पोस्टमैन हाँफने लगा। बोला—लीजिये डॉक्टर साहब, आपका टेलीग्राम है।

डॉक्टर ने टेलीग्राम लेकर डाकखाने के कागज पर दस्तखत कर दिया। उसके बाद वे लिफाफा फाड़कर टेलीग्राम पढ़ने लगे।

दीप्ति ने पूछा—किसने टेलीग्राम भेजा है? क्या आपके दफ्तर का है?

डाक्टर का चेहरा गम्भीर और उदास नजर आया। वे बोले—जी नहीं, कलकत्ते से आया है। मेरी पत्नी ने भेजा है।

—आपकी पत्नी ने?

विस्मय, आतंक, घृणा और अपमान से दीप्ति मानो पत्थर बन गयी।

डॉक्टर भी बड़े परेशान लगे। वे बोले—जी हाँ, मेरे लड़के की तबीयत बहुत ज्यादा खराब है। अभी वह अस्पताल में है। मुझे आज ही कलकत्ते जाना है।

दीप्ति के पाँवों के नीचे से धरती सरकने लगी थी। मानो उसे अब भी शक हो रहा था। उसने कहा—आपकी पत्नी हैं, आपका लड़का है, आपने यह सब पहले क्यों नहीं बताया?

यह कहकर दीप्ति ने अपने मन में सोचा कि ऐसा कहना उचित नहीं हुआ। लेकिन अब तो कोई उपाय नहीं है।

डॉक्टर बोले—उसका मौका भी तो नहीं आया।

अब दीप्ति बोली—चलिये, लौटा जाय।

डॉक्टर न जाने क्या सोचने लगे थे, बोले—जी हाँ, अब लौटा जाय।

लौटते समय रास्ते में किसी से कुछ नहीं कहा। दोनों चुप रहे। मानो किसी ने उनके मुँह में ताला लगा दिया था। आते समय जिनकी बातें खत्म नहीं हो रही थीं, लौटते समय उनकी बातें एकदम खत्म हो चुकीं। दीप्ति को लग रहा था कि डॉक्टर अब तक उसे ठगते ही आये। डॉक्टर की शादी हो चुकी है, उनसे लड़का है, यह सब उन्होंने पहले क्यों नहीं बताया।

अस्पताल के पास आते ही डॉक्टर बोले—अच्छा मिस राय, अब मैं चलूँ।

दीप्ति ने कोई उत्तर नहीं दिया।

डॉक्टर चुपचाप अपने क्वार्टर में चले गये। उन्होंने दीप्ति को कुछ दूर पहुँचा देने का भी आग्रह नहीं दिखाया।

घर लौटते समय दीप्ति को न जाने क्यों अपने ऊपर बड़ा गुस्सा आया। आखिर डॉक्टर के सामने अपने को इस तरह सस्ता कर देने की क्या जरूरत थी? डॉक्टर की निगाह में उसने अपने को क्यों इतना छोटा कर लिया? आखिर वह डॉक्टर से क्या

चाहती थी? उसकी कौन-सी माँग थी? फिर डॉक्टर भी उसे कौन ऐसी कीमती चीज दे देता? आखिर वह भी तो खैराशोल के राजघराने की लड़की है! उसके पिता जी पद्मश्री हैं। पद्मश्री सुरपति राय। इसलिए वह भी किस माने में कम है? क्या वह इतनी मामूली लड़की है कि एक मामूली अस्पताल के मामूली डॉक्टर के आगे आत्मसमर्पण कर देगी? क्या उसमें आत्मसम्मान नाम की कोई चीज नहीं है?

मकान के सामने आकर दीप्ति को अचानक रुकना पड़ा।

यहाँ रास्ता थोड़ा सँकरा है। सामने से कोई साइकिल पर बैठा चला आ रहा था। दीप्ति को रास्ता देने के लिए वह साइकिल से उतरा। साइकिल से उतरकर वह चुपचाप खड़ा नहीं रहा। उसने दीप्ति की तरफ देखकर कहा—आप, आप पद्मश्री सुरपति राय की लड़की हैं न?

दीप्ति बोली—हाँ।

उस युवक ने कहा—मैं अभी आपके घर से आ रहा हूँ। आपके पिता जी से एक बात कहनी थी।

दीप्ति बोली—आप वह बात उन्हीं से कह देते?

उसने कहा—वे घर में नहीं हैं, सुना कि किसी काम से गये हुए हैं।

फिर कुछ सोचकर दीप्ति ने पूछा—आप कौन हैं?

वह बोला—मेरा नाम भूपाल बख्शी है। मेरा घर जिरैतपुर में है। मैं यूनियन बोर्ड में नौकरी करता हूँ। मैं वहाँ मामूली नौकर हूँ—तिरपन रुपये का क्लर्क। अलग से साढ़े बारह रुपये डियरनेस एलाउन्स मिलता है। अकेला आदमी हूँ, इसलिए चल जाता है।

अब दीप्ति ने उस युवक की तरफ देखा। देखने में बुरा नहीं है। बातचीत में कोई संकोच या हिचक नहीं। कितने सहज ढंग से उसने अपनी सारी बातें बता दीं।

अब किसी उत्तर की आशा में भूपाल बख्शी ने दीप्ति की तरफ देखा, लेकिन इतने में अचानक कई कुत्ते टॉम की तरफ झपटे। चारों तरफ से कुत्तों के भूँकने से दीप्ति डर गयी।

भूपाल बख्शी बोला—घबड़ाइये मत। आप यहीं चुपचाप खड़ी रहें। मैं उन कुत्तों को मजा चखाता हूँ।

इतना कहकर उसने साइकिल जमीन पर लिटा दी। फिर पास की बाड़ से एक सूखी डाली लेकर वह कुत्तों की तरफ झपटा। कुत्ते पीछे हटे तो वह कुत्तों की तरफ दौड़ा। कुत्ते भागने लगे तो वह उनके पीछे दौड़ने लगा। आखिर एक कुत्ते को वह पा गया। उसने उस डाली से उस कुत्ते को इतना पीटा कि वह कुत्ता लँगड़ाता हुआ भागा। अपने साथी की यह हालत देखकर दूसरे कुत्ते न जाने कहाँ छिप गये। अब आस-पास कोई कुत्ता नहीं दिखायी पड़ा।

कुत्तों से रण में जीतकर भूपाल बख्शी हीरो बनकर लौटा। उसने दीप्ति से कहा—एक की ऐसी पिटाई की है कि अब कोई कुत्ता आपको परेशान करने की हिम्मत नहीं करेगा।

दीप्ति बोली—आप न होते तो पता नहीं आज मेरी क्या हालत होती?

भूपाल बख्शी बोला—चलिये, आपको घर पहुँचा दूँ।

इतना कहकर भूपाल बख्शी साइकिल लेकर दीप्ति के साथ चलने लगा।

भूपाल बख्शी बोला—आप कलकत्ते में रहती थीं, इसलिए गाँव-देहात में रहने की आपको आदत नहीं है। यहाँ तो जोर-जबर्दस्ती करके रहना पड़ता है।

दीप्ति बोली—जोर-जबर्दस्ती तो कर सकती हूँ, लेकिन किसके भरोसे करूँगी? बताइये, मेरा कौन है?

भूपाल बख्शी बोला—क्यों, कोई जरूरत पड़े तो मुझसे बताइये। मैं यूनियन बोर्ड में नौकरी करता हूँ, मुझे साइकिल से आस-पास के कई गाँवों में जाना पड़ता है। मेरा कहीं कोई नहीं है, इसलिए घर की जिम्मेदारी से मुक्त हूँ। जब भी कोई जरूरत पड़े आप मुझको खबर कर दीजिये।

दीप्ति बोली—लेकिन मैं आपको कहाँ खबर करूँगी?

भूपाल बख्शी बोला—फिर एक काम करूँगा, मैं ही रोज शाम को आपके घर आ जाऊँगा। आपका जो काम रहेगा कर दिया करूँगा।

दीप्ति बोली—क्यों आप मेरे लिये इतनी तकलीफ करेंगे?

भूपाल बख्शी बोला—इससे क्या हुआ, आपका कुछ उपकार हो जायेगा तो मुझे खुशी होगी।

दीप्ति का मकान आ गया। बाहर रामलाल नहीं था। पता नहीं वह कहाँ गया है? दीप्ति दरवाजे की कुण्डी खटखटाने लगी। महराजिन ने दरवाजा खोल दिया।

—पिता जी कहाँ गये हैं महराजिन दीदी? रामलाल कहाँ है?

महराजिन बोली—मालिक रामलाल को लेकर कहीं गये हैं। कहीं से कोई चिट्ठी आयी थी, उस चिट्ठी को पढ़कर मालिक बहुत बिगड़े। फिर उन्होंने रामलाल को भेजकर साइकिल रिक्शा बुलवाया और जल्दी-जल्दी तैयार होकर उसी से कहीं गये। रामलाल उन्हीं के साथ गया है।

दीप्ति ने भूपाल बख्शी की तरफ देखकर कहा—आइये, अन्दर आइये।

भूपाल बख्शी आगा-पीछा करने लगा। वह बोला—अन्दर आऊँ?

दीप्ति बोली—आइये न, संकोच करने की जरूरत नहीं है।

भूपाल बख्शी साइकिल में ताला लगाकर दीप्ति के साथ पद्मश्री सुरपति राय के महलनुमा मकान में घुसा।

मैंने यह सब किस्सा डॉक्टर समीरण सेन से सुना था। उस समय डॉक्टर सेन का तबादला कलकत्ते में हो चुका था। समीरण मेरा बचपन का दोस्त है। हम एक साथ एक स्कूल के एक ही क्लास में पढ़ते थे। उसके बाद वह डॉक्टर बना और सरकारी नौकरी लेकर गाँव-गाँव घूमता रहा। अब वह नौकरी छोड़कर प्राइवेट प्रैक्टिस करता है।

मैं अक्सर उसके दवाखाने में जाता हूँ और जब कोई मरीज नहीं रहता हम दोनों गपशप करते हैं।

नौकरी छोड़ने से पहले वह खैराशोल में था। वहाँ से कलकत्ते आने के बाद उसने नौकरी से इस्तीफा दे दिया। अब वह कलकत्ते में स्थायी रूप से रहने लगा है।

उसने कहा था—गाँव-गाँव घूमना मुझे अच्छा नहीं लग रहा था। कलकत्ते में फैमिली छोड़कर बाहर पड़े रहना कब तक अच्छा लगता है? इसीलिए नौकरी छोड़ दी।

मैंने कहा था—बहुत अच्छा किया है, लेकिन उस दीप्ति का क्या हुआ?

समीरण कहने लगा—अचानक दूसरे दिन दोपहर को सुरपति बाबू के घर से मेरा बुलावा आया। क्या बात है? जाकर देखा कि मकान के बाहर फाटक के बायीं तरफ लगे संगमरमर के उस चौकोर टुकड़े को राजगीर छेनी-हथौड़े से तोड़ रहा है, जिस पर 'पद्मश्री सुरपति राय' लिखा था। मैं समझ नहीं पाया कि क्या हो गया है।

मकान के अन्दर जाने पर सुरपति राय से मुलाकात हुई। वे बिस्तर पर पड़े थे। मानो उनको होश नहीं था। मैंने उनके सीने से आला लगाया। तब उनकी आँखें खुलीं। मैंने पूछा—यह आपको क्या हो गया है?

सुरपति राय बोले—डॉक्टर, मेरा सर्वनाश हो गया है। अब मैं मर जाऊँगा।

मैं उनकी बात समझ नहीं पाया। पूछा—क्या सर्वनाश हो गया है?

सुरपति राय बोले—जानते हो डॉक्टर, गवर्नमेण्ट ने मेरी पद्मश्री टाइटिल छीन ली है।

—छीन ली है? क्यों?

हाँफते हुए सुरपति राय कहने लगे—हाँ, हाँ, छीन ली है। जानते हो डॉक्टर, कोई नहीं जानता कि मेरा कितना बड़ा सर्वनाश हो गया है। मैंने अपनी जमीन-जायदाद बेचकर तीन लाख रुपये घूस दिया था, तब मुझे 'पद्मश्री' खिताब मिला था। कलकत्ते जाकर पाँच हजार रुपये खर्च कर सबको होटल में खाना खिलाना पड़ा, तब जाकर मुझे 'पद्मश्री' टाइटिल मिली। फिर छह महीने बीतते-न-बीतते गवर्नमेण्ट ने मेरी 'पद्मश्री' छीन ली! चिट्ठी पाते ही मैं रिक्शा लेकर भागा-भागा मजिस्ट्रेट के घर गया। सब-कुछ

सुनकर उन्होंने कहा—अब मैं क्या कर सकता हूँ बतलाइये? यह आर्डर तो दिल्ली से आया है, इसलिए मैं इसमें कुछ नहीं कर सकता!

इतना कहकर सुरपति राय हाँफने लगे। फिर थोड़ा सुस्ताकर बोले—मजिस्ट्रेट की बात सुनते ही मेरे सीने में न जाने कैसा दर्द होने लगा डॉक्टर। मैं वहीं कुर्सी पर लुढ़क गया। फिर मजिस्ट्रेट साहब अपनी कार से मुझे घर पहुँचा गये। रात भर मैं बेहोश पड़ा था। सवेरे होश आया तो मैंने रामलाल से राजगीर बुला लाने को कहा। राजगीर ने आकर फाटक पर लगे उस संगमरमर को तोड़ा जिस पर 'पद्मश्री' खुदी थी। सुनने में आया कि जहाँ-जहाँ 'पद्मश्री' लिखी गयी है, मिटाने का आर्डर हुआ है। अगर ऐसा नहीं किया गया तो मुझे जेल जाना पड़ेगा।

यह कहते-कहते सुरपति राय को न जाने क्या हो गया। उनके हाथ-पाँव ऐंठने लगे। शायद उनके सीने का दर्द बढ़ने लगा था। अस्पताल से कोरामिन लाकर मैंने उन्हें सूई लगायी। उस समय उस हालत में उन्हें अस्पताल भी नहीं ले जाया जा सकता था। मैं समझ नहीं पा रहा था कि क्या करूँ। मैं अकेला डॉक्टर और एक कम्पाउण्डर। अस्पताल भी बहुत छोटा। बहुत-सी दवाएँ भी नहीं थीं।

इतना कहकर समीरण रुका।

मैंने पूछा—फिर क्या हुआ?

समीरण बोला—फिर क्या होना था? जो होना था, वही हुआ। दूसरे ही दिन सुरपति राय चल बसे। 'पद्मश्री' टाइटिल छिन जाने का उतना बड़ा सदमा वे बरदाश्त नहीं कर सके। जमीन-जायदाद बेचकर उन्होंने तीन लाख रुपये से 'पद्मश्री' टाइटिल खरीदी थी और वही टाइटिल सरकार ने छीन ली। उन्हें दोहरा सदमा लगा। रुपया भी गया और टाइटिल भी गयी।

मैंने पूछा—सुरपति बाबू की लड़की दीप्ति का क्या हुआ।

समीरण बोला—दीप्ति? जिस दिन सुरपति राय चल बसे उस दिन दीप्ति घर में नहीं थी, न जाने कहाँ भागी थी।

—कहाँ भागी थी?

समीरण बोला—यह तो मैं नहीं बता सकता। सुरपति राय की इनवैलिड बहन घर पर थीं, लेकिन वे क्या करतीं। मैं मकान के अन्दर गया तो देखा कि वे बिस्तर पर पड़ी छटपटा रही हैं और रो रही हैं! मैं उन्हें क्या आश्वासन देता और कैसे चुप कराता। मुझे देखकर वे जोर-जोर से रोने लगीं। उनको उस तरह रोते देखकर मैं वहाँ खड़ा नहीं रह सका, बाहर भाग आया।

कई साल की नौकरी में मुझे कितना अनुभव मिला, क्या बताऊँ! मैंने बहुत-कुछ सीखा और देखा। वह सब देखकर अब मुझे विश्वास हो गया है कि एक निश्चित पते पर पहुँचने के लिए हम इस संसार में पैदा हुए हैं। किसी-न-किसी दिन हम सबको वहाँ पहुँचना पड़ेगा और तब हमारी यात्रा पूरी होगी। हम लोगों में से किसी को नैहाटी जाना पड़ेगा तो किसी को पायराडाँगा। कोई रानाघाट जायेगा तो कोई लालगोला, तो किसी को कृष्णनगर में ही उतर जाना पड़ेगा। लेकिन खुलना से आगे कोई नहीं जा सकता। उधर जाने का पासपोर्ट हमारे पास नहीं है।

मेरे पास भी ज्यादा समय नहीं था। मुझसे चार्ज लेने के लिए एक डॉक्टर खैराशोल के अस्पताल में तबादला होकर आ गया था। उसे चार्ज देने के बाद मैं अपना बोरिया-बिस्तर लेकर कलकत्ते चला आया।

खैराशोल से लौटते समय जब मैं साइकिल रिक्शे से स्टेशन आ रहा था तब देखा कि सामने से एक साइकिल रिक्शा आकर सुरपति बाबू के मकान के सामने रुका और उससे दो जने उतरे। देखा कि दीप्ति के साथ एक लड़का है। यह भी देखा कि दीप्ति की माँग में सिन्दूर है। समझ गया कि दीप्ति अपनी इच्छा से शादी करके लौटी है।

मैंने पूछा—उसने किससे शादी की थी?

समीरण बोला—उसके साथ जो लड़का था, उसी से।

—वह लड़का कौन था?

समीरण ने कहा—वही भूपाल बख्शी। वह भी सही पते पर पहुँच गया था।

●

विषय : नर-नारी 3

अखबार के अन्तिम पृष्ठ पर छपी एक छोटी-सी खबर ने उस दिन मुझे विचलित कर दिया था। इसका कारण भी था। औरों के लिए वह खबर भले ही माने नहीं रखती थी, लेकिन मेरे लिये वह महत्त्वपूर्ण थी।

याद है कि उस खबर को पढ़ने के बाद मुझे बहुत दिन पहले की एक घटना याद आयी थी।

वह खबर कुछ ऐसी थी :

बिलासपुर के सेशन्स कोर्ट में हत्याकाण्ड का एक मुकदमा चल रहा था, उसी का फैसला था। जिस स्त्री ने रायपुर के मिस्टर और मिसेज शर्मा की एकमात्र सन्तान की गला दबाकर हत्या की थी, उसका नाम कुसमिया था। जज साहब ने उससे पूछा था—क्या तुमने जान-बूझकर उस बच्चे का खून किया था?

कुसमिया ने कहा था—हाँ।

छत्तीसगढ़ की सीधी-सादी औरत कुसमिया! उम्र भी हो गयी थी। बहुत दिनों तक उसने मिस्टर और मिसेज शर्मा के घर काम किया था। वैसी ईमानदार नौकरानी छत्तीसगढ़िया समाज में भी दुर्लभ थी।

सरकारी वकील ने खड़े होकर कहा था—नहीं हुजूर, उसने जान-बूझकर खून नहीं किया था। संयोगवश बच्चा कपड़े में उलझ गया था और उस कपड़े का छोर उसके गले में कस गया था जिससे उसका दम घुट गया।

जज साहब ने फिर कुसमिया से पूछा था—वकील साहब जो कुछ कह रहे हैं, क्या वह सच है?

कुसमिया ने दृढ़ स्वर में उत्तर दिया था—नहीं हुजूर।

—फिर क्या तुमने जान-बूझकर, अच्छी तरह सोच-समझकर उस बच्चे का खून किया था?

—हाँ हुजूर!

—लेकिन तुमने उस बच्चे का खून क्यों किया?

इजलास खचाखच भरा था। कुसमिया का मुकदमा बहुत दिनों से चल रहा था। बिलासपुर शहर में उस मुकदमे की बड़ी चर्चा थी। वहाँ के लोगों का विश्वास था कि छत्तीसगढ़ की स्त्रियाँ बड़ी ईमानदार होती हैं। उनमें न चोरी करने की आदत होती है और न किसी चीज के लिए लालच होता है। लेकिन यह क्या हो गया? कुसमिया तो

कई बरसों से मिसेज शर्मा के घर में काम कर रही थी। उसके खिलाफ कभी किसी को कोई शिकायत नहीं थी। लोग उसकी तरह ईमानदार नौकरानी पाना अपना सौभाग्य समझते थे। फिर उसने ऐसा काम क्यों किया?

इस सवाल का जवाब कोई नहीं दे सका था। इसलिए लोअर कोर्ट में कुसमिया के मुकदमे की जब भी तारीख पड़ी, लोग अपना काम छोड़कर कचहरी पहुँचे। कचहरी में बड़ी भीड़ होने लगी। लोग एकटक कुसमिया की तरफ देखते थे। उसकी उम्र तीस और चालीस के बीच कहीं थी। शक्ल-सूरत छत्तीसगढ़ की आम औरतों जैसी थी। रंग काला। बदन पर कोई गहना नहीं। हाथों में चाँदी की एक-एक चूड़ी या गले में हँसली भी नहीं। सिर्फ दोनों कानों में चाँदी के कनफूल थे जिनकी हर खाँख में मैल जम गया था। बहुत दिनों से उनको साफ नहीं किया गया था।

जज साहब ने फिर पूछा था—क्या मालिक ने कभी तुमको सताया था?

कुसमिया का उत्तर था—नहीं।

—तुम्हें हर महीने तनखाह मिल जाती थी?

—हाँ हुजूर! मेरी तनखाह कभी नहीं रुकी।

- फिर तुमने उनके बच्चे का खून क्यों किया?

कुसमिया ने ऊपर की ओर उँगली से इशारा करके कहा था—हुजूर, ऊपरवाले का हुक्म था।

—ऊपरवाले का हुक्म कैसा?

कुसमिया ने कहा था—सबके ऊपर जो रहता है उसी का हुक्म था। इसके बाद जज साहब को कुछ नहीं कहना था। उन्होंने उस दिन के लिए कोर्ट बन्द कर दिया था।

जो बन्दूकधारी सिपाही कुसमिया को ले आये थे, वे उसकी कमर में पड़ी रस्सी पकड़कर उसे लोहे की जाली लगी गाड़ी में बिठाकर जेलखाने की तरफ ले गये थे।

उसके बाद हत्या के उस मुकदमे का फैसला हो गया। जज साहब ने कुसमिया को मौत की सजा दी।

फिर कब कुसमिया को फाँसी दी गयी, यह हमें पता भी नहीं चला।

जिन्दगी के एक-न-एक झमेले से हर कोई परेशान रहता है। हर कोई अपनी समस्याओं में उलझा रहता है। अखबार की उस छोटी-सी खबर पर शायद बहुतों की निगाह नहीं पड़ी थी। सिर्फ मैं ही उस खबर को पढ़कर थोड़ी देर के लिए विचलित हो गया था।

लेकिन मेरी भी अपनी समस्याएँ थीं। अपने को प्रतिष्ठित करने के प्रयास में मैं भाग-दौड़ कर रहा था। इसके अलावा अखबार में चाहे जितनी सनसनीखेज खबर क्यों न छपे, दूसरे दिन वह पुरानी पड़ जाती है। फिर उसकी तरफ किसी का ध्यान नहीं जाता। जब हम ट्रेन से कहीं जाते हैं तो देखते हैं कि बाहर दोनों तरफ के पेड़े-पौधे, आदमी-जानवर वगैरह विपरीत दिशा में ओझल होते जा रहे हैं। सिर्फ साँझ का तारा क्षितिज पर स्थिर रहता है। अगर ट्रेन मुड़कर अपनी दिशा बदलती है तो भी वह तारा कहीं नहीं हटता-बढ़ता।

इस दुनिया में हर आदमी का यह हाल है। मैं उन दिनों बिलासपुर की नौकरी छोड़कर कलकत्ते आ गया था। मन लगाकर साहित्य-रचना करने लगा था। साहित्य को ही मैं अपना सब-कुछ समझने लगा था। नौकरी छोड़ने के कारण बहुत-से लोग मुझे मूर्ख कहकर धिक्कारने लगे थे। उनका कहना था—नौकरी करते हुए भी तो साहित्य की सेवा की जा सकती है। तुम भी तो वैसा कर सकते थे।

लेकिन ऐसा नहीं हो सकता। साहित्य उस औरत की तरह है जो अपनी सौत को किसी तरह बरदाश्त नहीं कर सकती। इसलिए सारी जोखिम उठाकर साहित्य से रिश्ता जोड़ लिया तो और किसी तरफ ध्यान देने की फुर्सत नहीं रह गयी। इसलिए मध्य प्रदेश के रायपुर और बिलासपुर न जाने कहाँ छूट गये और नौकरी की भी सुध न रही। मन से अतीत का सारा-कुछ धुल-पुँछ गया। सामने रहा सिर्फ अनवरत परिश्रम, निद्राहीन रातें और संघर्ष का संकुल रास्ता। जान-बूझकर मैंने पेरशानी मोल ली। अनिश्चय का पहाड़ सिर ऊँचा किये खड़ा हो गया। फिर भी निष्ठा और एकाग्रता से मुझे वह पहाड़ लाँघना होगा और उसकी यन्त्रणा भोगनी होगी, यह पक्का जानकर ही उस दिन मैं अनिश्चय के रास्ते से चल पड़ा था।

मैंने उस दिन सही किया था या गलत, यह तो भविष्य बतायेगा।

वह सब बताने के लिए मैं यह नहीं लिख रहा हूँ। मैं तो कुसमिया की कहानी सुनाने बैठा हूँ। कुसमिया की कहानी से मेरी नौकरी का कोई सम्बन्ध नहीं है। फिर भी दीया जलाने के लिए बाती बनाना जरूरी है। उसी तरह कुसमिया के बारे में कहने के लिए मेरी नौकरी की बात करना जरूरी है। अगर मैं बिलासपुर और रायपुर में न रहता तो मेरे लिये कुसमिया के बारे में जानना सम्भव न होता। फिर इन्दौर न जाता तो असली बात भी मालूम न होती। इसलिए इस कहानी की शुरुआत इन्दौर से कर रहा हूँ।

बिलासपुर छोड़ने के बाद बीस-इक्कीस साल मध्य प्रदेश जाना नहीं हुआ। इस बार जब भोपाल से उज्जैन गया तब जाड़ा पड़ने लगा था। उज्जैन में 'कालिदास समारोह' चल रहा था। महाकवि कालिदास के स्मरण में हर साल उज्जैन में धूम-धाम से यह समारोह होता है। इस समारोह में भी मैं पहुँचा था। जब समारोह समाप्त हुआ तब सोचा कि जब इतनी दूर आया हूँ तब मध्य प्रदेश का इन्दौर शहर भी देख लूँ।

उज्जैन से इन्दौर जाने में लगभग तीन घण्टे लगते हैं।

इन्दौर को दूसरी बम्बई कहा जाता है। एक बार बचपन में इन्दौर आया था। उस समय इन्दौर का कोई और रूप था और इस बार कोई और रूप देखा। सारे शहर में बड़े-बड़े मकान बन गये हैं। खुली जगह बहुत कम रह गयी। फिर भी कलकत्ता, बम्बई या दिल्ली कहने से जो कुछ समझ में आता है, इन्दौर वैसा नहीं है।

छोटा-सा होटल देखकर मैंने उसी की शरण ली। इच्छा थी कि कई दिन भीड़-भाड़ से दूर रहूँगा।

मेरा जन्म कलकत्ते में हुआ था, लेकिन मैं बहुत दिनों तक मध्य प्रदेश में रहा। इसलिए मध्य प्रदेश को मेरा दूसरा जन्मस्थान कहा जा सकता है। इधर-उधर से घूम-फिरकर जब भी मैं कलकत्ते आया, मेरी सेहत बिगड़ी, लेकिन जब भी कलकत्ते से बाहर गया मेरी बिगड़ी सेहत बन गयी।

हाँ, तो मुझे इन्दौर उस समय स्वर्ग-जैसा लगा। सड़क पर और बाजार में वहाँ मुझे कोई नहीं जानता। जहाँ मुझे कोई नहीं जानता, वहाँ मैं बड़ा आराम महसूस करता हूँ। मैं यही चाहता हूँ कि लोग मेरी रचनाएँ खूब पढ़ें, लेकिन मुझे पहचान न सकें।

फिर भी होटल के रजिस्टर में लिखे मेरे नाम से न जाने कैसे लोगों को पता चल गया कि मैं लेखक हूँ और इन्दौर के इस होटल में ठहरा हूँ।

मेरे लिये यह एक तरह का आविष्कार था। कलकत्ते से इतनी दूर यहाँ भी मेरी ख्याति पहुँची है, यह जानकर मुझे खुशी भी हुई और परेशानी भी, इतना तो मैं ईमानदारी से कह सकता हूँ।

उसके बाद जो होना था वही हुआ। मुझे कई गोष्ठियों में जाना पड़ा। याने इन्दौर में भी मुझे साहित्य के बारे में बीसियों सवालों का सामना करना पड़ा। जहाँ तक हो सका, मैंने उन सवालों का जवाब दिया।

सोचा, अब इन्दौर में नहीं रहना है। जितनी जल्दी हो सके मुझे इन्दौर छोड़कर

भागना होगा। अपरिचित जगह में मनुष्य स्वाधीन रहता है। लेकिन ज्यों ही वह परिचित लोगों के बीच पहुँचता है, वह घिर जाता है, उसकी स्वाधीनता खत्म होने लगती है और तभी उसकी सेहत बिगड़ती है, उसे अपच होने लगता है। फिर वह दर्शक नहीं रहता, स्वयं द्रष्टव्य बन जाता है। फिर द्रष्टव्य बन जाने पर उसकी पराधीनता का अध्याय शुरू हो जाता है।

उस समय मेरा वही हाल हुआ।

होटल के मालिक से मैंने उसी वक्त कह दिया कि मैं कल ही इन्दौर छोड़कर चला जाऊँगा।

दूसरे दिन सवेरे उठकर शहर देखने जाना नहीं हो सका। मैं इन्दौर छोड़ने की तैयारी करने लगा। सूटकेस, होल्डाल वगैरह ठीक करता रहा। उसी समय होटल के ब्वॉय ने मेरे कमरे में आकर मुझे खबर दी कि कोई मुझसे मिलने आया है।

मैंने कहा कि बता दो, अभी मुझे मिलने की फुर्सत नहीं है। इस समय मैं काम कर रहा हूँ। मैं आज ही इन्दौर छोड़कर चला जाऊँगा।

सचमुच मैं ऊब गया था। जो कई दिन इन्दौर में रहा, रोज शाम को मुझे कहीं-न-कहीं साहित्य-गोष्ठी में जाना पड़ा। बहुत दिनों तक हिन्दीभाषी राज्य में रहने के बावजूद हिन्दी में कुछ कहते समय मेरी जबान लड़खड़ाने लगती है। क्या मन की बात मन मुताबिक ढंग से अन्य भाषा में प्रकट की जा सकती है?

बॉय फिर भी खड़ा था।

मैंने उससे पूछा—खड़े क्यों हो? जाकर बता दो कि आज मैं किसी से नहीं मिलूँगा।

अब ब्वॉय ने कहा—हुजूर, कोई औरत आपसे मिलने आयी हैं।

—औरत! याने कोई महिला? इस इन्दौर में कौन ऐसी महिला है, जो मुझसे मुलाकात करने आ सकती है?

लेकिन मुझे और कुछ कहने का मौका नहीं मिला। देखा, एक महिला सीढ़ी से ऊपर आ रही है। शायद यही मुझसे मिलने आयी है।

मैं उस महिला की तरफ आश्चर्य से देखने लगा।

उधर वह महिला हँसते-हँसते मेरी तरफ आने लगी।

सामने आकर कहा—आप मुझे नहीं पहचान सके? मैं कौन हूँ?

मैं तो और भी आश्चर्य में पड़ गया। यहाँ कोई महिला इस तरह घनिष्ठ होकर मुझसे बात करेगी, मैंने इसकी कल्पना नहीं की थी।

कहा—मैं तो आपको नहीं पहचान पा रहा हूँ।

महिला बोली—हाँ, कैसे पहचान पायेंगे! मैं तो पहले से बहुत मोटी हो गयी हूँ।

—आप अपना परिचय तो दीजिये।

वह बोली—मेरा आज का नाम बताने पर आप मुझे नहीं पहचान सकेंगे। मैं चन्दना हूँ—

—चन्दना?

वह और ज्यादा हँसने लगी। बोली—रायपुर की चन्दना! हालाँकि अब यहाँ मेरा नाम चन्दना नहीं, चाँदनी है।

अब मैं उसे पहचान गया।

बोला—आप तो सोमनाथ शर्मा की बेटी चन्दना हैं न?

चन्दना बोली—मुझे पहचानने में इतनी देर लगी? खैर, अब आप मुझे आप मत कहिये।

मैं बोला—क्यों नहीं देर लगेगी? क्या वह आज की बात है? फिर कहाँ रायपुर और कहाँ इन्दौर! तो तुम एकाएक इन्दौर कैसे आ गयी?

चन्दना बोली—यहीं तो मेरी शादी हुई है।

मैंने कहा—शादी हुई है तो नाम कैसे बदल गया?

चन्दना बोली—मेरी सास का नाम भी चन्दना है। इसलिए शादी के बाद सास जी ने मेरा नाम चन्दना से बदलकर चाँदनी कर दिया। अब मेरा नाम है चाँदनी भार्गव। यहाँ के नामी वकील मिस्टर भार्गव से मेरी शादी हुई है।

अब मैं क्या कहूँगा? अब उससे क्या कहा जा सकता है?

सिर्फ यही कहा—तुम ऐसे समय आयी कि मैं बहुत ज्यादा व्यस्त हूँ। आज ही मैं यहाँ से जा रहा हूँ।

चन्दना बोली—और एक दिन रुक जाइये न! मैं अपने पतिदेव से आपका परिचय करा दूँगी। वे आपको देखकर बहुत खुश होंगे। आज आप एक दिन हमारे साथ रहेंगे तो क्या हर्ज होगा?

मैंने इस बात का जवाब न देकर कहा—मैं इन्दौर आया हूँ, यह तुम्हें कैसे पता चला?

चन्दना बोली—आपका कहीं आना-जाना क्या छिपा रहता है? यहाँ के अखबारों में आपका नाम छपा है। आपने कहाँ किस मीटिंग में क्या कहा है, वह सब भी छपा है।

अब बात समझ में आयी। सूटकेस और होल्डाल ठीक करना धरा रह गया।

फिर भी मैंने कहा—लेकिन आज तो मेरे लौटने का सारा इन्तजाम हो चुका है।

चन्दना बोली—मेरे लिये एक दिन ज्यादा रुक जायेंगे तो कोई हर्ज नहीं होगा।

मैं बोला—रुक जाता तो अच्छा रहता, यह मैं भी समझ रहा हूँ।

चन्दना बोली—अगर मुझे पहले खबर मिल जाती तो मैं उसी वक्त आपके पास आती, लेकिन मुझे आज ही खबर मिली। मैं तो मिस्टर भार्गव के साथ आ रही थी, लेकिन वे मेरी माँ के मुकदमे के सिलसिले में बड़े व्यस्त हैं।

—माँ का मुकदमा? कैसा मुकदमा?

चन्दना बोली—माँ की जायदाद के बारे में मुकदमा चल रहा है। क्या आपको पता नहीं है?

मैंने कहा—क्या तुम माँ के साथ मुकदमा लड़ रही हो? तुम्हारी माँ के पास तो बहुत बड़ी जायदाद है।

—हाँ, बहुत बड़ी जायदाद है, इसीलिए मुकदमा चल रहा है। यहाँ खड़े-खड़े सारी बात नहीं बतायी जा सकती। आप मेरे घर आयेंगे तो सब बताऊँगी।

चन्दना की माँ को मैं जानता था। उनके रायपुरवाले मकान में हम लोगों का खूब आना-जाना था। हम उन दिनों छोटे थे। मेरे पिता जी रायपुर में नौकरी करते थे। इसलिए मेरा बचपन रायपुर में बीता है। चन्दना को देखकर मुझे बचपन की वे सब बातें याद आने लगीं। मिस्टर शर्मा, मिसेज शर्मा और कुसमिया—एक-एक कर सभी याद आये।

रायपुर की याद मानो एक गुत्थी बनकर मेरे दिमाग पर दबाव बढ़ाने लगी। उन दिनों मैं बहुत-सी बातें समझ नहीं सका था। फिर भी सब-कुछ हलका-हलका याद आने लगा। खासकर कुसमिया की फाँसी की सजा की बात। उस समय किसी तरह समझ में नहीं आया था कि क्यों कुसमिया को फाँसी दी गयी।

सोचा कि जब इतने दिनों बाद चन्दना से मुलाकात हो गयी तो उससे सारे रहस्य का पता चल जायेगा। इसलिए इन्दौर में और एक दिन रुक जाने में कोई हर्ज नहीं है। एक दिन देर हो जाने से कौन ऐसा नुकसान होगा। मैं तो किसी की नौकरी नहीं करता। इसलिए अपने को छुट्टी देने का मालिक मैं ही हूँ।

बोला—ठीक है, जब तुम इतना कह रही हो तब तुम्हारे लिये एक दिन रुक जाऊँगा।

चन्दना बोली—फिर एक काम किया जाय।

मैंने पूछा—क्या?

चन्दना बोली—मैं शाम को खुद आऊँगी, और आपको कार से ले जाऊँगी, क्योंकि आप यहाँ नये हैं। आप शाम को छह बजे तैयार रहियेगा।

मेरी सम्मति लेकर चन्दना खुशी-खुशी जाने लगी।

सीढ़ी से उतरते समय वह बोली—याद रहे, मैं शाम को ठीक छह बजे यहाँ आ जाऊँगी और आपको चलना पड़ेगा।

चन्दना के चले जाने के बाद मैंने होटल के मैनेजर को कहला भेजा कि मैं होटल में और एक रात रहूँगा। मेरा जाना एक दिन के लिए स्थगित हो गया है।

मेरा मन सब-कुछ जानने के लिए बेचैन हो उठा। बिलासपुर के कोर्ट का वह दृश्य याद आया। पुलिस के पहरे में लोहे की जाली लगी गाड़ी से कुसमिया जब आती थी तब उसके लिए मेरा मन न जाने क्यों दुःखी हो उठता था! फाँसी के मुजरिम का चेहरा कैसा होता है, तभी मैंने पहली बार देखा था। फाँसी होगी जानकर भी कुसमिया के चेहरे में कोई परिवर्तन नहीं आता था। वह चुपचाप कठघरे में खड़ी रहती थी। मैं उसकी आँखों की तरफ देखता था, लेकिन उन आँखों में भय का लेशमात्र नहीं था। लगता था कि वह भगवान् के आगे आत्मसमर्पण कर निश्चिन्त हो गयी है।

लेकिन उसने वैसा काम क्यों किया?

ऊपरवाले के हुक्म से? ऊपरवाले का हुक्म वह कैसे सुन सकी?

ऊपरवाले के हुक्म से उसका क्या मतलब था? ऊपरवाले का हुक्म याने किसी महापुरुष की बात? महापुरुषों ने तो बहुत अच्छी-अच्छी बातें कहीं हैं, लेकिन उन बातों को क्या सब लोग सुनते हैं?

फिर छत्तीसगढ़ की एक मामूली औरत, जिसने कभी पढ़ना-लिखना नहीं सीखा, जो कभी स्कूल-कॉलेज नहीं गयी, महापुरुषों की बात क्या होती है कैसे जान सकी? वह तो जिन्दगी भर चन्दना के घर नौकरानी के अलावा और कुछ नहीं थी।

ऐसे अनेक सवाल मेरे मन में थे। बहुत-सारी जिज्ञासाएँ थीं। जब इतने दिनों बाद चन्दना से मुलाकात हो गयी तब उन सवालों के जवाब जरूर मिल जायेंगे।

बचपन में देखा है कि कुसमिया चन्दना के घर में कितनी मेहनत से काम करती थी। शर्मा जी को हम मौसा जी कहते थे और चन्दना की माँ को मौसी जी।

रायपुर के बंगालियों में उन लोगों का ज्यादा उठना-बैठना नहीं था। सिर्फ बंगाली क्यों, शर्मा जी और उनके परिवार के लोग किसी से ज्यादा मेल-जोल नहीं रखते थे। इसके अलावा इसके लिए उनके पास समय भी नहीं था।

बस, हम कई लड़के शर्मा जी के घर जाते थे। दुर्गापूजा का चन्दा माँगने गये थे तो पहले पहल उनसे हमारा परिचय हुआ था।

उस समय चन्दना पैदा भी नहीं हुई थी। तभी रायपुर में धूमधाम से दुर्गापूजा होने लगी थी। सुना है, अब तो अनेक जगह दुर्गापूजा होने लगी है।

जिस दिन हम पहली बार चन्दा लेने गये थे, उस दिन बड़ा डर लगा था। कहीं हम लोगों को भगा न दें!

दरवाजे की कुण्डी खटखटाने पर कुसमिया ने आकर दरवाजा खोल दिया था। उसी ने पूछा था—क्या चाहिए?

हमने कहा था—दुर्गापूजा का चन्दा।

कुसमिया का चेहरा देखकर हम समझ गये थे कि वह हमारी बात समझ नहीं पा रही है। तब हमने थोड़ा विस्तार से कहा—बंगालियों के मुहल्ले में दुर्गापूजा होगी, इसलिए हम चन्दा माँगने आये हैं।

मकान के अन्दर से किसी महिला की आवाज सुनायी पड़ी—कौन हैं कुसमिया? कौन आये हैं?

कुसमिया वहीं खड़ी होकर कहने लगी—क्या कह रहे हैं, मैं समझ नहीं पा रही हूँ।

खुले दरवाजे से हमने झाँका तो देखा कि मकान के अन्दर काफी बड़ा बगीचा है। उस बगीचे में अमरूद, नींबू और फूलों के अनेक पेड़-पौधे हैं। बगीचे के पार कई गायें दिखायी पड़ीं। शर्मा जी का मकान रायपुर शहर से बाहर थोड़ा अलग-अलग था। शायद

इसीलिए उनके यहाँ किसी का आना-जाना नहीं था। पड़ोसी हों तब तो आना-जाना रहे। लेकिन हम छोड़नेवाले नहीं थे। हमने तय किया था कि उस साल पिछले साल से ज्यादा धूमधाम से दुर्गापूजा करेंगे।

अब वह महिला बाहर आयीं।

पूछा—तुम कौन हो? कहाँ से आये हो?

हम समझ गये कि यही घर की मालकिन हैं। उनको बँगला बोलते सुनकर हम आश्चर्यचकित हुए। उनका उच्चारण एकदम बंगालियों-जैसा साफ था।

हमने कहा—हम कालीबाड़ी से आये हैं। दुर्गापूजा होगी, इसलिए आपसे चन्दा माँगने आये हैं।

उस महिला ने हमारी बातें सुनीं। फिर उन्होंने कुसमिया से दस रुपये लाकर देने को कहा।

कुसमिया ने दस रुपये लाकर दिये। हम तभी समझ गये कि कुसमिया उस घर में सब-कुछ है। जब उसके पास रुपया रहता है तब वह जरूर ईमानदार है और इस घर के मालिक उस पर विश्वास भी करते हैं।

उस दिन हमें चन्दा मिल जाने पर हम उनको रसीद देकर चले आये थे। आते समय हमने उनको दुर्गापूजा देखने के लिए आने का निमन्त्रण भी दिया था।

लेकिन वह महिला नहीं आयी थीं।

वहीं पहली बार मिसेज शर्मा से हम लोगों का परिचय हुआ था। मिसेज शर्मा हमारी दुर्गापूजा देखने नहीं आयी थीं। हमने सोचा था कि वे बंगाली नहीं हैं, शायद इसीलिए हमारी कालीबाड़ी की पूजा में नहीं आयीं।

उससे हमारी दुर्गापूजा के समारोह में कोई कमी नहीं आयी थी।

दूसरे साल फिर वह बात हुई। उस साल भी हम दुर्गापूजा का चन्दा लेने शर्मा जी के घर गये। उन्होंने उसी तरह चन्दा दिया। न उन्होंने आपत्ति की न आनाकानी।

शर्मा जी के बगीचे के पास हमारा फुटबाल खेलने का मैदान था। एक दिन फुटबाल खेलते समय गेंद शर्मा जी के मकान में चला गया।

किसी की हिम्मत नहीं पड़ी कि मकान के अन्दर जाकर गेंद उठा लाये। तब न जाने क्यों मैंने अपने साथियों से कहा—तुम लोगों में कोई नहीं जाना चाहता तो मैं ही जाकर ले आता हूँ।

सब लड़के बाहर खड़े रहे। मैं अन्दर गया।

कुण्डी खटखटाते ही उस नौकरानी ने आकर दरवाजा खोल दिया।

पूछा—क्या है?

मैंने कहा—हमारा गेंद तुम्हारे घर में चला आया है—

नौकरानी बोली—वह गेंद मैं नहीं दूँगी।

बोला–क्यों नहीं दोगी? वह तो हमारा गेंद है।

शायद हमारी तकरार मालकिन के कानों तक पहुँच गयी थी। वे उसी वक्त बाहर आयीं।

उन्होंने नौकरानी से पूछा–क्या हुआ है कुसमिया? क्यों चिल्ला रही है?

कुसमिया बोली–देखिये माता जी, ये लोग बगल के मैदान में गेंद लेकर खेलते हैं और वही गेंद मेरे सिर पर आकर गिरता है। क्या इससे चोट नहीं लगती? इसलिए इनको गेंद नहीं दूँगी।

मैंने कहा–हमने तो कुसमिया को चोट पहुँचाने के लिए मकान के अन्दर गेंद नहीं फेंका, खेलते-खेलते गेंद आपके मकान में चला आया है।

मिसेज शर्मा बोलीं–तुम लोग तो दूसरे मैदान में जाकर फुटबाल खेल सकते हो। क्या फुटबाल खेलने लायक और कोई मैदान रायपुर में नहीं है?

मैंने कहा–आप बता दीजिये, रायपुर में इतना बड़ा मैदान और कहाँ है? अगर होगा तो कल से हम वहाँ फुटबाल खेलने जायेंगे।

मिसेज शर्मा बोलीं–मैं औरत हूँ। मुझे क्या पता कि रायपुर में कहाँ कैसा मैदान है? क्या मैं घर से बाहर निकलती हूँ?

फिर मुझे न जाने क्या सूझा मैंने एकाएक उनसे माफी माँग ली।

मैंने कहा–अब ऐसा कभी नहीं होगा, आप कृपा करके हमारा गेंद दे दीजिये। हम गरीब हैं, हमारे पास पैसा नहीं है और नया गेंद खरीदने में बहुत पैसा लगेगा। इसलिए गेंद दे दीजिये।

अब उस महिला को दया आयी।

बोलीं–तुम लोग कहाँ रहते हो? बंगाली मुहल्ले में?

बोला–जी हाँ।

–क्या तुम बंगाली हो?

मैंने कहा–जी हाँ।

–अच्छा।

बगल में खड़ी कुसमिया से उन्होंने साफ हिन्दी में कहा–कुसमिया गेंद लाकर इसे दे दो।

कुसमिया बोली–नहीं माता जी, ये सब बड़े दुष्ट लड़के हैं; अक्सर हमारे मकान में गेंद फेंकते हैं। अभी मैं चाँपाकल से पानी लाने जा रही थी तो गेंद आकर मेरे सिर में लगा। हाथ से घड़ा भी गिर गया। यह देखिये–

उसने मिट्टी का टूटा घड़ा दिखाया।

लेकिन उस महिला पर घड़ा टूटने का खास असर नहीं हुआ।

वे बोलीं–जाने दे कुसमिया दे दे। छोटे लड़के हैं, खेलने दे।

कुसमिया बोली—बगीचे में रोज गेंद गिरता है, लेकिन मैं कुछ नहीं कहती। आज तो गेंद एकदम घर के आँगन में आकर गिरा और मेरे सिर में चोट लगी—अभी तक सिर दुख रहा है।

लेकिन मालकिन आखिर मालकिन हैं। उनके आगे कुसमिया की बात नहीं चल सकती। जब मालकिन और नौकरानी के बीच बात आ पड़ती है तब मालकिन की ही बात रह जाती है।

मालकिन ने मुझसे कहा—जाओ, तुम अपना गेंद ले जाओ। अब जरा होशियार होकर खेलना, बार-बार इधर गेंद न आ जाय।

वैसा ही करने की स्वीकृति में मैंने गर्दन हिला दी और गेंद मिल जाने पर उसे लेकर चला गया। मेरे सभी दोस्त बाहर इन्तजार कर रहे थे। मैं गेंद लेकर पहुँचा तो उन सबने पूछा—गेंद मिल गया।

मैंने कहा—हाँ।

एक ने पूछा—तुम पर डाँट नहीं पड़ी?

मैंने कहा—उन लोगों की नौकरानी बड़ी दुष्ट है। वही बड़बड़ा रही थी। लेकिन मालकिन बड़ी अच्छी हैं। मैंने उनसे कहा तो उन्होंने कुसमिया से गेंद दे देने के लिए कहा।

—कुसमिया कौन है?

मैं बोला—उसी नौकरानी का नाम कुसमिया है। वही बड़ी दुष्ट है। उसी के सिर में गेंद लगा था, इसलिए वह गेंद नहीं दे रही थी।

दूसरे ने पूछा—क्या ये लोग पंजाबी हैं?

मैंने कहा—लेकिन मालकिन तो मुझसे साफ बँगला में बात कर रही थीं, उनकी बँगला सुनकर मैं दंग रह गया। हाँ, वे कुसमिया से हिन्दी में बोल रही थीं।

इस तरह की बातचीत खत्म होने के बाद हमने फिर खेलना शुरू किया।

याद है, उसके बाद काफी समय बीता। हम और बड़े हो गये। हम लोगों ने फुटबाल खेलना भी छोड़ दिया। दुर्गापूजा के लिए भी पहले का-सा उत्साह नहीं रह गया था।

उम्र बढ़ने के साथ-साथ आदमी कितना बदल जाता है। पहले मैं सोचा करता था कि कब दुर्गापूजा आयेगी और कब चन्दे की किताब लेकर घर-घर चन्दा वसूलने जाऊँगा। पहले कोई मामूली खिलौना भी टूट जाता था तो उसके लिए कितना रोता

था। लेकिन बाद में उसी खिलौने के लिए मेरे मन में कोई आकर्षण नहीं रह गया। इससे यही पता चलता है कि ज्यों-ज्यों हमारी उम्र बढ़ती जाती है, कितनी ही पुरानी चीजें और बातें हमारे जीवन से उसी तरह अलग होती चलती हैं जिस तरह सूखी पत्तियाँ पतझड़ के दिनों में पेड़ों से अलग होती रहती हैं। हमेशा नये खिलौने की तरफ हमारा मन खिंचता जाता है। एक समय का आकर्षण दूसरे समय में विकर्षण में बदल जाता है, लेकिन नित नया आकर्षण हमारा पीछा कभी नहीं छोड़ता। आजीवन हम आकर्षण के जाल में उलझे रहते हैं, लेकिन हर घड़ी उस आकर्षण का रूप बदलता जाता है। इसी तरह बार-बार नये-नये खिलौने से खेलते-खेलते हमारे दिन पूरे हो जाते हैं। हम चुक जाते हैं। हमारी मृत्यु होती है।

यह जो साहित्य-रचना कर रहा हूँ, कभी-कभी लगता है कि यह भी एक तरह का खेल है। इतने दिनों बाद अब यह भी मुझे पुराना लगने लगा है। अब किसी नये खेल के लिए मन बेचैन हो उठा है।

आज अगर इन्दौर में चन्दना से मुलाकात न होती तो दिनों के उन पुराने खिलौनों की याद भी न आती।

अब सोमनाथ शर्मा की बात याद आने लगी। रात-दिन मेहनत करके उन्होंने बहुत धन कमाया था। लेकिन उनको क्या पता था कि बसें चलाने का उनका वह कारोबार भी एक खेल से ज्यादा और कुछ नहीं था। उनके मरने के बाद उस कारोबार का क्या हुआ? लेकिन उस कारोबार को फैलाने के लिए वे कितना ही परिश्रम करते थे!

सुनने में आता है कि सोमनाथ शर्मा कभी कलकत्ते के किसी कारखाने में फिटर मिस्त्री का काम करते थे। वहीं उनसे एक बंगाली लड़की का परिचय हुआ था। वह लड़की पैदल स्कूल जाती थी और फिटर मिस्त्री सोमनाथ उसकी तरफ देखा करता था। उस समय किसे पता था कि वह लड़की सोमनाथ शर्मा के साथ भागकर मध्य प्रदेश के रायपुर शहर में चली आयेगी। उन दिनों रायपुर शहर के बाहरी हिस्से में तमाम जमीन खाली पड़ी थी। वहीं थोड़ी-सी जमीन लेकर सोमनाथ शर्मा ने डेरा डाला। धीरे-धीरे उनका काम-धन्धा बढ़ता गया और शहर का वह खुला हिस्सा भी आबाद होने लगा।

बचपन में हमें इन सारी बातों का पता नहीं था।

उम्र बढ़ती गयी, तो अनेक बातों की जानकारी होने लगी।

एक दिन मैं सोमनाथ शर्मा के मकान के सामने से जा रहा था कि कुसमिया उस मकान से निकली। मैंने उसकी तरफ ध्यान नहीं दिया। उसी ने मुझे बुलाया—मुन्ना बाबू।

मैंने पलटकर देखा। कुसमिया खड़ी थी।

—मुझे बुला रही हो?

—हाँ, माता जी तुम्हें बुला रही हैं।

—मुझे?

—हाँ।

मैं सोमनाथ शर्मा के मकान के अन्दर गया। देखा, खिड़की के पास शर्मा जी की पत्नी मिसेज शर्मा चन्दना को लिये बैठी हैं। मुझे देखकर उन्होंने कहा—उस कुर्सी पर बैठ जाओ।

मैंने कहा—आपने मुझे बुलाया मौसी जी?

अचानक मैंने उनको मौसी जी कहा और उनसे मेरी आत्मीयता हो गयी।

मौसी जी ने पूछा—आजकल तुम लोग फुटबाल नहीं खेलते?

मैंने कहा—जी नहीं, हम लोगों का क्लब टूट चुका है।

—क्यों?

बोला—अब पहले की तरह समय नहीं मिलता। हम लोग कॉलेज में पढ़ने लगे हैं—वहाँ पढ़ाई भी बढ़ गयी है। फिर हमारे कई दोस्त बाहर चले गये हैं। इसीलिए...

मौसी जी बोलीं—अच्छा, इसीलिए। मैंने सोचा कि शायद तुम लोग मुझ पर नाराज हो गये हो।

—अरे नहीं! हम नाराज क्यों होंगे? आपने तो कुछ भी नहीं किया है।

मौसी जी बोलीं—हमारे घर में फुटबाल गिरता था तो कुसमिया तुम लोगों को डाँटती थी।

—अरे, वह तो कब की बात है। क्या आप समझ रही हैं कि वह सब हमें याद है?

मौसी जी बोलीं—कुसमिया की बात पर नाराज मत होना। वह सिर्फ यही चाहती है कि हम लोगों का कोई नुकसान न हो। वह बड़ी ईमानदार है और मेहनती भी। अब वैसी नौकरानी कहाँ मिलेगी? घर का सारा काम वही देखती है। अगर वह न होती तो इस गिरस्ती को कौन चलाता?

फिर जरा रुककर वे बोलीं—अब तो यह लड़की भी हो गयी है। इसके मारे तो मैं घर का कोई काम नहीं कर सकती। कुसमिया सारा काम करती है।

मैंने देखा कि एक छोटी-सी खूबसूरत लड़की मौसी जी को गोद के पास बैठी खेल रही है। वह लड़की आज की चन्दना है। बचपन में वह और ज्यादा खूबसूरत थी।

मैंने पूछा—आपने लड़की का क्या नाम रखा है मौसी जी?

मौसी जी बोलीं—अभी तक कोई नाम नहीं रखा है। तुम्हीं बताओ न क्या नाम रखा जाय?

मैंने कहा—मैं कैसे बताऊँ? आप लोग तो बंगाली नहीं हैं। अगर आप लोग बंगाली होते तो मैं बढ़िया-सा बँगला नाम बताता! मेरी पसन्द का नाम क्या आपको पसन्द आयेगा?

मौसी जी बोलीं—अरे, मैं तो बंगाली हूँ।

—आप बंगाली हैं?

—हाँ! तुम्हें पता नहीं चलता?

—पहले ही दिन मुझे शक हुआ था, लेकिन ठीक से समझ नहीं पाया। हाँ, लोगों को कहते सुना है।

—क्या लोग कुछ कहते हैं?

—जी हाँ, यहाँ सभी कहते हैं कि आप बंगाली हैं और आपने पंजाबी सोमनाथ शर्मा जी से शादी की है।

—अरे! लोगों को वह सब कैसे पता चल गया? यहाँ तो मैं किसी से नहीं मिलती-जुलती!

मैंने कहा—इसीलिए तो बंगाली मुहल्ले में आपके बारे में चर्चा होती है। क्या आप कलकत्ते की हैं?

मौसी जी बोलीं—हाँ।

—फिर आपसे शर्मा जी की कैसे शादी हुई?

मौसी जी बोलीं—क्यों, शादी नहीं हो सकती?

—नहीं हो सकती, ऐसी बात नहीं है। लेकिन अक्सर ऐसा नहीं होता। आप तो कलकत्ते में थीं, अचानक मध्य प्रदेश में कैसे चली आयीं?

मौसी जी हँसने लगीं। बोलीं—भाग्य का फेर है।

मैंने कहा—यह तो मेरे सवाल का जवाब नहीं हुआ।

हमारी बातचीत चल ही रही थी कि कुसमिया मेरे लिये नाश्ता ले आयी।

मैं यह देखकर आश्चर्य में पड़ गया।

मौसी जी बोलीं—देखो, देख लो, कुसमिया को हर बात का खयाल रहता है। मैंने उससे कुछ भी नहीं कहा लेकिन यह तुम्हारे लिये चाय-नाश्ता ले आयी। उससे कुछ कहना ही नहीं पड़ता, वह खुद समझकर हर काम करती रहती है।

मैंने एक मिठाई उठाकर चन्दना को दी। चन्दना चाव से मिठाई खाने लगी।

मौसी जी बोलीं—अरे, उसको क्यों मिठाई दे दी? उसने अभी थोड़ी देर पहले खाया है।

मैंने इस बात का जवाब न देकर पूछा—मौसी जी, आपको कुसमिया कहाँ से मिल गयी?

मौसी जी बोलीं—वह भी हम लोगों का भाग्य है। हम लोग जिस दिन रायुपर के इस मकान में आये, उसी दिन से वह हमारे पास है।

—क्या उसका कोई नहीं है?

मौसी जी बोलीं—उसका इस दुनिया में कोई नहीं है। मैं ही उसके लिए सब-कुछ हूँ। बहुत दिन हो गये, वह हम लोगों की सेवा कर रही है। अब वह इस घर को अपना घर समझती है। हम लोगों के लिए वह अपनी जान तक दे सकती है। फिर वह बहुत ईमानदार भी है।

—आप उसको कितनी तनखाह देती हैं?

मौसी जी बोलीं—वह तनखाह लेना नहीं चाहती। मैं तो उसे तनखाह देना चाहती हूँ, लेकिन वह ले तब तो? अगर मैं ज्यादा जोर करती हूँ तो वह कहती है कि रुपया आप अपने पास रखिये। रुपया मेरे पास रहे या आपके पास, कोई फर्क नहीं पड़ता।

मैंने कहा—आजकल ऐसी नौकरानी मिलना बड़े भाग्य की बात है।

उसके बाद मौसी जी ने कुसमिया के बारे में बहुत-कुछ बताया। वह सब सुनकर मुझे और आश्चर्य हुआ।

एक बार मौसी जी सख्त बीमार पड़ी थीं। एकदम मरने की हालत हो गयी थी। उस समय मौसी जी को खून चढ़ाने की जरूरत पड़ी थी। उसी कुसमिया ने उनको अपना खून देकर बचाया था।

मौसी जी बोलीं—मेरी यह लड़की भी पैदा होने के बाद बीमार पड़ी थी। उन दिनों मेरी तबीयत भी ठीक नहीं थी। उस समय सात दिन सात रात इस लड़की के बिस्तर के पास बैठकर कुसमिया ने इसकी सेवा-टहल की थी। एक बार भी वह अपनी जगह से नहीं हटी थी। अब भी यह लड़की कभी रोती है तो वह परेशान हो जाती है। अगर यह लड़की मेरे कारण रोती है तो वह मुझ पर भी बरस पड़ती है। उस समय वह मेरा भी लिहाज नहीं करती। ऐस लगता है कि वह इस घर की मालकिन है और मैं उसकी नौकरानी!

उस दिन मैं मौसी जी के पास ज्यादा देर नहीं बैठा था। घर में कोई काम था, इसलिए उठकर चला आया था।

उसके बाद मैं चन्दना के घर अनेक बार गया। जभी गया, देखा कि कुसमिया मौसी जी की गिरस्ती की गाड़ी खींचे जा रही है। कभी किसी बात के लिए मौसी जी को परेशान नहीं होना पड़ा। शर्मा जी के पास पैसे की कमी नहीं थी। अगर वे चाहते तो घर के काम-काज के लिए बीसियों नौकर-नौकरानियाँ रख सकते थे। फिर भी जो नौकर-चाकर घर में थे, उनमें से कोई बगीचे की देखभाल करता था तो कोई बाहर के काम-काज में लगा था। इनके अलावा शर्मा जी का ड्राइवर था, जो उनको कार से कारखाना पहुँचाता था।

शर्मा जी मोटर ट्रान्सपोर्ट का काम करते थे! उनका कारोबार काफी बड़ा था। उनके पास आठ-दस बसें थी। वे बसें रायपुर से एक सौ अस्सी मील दूर जगदलपुर जाती थीं और वहाँ से रायपुर लौटती थीं। शर्मा जी के पास अपनी अलग कार थी, जिसे मंगल पाण्डे चलाता था। और एक कार थी, लेकिन वह ज्यादा चलती नहीं थी। इन दोनों गाड़ियों के लिए एक ही ड्राइवर था।

सवेरे पाँच बजे शर्मा जी घर से निकलते थे। फिर वे कभी दोपहर के बारह बजे तो कभी दो बजे घर लौटते थे। किसी दिन कोई बस बिगड़ जाती थी तो वे घर नहीं लौटते थे। कभी-कभी जगदलपुर भी जाना पड़ता था। फिर तो वे वहीं किसी होटल में रोटी-सब्जी खा लेते थे। अपने कारोबार के लिए वे बहुत मेहनत करते थे। उसी मेहनत की बदौलत मामूली हैसियत के आदमी से अमीर बन गये थे। दौलत ही लक्ष्मी है और उसी लक्ष्मी के वे उपासक थे।

लेकिन किसके लिए इतना रुपया कमा रहे हैं, यह शायद शर्मा जी भी नहीं जानते थे। रुपया कमाना एक तरह का नशा है। एक बार जिसे वह नशा हो जाता है, उससे कभी छुटकारा नहीं मिलता।

मौसी जी कभी-कभी कहती थीं—आप किसके लिए इतनी मेहनत कर रहे हैं। आपका इतना रुपया कौन खायेगा? सिर्फ एक ही तो लड़की है।

शर्मा जी कहते थे—लड़की की शादी में रुपया नहीं लगेगा? आजकल लड़की को पढ़ाने-लिखाने का खर्च भी तो कम नहीं है।

—पढ़ाने-लिखाने में कितना खर्च होगा?

शर्मा जी कहते थे—क्या मैं अपनी लड़की को मामूली स्कूल में भरती करूँगा? मैं उसे अंग्रेजी स्कूल में पढ़ाऊँगा। घर में पढ़ाने के लिए मेम मास्टरनी रखूँगा। फिर मैं जितना रुपया छोड़ जाऊँगा, वह तो उसी लड़की को मिलेगा।

मैंने जहाँ तक देखा था, मुझे शर्मा जी का परिवार बड़ा सुखी लगा था। रायपुर में और भी अनेक परिवारों से मेरा परिचय था। हर परिवार में कोई-न-कोई समस्या थी। किसी की लड़की की शादी नहीं हो रही थी तो किसी का लड़का बेरोजगार था। किसी घर की मालकिन को गठिया था तो किसी घर के मालिक को मोतियाबिन्द का ऑपरेशन होना था। पैसे की कमी तो लगभग सभी घरों में थी। कोई घर ऐसा नहीं था, जिसे पूरी तरह सुखी कहा जा सकता था।

लेकिन शर्मा जी के परिवार में ऐसी कोई समस्या नहीं थी। सबसे बड़ी बात यह थी कि उस घर में लक्ष्मी की कृपा थी। शर्मा जी दस-बारह रोटियाँ और सब्जी खाकर घर से निकलते थे। दोपहर को मौका मिलता था तो वे घर आते थे, नहीं तो उनके लौटने में रात को नौ-दस बज जाते थे।

मौसी जी पूछतीं—आज दोपहर को खाना खाने नहीं आये?

शर्मा जी कहते—आज जगदलपुर गया था। वहाँ बस बिगड़ गयी थी। कारीगर पर भरोसा करता तो एक ट्रिप मारा जाता। इसलिए मैं कारीगर के साथ रहकर बस को सड़क पर निकालकर लौट रहा हूँ। आजकल कोई काम करना नहीं चाहता। सब यही समझते हैं कि बस नहीं चलेगी तो मेरा क्या, नुकसान तो मालिक का होगा।

उसके बाद शर्मा जी ढेर-सारे रुपये, पैसे और नोट मौसी जी को देते। उस दिन बसों से उतना पैसा मिला था। रुपये-पैसे के हिसाब रखने का काम मौसी जी करती थीं।

एक दिन मैंने मौसी जी से पूछा था—आप तो बंगाली हैं न मौसी जी?

मौसी जी ने कहा था—क्या तुम्हें शक है कि मैं बंगाली नहीं हूँ?

मैंने कहा था—नहीं, आप बंगाली हैं, इसीलिए इतना काम करती हैं।

मौसी जी ने कहा था—क्यों? दूसरे प्रान्तों की स्त्रियाँ क्या काम नहीं करतीं? पंजाबी स्त्रियाँ तो बंगाली स्त्रियों से ज्यादा मेहनती होती हैं। तेरे मौसा जी बाहर का काम-काज देखते हैं, लेकिन मैं घर में रहकर उनका पूरा कारोबार सँभालती हूँ। कारोबार चलाना खिलवाड़ नहीं है। आज तू देख रहा है कि हमारे पास बहुत रुपया है, लेकिन पहले हमारी हालत ऐसी नहीं थी। उन दिनों हमने कितनी तकलीफ उठायी, वह तो तुम नहीं जानते। सिर्फ एक साड़ी पहनकर मैं दिन गुजारती थी। कभी-कभी हम दोनों को भरपेट खाना भी नहीं मिला। लेकिन उन दिनों के बारे में हमारे अलावा और कोई नहीं जानता। उन दिनों तुम्हारे मौसा जी अपने हाथ से मिस्त्री का काम करते थे। मुझे एक भी पैसा मिलता था तो मैं उसे रख देती थी। यहाँ चारों तरफ खुली जमीन देखकर मैं सोचती थी कि मेरे पास पैसा हो जाय तो जमीन खरीदूँ। मुझे मकान और बगीचे का बचपन से शौक था। इसलिए मैं एक-एक पैसा जोड़ती थी।

मैंने कहा था—आपका जैसा मकान इस मुहल्ले में किसी का नहीं है। आपका बगीचा भी सबसे बड़ा है।

मौसी जी ने कहा था—जो कुछ तुम देख रहे हो, मैंने अपने हाथों से बनाया है।

उस दिन मैंने एकाएक पूछा था—मौसी जी, मौसा जी से आपकी जान-पहचान कैसे हुई थी? आप तो कलकत्ते के किस मुहल्ले में रहती थीं?

—हाँ, टालीगंज में।

—और मौसा जी?

—उन दिनों तुम्हारे मौसा जी टालीगंज के एक मोटर कारखाने में फिटर मिस्त्री का काम करते थे। रोज शाम को उनको मजदूरी मिलती थी। सिर्फ बीस आने पैसे। मैं उसी कारखाने के सामने से स्कूल जाती थी। तुम्हारे मौसा जी न जाने क्यों मेरी तरफ देखा करते थे।

—आपके माता-पिता?

—मेरी माँ पहले चल बसी थीं। घर में सिर्फ पिता जी थे। पिता जी को दमा था। वे मेरी शादी के लिए परेशान रहते थे। वे सोचते थे कि अगर वे मर गये तो उनकी बेटी को कौन देखेगा। मामा की तरफ से भी मेरा कोई नहीं था।

—अभी आपके पिता जी कहाँ हैं?

मौसी जी ने कहा था—पिता जी का कभी देहान्त हो चुका है। वह क्या आज की बात है? मुझे बस यही दुःख रह गया कि पिता जी मेरे सुख के दिन नहीं देख सके। अगर वे देख सकते तो अन्त समय उनको शान्ति मिलती।

फिर जरा रुककर मौसी जी ने कहा था—देखो, तुम भी बड़े होगे और समझदार बनोगे। उस समय तुम समझ सकोगे कि जिन्दगी में कुछ भी बेकार नहीं जाता। मनुष्य जो कुछ करता है, उसका फल उसे मिलता ही है।

मैंने सूटकेस या होल्डाल नहीं खोला। होटल की खाट पर यों ही लेट गया। आज थोड़ा आराम मिला। कोई काम नहीं है। सब जानते हैं कि आज मैं इन्दौर से जा रहा हूँ, इसलिए चन्दना के अलावा और कोई नहीं आयेगा।

चन्दना शाम को छह बजे आयेगी। चलो, अच्छा हुआ। बहुत दिनों बाद उससे मुलाकात हो गयी। अब उससे बातचीत होगी तो बहुत-सी बातें मालूम हो जायेंगी।

खासकर मैं कुसमिया के बारे में जानना चाहता हूँ।

मुझे याद है कि जब कुसमिया को फाँसी की सजा मिली तब सबसे ज्यादा आश्चर्य मुझे हुआ था। वैसी ईमानदार नौकरानी अक्सर नहीं मिलती। जिन्दगी भर उसने जी-जान से मिस्टर और मिसेज शर्मा की सेवा की थी। अन्त में उसी कुसमिया ने इतना बड़ा विश्वासघात किया! छत्तीसगढ़ की औरत तो ऐसी नहीं होती। यह तो सपने में भी सोचा नहीं जा सकता।

एक-एक कर पुरानी बातें याद आने लगीं।

मैं जब भी मौसी जी के घर जाता था, वे मुझे कुछ-न-कुछ खिलाती थीं।

उनके घर में दो बड़ी-बड़ी भैंसें थीं। नौ-दस सेर दूध होता था। उसी से छेना और दही बनते थे। उसी दही से कुसमिया लस्सी बनाती थी।

मौसी जी कुसमिया को बुलातीं—कुसमिया, जरा इधर आ।

शायद उस समय कुसमिया रसोईघर में खाना पका रही होती। मालकिन की आवाज सुनते ही वह सारा काम छोड़कर आती।

—एक काम कर कुसमिया, इस लड़के को एक गिलास लस्सी बना दे। और वह आम आया है न, वह भी दे।

मैं इस पर हलकी-सी आपत्ति करता। कहता—क्यों आप रोज-रोज मुझे इस तरह खिलाती हैं?

मौसी जी कहतीं—क्यों, क्या हुआ? उतना आम कौन खायेगा? कुसमिया को लेकर घर में सिर्फ तीन प्राणी हैं।

—चन्दना तो है। चन्दना नहीं खायेगी?

—चन्दना कितना खायेगी? वह तो सवेरे टिफिन लेकर स्कूल गयी थी, स्कूल से लौटकर रोटी खाने के बाद उस कमरे में सो रही है।

उन दिनों चन्दना के लिए कार आ गयी थी। चमाचम चमकती लाल फियट कार। उसके लिए अलग से ड्राइवर रखने का इन्तजाम हुआ था।

लेकिन कोई ऐसा-वैसा ड्राइवर न हो। ईमानदार और होशियार होना चाहिए। इसलिए शर्मा जी ने उसी को पसन्द किया।

देखने-सुनने में वह लड़का बड़ा अच्छा था। शर्मा जी का ड्राइवर मंगल पाण्डे उसे अपने गाँव से ले आया था।

शर्मा जी ने उस लड़के से पूछा—तुम्हारा क्या नाम है?

उस लड़के ने कहा—किशोर शर्मा।

—बाँभन हो?

—जी हाँ।

—लाइसेन्स लिये कितने साल हो गये?

—पाँच साल।

—फियट कार चला सकोगे? मेरी कार नयी है।

—जी हुजूर। मैं फियट कार ही बराबर चला रहा हूँ।

—अब बताओ, कितनी तनखाह लोगे?

किशोर शर्मा बोला—आप जो दे देंगे, मैं वही ले लूँगा। काम कैसा करना पड़ेगा?

शर्मा जी बोले—काम मुश्किल नहीं है। मेरी लड़की शहर के स्कूल में जायेगी। सवेरे छह बजे उसे स्कूल ले जाना पड़ेगा और साढ़े बारह बजे वापस लाना होगा। बस, यही काम है। काम ज्यादा नहीं है। रहने के लिए तुम्हें यहीं कमरा मिलेगा। बगीचे में एक कमरा है, उसी में तुम रहोगे। खाना तुम्हें अपने हाथ से बना लेना होगा। अब बताओ, क्या तनखाह लोगे?

किशोर की तरफ से मंगल पाण्डे ने कहा था—अभी उसे हर महीने चालीस रुपये दीजिये। फिर उसका काम देखकर आप खुश होंगे तो बढ़ा दीजियेगा।

शर्मा जी इस पर राजी हो गये।

उन्होंने मंगल पाण्डे से कहा—ठीक है। तुम उसे उसका कमरा दिखा दो और आज से उसकी नौकरी चालू हो गयी।

किशोर शर्मा उसी दिन नौकरी पर रख लिया गया। शुरू में दो-चार दिन शर्मा जी उसे जगदलपुर ले गये। एक सौ अस्सी मील चलना पड़ता है। लेकिन सड़क पक्की और अच्छी है। मंगल पाण्डे किशोर की बगल में बैठा रहा। एक सौ अस्सी मील लम्बी

सड़क के किनारे-किनारे गाँव हैं। जगदलपुर में शर्मा जी का बस अड्डा है। वहा काम-काज देखकर शाम को वे रायपुर लौट आये।

मौसी जी ने पूछा—कैसा है यह लड़का? गाड़ी कैसा चलाता है?

शर्मा जी बोले—हाँ, उम्र कम होने से क्या होता, गाड़ी बढ़िया चलाता है।

एक दिन मौसी जी भी कार से घूम आयीं। किशोर ने कार चलायी। उसके चलाने का ढंग ही दूसरा है। मंगल पाण्डे ड्राइवरी करते-करते बूढ़ा हो गया है। ज्यादा मेहनत करने पर वह हाँफने लगता है।

फिर शरीर ही तो है। कभी-कभी तबीयत ठीक नहीं रहती। जिस दिन मंगल पाण्डे की तबीयत ठीक नहीं रहती, उस दिन शर्मा जी भी लँगड़ा हो जाते हैं। कहीं आ-जा नहीं सकते। सिर्फ साइकिल रिक्शे से रायपुर स्टेशन के पास बस डिपो तक चले जाते हैं। जब तक सवेरेवाली बस नहीं छूटती, उनको चैन नहीं मिलता।

रायपुर से शर्मा जी की पहली बस सवेरे छह बजे छूटती है। उसके बाद दूसरी बस सवेरे नौ बजे चलती है। उसके बाद जब कलकत्ते से बम्बई मेल रायपुर पहुँचती है तब घड़ी में साढ़े दस या पौने ग्यारह का समय होता है। उस ट्रेन के पैसेञ्जर लेकर तीसरी बस जगदलपुर जाती है। यह बस यात्रियों से भरी रहती है।

फिर शर्मा जी को पचास रुपये की रेजगारी दे आना पड़ता है।

मौसी जी के पास कैश रहता था। एक दिन पहले रात को मौसी जी पचास रुपये की रेजगारी गिनकर रख देती थीं। तीन बसों के लिए कुल डेढ़ सौ रुपये की रेजगारी रोज मौसी जी को पहले से गिनकर रखनी पड़ती थी।

फिर शाम को और रात को जो कैश आता था, वह भी मौसी जी को गिनना पड़ता था। शर्मा जी के घर लौटते-लौटते बहुत रात हो जाती थी। उस समय दिनभर की टिकट-बिक्री का पैसा गिनना पड़ता था। पाँच-सात हजार रुपये गिनकर बक्से में रखना और फिर दूसरे दिन सवेरे के लिए रेजगारी गिनकर तैयार रखना मामूली काम नहीं था। लेकिन वह सब काम मौसी जी को अकेले करना पड़ता था।

रात को घर लौटने के बाद शर्मा जी सबसे पहले पूछते थे—चन्दना कहाँ है? क्या सो गयी है?

—हाँ?

—ठीक से पढ़ रही है न?

मौसी जी कहतीं—पढ़ तो रही है, लेकिन अब मुझसे नहीं होता। अंग्रेजी और गणित पढ़ाने के लिए मास्टर रखना पड़ेगा।

शर्मा जी कहते—मैं भी कई दिनों से यही सोच रहा हूँ कि उसके लिए मेम मास्टरनी रख ली जाय। इससे जब वह बड़ी होगी तब अंग्रेजों की तरह फटाफट अंग्रेजी बोल लेगी। फिर गणित के लिए ट्यूटर चाहिए।

पति-पत्नी दोनों ज्यादा पढ़े-लिखे नहीं थे। गरीबी के मारे शर्मा जी को कम उम्र में मोटर कारखाने में फिटर का काम करना पड़ा था। मौसी जी ने स्कूल की पढ़ाई खत्म करने से पहले शादी कर ली थी और गिरस्ती का सारा भार उन पर पड़ा था।

जब उन दिनों के बारे में मौसी जी कहती थीं, तब अक्सर वे सिलसिला गड़बड़ा देती थीं। जीवन का संघर्ष चौतरफा होता है। कहाँ से उसकी कथा शुरू की जाय और कहाँ वह खत्म हो, यह तय कर पाना भी एक समस्या है।

मौसी जी कहती थीं—वे भी क्या दिन थे! एक साड़ी एक साल पहनती थी। पहले तेरे मौसा जी साइकिल रिक्शे का काम करते थे। उसके बाद थोड़ा पैसा इकट्ठा हुआ तो उन्होंने ब्याज देकर बाकी पैसे का इन्तजाम किया और एक बस खरीदी। उन दिनों एक पैसा हमारे लिये एक रुपये के बराबर था। एक-एक पैसा मैं सोच-समझकर खर्च करती थी। मैं अपने हाथ से खाना बनाती थी और बर्तन मलती थी। कभी-कभी हम लोगों को सिर्फ दाल-रोटी खाकर रहना पड़ता था। हमारी गरीबी के बारे में किसी को पता न चले इसलिए हम रायपुर में किसी से मिलते-जुलते नहीं थे। लोग समझते हैं कि मैं बड़ी घमण्डी हूँ। लेकिन तुम तो जानते हो कि मैं कैसी हूँ। हाँ, मैं आज भी किसी से मेल-जोल नहीं रखती।

मैं कहता था—आपने उतनी तकलीफ उठायी थी, तभी आज आपको आराम मिला है।

मौसी जी कहती थीं—मेरी बात जाने दो। अगर मेरी लड़की पढ़-लिखकर कायदे की बन जाय तो मैं अपने को सुखी मानूँगी। मैं इससे ज्यादा और कुछ नहीं चाहती।

चन्दना की किस तरह परवरिश हुई थी, यह मैं जानता था।

सवेरे पाँच बजे शर्मा जी बस डिपो जाते थे। उसके बाद मौसी जी चन्दना को जगाती थीं।

वे पलँग के पास जाकर बुलाती थीं—उठ चन्दना, उठ! स्कूल नहीं जायेगी?

चन्दना बेखबर सोयी रहती। एक बार आँख खोलकर फिर सो जाती।

जग जाती तो कहती—और एक मिनट सो लेने दो माँ, बस एक मिनट।

फिर उस लड़की को बहला-फुसलाकर किसी तरह मौसी जी जगातीं।

दूध पीते समय भी चन्दना माँ को परेशान करती। मौसी जी प्यार कर, पुचकारकर उसे दूध पिलातीं। बड़ी मुश्किल से चन्दना दूध पीती। स्कूल जाते समय वह फिर ठुनकने लगती। मौसी जी फिर उसे बहलातीं, इधर-उधर की बहुत-सारी बातें करतीं, तब जाकर वह नाश्ता करती और स्कूल जाने के लिए फ्रॉक वगैरह पहनती।

कुसमिया सबसे पहले सोकर उठती थी। तड़के ही वह शर्मा जी, बीवी जी याने मौसी जी और मुन्नी याने चन्दना के लिए नाश्ता बनाकर तैयार रखती थी। किशोर शर्मा भी तब तक चन्दना की लाल फियट कार को पोंछ-पाँछकर तैयार रखता।

कभी-कभी मैं सड़क पर देखता था कि लाल फियट कार चली आ रही है। ड्राइवर की सीट पर बैठा एक नौजवान कार चला रहा है और पीछे की सीट पर बैठी चन्दना बाहर की तरफ देख रही है।

चन्दना जब फ्रॉक पहनती थी तब भी मैंने उसे देखा था और जब वह फ्रॉक छोड़कर साड़ी पहनने लगी तब भी उसे देखा। उसकी चाल-ढाल एक तरह की थी। उसमें कोई तब्दीली नहीं आयी थी। चन्दना को स्कूल पहुँचाकर उसकी लाल फियट कार घर लौटती थी। फिर बारह बजे वही गाड़ी चन्दना को लेने स्कूल जाती थी।

रविवार या छुट्टी के दिन को छोड़कर रोज यही नियम था।

चन्दना का स्वभाव शुरू से गम्भीर है। मैंने कभी उसे सड़क पर किसी से बात करते या दुकान पर खड़ी होकर आइसक्रीम खाते नहीं देखा।

लेकिन एक दिन एक बात हो गयी।

मैं सवेरे ही सब्जी लेने निकल पड़ा था। देखा, शर्मा जी की लाल फियट कार सड़क के किनारे खड़ी है। किशोर शर्मा कार का बॉनेट खोलकर इंजन की जाँच कर रहा है।

मैं उसके पास गया।

पूछा—क्या हुआ किशोर?

देखा, किशोर बड़ा परेशान है। मुझे देखते ही मानो उसे बहुत बड़ा सहारा मिल गया।

वह बोला—मुश्किल में फँस गया हूँ भैया जी। समझ में नहीं आता कि इंजन में क्या हो गया है। अब क्या होगा? अब तो गाड़ी नहीं चलेगी। मालिक मुझे बहुत डाँटेंगे।

मैंने उससे कहा—किसी मिस्त्री को बुला लो न।

—मिस्त्री बुलाने जाऊँगा तो बहन जी के स्कूल पहुँचने में देर हो जायेगी।

फिर कुछ सोचकर किशोर बोला—बल्कि आप थोड़ी देर कार को देखते रहिये, मैं बहन जी को टैक्सी से स्कूल छोड़ आऊँ।

आखिर वही इन्तजाम हुआ। मैं वहाँ खड़ा रहा और किशोर टैक्सी बुलाने चला गया।

मैंने चन्दना से कहा—क्या तुम डर गयी? डरने की कोई बात नहीं है, मैं तो हूँ—

चन्दना बोली—स्कूल पहुँचने में देर हो जायेगी।

मैंने कहा—लेकिन इसमें किशोर का क्या दोष है? इंजन ही तो है बिगड़ गया।

चन्दना बोली—हाँ, क्या किया जा सकता है।

एक मिनट में किशोर टैक्सी बुला लाया। चन्दना को पीछे की सीट पर बिठाकर वह ड्राइवर की बगल में बैठ गया। चन्दना को समय से स्कूल पहुँचाने की समस्या हल हो गयी।

जाते समय किशोर ने कहा—आपको और थोड़ी देर रुकना पड़ेगा भैया जी, मैं बहन जी को स्कूल पहुँचा आऊँ।

मैं मन-ही-मन किशोर की कर्त्तव्यपरायणता और तत्परता की प्रशंसा करने लगा। बड़े भाग्य से किसी को ऐसा ड्राइवर मिलता है। सचमुच, मौसी जी का भाग्य अच्छा है। उनकी नौकरानी कुसमिया भी ईमानदार और मेहनती है और यह ड्राइवर किशोर भी वैसा मिला है।

थोरी देर बाद किशोर लौट आया।

मैंने पूछा—बहन जी को स्कूल छोड़ आये?

—हाँ भैया जी। लेकिन आपको और थोड़ी देर कष्ट करना पड़ेगा। बस, दो-चार मिनट। मैं किसी मिस्त्री को बुला लाऊँ।

यह कहकर किशोर जाने लगा। लेकिन तभी शर्मा जी की कार वहाँ पहुँच गयी।

शर्मा जी ने कार से निकलकर पूछा—क्या हुआ किशोर?

मंगल पाण्डे भी लाल फियट के पास यह देखने चला आया कि क्या हो गया है।

नयी कार तो इस तरह नहीं बिगड़ सकती। हो सकता है कि ड्राइवर से कोई गलती हो गयी हो या इंजन में एकाएक कोई खराबी आयी हो।

किशोर से सब-कुछ सुन लेने के बाद शर्मा जी निश्चिन्त हुए। उनकी बेटी को किशोर ने समय से स्कूल पहुँचा दिया है, इसी पर वे खुश हो गये।

कार के मामले में शर्मा जी से बढ़कर और कौन मिस्त्री हो सकता है। वे जिन्दगी भर यही काम करते आये हैं। एक बार इंजन को छूते ही वे समझ जाते हैं कि क्या खराबी है। फिर उस लाल फियट को और किसी को नहीं दिखाना पड़ा। उन्होंने वहीं खड़े-खड़े देख लिया और न जाने क्या किया कि इंजन चलने लगा।

अब दोनों कारें घर की तरफ चलने लगीं। एक में शर्मा जी और मंगल पाण्डे थे और दूसरी में मैं और किशोर शर्मा।

शर्मा परिवार के लिए वह सुख का समय था।

एक दिन शर्मा जी को न जाने कहाँ से एक अंग्रेज मास्टर का पता चल गया। उस अंग्रेज का नाम डेविड साहब था। सुना कि साहब कभी रायपुर के राय कॉलेज में पढ़ाते थे और बूढ़े होकर रिटायर कर चुके हैं। वे महीने में एक सौ रुपये लेंगे। फिर उनको उनके घर से लाना होगा और चन्दना को पढ़ा चुकने के बाद फिर उन्हें घर छोड़ आना होगा।

मौसी जी डर रही थीं कि कहीं यह साहब मास्टर कम उम्र का न हो।

उन्होंने शर्मा जी से पूछा था—इस मास्टर की क्या उम्र होगी? कोई छोकरा तो नहीं है?

शर्मा जी ने कहा था—नहीं, नहीं, एकदम बूढ़ा है। राय कॉलेज में प्रोफेसर था, अब रिटायर होकर घर बैठा है। उम्र साठ से ज्यादा होगी।

मौसी जी की चिन्ता दूर हुई। चन्दना बड़ी हो गयी है। अब उसके लिए कम उम्र का मास्टर रखना ठीक नहीं है। पता नहीं, कब क्या बात हो जाय।

शर्मा जी ने कहा था—कम उम्र का ही मास्टर होता तो क्या बिगड़ जाता? मेरी लड़की वैसी नहीं है!

मौसी जी को शायद अपनी बात याद आ गयी थी।

वे बोलीं—कहा नहीं जा सकता। कहीं मास्टर मेरी बेटी के कान में मन्त्र फूँककर उसे उड़ा ले जाये तो एक झंझट खड़ी हो।

शर्मा जी हँसने लगे।

बोले—तुम भी तो बचपन में मेरे साथ भाग आयी थी। अब बेटी के बारे में इस कदर घबरा रही हो? क्यों, बोलो? तुमने भी तो झंझट खड़ी की थी और अब अगर लड़की करे तो वह बुरा हो जाये?

शायद ऐसा ही होता है।

मौसी जी बोलीं—मेरी बात छोड़ो। मेरे बाप गरीब थे। अगर मैं भाग न आती तो क्या मेरी शादी होती? तुम मुझसे चन्दना का मुकाबला कर रहे हो? मेरी बेटी को अगर कोई फुसलायेगा तो वह सोच-समझकर ही ऐसा करेगा। उसको पता होगा कि चन्दना के बाप के पास बहुत पैसा है। पैसे के लालच में वह चन्दना से शादी करना चाहेगा। क्या तुमने यह सब सोचकर मुझसे शादी की थी?

दलील बड़ी पक्की रही।

एक दिन कार भेजकर डेविड साहब को बुलाया गया। मौसी जी ने जाँच-पड़ताल की। देखते ही मौसी जी समझ गयीं कि साहब सचमुच बूढ़ा है। पढ़ाने का अनुभव भी बरसों का है।

मौसी जी ने हिन्दी में साहब से पूछा—मेरी लड़की स्कूल में फर्स्ट आयेगी न?

चन्दना को बुलाया गया।

डेविड साहब बोले—अगर आपकी बेटी मेरा कहना मानेगी तो वह जरूर इम्तहान में फर्स्ट आयेगी।

फिर साहब ने चन्दना को अपने पास बुलाया।

चन्दना साहब के सामने जाकर खड़ी हो गयी।

साहब ने चन्दना से पूछा—ह्वाट्स योर नेम?

चन्दना ने अंग्रेजी में ही उत्तर दिया—माइ नेम इज चन्दना शर्मा।

—वेरी गुड। लास्ट इग्जैमिनेशन में तुमको टोटल मार्क्स कितने मिले थे?

चन्दना बोली—सिक्स हण्ड्रेड ट्वेण्टी थी।

—ऑलराइट। ठीक है। अब तुम नाइन हण्ड्रेड मार्क्स पा जाओगी।

मौसी जी और मौसा जी दोनों अपनी बेटी और अंग्रेज मास्टर की बातें सुन रहे थे। बेटी को अंग्रेजी में जवाब देते सुनकर दोनों आश्चर्यचकित हो गये थे। उनकी लड़की इस तरह फटाफट अंग्रेजी बोलेगी, इसकी उन्हें उम्मीद नहीं थी।

डेविड साहब के जाने से पहले सब-कुछ तय हो गया। रोज शाम को चार बजे किशोर शर्मा साहब को उनके घर से कार में बिठाकर ले आयेगा और छह बजे उनको फिर कार से उनके घर पहुँचा देगा।

मौसी जी बोलीं—अब साहब बढ़िया पढ़ाये या घटिया, कोई फर्क नहीं पड़ता। मेरी लड़की वकील या बैरिस्टर तो नहीं बनेगी कि अंग्रेजी बढ़िया बोल लेगी तो उसकी धाक जम जायेगी। जब वह लड़की है तब एक-न-एक दिन उसकी शादी करनी ही पड़ेगी।

बूढ़ा साहब मास्टर पाकर मौसी जी बहुत खुश थीं।

सवेरे चन्दना कार से स्कूल जाती थी और ग्यारह-बारह बजे कार से ही घर लौटती थी।

मैं देखता था कि किशोर शर्मा आगे बैठकर कार चला रहा है और चन्दना पीछे की सीट के एक कोने में बैठी है। वह लड़की एक दिन फ्रॉक छोड़कर साड़ी पहनने लगी। उसी चन्दना का स्वास्थ्य और निखर आंया और वह ज्यादा खूबसूरत लगने लगी। पहले से वह ज्यादा गम्भीर हो गयी।

शाम को वही लाल फियट कार डेविड साहब को लेने जाती थी और उनको घर पहुँचा आती थी। साहब बहुत बूढ़े थे, फिर भी वे जी-जान से कोशिश करते थे कि चन्दना अपने स्कूल में फर्स्ट आये।

उस साल चन्दना अपने स्कूल में फर्स्ट आयी।

मैं गया तो मौसी जी ने मुझे एक प्लेट मिठाई दी।

हालाँकि मैं जब भी उस घर में जाता था, कुछ-न-कुछ खाता था। मौसी जी के घर खाना कोई नयी बात नहीं थी। घर गें भैंस का दूध होता था। उससे कुसगिया तरह-तरह की चीजें बनाती थी। वह सब शर्मा जी खाते थे, मौसी जी खाती थीं और सबसे ज्यादा चन्दना खाती थी।

मौसी जी मुझे बिना खिलाये कभी नहीं छोड़ती थीं।

कहती थीं—यह सब घर में बना है। घर के दूध के छेने से। बाजार की एक भी चीज नहीं है। फल भी मेरे बगीचे के हैं।

मौसी जी के बगीचे में लगभग सभी फलों के पेड़ थे। केला, पपीता, आम, कटहल, जामुन, फूट वगैरह। इसलिए साल भर कोई-न-कोई फल रहता ही था।

लेकिन उस दिन खास बात थी। लगा कि मेरे लिये विशेष आयोजन हुआ है। खीर, रबड़ी वगैरह कई चीजें थीं।

मैंने कहा—आपने कितना खाने को दिया है मौसी जी! क्या आज कोई खास बात है?

मौसी जी बोलीं—क्या तुझे नहीं मालूम?

कहा—कैसे मालूम होगा?

मौसी जी बोलीं—इस बार चन्दना अपने क्लास में फर्स्ट आयी है।

उस दिन मौसी जी ने सिर्फ मुझे खिलाया था, ऐसी बात नहीं है। सोमनाथ शर्मा के बस डिपो में जितने लोग थे सबको दावत दी गयी थी। सब कर्मचारियों को एक महीने की तनखाह इनाम में दी गयी थी। सोमनाथ शर्मा और मौसी जी दोनों ज्यादा पढ़े-लिखे नहीं थे। उन्हीं के घर की लड़की अंग्रेजी स्कूल के इम्तहान में फर्स्ट आयी थी तो वह एक विशेष बात थी। उनके लिए स्मरणीय घटना थी।

उसके बाद मैट्रिक्यूलेशन परीक्षा में चन्दना जब सर्वप्रथम आयी तब तो उस घर में बहुत बड़ा समारोह हुआ।

मैंने कहा—डेविड साहब सचमुच बढ़िया पढ़ाते हैं।

उस समारोह में डेविड साहब भी आये थे। सबने उनको बधाई दी थी। उनके जैसे बढ़िया मास्टर न होते तो क्या चन्दना फर्स्ट आती?

मिस्टर शर्मा ने डेविड साहब से कहा—अब तो चन्दना कॉलेज में भरती होगी। वहाँ वह क्या-क्या सब्जेक्ट लेगी आप बता दीजिये।

साहब ने चन्दना के विषयों का चुनाव कर दिया—हिस्ट्री, लॉजिक और सिविक्स। खैर, यह सब साहब पर छोड़ना ही ठीक है।

चन्दना के बारे में कोई भी निर्णय लेना होता था तो मौसी जी साहब से पूछकर लेती थी। मानो साहब ही चन्दना के अभिभावक थे। चन्दना जब छोटी थी, तभी से साहब ने उसका जिम्मा लिया था। इसलिए अब वह आगे कैसे क्या पढ़ेगी, उसका निर्णय साहब की ही राय से करना उचित समझा गया।

उन दिनों मिस्टर शर्मा का कारोबार बहुत तरक्की कर चुका था। उन्होंने और दो नयी बसें खरीदी थीं। साथ-ही-साथ उनका नाम भी बढ़ गया। कारोबार की अच्छी तरह देखभाल करने के लिए उनको और ज्यादा खटना पड़ता था।

एक दिन मौसी जी ने शर्मा जी से कहा—चन्दना क्या-क्या सब्जेक्ट लेगी, साहब वही बता रहा था।

शर्मा जी बोले—साहब जो अच्छा समझेगा वही करेगा, वह न तुम समझोगी और न मैं समझूँगा। इसलिए हम उसमें माथापच्ची क्यों करें!

मौसी जी बोलीं—फिर भी आप एक दिन डेविड साहब से बात कीजिये न।

शर्मा जी बोले—ठीक है, मैं बात करूँगा।

बात करना चाहकर भी शर्मा जी इस बारे में बहुत दिनों तक बात नहीं कर सके। और दो नयी बसें ले लेने के बाद काम बहुत बढ़ गया था और कारोबार में दिनोंदिन झंझट बढ़ती जा रही थी।

इस बीच अचानक एक दिन खबर आयी कि साहब मर गये हैं।

किशोर रोज शाम को साहब के घर के सामने जाकर हार्न बजाता था। साहब उस आवाज को सुनकर घर से निकलकर कार में बैठ जाते थे।

रोज का यही नियम था। कभी इस नियम में हेरफेर नहीं हुआ।

लेकिन उस दिन हेरफेर हो गया।

साहब के मकान से एक बूढ़ी मेम निकलकर ड्राइवर से बोलीं—आज साहब का देहान्त हो गया है।

ड्राइवर क्या करता! वह खाली गाड़ी ले गया था और खाली गाड़ी लेकर लौट आया।

मौसी जी ने किशोर से पूछा—साहब क्यों नहीं आये? साहब को क्या हुआ है?

किशोर बोला—साहब मर गये हैं।

यह खबर चन्दना ने भी सुनी।

रात को देर से शर्मा जी घर लौटे तो उन्होंने भी सुनी।

मौसी जी बोलीं—अब क्या होगा?

शर्मा जी बोले—अब दूसरे मास्टर की तलाश करनी होगी।

—लेकिन ऐसा बूढ़ा मास्टर क्या मिल सकेगा?

शर्मा जी बोले—बूढ़ा मास्टर नहीं मिलेगा तो जवान मास्टर ही लायेंगे।

मौसी जी बोलीं—नहीं, नहीं, जवान मास्टर नहीं चाहिए। आप जो भी मास्टर रखें, मुझे दिखाकर रखें, समझ गये न?

फिर जरा रुककर मौसी जी बोलीं—रायपुर में क्या कोई मास्टरनी नहीं मिल सकती? मास्टरनी मिल जाय तो कोई झमेला न रहे।

शर्मा जी उसी दिन से मास्टरनी की तलाश करने लगे। रायपुर उन दिनों कोई बड़ा शहर नहीं था। दिल्ली, बम्बई या कलकत्ता-जैसा शहर तो वह नहीं था कि जो चाहेंगे वही मिल जायेगा। मास्टरनी के लिए शर्मा जी पैसा खर्च करने को भी तैयार थे। अखबारों में विज्ञापन दिया गया। लेकिन उससे जो एक-दो शिक्षिकाएँ आयीं उनको किसी ने पसन्द नहीं किया। देखते ही मौसी जी ने सबको नापसन्द कर दिया।

फिर शर्मा जी के पास उन दिनों उतना समय नहीं था कि वे मास्टरनी की तलाश में ज्यादा समय देते।

शर्मा जी कहते—मुझे एकदम समय नहीं मिल रहा है कि मास्टरनी की तलाश करूँ।

मौसी जी कहतीं—यह भी तो जरूरी काम है! आप अगर अपना मोटर गैरज लेकर पड़े रहेंगे तो आपकी बेटी मूर्ख रह जायेगी। मेरी जैसी मूर्ख। फिर उसे पढ़ाने-लिखाने की क्या जरूरत है?

शर्मा जी कहते—कोशिश तो बराबर कर रहा हूँ, कोई-न-कोई मिल ही जायेगा।

मौसी जी कहतीं—लेकिन इधर समय चला जा रहा है, यह आप नहीं समझते? बताइये, इतने दिनों में चन्दना कितना पढ़ लेती?

सचमुच मौसी जी चन्दना पर अपनी जान छिड़कती थीं।

वे चन्दना को आश्वासन देती थीं। कहती थीं तू फिकर मत कर मैं तेरे लिये बढ़िया मास्टर ढूँढ़ निकालूँगी। मैं खुद पढ़-लिख नहीं सकी, इसलिए तुझे ज्यादा-से-ज्यादा पढ़ाने की कोशिश करूँगी।

फिर एक दिन अचानक एक मास्टर मिल गया। जबलपुर का रहनेवाला था। रायपुर के कॉलेज में नौकरी लगी तो यहाँ आ गया। डबल एम. ए.। गणित, अंग्रेजी और इकनॉमिक्स पढ़ा सकता है।

खबर पाते ही शर्मा जी कॉलेज में पहुँचे।

उन्होंने पूछा—क्या आप ही अयोध्या प्रसाद चौबे हैं?

अयोध्या प्रसाद बोले—जी हाँ, आप कौन हैं?

—मैं सोमनाथ शर्मा हूँ। रायपुर में मेरा ट्रान्सपोर्ट का बिजनेस है?

—आप अपना काम बताइये।

सोमनाथ शर्मा बोले—मेरी लड़की आर्ट्स कॉलेज में पढ़ रही है। मेहरबानी करके आप अगर उसे घर में थोड़ा-सा पढ़ा दें तो मुझे बड़ी खुशी होगी।

अयोध्या प्रसाद ने ऐसे प्रस्ताव की उम्मीद नहीं की थी।

वे बोले—छात्रा कैसी है, यह तो मुझे देखना पड़ेगा! स्कूल में उसने कैसा रिज़ल्ट किया था?

शर्मा जी बोले—वह तो बराबर फर्स्ट डिवीजन पा रही है। डेविड साहब उसे पढ़ाते थे। लेकिन साहब का स्वर्गवास हो गया है। इसीलिए मैं परेशान हूँ।

अयोध्या प्रसाद बोले—जब आपकी लड़की को डेविड साहब पढ़ाते थे तब मुझे कुछ नहीं कहना है। मैं उसे पढ़ा दिया करूँगा।

फिर चौबे जी क्या लेंगे और हफ्ते में कितने घण्टे पढ़ायेंगे, वह सब तय हो गया। वहाँ से चलते समय शर्मा जी बोले—आप कब से आयेंगे, मैं आपसे बता जाऊँगा।

घर लौटकर शर्मा जी ने मौसी जी से यह सब बताया। नये मास्टर से क्या बातें हुईं और वह क्या लेगा, शर्मा जी ने मौसी जी से कहा।

मौसी जी बोलीं—लेकिन असली बात तो आपने नहीं बतायी! इस मास्टर की उम्र क्या है?

शर्मा जी बोले—क्या कोई किसी से इस तरह उम्र के बारे में पूछ सकता है? हाँ, मुझे लगा कि अट्ठाईस-उनतीस का होगा। याने तीस से कम ही।

—शादी हुई है?

—यह तो मैंने नहीं पूछा।

मौसी जी बोलीं—यही तो असली बात है। उम्र कम है, यह तो समझ रही हूँ, लेकिन उसकी शादी हो गयी है या नहीं, यह तो पता करना पड़ेगा!

—क्या मुझे फिर जाना पड़ेगा?

मौसी जी बोलीं—जरूर! यह भी आप पूछ रहे हैं?

शर्मा जी खीज गये। बोले—मैं अपने काम से परेशान हूँ, ऊपर से लड़की के लिए मास्टर ढूँढ़ना! मैं अकेला आदमी क्या-क्या करूँगा?

—जब लड़की पैदा की है तब तो यह सब करना ही पड़ेगा। इसलिए अब झुंझलाने से क्या होगा?

—अगर उसकी शादी न हुई हो तो?

मौसी जी बोलीं—तो वह मास्टर नहीं चाहिए।

—लेकिन अब बढ़िया मास्टर कहाँ मिलेगा?

मौसी जी बोलीं—रुपया खर्च करने पर मास्टर की क्यों कमी होगी?

फिर भी शर्मा जी बोले—यह मास्टर अच्छा है। अगर यह क्वारा हो तो क्या हर्ज है? शादी-शुदा बूढ़ा मास्टर तो बहुत ढूँढ़ा। लेकिन नहीं मिला तो मैं क्या करूँ?

—लेकिन कोशिश करने में क्या हर्ज है? मैं अपनी लड़की को कुएँ में तो नहीं धकेल सकती। लड़की जवान हो चली है। इस उम्र में लड़कियाँ पता नहीं कब क्या कर बैठती हैं। इसलिए हर किसी मास्टर पर भरोसा नहीं किया जा सकता।

शर्मा जी बोले—लड़की के भाग्य में अगर वैसा है तो तुम क्या कर सकोगी?

मौसी जी बोलीं—आप बेमतलब बहस करते हैं। लड़की सयानी हो गयी इसका तो खयाल करना पड़ेगा। आप तो देखकर भी कुछ नहीं देखते, समझकर भी कुछ नहीं समझते। इस उम्र में लड़की कब क्या कर बैठे, क्या ठिकाना?

—ठीक है बाबा, जैसा तुम कहोगी वैसा करूँगा।

शर्मा जी फिर अयोध्या प्रसाद से मिलने आर्ट्स कॉलेज गये।

अयोध्या प्रसाद शर्मा जी को देखकर आश्चर्य में पड़ गये।

बोले—फिर क्या हुआ शर्मा जी?

शर्मा जी बोले—आपसे एक बात पूछने आया हूँ चौबे जी, मेरी पत्नी ने भेजा है। आप बुरा तो नहीं मानेंगे?

अयोध्या प्रसाद बोले—नहीं, बुरा क्यों मानूँगा? जो कुछ पूछना हो, आप निस्संकोच पूछिये।

शर्मा जी ने पूछा—आपकी उम्र क्या होगी?

अयोध्या प्रसाद बोले—इस समय मेरी उम्र लगभग अट्ठाईस वर्ष तीन महीने है।

अरे! उम्र तो बहुत कम हो गयी। मेरी मिसेज को अट्ठाईस वर्ष तीन महीने का मास्टर पसन्द नहीं आयेगा।

शर्मा जी बोले—और एक बात है चौबे जी। क्या आपकी शादी हो गयी है?

—शादी?

अयोध्या प्रसाद के आश्चर्य का ठिकाना न रहा। शर्मा जी की लड़की के लिए मास्टर चाहिए, लेकिन मास्टर की शादी हुई है या नहीं, यह सब क्यों पूछा जा रहा है?

अब अयोध्या प्रसाद ने पूछा—मेरी शादी हुई है या नहीं, यह सब क्यों पूछा जा रहा है? आपने मेरी उम्र भी क्यों जाननी चाही? मेरी उम्र जानने की क्या जरूरत पड़ी? मैं तो आपकी लड़की को सिर्फ पढ़ाऊँगा?

शर्मा जी चौबे जी की बात सुनकर निराश हुए। बड़ी मुश्किल से एक मास्टर मिला और श्रीमती जी उसे भी नापसन्द कर रही हैं।

बोले—फिर मैं आपको पूरा किस्सा बताता हूँ चौबे जी, मेरी धर्म-पत्नी बड़ी शक्की हैं। वे जरा-जरा-सी बात पर शक करने लगती हैं। आप समझ रहे हैं न, मेरी लड़की की उम्र कोई अट्ठारह साल होगी। यह उम्र बहुत खराब होती है। इसी उम्र में सारा झमेला होता है!

अयोध्या प्रसाद बोले—आप अपनी पत्नी से कह दीजिये कि मैं इसके लिए गारण्टी दे सकता हूँ—कहिये तो मैं रेवेन्यू स्टाम्प पर दस्तखत कर दूँ।

फिर भी शर्मा जी को तसल्ली नहीं हुई।

बोले—देखिये चौबे जी, मैं आप पर पूरा भरोसा करता हूँ, लेकिन आप मेरी पत्नी को तो नहीं जानते। अगर आप उनको जानते तो ऐसी बात न कहते। पचास से नीचे किसी मर्द पर मेरी पत्नी विश्वास नहीं करतीं। अगर किसी मर्द की शादी न हुई हो और वह सत्तर साल का हो तो भी उस पर विश्वास नहीं किया जा सकता, ऐसा मेरी पत्नी का कहना है।

अयोध्या प्रसाद बोले—फिर तो मैं आपकी लड़की को नहीं पढ़ा सकता। न मैं अपनी उम्र बढ़ा सकता हूँ और न आपकी लड़की के लिए तुरन्त शादी कर सकता हूँ।

शर्मा जी बोले—शादी करने में क्या हर्ज है? कभी-न-कभी तो आप शादी करेंगे ही, इसलिए थोड़ा जल्दी कीजिये न। यही एक महीने के अन्दर—

अयोध्या प्रसाद की उम्र कम थी। मन में भविष्य की बड़ी-बड़ी कल्पनाएँ थीं।

बोले—क्या आप पागल हो गये हैं शर्मा जी? कहीं कोई बात नहीं, सिर्फ आपकी लड़की को पढ़ाने के लिए शादी कर लूँ?

शर्मा जी बोले—आप न हो डेढ़ सौ की जगह दो सौ ले लीजिये।

—छोड़िये जनाब, ऐसी क्या रुपये की जरूरत पड़ गयी है कि पचास रुपये ज्यादा पाने के लिए मैं शादी कर लूँ? शादी करने में भी तो पैसा लगेगा? आप तो पचास रुपये ज्यादा देंगे, लेकिन मैं शादी कर लूँगा तो मेरा खर्च हर महीने तीन सौ रुपये बढ़ जायेगा, उसका क्या होगा?

शर्मा जी बोले—आपकी शादी में जो खर्च लगेगा, वह मैं ही दे दूँगा।

अयोध्या प्रसाद ने अनेक तरह के पागल देखे थे, लेकिन ऐसा पागल भी उनको देखना पड़ेगा, यह उन्होंने नहीं सोचा था।

शर्मा जी बोले—शायद आप मुझे पागल समझ रहे हैं, लेकिन मैं क्या करूँ बताइये? अगर मेरी-जैसी पत्नी आपको मिलती तो आप समझते। नहीं तो मैं आपसे क्यों कहता? फिर डेविड साहब अगर अचानक न मरते तो मैं क्यों आपके पास आता और आपकी इतनी खुशामद करता? सब मेरे भाग्य का फेर है।

अयोध्या प्रसाद बोले—जो सम्भव नहीं है, उसके लिए व्यर्थ में आग्रह मत कीजिये। क्या इस संसार में और कोई मास्टर नहीं है? आप मेरे पीछे क्यों पड़े हैं?

शर्मा जी बोले—आप मुझे कोई मास्टर दीजिये न? मुझे क्या एतराज है? मैं तो ढूँढ़ते-ढूँढ़ते थक गया हूँ। लेकिन दो शर्तें हैं। मास्टर बूढ़े हों और अंग्रेजी, गणित व इकनॉमिक्स बढ़िया पढ़ाते हों।

अयोध्या प्रसाद बोले—मेरे पास बहुत काम है, मुझसे वह सब नहीं होगा। आपकी लड़की है, आप उसके लिए मास्टर ढूँढ़िये, मुझे क्या गरज पड़ी है? मुझसे आपका क्या सम्बन्ध है?

शर्मा जी बोले—आप मुझसे क्यों नहीं कहते? मैं आपके लिए लड़की ढूँढ़ दूँ? मुझसे बहुत-से लोगों की जान-पहचान है। आप कहेंगे तो मैं सबसे कहकर आपके योग्य वधू की तलाश कर दूँगा। आप एक बार हाँ तो कीजिये फिर देखिये मैं क्या करता हूँ। फिर आप निश्चिन्त होकर मेरी लड़की को पढ़ाइये।

अयोध्या प्रसाद बोले—महाशय, आपका दिमाग जरूर खराब है।

शर्मा जी बोले—जी नहीं, अभी तक तो मेरा दिमाग ठीक है, लेकिन और कुछ दिन इस तरह मास्टर की तलाश करता फिरूँगा तो जरूर खराब हो जायेगा। मैं भी ऐसे झमेले में फँस गया हूँ कि क्या बताऊँ। अभी मैं घर जाऊँगा तो मेरी धर्मपत्नी पूछेंगी—क्या हुआ? मास्टर की उम्र क्या है? मास्टर की शादी हो गयी है या नहीं? उनके सवालों का जवाब देते-देते जान आधी हो जाती है।

फिर जरा सोचकर शर्मा जी बोले—अच्छा एक काम नहीं किया जा सकता?

अयोध्या प्रसाद ने पूछा—क्या?

—आप मेरे लिये थोड़ा झूठ नहीं कह सकते? बड़ी कृपा होगी।

—क्या कहना पड़ेगा?

—यही कि आपकी शादी हो चुकी है।

अयोध्या प्रसाद बोले—मान लीजिये कि आपका लिहाज करके मैं झूठ कह दूँगा, लेकिन जब आपकी धर्मपत्नी मुझसे कहेंगी कि मास्टर साहब, कभी आप अपनी पत्नी को हमारे घर क्यों नहीं ले आते? कल ले आइये, परिचय हो जायेगा, तब मैं क्या करूँगा?

शर्मा जी बोले—आप कह दीजियेगा कि मेरी पत्नी जबलपुर गयी हुई है।

अयोध्या प्रसाद बोले—लेकिन किसी की पत्नी तो हमेशा जबलपुर में नहीं पड़ी रहती, कभी तो उसे पति के पास आना पड़ता है? उस समय मैं कहाँ से पत्नी लाऊँगा?

—उस समय की बात उस समय सोची जायेगी, अभी तो मेरी पत्नी से मेरी जान बचे! तो फिर यही बात पक्की रही। जब मेरी पत्नी पूछेंगी तब आप कहेंगे कि आपकी शादी हो चुकी है।

अयोध्या प्रसाद बोले—ठीक है, ऐसा कह दूँगा, लेकिन मेरी उम्र कैसे बढ़ेगी?

शर्मा जी बोले—उसके लिए आप एक काम कीजिये न?

—क्या?

—आप मूँछें नहीं रख सकते?

—मूँछें रखने से क्या होगा?

शर्मा जी बोले—मूँछों से उम्र ज्यादा लगती है। नहीं तो नकली मूँछें लगा लीजिये? उनमें दो चार-बाल सफेद हों तो क्या कहना!

अयोध्या प्रसाद बोले—आप तो मुझे परेशान करने लगे? मुझे ट्यूशन की जरूरत नहीं है जनाब, मुझे आपका रुपया नहीं चाहिए। कहीं आपकी लड़की को पढ़ाते समय मेरी मूँछें निकल गयीं तो क्या होगा?

—बल्कि आप एक काम कीजिये। एक महीने में आप मूँछें बढ़ा लीजिये। आप दाढ़ी बनाइये लेकिन मूँछों को रहने दीजिये। फिर मैं अपनी पत्नी से कह दूँगा कि आपकी उम्र चालीस साल है।

अयोध्या प्रसाद बोले—ठीक है, जब आप इतना कह रहे हैं तब मैं ऐसा ही करूँगा। आपकी लड़की का ख्याल कर मैं कह दूँगा कि मेरी शादी हो गयी है। उम्र हो गयी है। उम्र भी मैं चालीस बता दूँगा।

सोमनाथ शर्मा बोले—बड़ा अच्छा होगा। मैं कल ही आपको अपने घर ले जाऊँगा। बताइये, मैं कितने बजे आऊँ?

अयोध्या प्रसाद बोले—यही शाम को चार बजे।

शर्मा जी बोले—ठीक है, मैं आ जाऊँगा। आपने मेरा बड़ा उपकार किया है।

यह कहकर शर्मा जी वहाँ से चले।

घर में मौसी जी इन्तजार कर रही थीं। शर्मा जी से आते ही उन्होंने पूछा—क्या हुआ? मास्टर से मुलाकात हुई?

शर्मा जी बोले—हाँ, मुलाकात हुई है।

मौसी जी ने पूछा—मास्टर की शादी हो चुकी है?

शर्मा जी बोले—हाँ, शादी हो चुकी है। तुम बिला वजह डर रही थी। उसकी शादी ही नहीं हुई है, उसके बाल-बच्चे भी हैं।

मौसी जी बोलीं—चलो अच्छा हुआ। फिर कोई डर नहीं है। आपका क्या खयाल है? हाँ, उसकी उम्र क्या है? उम्र के बारे में पता लगाया? यह भी तो पूछ लेना चाहिए था।

शर्मा जी बोले—क्या तुम समझ रही हो कि मैंने नहीं पूछा? वह चालीस पार कर चुका है।

मौसी जी का उत्साह एकाएक मन्द पड़ गया। बोलीं—चालीस?

शर्मा जी बोले—चालीस साल क्या कम उम्र है? फिर उसके बाल-बच्चे हैं। चालीस साल की उम्र में क्या कोई बचपना कर सकता है?

मौसी जी बोलीं—करता है, बहुत करता है। चालीस के होकर भी बहुत-से मर्दों को होश नहीं रहता।

शर्मा जी बोले—लेकिन यह आदमी वैसा नहीं है। इसे देखकर मैं समझ गया हूँ कि एकदम संन्यासी है। पान-सिगरेट तक नहीं छूता।

मानो मौसी जी को मौसा जी की बात पर विश्वास नहीं हुआ।

उन्होंने पूछा—क्या चाय भी नहीं पीता?

शर्मा जी बोले—एकदम। यह मास्टर चाय तक नहीं छूता। मैं उतनी देर उससे बातें करता रहा लेकिन उसने एक कप चाय तक नहीं पी। मैंने पूछा तो कहा—मैं चाय नहीं पीता।

यह मास्टर जब पान नहीं खाता, चाय-बीड़ी-सिगरेट नहीं पीता तब तो उसे ब्रह्मचारी कहना चाहिए। अब मौसी जी को कोई आशंका नहीं रही।

उन्होंने पूछा—फिर वह कब से पढ़ाने आयेगा?

शर्मा जी बोले—मैंने उससे कल शाम को साढ़े चार बजे तैयार रहने के लिए कह दिया है। मैं जाकर उसे ले आऊँगा।

मौसी जी ने पूछा—क्या कल से ही आपका मास्टर पढ़ाना शुरू करेगा?

शर्मा जी बोले—कल से क्यों पढ़ाना शुरू करेगा? पहले तुम उससे बात कर लो, तब न? पहले वह तुम्हारी परीक्षा में पास हो जाय तब न पढ़ाना शुरू करेगा?

—ठीक है, कल उसे ले आइये।

दुनिया में कोई भी दो इन्सान एक-जैसे नहीं हैं। जैसे एक की शक्ल दूसरे की शक्ल से नहीं मिलती, वैसे एक का खयाल दूसरे से नहीं मिलता। अन्दर और बाहर से हर मनुष्य अपने ढंग का होता है। उसका वह ढंग निराला होता है। इसलिए किसी आदमी का किसी आदमी से मेल नहीं है। हर आदमी इतना बेमेल है कि किसी के बारे में निश्चित रूप से कुछ नहीं कहा जा सकता। किसी भी मनुष्य के बारे में निश्चित रूप से कुछ नहीं कहा जा सकता, इसीलिए उस पर इतने नाटक, इतने काव्य और इतने कहानी-उपन्यास लिखे गये हैं। फिर भी उसके बारे में अन्तिम बात कोई बता सका है।

फिर मनुष्य बड़ा असहाय है। इस विराट् ब्रह्माण्ड के बारे में हम कुछ भी तो नहीं जानते। हम जो कुछ जानने का दावा करते हैं, वह बकवास है। इसीलिए हम रात-दिन सिर्फ जानने का प्रयास करते हैं, रहस्य की गहराई तक पहुँचना चाहते हैं, अपरिचित को परिचय के घेरे में बाँधना और दुर्लभ को सुलभ बनाना चाहते हैं। हर क्षेत्र में हमारे अनवरत प्रयास का यही एकमात्र कारण है।

लेकिन जैसे-जैसे उम्र बढ़ती जा रही है, मैं समझ रहा हूँ कि मैं कुछ भी नहीं जान सकूँगा। यह जानकर भी पीछे नहीं हटूँगा। बराबर प्रयास करता जाऊँगा। फ्रांसीसी लेखक कामू के अनुसार हर इन्सान स्वर्ग से गिरा हुआ 'सिसिकस' है। पत्थर के एक ढोंके को पहाड़ की चोटी पर ले जाने के प्रयास में 'सिसिकस' ने अपना जीवन बिता दिया था। पत्थर के उस ढोंके को मैं भी पहाड़ की चोटी पर नहीं ले जा सकूँगा, लेकिन उस प्रयास से विरत भी नहीं रहूँगा।

इस संसार में हर मनुष्य की यही नियति है।

आज इतने दिनों बाद चन्दना से मुलाकात न होने पर क्या मैं जान पाता कि रायपुर की मिसेज शर्मा याने मेरी मौसी जी भी 'सिसिकस' की तरह थीं?

न जाने कब ईश्वर ने प्रथम मानव को अभिशाप दिया था और विरासत में हम आज भी उस अभिशाप को भोग रहे हैं। मिसेज शर्मा इसकी बहुत बड़ी मिसाल हैं।

इन्दौर आकर मेरी उस पुरानी धारणा को नये सिरे से जाँचने का मौका मिला।

याद आया, एक दिन मौसी जी ने मुझसे कहा था—जानते हो, चन्दना के लिए नया मास्टर मिल गया है।

—क्या नाम है नये मास्टर का?

मौसी जी ने कहा था—अयोध्या प्रसाद चौबे। जबलपुर यूनिवर्सिटी का डबल एम. ए.—उम्र चालीस साल, शादी हो चुकी है और दो बच्चे हैं।

मैंने कहा था—आप तो कह रही थीं कि चन्दना के लिए बूढ़ा मास्टर रखूँगी।

मौसी जी ने कहा था—डेविड साहब जैसा बूढ़ा मास्टर कहाँ मिलेगा? लेकिन मैंने उसको खूब जाँच-परख लिया है।

बात तो सच थी। मौसी जी ने नये मास्टर को पहले देखा था, उससे बातें की थीं और तब उसे रखा गया था।

जिस दिन पहली बार शर्मा जी अयोध्या प्रसाद को अपने साथ घर ले आये थे, उस दिन उनको भी शक था कि कहीं यह मास्टर नापसन्द न हो जाय। कहीं उनकी पत्नी इस मास्टर में भी कोई ऐब न निकाल लें।

मकान के अन्दर जाकर शर्मा जी ने खबर दी तो मौसी जी बाहरवाले कमरे में आयीं। कमरे में आते ही मौसी जी ने तेज निगाह से नये मास्टर को सिर से पाँव तक देख लिया।

मौसी जी को कमरे में आते देखकर अयोध्या प्रसाद ने खड़े होकर उसको नमस्कार किया था।

खुद बैठने के बाद मौसी जी ने नये मास्टर से कहा था—बैठिये, बैठ जाइये।

मौसी जी नये मास्टर को अच्छी तरह देखे जा रही थीं। नये मास्टर में घमण्ड का नामो-निशान नहीं है। पोशाक-पहनावे में कोई हलकापन नहीं है। यहाँ तक कि मूँछें भी हैं, लेकिन कनपटियों पर बाल कम हैं और कलमें छोटी। मौसी जी को खयाल था कि जिन मर्दों की कलमें छोटी होती हैं वे अक्सर विश्वासघाती नहीं होते। खद्दर की धोती और कुर्ता पहने हुए है। पाँवों में चप्पल हैं। कुल मिलाकर बुरा नहीं लगा।

एक-दो पल में सब-कुछ देख लेने के बाद मौसा जी ने अयोध्या प्रसाद से कहा था—आप जानते हैं न कि मेरी लड़की को पढ़ाने के लिए आपको बुलाया गया है?

अयोध्या प्रसाद के कुछ कहने से पहले शर्मा जी ने कहा—मैंने वह सब अयोध्या प्रसाद जी से बता दिया है।

मौसी जी ने मानो अपने पति से डाँटते हुए कहा—आप क्यों बीच में बोल रहे हैं। मैं अयोध्या प्रसाद जी से पूछ रही हूँ, वही जवाब देंगे। आप यहाँ क्यों बैठ गये? आप बाहर जाइये न।

अयोध्या प्रसाद ने समझ लिया कि यह बड़ी मुश्किल जगह है। इसलिए थोड़ा-सोच-समझकर जवाब देना होगा। वे यह भी समझ गये कि इस घर में घरवाली ही सब-कुछ है। यहाँ हर काम मालकिन के हुक्म से होता है। अगर उनको पहले इतना पता होता तो वे शर्मा जी को इनकार कर देते।

लेकिन अब कोई चारा नहीं है।

—सुना है कि आप डबल एम. ए. हैं?

अयोध्या ने बड़ी नम्रता से कहा—जी हाँ।

—तब तो आप मेरी लड़की को जरूर पढ़ा सकेंगे।

अयोध्या प्रसाद बोले—क्यों नहीं? मैं तो कॉलेज में ही लड़के-लड़कियों को पढ़ाता हूँ।

—आप उनको पढ़ाते हैं?

अयोध्या प्रसाद बोले—आपकी लड़की जिस कॉलेज में पढ़ेगी, मैं तो उसी कॉलेज में अध्यापक हूँ।

—अच्छा?

मौसी जी को एक बार भी इस बात का खयाल नहीं आया था।

उन्होंने पूछा—क्या लड़कियों के कॉलेज में पुरुष भी पढ़ाते हैं?

अयोध्या प्रसाद बोले—पहले नहीं पढ़ाते थे, लेकिन अब तो हर कॉलेज में को-एजूकेशन चालू हो गया है। लड़के-लड़कियाँ साथ पढ़ते हैं। और हमीं लोग उनको पढ़ाते हैं।

मारे डर के मौसी जी का दिल धड़कने लगा। वे बोलीं—यह तो मैं नहीं जानती थी। स्कूलों में तो ऐसा नहीं होता।

अयोध्या प्रसाद बोले—स्कूल में नहीं होता, लेकिन कॉलेज में होता है।

पत्नी के मना करने पर भी शर्मा जी वहाँ बैठे थे। मौसी जी ने असहाय-सी उनकी तरफ देखा। याने—तुम लोगों ने मुझसे पहले यह सब नहीं बताया! फिर तो मैं चन्दना को कॉलेज में भरती ही न होने देती।

लेकिन जो होना था हो चुका है। अब क्या हो सकता है?

मौसी जी को अपनी बात याद आयी। वे भी कभी स्कूल में पढ़ती थीं। उस स्कूल में सिर्फ लड़कियाँ पढ़ती थीं और मास्टरनियाँ उनको पढ़ाती थीं।

वे बोलीं—जिस युग का जो नियम है, वही तो होगा। मैं क्या कर सकती हूँ। लड़की को घर में बन्द रखकर मूर्ख तो नहीं बना सकती?

अन्त तक अयोध्या प्रसाद को ही चन्दना का गृह-शिक्षक नियुक्त किया गया।

मौसी जी ने मुझसे कहा था—पता नहीं, मैंने अच्छा किया या बुरा, लड़की के भाग्य में जो है वही होगा। बताओ, मैं क्या कर सकती हूँ! आजकल शादी के लिए भी लड़केवाले पूछते हैं कि लड़की कहाँ तक पढ़ी है।

फिर किशोर शर्मा लाल फियट कार में अयोध्या प्रसाद को बिठाकर लाने लगा।

जितनी देर चन्दना मास्टर के पास पढ़ती है मौसी जी बैठकर पहरा देती हैं। जब चन्दना पढ़ लेती है तब मौसी जी वहाँ से हटती हैं। वे किशोर शर्मा को बुलाकर कार निकालने को कहती हैं और किशोर शर्मा मास्टर साहब को कार में बिठाकर उसके घर छोड़ आता है।

एक दिन मौसी जी ने मुझसे कहा—यह मास्टर अच्छा है! खूब मन लगाकर पढ़ाता है। बेमतलब की बात एकदम नहीं करता।

मौसी जी अपनी बेटी को भी सावधान कर देती हैं।

कहती हैं—होशियार रहना चन्दना।

चन्दना कहती है—मैं हमेशा होशियार रहती हूँ माँ, कभी मुझसे कोई चीज नहीं खोयी।

मौसी जी कहतीं—अरे नहीं, मैं उस होशियारी की बात नहीं कर रही हूँ।

—फिर?

—मैं लड़कों के बारे में कह रही हूँ। तुम्हारे कॉलेज में लड़के भी तो पढ़ते हैं न?

चन्दना बोली—हाँ, सभी एक साथ पढ़ते हैं।

—क्या सभी एक साथ बैठते हैं?

चन्दना बोली—नहीं, लड़कियाँ अलग बैठती हैं और लड़के अलग बैठते हैं।

—क्या लड़कियाँ लड़कों से बात करती हैं?

चन्दना बोली—मेरे क्लास की लड़कियाँ तो लड़कों से बात करती हैं, लेकिन मैं किसी से नहीं बोलती।

—तुम बहुत अच्छा करती हो। तुम लड़कों से कभी मत बोलना। मेरी इस बात को गाँठ बाँधकर रखना। तुम कार से कॉलेज जाती हो। कार से निकलकर सीधे क्लास में चली जाना और क्लास खत्म होते ही कार से सीधे घर चली आना। समझ गयी?

इतना कहकर मौसी जी जरा रुकीं। फिर बोलीं—लड़कियाँ तो लड़कों के पास ही बैठती हैं। लड़कियाँ लड़कों से कैसी बातें करती हैं? पढ़ाई-लिखाई के बारे में बात करती हैं?

चन्दना बोली—पढ़ाई के बारे में भी और इधर-उधर की भी।

—इधर-उधर की कैसी?

चन्दना बोली—सिनेमा के बारे में भी बातें होती हैं।

—सिनेमा के बारे में कैसी बातें होती हैं?

—किसने कौन-सी फिल्म देखी है, यही सब।

—क्या तुम्हारे क्लास की लड़कियाँ खूब सिनेमा देखती हैं?

चन्दना बोली—सिनेमा सभी देखते हैं लड़के भी देखते हैं और लड़कियाँ भी देखती हैं।

—लड़कियाँ तुमसे सिनेमा चलने के लिए नहीं कहतीं?

चन्दना बोली—सब जानती हैं कि मैं अमीर बाप की बेटी हूँ। कार से कॉलेज जाती हूँ। इसलिए सब मुझे घमण्डी समझती हैं और मुझसे बात करने से डरती हैं।

मौसी जी बोलीं—ठीक है, तुम उन लड़कियों से बात मत करना। चाहे वे तुम्हें कुछ भी समझें, लेकिन तुम किसी लड़के से मत बोलना। इस उम्र के लड़के सारी बुराई की जड़ होते हैं। क्लास में मास्टर जो कुछ पढ़ायेंगे तुम उसी तरफ ध्यान दोगी और क्लास खत्म होते ही बाहर चली आओगी। तुम्हारी कार तो पहले से बाहर खड़ी रहती है, तुम उसी से सीधे घर चली आओगी।

चन्दना बोली—मैं ऐसा ही करती हूँ।

मौसी जी बोलीं—यह मैं जानती हूँ कि तुम अच्छी लड़की हो और तुम ऐसा ही करना। इस पर अगर कोई तुम्हें घमण्डी और अमीर की बेटी समझे तो समझा करे। तुम उधर ध्यान मत देना।

कॉलेज से चन्दना को लाने के बाद किशोर शर्मा कार को गैरज में रख देता है। उसके बाद चन्दना खाना खाती है। शाम को मास्टर आ जाते हैं। उससे पहले चन्दना को खाना और आराम कर लेना पड़ता है।

चन्दना के लिए दूध, फल और मछली वगैरह रहते हैं। बाजार से कुसमिया अच्छी-अच्छी चीजें खरीदकर लाती है।

लेकिन चन्दना ज्यादा नहीं खाती। वह कहती है—माँ, अब खाया नहीं जा रहा है।

मौसी जी कहती हैं—इतना पैसा खर्च कर तुम्हारे लिये अच्छी-अच्छी चीजें मँगाती हूँ और तुम कहती हो कि नहीं खाऊँगी।

—पेट भर गया है माँ, अब कैसे खाऊँ?

—थोड़ा-सा और खा लो। आओ, खिला दूँ।

मौसी जी अपने हाथ से लड़की को खिलाने बैठ जाती हैं। इतनी बड़ी लड़की को शायद कोई माँ खिलाती हो लेकिन मौसी जी के आगे किसी की नहीं चलती तो चन्दना की क्या चलेगी! मौसी जी जो कुछ करना चाहती हैं वही करके मानती हैं। उन्हें न कोई रोक सकता है और न कोई उन्हें समझा सकता है, चाहे वह पति सोमनाथ शर्मा हों और चाहे वह बेटी चन्दना।

फिर मौसी जी आधे घण्टे-पौन घण्टे में चन्दना को पूरा खाना खिला देती हैं। खाना खाने के बाद चन्दना को आराम करना पड़ता है। मौसी जी उसे उसके कमरे में ले जातीं और बिस्तर पर लिटाकर कहती हैं—अब थोड़ी देर आराम कर लो चन्दना। अभी थोड़ी देर में मास्टर जी आ जायेंगे, तब तुम्हें बुला लूँगी।

मजबूरन चन्दना बिस्तर पर लेट जाती है और मौसी जी कमरे की खिड़कियाँ बन्द कर पंखा चला देती हैं। चन्दना उस अँधेरे कमरे में आराम करती है।

फिर एक या सवा घण्टे बाद मास्टर जी पढ़ाने आते हैं।

कुसमिया दरवाजा खोल देती है। दरवाजा खोलने की आवाज होते ही मौसी जी सामने आकर खड़ी हो जाती हैं। मौसी जी को देखकर अयोध्या प्रसाद नमस्कार करते हैं।

कहते हैं—नमस्कार मिसेज शर्मा।

मौसी जी भी कहती हैं—नमस्ते।

उसके बाद चन्दना के पढ़ने के कमरे में मास्टर साहब को बिठाकर मौसी जी पूछती हैं—आजकल चन्दना कैसी पढ़ रही है?

अयोध्या प्रसाद कहते हैं—आपकी बेटी इण्टेलिजेण्ट है मिसेज शर्मा। उसकी बुद्धि बड़ी तीव्र है। थोड़ा-सा बता देने पर सब-कुछ समझ जाती है। बार-बार समझाना नहीं पड़ता।

मौसी जी पूछती हैं—अगले इम्तहान में कैसा रिजॅल्ट करेगी?

—देख लीजियेगा, वह फर्स्ट आयेगी।

—फर्स्ट आ सकेगी?

—जरूर!

मास्टर साहब के उत्तर से मौसी जी बहुत खुश हो जाती हैं। वे जल्दी-जल्दी चन्दना को बुलाने चली जाती हैं।

चन्दना उस समय सो रही होती। उसे हाथ से हिलाकर जगाना पड़ता।

हड़बड़ाकर चन्दना उठ बैठती। फिर बालों को हाथ से ही ठीक कर वह मास्टर साहब के पास पढ़ने आ जाती।

चन्दना मास्टर साहब के सामने बैठकर पढ़ती है और मौसी जी उसी कमरे में एक तरफ बैठकर शर्मा जी के लिए स्वेटर बुनती हैं।

मौसी जी की आँखें हाथ में लिये स्वेटर पर रहती हैं लेकिन उनके कान मास्टर जी की तरफ रहते हैं। मास्टर साहब जो कुछ पढ़ाते हैं, मौसी जी सुनती हैं, लेकिन समझ नहीं पातीं। मौसी जी स्वयं ज्यादा पढ़ी नहीं थीं, इसीलिए वे मन-प्राण से चाहती हैं कि उनकी लड़की विदुषी बने। कुसमिया मास्टर साहब के लिए चाय ले आती है। लेकिन मास्टर साहब का उधर ध्यान नहीं जाता। वे पूरे मन से अपनी छात्रा को पढ़ाते हैं।

इस तरह एक-डेढ़ घण्टे पढ़ाई चलती है। जब मास्टर साहब चले जाते हैं तब चन्दना को छुट्टी मिलती है ऐसी बात नहीं, मौसी जी भी छुट्टी पाती हैं। मौसी जी का स्वेटर बुनना बन्द होता है। मानो चन्दना ही नहीं पढ़ती, उसके साथ मौसी जी भी पढ़ती हैं। चन्दना की पढ़ाई मानो मौसी जी के लिए जान की जहमत बन गयी थी।

उन दिनों सोमनाथ शर्मा का कारोबार बहुत तरक्की कर चुका था। अक्सर उनको घर में खाने की फुर्सत नहीं मिलती थी। कोई बस बिगड़ जाती थी तो उनको उसी में जुट जाना पड़ता था। फिर वे नहाना-खाना भूल जाते थे। उनके पास आदमी बहुत थे। काम करनेवालों की कमी नहीं थी। एक बार हुक्म होते ही वे हर काम करने को तैयार रहते थे। फिर भी मालिक तो शर्मा जी ही थे। अगर नुकसान होता तो उन्हीं का होता। कर्मचारियों को तो वेतन से मतलब था। इसलिए वे कर्मचारियों पर पूरा भरोसा नहीं करते थे। कर्मचारियों के लिए एक कहावत मशहूर है न—कम्पनी का माल दरिया में डाल।

बस बिगड़ जाने पर शर्मा जी उस दिन घर में खाना खाने नहीं आते थे। वे किसी पंजाबी के होटल में खा लेते थे और अपने काम में जुटे रहते थे। काम रहने पर वे घर की बात भूल जाते थे।

मौसी जी शर्मा जी के स्वभाव से परिचित थीं। इसलिए शर्मा जी कभी खाना खाने नहीं आते थे या रात को देर से घर आते थे तो वे परेशान नहीं होती थीं। वे समझ जाती थीं कि शर्मा जी किसी काम में फँस गये होंगे।

इसलिए घर का सारा जिम्मा मौसी जी ने अपने ऊपर ले लिया था। अब चन्दना के लिए मास्टर ढूँढ़ने की झंझट भी नहीं थी। उसके लिए बढ़िया मास्टर मिल गया था। इसलिए शर्मा जी ने अपना पूरा ध्यान अपने कारोबार में लगाया।

उसी दिन भी वही हुआ। शर्मा जी के लौटने में बहुत रात हो गयी।

घर आते ही शर्मा जी ने सारा पैसा मौसी जी के हवाले किया।

मौसी जी मन लगाकर दिन भर की आमदनी के रुपये, नोट और फुटकर गिनने लगीं। मौसी जी को रोज यही करना पड़ता था।

शर्मा जी ने पूछा—मुन्नी सो रही है?

—हाँ।

—ठीक से पढ़ रही है न?

—हाँ।

—नये मास्टर जी कैसा पढ़ा रहे हैं?

मौसी जी पैसा गिन चुकी थीं। उन्होंने जल्दी-जल्दी कुसमिया से खाना परोसने के लिए कहकर पैसा स्टील की अलमारी में बन्द किया।

शर्मा जी भी हाथ-मुँह धोकर तैयार हो गये।

फिर शर्मा जी और मिसेज शर्मा याने मौसी जी एक साथ खाने बैठे। कुसमिया खाना परोसने लगी।

शर्मा जी ने फिर पुराना सवाल किया—मास्टर जी कैसा पढ़ा रहे हैं?

मौसी जी बोलीं—जानते हैं, मुन्नी के कॉलेज में लड़के-लड़कियाँ एक साथ पढ़ते हैं।

शर्मा जी बोले—वह तो पढ़ते ही हैं।

—लेकिन आपने तो पहले नहीं बताया था?

—अरे, इसमें क्या बताना है? आजकल सभी कॉलेजों में यही नियम है। अगर मैं पहले कहता तो तुम लड़की को पढ़ने न भेजती।

मौसी जी बोलीं—नहीं, ऐसा नहीं। लेकिन पता रहता तो मैं मुन्नी को और होशियार कर देती। मैंने उससे कह दिया है कि तुम क्लास के किसी लड़के से मत बोलना।

—बहुत अच्छा किया है। पता नहीं कब क्या हो जाय। लेकिन मास्टर जी कैसा पढ़ा रहे हैं, यह तो बताओ।

मौसी जी बोलीं—ठीक पढ़ा रहे होंगे। मैं तो कॉलेज की पढ़ाई का कुछ नहीं समझती, इसलिए क्या बता सकती हूँ। अंग्रेजी का एक शब्द समझ में नहीं आता। फिर भी मैं वहाँ बैठी रहती हूँ।

—वहाँ बैठकर क्या करती हो?

—क्या करूँगी? आपके लिए स्वेटर बुनती हूँ और लड़की को पहरा देती हूँ।

—बहुत अच्छा करती हो! इस उम्र की लड़कियों पर निगाह रखना जरूरी है। लड़कियों के लिए यही उम्र बुरी है। इस उम्र में अगर कोई गलती हो जाय तो—

मौसी जी खा रही थीं। उन्होंने खाना रोककर कहा—आपने तो कहा कि मास्टर जी की उम्र चालीस है, लेकिन मुझे शक होता है?

—क्या शक होता है? चालीस नहीं है? क्या और ज्यादा है?

—ज्यादा क्यों होगी? दो-चार साल कम ही होंगे।

—यह कैसे समझ लिया? शक्ल से?

मौसी जी बोलीं—हाँ, लगता है कि तीस-बत्तीस के हैं। उससे ज्यादा नहीं?

शर्मा जी बोले—नहीं, नहीं, ऐसा कैसे हो सकता है? गरीब घर के लड़के हैं, बचपन में ज्यादा घी-दूध खाये न होंगे, इसलिए उनका बदन भरा-पूरा नहीं है और वे कम उम्र के लगते हैं। खैर, मास्टर जी शादी-शुदा हैं, बाल-बच्चेदार हैं, उनसे तुम्हारी बेटी को कोई खतरा नहीं हो सकता।

मौसी जी बोलीं—हाँ, खतरा क्या है?

पति-पत्नी में इससे ज्यादा बातें नहीं हो पातीं। खाना खा चुकने के बाद दोनों सोने चले जाते हैं। दिन भर के काम-काज से दोनों बहुत थके होते हैं।

शर्मा जी का पारिवारिक जीवन सुखी था, उनका कारोबार दिनोंदिन तरक्की कर रहा था, इसलिए रायपुर के लोग उनके सौभाग्य से मन-ही-मन जलते थे। लेकिन उन पर संकट का बादल मँडराने लगा था और उसके बारे में उस दिन कोई सोच भी नहीं सका था।

जीवन में जब सुख होता है, उस समय दुःख के बारे में सोचता भी कौन है?

मौसी जी ने भी नहीं सोचा था।

धन-दौलत, जमीन-जायदाद, स्वस्थ कर्मठ पति और लक्ष्मी-सी बेटी। इसलिए मौसी जी उस समय सोच भी नहीं सकी थीं कि उस सुख के पीछे से कितना बड़ा दुःख झाँक रहा था।

हाँ, तो उसी समय मौसी जी के जीवन में सर्वनाश आया।

जब मुझे खबर मिली, तब बहुत देर हो चुकी थी।

मेरे एक मित्र ने आकर खबर दी—अरे, शर्मा जी मर गये हैं।

मैं तो उसकी बात पर विश्वास नहीं कर सका था।

लेकिन सत्य चाहे जितना अविश्वसनीय हो, वह बरबस हमारे सामने उजागर होकर हमें बता देता है कि उसे इनकार करने की हिम्मत कोई नहीं कर सकता।

कभी कलकत्ते की सड़क के किनारे शर्मा जी ने मोटर मिस्त्री के रूप में अपना जीवन शुरू किया था। क्या वे कभी सोच सके थे कि वे मध्य प्रदेश के एक छोटे शहर रायपुर

में ट्रान्सपोर्ट कम्पनी के मालिक बन बैठेंगे। लेकिन भाग्य ने उन पर कृपा की थी और ऐसा हुआ था। कभी वे किसी के कारखाने में काम करते थे, लेकिन बाद में उनके कारखाने में बीसियों आदमी काम करने लगे।

मैं भागा-भागा शर्मा जी के घर गया। वहाँ पता चला कि उनको श्मशान ले जाया गया है।

—और मौसी जी?

कुसमिया बोली—मालकिन भी मिट्टी के साथ गयी हैं।

—और चन्दना?

—बिटिया रानी अपने कमरे में दरवाजा बन्द कर रो रही हैं।

मैं वहाँ नहीं रुका। मैं सीधे श्मशान पहुँच गया।

रास्ते भर मैं मन-ही-मन यही दोहराता रहा कि मौसी जी से मुलाकात होने पर उनसे क्या कहा जायेगा और उन्हें कैसे सान्त्वना दी जायेगी।

शोक में सान्त्वना देने की भाषा लगभग एक ही होती है। उसी भाषा में और उन्हीं शब्दों में लोग दूसरों को सान्त्वना देते हैं। वह भाषा मशीनी होती है और शब्द भी सारे घिसे-पिटे होते हैं। शोक से व्याकुल आदमी भी यह जानता है। फिर भी वह दूसरे के मुँह से वही भाषा और वही शब्द सुनना चाहता है। इससे उसको सचमुच सान्त्वना मिलती है और जीने के लिए आश्वासन भी मिलता है। जीवन और मृत्यु में इतना ही फर्क है। इसलिए उस भाषा में उन शब्दों को कहने और सुनने में किसी को नागवार नहीं लगता।

लेकिन श्मशान में पहुँचकर मौसी जी को देखते ही मैं आश्चर्यचकित हो गया।

मुझे देखते ही मौसी जी ने पूछा—अरे! तुम्हें कैसे खबर मिली?

मैंने बताया कि कैसे खबर मिली।

मौसी जी के चेहरे पर शोक का कोई चिह्न नहीं दिखा। मैंने उनकी आँखों की तरफ देखा तो उनमें आँसू का लवलेश भी नहीं था।

मैंने पूछा—यह सब कैसे हो गया मौसी जी? क्या पहले से पता नहीं चल सका था?

मेरी बातों का ठीक से जवाब देने की भी उस समय मौसी जी के पास फुर्सत नहीं थी।

वे बोलीं—बाद में सब बताऊँगी। अभी मुझे बात करने की भी फुर्सत नहीं है।

यह कहकर वे शर्मा जी के शव-संस्कार के प्रबन्ध में लग गयीं।

शर्मा जी की कम्पनी के लोग चारों तरफ खड़े थे। इन्हीं में से कुछ लोग शर्मा जी के शव को जगदलपुर से रायपुर ले आये थे। उससे पहले वे ही शर्मा जी को जगदलपुर के अस्पताल में ले गये थे। उस समय अस्पताल के डॉक्टरों के लिए कुछ करने को बाकी नहीं था। डॉक्टरों ने बताया कि आधे घण्टे पहले ही शर्मा जी की मृत्यु हो चुकी है। फिर अस्पताल से डेथ-सर्टिफिकेट दिया गया था।

उसके बाद जब वे मंगल पाण्डे की कार से शर्मा जी के शव को रायपुर में उनके घर ले आये तब भी मौसी जी नहीं रोयीं। वे शर्मा जी के पार्थिव शरीर की तरफ एकटक देखती रहीं। मानो उनके पति का शव पत्थर का टुकड़ा हो या लकड़ी का कुन्दा। वे पति की मृतदेह पर गिर नहीं पड़ीं और न ही उनके आर्त्त चीत्कार से वातावरण गूँज उठा।

थोड़ी देर ठगी-सी खड़ी रहने के बाद शायद मौसी जी को होश आया था कि इस हालत में रोना उन्हें शोभा नहीं देता। कम्पनी के तमाम कर्मचारी आस-पास खड़े थे और उनका मुँह ताक रहे थे। महीना खत्म होते ही वे तनखाह के लिए उनके आगे हाथ फैलायेंगे। चन्दना को उन्हीं से सहारा मिलेगा। इस हालत में अगर वे शोक से आकुल होकर टूट गयीं तो और ज्यादा नुकसान होगा। फिर उस नुकसान को कौन पूरा करेगा? जिसको जाना था, वह तो जा चुका है। अब हजारों बार रोने पर वह वापस नहीं आयेगा। इसलिए भविष्य की तरफ देखकर मौसी जी को दिल कड़ा करना पड़ा। अब उन्हीं को मजबूत हाथों से गिरस्ती और कारोबार की बागडोर सँभालनी पड़ेगी। अगर वे ऐसा कर सकेंगी तो बहुत-कुछ बच जायेगा। उनकी गिरस्ती बच जायेगी, उनका कारोबार बच जायेगा। और उस कारोबार में लगे बीसियों कर्मचारियों के बाल-बच्चे बच जायेंगे।

श्मशान में मैं सब के साथ खड़े होकर मौसी जी की तरफ देख रहा था और न जाने क्या-क्या सोच रहा था। मन-ही-मन उनकी सहनशीलता की प्रशंसा किये बिना नहीं रह सका। ऐसी कुशल, कर्मठ और समझदार महिला के कारण ही शर्मा जी अपने जीवन में इतनी उन्नति कर सके थे। ऐसी ही पत्नी के कारण वे छोटे से बड़े बने थे। जो भी उनको जानता है और जिसने भी उनके प्रारम्भिक जीवन के बारे में सुना है, वह इस बात से इनकार नहीं कर सकता।

धीरे-धीरे श्मशान पर अँधेरा छा गया। फिर अँधेरा गहराने लगा। शर्मा जी के नश्वर शरीर के अस्थि-मांस जब निःशेष हो गये तब सबको घर लौटने की याद आयी। कल भी जिस आदमी ने दिनभर की आमदनी का सारा पैसा लाकर मौसी जी को दिया था, कल रात को भी जिस आदमी ने चन्दना की पढ़ाई और उसके भविष्य के बारे में बातें की थीं, आज वह नहीं है। आज मौसी जी एकदम अकेली हैं।

मौसी जी अन्त तक चिता के पास खड़ी थीं।

मैंने उनके पास जाकर बुलाया—मौसी जी!

मानो अभी तक मौसी जी अपने विचारों में खोयी थीं, मेरे बुलाने पर वे चौंक उठीं।

बोलीं—क्या?

मैंने कहा—घर नहीं चलेंगी?

अब मानो मौसी जी को याद आया कि जो आदमी चला गया है, वह तो लौटकर नहीं आयेगा। मानो अब उन्हें याद आया कि उनकी गिरस्ती है, चन्दना है और कारोबार है। महीना खत्म होते ही ये कर्मचारी उनसे तनखाह माँगेंगे। इसलिए उनको मजबूत होना पड़ेगा।

मेरी तरफ देखकर मौसी जी मानो मुझे पहचान सकीं।

बोलीं—अरे, तुम! चलो सब खत्म हो चुका है।

मैंने कहा—घर चलिये। चन्दना वहाँ अकेली है।

—हाँ, चलो।

इतना कहकर मौसी जी कार में बैठीं। मैं उनकी बगल में बैठ गया। इस हालत में उनको अकेले छोड़ना ठीक नहीं है।

कार में बैठकर मौसी जी ने बाहर की तरफ देखकर किसी को बुलाया—भागवत!

भागवत दौड़कर आया।

बोला—मुझे बुला रही हैं?

मौसी जी बोलीं—तुम्हारे पास जो बही-खाता है वह सब लेकर कल सवेरे तुम मेरे घर आ जाना।

भागवत ने पूछा—कल कारखाना खुलेगा न?

मौसी जी बोलीं—हाँ, हाँ, खुलेगा। साहब नहीं हैं तो क्या कारखाना बन्द रहेगा? सवेरे छह बजे जो बस छूटती है उसको रवाना करने के बाद तुम सीधे मेरे पास चले आना। खाता-बही जो कुछ देखना पड़ता है, कल से मैं ही देखूँगी।

कार स्टार्ट हो चुकी थी। मौसी जी बोलीं—भागवत, और एक बात सुन लो।

मंगल पाण्डे ने कार रोक ली। अभी तक वह कार से साहब को ले जाता रहा, अब मेमसाहब को ले जाना पड़ेगा। मेमसाहब की बात सुनकर उसे कुछ तो भरोसा हुआ। कम्पनी बन्द नहीं होगी—याने उसकी नौकरी बनी रहेगी।

मेमसाहब के बुलाने पर भागवत फिर कार के पास आकर खड़ा हो गया।

बोला—बोलिये मेमसाहब।

—तुम सबसे बता देना कि कल सवेरे मैं जगदलपुर जाऊँगी।

भागवत बोला—ठीक है मेमसाहब। मैं सबसे कह दूँगा।

अब मंगल पाण्डे ने कार चला दी।

मौसी जी ने मेरी तरफ देखकर पूछा—तुमको कैसे खबर मिली?

मैंने कहा—मुहल्ले के एक लड़के ने बताया। खबर मिलते ही मैं आपके घर गया। वहाँ कुसमिया से पता चला कि आप श्मशान जा चुकी हैं।

—अच्छा।

इतना कहकर मौसी जी चुप हो गयीं।

मैंने पूछा—शर्मा जी को क्या हुआ था?

मौसी जी बोलीं—कुछ नहीं हुआ था। आज भी सवेरे वे रोटी-सब्जी खाकर और लस्सी पीकर कारखाना गये थे। एकदम भले-चंगे, कहीं कोई बात नहीं थी। दोपहर को मैं उनका इन्तजार कर रही थी। ऐसा अक्सर होता था कि ज्यादा काम रहने पर वे दोपहर को नहीं आते थे। कुछ देर इन्तजार करने के बाद मैं खाना खा लेती थी। फिर जब वे आते थे तब कहते थे—आज फिर एक बस बिगड़ गयी थी, इसलिए रुक जाना पड़ा।

बस को चालू करके ही वहाँ से चला। काम के पीछे वे नहाना-खाना भूल जाते थे। जिस दिन घर नहीं आते थे, उस दिन होटल में ही रोटी-सब्जी खा लेते थे। अक्सर वे घर में खबर भी नहीं भेजते थे। आज भी मैंने सोचा कि जरूरी काम आ गया होगा और वे नहीं आ सके। उसके बाद मैं खाना खाने बैठी ही थीं कि भागवत ने आकर खबर दी कि मेमसाहब सर्वनाश हो गया है। साहब नहीं रहे।

—क्या?

सुनकर मैं चौंक पड़ी थी।

फिर भागवत ने सब-कुछ बताया कि लोग साहब को जगदलपुर के अस्पताल में ले गये थे, लेकिन तब तक सब-कुछ खत्म हो चुका था। वहाँ के डॉक्टरों ने बताया कि दिल का खतरनाक दौरा पड़ा था।

फिर भागवत ने बताया कि मंगल पाण्डे साहब को कार से ला रहा है।

मंगल पाण्डे जब उनको घर ले आया तब मैं दौड़कर बाहर गयी। देखा सचमुच सब-कुछ खत्म हो चुका है। चन्दना भी बाबू जी को देखने मेरे साथ बाहर आयी थी। वह सब देखकर वह पागल की तरह रोने लगी। जब वह समझ गयी कि बाबू जी नहीं हैं तो वह बेहोश हो गयी। मैं अकेली औरत समझ नहीं पायी कि किसको सँभालूँ? अपने को या चन्दना को? तभी मैंने समझ लिया कि अब अपने को मजबूत बनाना होगा। अगर मैं हिम्मत हार बैठी तो सब सत्यानाश हो जायेगा। मैंने कुसमिया को बुलाकर उससे कहा कि चन्दना को पकड़कर मकान के अन्दर ले जाओ!

मौसी जी सहसा रुक गयीं। मेरी तरफ देखकर बोलीं—तुम तो मेरे घर गये थे, चन्दना को देखा? वह क्या कर रही थी?

मैंने कहा—मैंने कुसमिया से आपके बारे में पूछा था और चन्दना के बारे में भी। कुसमिया ने बताया कि आप मिट्टी के साथ श्मशान गयी हैं। चन्दना के बारे में उसने बताया कि चन्दना होश में आयी है और अपने कमरे में लेटी रो रही है।

—होश में आयी है? चलो, अच्छा हुआ। मैं तो घबरा रही थी। तुम्हारे शर्मा जी सिर्फ उसी के बारे में सोचा करते थे। कल भी हम उसकी पढ़ाई के बारे में बात कर रहे थे। उसके लिए मास्टर ढूँढ़ने में शर्मा जी क्या कम परेशान हुए थे? मैं रात-दिन उनके पीछे पड़ी रहती थी। इधर वे अक्सर उसकी शादी के बारे में कहते थे। मैं ही कहती थी कि बेटी को बी.ए. पढ़ाऊँगी। मैं तो ज्यादा पढ़ नहीं सकी थी, इसलिए चाहती थी कि बेटी को पढ़ाकर मन की साध पूरी करूँगी। इधर देखो, तुम्हारे शर्मा जी हँसते-खेलते चले गये और मैं पड़ी रह गयी। घर का और कारोबार का सारा जिम्मा मुझ पर आ पड़ा है, अब मैं क्या-क्या करूँगी समझ में नहीं आता।

इस तरह मौसी जी बहुत-सी बातें कहती रहीं।

वे कहने लगीं—मैं जानती हूँ कि एक दिन सभी चल देंगे। दुनिया में हमेशा रहने के लिए कोई नहीं आया है। लेकिन इस तरह किसी को नहीं जाना चाहिए। यह तो

सब-कुछ एकाएक और समय से पहले हो गया। मैं तो सपने में भी नहीं सोच सकी थी।

मैं मौसी जी को सान्त्वना देने लगा।

बोला—आप तो सब-कुछ जानती हैं मौसी जी, इस संसार में हमेशा कोई नहीं रहता, एक-न-एक दिन आगे-पीछे सभी को जाना पड़ता है। कोई पहले जाता है और कोई बाद में—बस, इतना ही फर्क है।

मौसी जी ने मेरी बातों का कोई जवाब नहीं दिया। वे बाहर अँधेरे में न जाने क्या देखती और सोचती रहीं।

थोड़ी देर बाद मौसी जी बोलीं—तुम घर नहीं जाओगे? तुम्हारा घर आ गया है।

समझ गया कि मौसी जी अकेले रहना चाहती हैं।

मैं बोला—जी हाँ, मैं यहीं उतर जाऊँगा।

मंगल पाण्डे ने कार रोक दी।

मैं उतर गया।

इस घटना के बाद मौसी जी एकदम बदल गयीं।

अब उनसे घर पर मिलना मुश्किल हो गया। सवेरे जाता हूँ तो पता चलता है कि मंगल पाण्डे मौसी को लेकर कारखाने गया है। शाम को जाता हूँ तो भी मौसी जी नहीं मिलतीं। मौसी जी घर में कब आती हैं और कब कहाँ चली जाती हैं, कुछ भी पता नहीं चल पाता।

सिर्फ सड़क पर कभी-कभी चन्दना की लाल फियट कार दिखायी पड़ जाती है। ड्राइवर कार चला रहा होता है और चन्दना पीछे की सीट पर पीठ टिकाये बैठी रहती है।

मौसी जी के घर को कुसमिया अकेले सँभालने लगी थी।

कुसमिया पर गिरस्ती की जिम्मेदारी छोड़कर मौसी जी निश्चिन्त हो गयी थीं।

सवेरे मंगल पाण्डे मेमसाहब याने मौसी जी को रायपुर के रेलवे स्टेशन के पास बस डिपो ले जाता था। वहाँ मेमसाहब ड्राइवरों और कण्डक्टरों को सारा काम समझा देती थीं। उसी वक्त जगदलपुर से अप बस आ पहुँचती थी। उस बस की आमदनी का सारा पैसा समझ लेना पड़ता था। उस समय मौसी जी को देखकर कोई नहीं कह सकता था कि यही चन्दना की माँ हैं और ये पहले कभी घर के बाहर पाँव नहीं धरती थीं।

पहले सोमनाथ शर्मा जैसे दाल, रोटी, सब्जी और लस्सी खा-पीकर कारखाना देखने जाते थे, अब मौसी जी भी वैसे खा-पीकर सवेरे ही कारखाने चली जाती हैं। मंगल पाण्डे पहले भी कार लेकर दरवाजे के सामने खड़ा रहता था, अब भी रहता है।

चन्दना को जगाकर मौसी जी उससे कहती हैं—धूप निकल आयी है, अब उठा जा, मैं कारखाने जा रही हूँ।

माँ के बुलाने पर चन्दना अँगड़ाई लेकर उठ जाती है, लेकिन बिस्तर नहीं छोड़ती। उसकी आँखों में नींद भरी रहती है।

मौसी जी कहती हैं—अरी, उठती क्यों नहीं?

चन्दना कहती है—उठ रही हूँ माँ।

मौसी जी कहती हैं—हाँ, हाँ, उठ जा। अब देर मत कर। हाथ-मुँह धोकर नाश्ता कर ले, लस्सी पी ले। कुसमिया सब दे देगी। मैंने उसको समझा दिया है। नाश्ता कर लेने के बाद पढ़ने बैठ जाना!

चन्दना फिर भी बिस्तर पर बैठी रहती।

अब मौसी जी हाथ पकड़कर बेटी को उठाती हैं।

कहती हैं—तू कितना सो सकती है री? कल रात ठीक दस बजे सो गयी थी और आज सवेरे धूप निकल आयी है, लेकिन तू उठने का नाम नहीं लेती? आठ घण्टे सो लेने के बाद भी क्या तू और सोना चाहती है?

जिस दिन सवेरे उठने में चन्दना ज्यादा देर करती है उस दिन मौसी जी उसके मुँह-आँखों पर ठण्डा पानी छिड़कती हैं।

कहती हैं—ले अब नींद नहीं आयेगी।

फिर तो चन्दना उठ जाती थी। वह देर करके माँ को परेशान नहीं करना चाहती थी।

कभी-कभी चन्दना को जगाने के बाद स्वयं नाश्ता करके निकलने में मौसी जी को देर हो जाती थी।

मंगल पाण्डे सवेरे ही कार लेकर दरवाजे पर खड़ा हो जाता था। मौसी भी रेजगारी का थैला लेकर कार में बैठ जाती थीं। मंगल पाण्डे कार स्टार्ट करता था। रायपुर की खुली सड़क पार कर बाजारवाली सड़क से चलने लगती। सड़क के दोनों किनारे दुकानें उस समय तक नहीं खुली होतीं। सुनसान सड़क से कार चलती रहती। कहीं-कहीं चाय की दुकान पर कुछ लोग दिखायी पड़ जाते।

थोड़ी देर में कार कारखाने पहुँच जाती। कारखाने में उस समय चहल-पहल नहीं रहती।

कार से निकलकर मौसी जी आवाज लगातीं—भागवत सिंह।

भागवत सिंह पर पूरे कारखाने का जिम्मा था। कारखाने के ही एक कमरे में वह रहता था। इसी कारखाने में उसने मुद्दत बिता दी थी। उसका कहीं कोई नहीं था—न

बीवी और न बच्चा। कारखाना ही उसका जीवन था और वही उसका संसार। जब वह लड़का था, तभी शर्मा जी के पास आया था। वह भी पहले फिटर मिस्त्री था। इसी कारखाने में उसने काम सीखा था। उस समय शर्मा जी के पास सिर्फ एक बस थी। वही बस रायपुर से जगदलपुर जाती थी और वहाँ से लौटती थी।

भागवत सिंह आता तो मौसी जी उसे रेजगारी का थैला थमाकर कहतीं—यह लो, इसमें रेजगारी है, गिन लो।

मौसी जी रोज ऐसा करती थीं।

जब शर्मा जी थे, तब वे भी ऐसा करते थे। एक दिन पहले मौसी जी रेजगारी गिनकर रख देती थीं। रोज रात को वे दिन भर की आमदनी के पैसे गिनती थीं। दूसरे दिन सवेरे रेजगारी का थैला लेकर शर्मा जी कारखाने चले जाते थे। वे भी रेजगारी का थैला भागवत सिंह को थमा देते थे। अब मौसी जी भी वैसा करने लगीं।

यही नियम है। बस का पैसेञ्जर अगर नोट देता है तो उसे बाकी पैसा लौटाना पड़ेगा न! सिर्फ यही नहीं, और भी बहुत-सी बातों का खयाल रखना पड़ता है। बीसियों झमेले हैं। बस चलाना आसान काम नहीं है। फिर बसों का बिगड़ना लगा ही रहता है। एक बस चल रही है तो दूसरी खराब होकर खड़ी है। दूसरी बस भी जल्दी से चालू हो, इसलिए उसे कारखाने भेजना पड़ता है। काम में आराम रहेगा, इसलिए शर्मा जी ने अपना कारखाना खोल लिया था।

वह भी क्या एक कारखाना? जगदलपुर में भी छोटा-सा कारखाना है। छोटी-मोटी मरम्मत वहीं होती है। उस कारखाने की देखरेख के लिए शर्मा जी को नियम से वहाँ जाना पड़ता था।

अब मौसी जी को रायपुर का काम निबटाकर जगदलपुर जाना पड़ता है। बीच-बीच में वहाँ गये बिना काम नहीं चलता। जो काम खुद नहीं देखा जाता, उसी में गड़बड़ होती है।

यह सब करते-करते दोपहर हो जाती है। तब मौसी जी मंगल पाण्डे से कहती हैं—मंगल, अब घर चलो।

घर लौटते समय मौसी जी को चन्दना की याद आती है। किसी-किसी दिन मौसी जी को लौटने में देर हो जाती है। उस दिन वे घर लौटकर देखती हैं कि चन्दना खाना खाकर सो गयी है।

मौसी जी के आते ही कुसमिया उनके पास जाती है।

उससे मौसी जी पूछती हैं—आज मुन्नी ने नाश्ता किया था न?

मौसी जी के लिए खाना परोसते हुए कुसमिया कहती है—हाँ, मालकिन।

—दूध पिया था न?

—हाँ, मालकिन।

खाना खाने के बाद भी मौसी जी थोड़ी देर आराम नहीं कर सकतीं। उस समय वे बही-खाता लेकर हिसाब-किताब देखने बैठ जाती हैं। दिन भर कितना खर्च हुआ, उसका हिसाब रखती हैं। सिर्फ खर्च का हिसाब नहीं, आमदनी का हिसाब भी रखना पड़ता है। कारोबार चलाने के लिए एक-एक पैसे को जोड़ना पड़ता है। साल के आखिर में इनकम टैक्स के दफ्तर में जाकर उन्हीं को आय-व्यय का ब्योरा देना पड़ता है। इसलिए दिन का यह समय वे इसी काम में लगाती हैं। उसके बाद रात में भागवत सिंह जब दिन भर की आमदनी थैले में भरकर ले आता तब रुपये-पैसे का हिसाब उन्हीं को समझना पड़ता है।

उन दिनों मौसी जी गिरस्ती और कारोबार की एक-एक बात की देखभाल करती थीं। इसलिए शर्मा जी जो काम शुरू कर गये थे, उसमें बाधा नहीं आयी।

दोपहर का सारा समय इस तरह बीत जाता। शाम को निश्चित समय पर चन्दना के मास्टर जी आते हैं। मौसी जी चन्दना को नींद से जगाती हैं और कहती हैं—चल उठ, मास्टर साहब आ गये हैं।

मास्टर साहब चन्दना को पढ़ाते हैं और मौसी जी हमेशा की तरह ऊन का बण्डल लेकर उसी कमरे में एक तरफ बुनाई करने बैठ जाती हैं। पहले शर्मा जी के लिए स्वेटर बुना जाता था और अब चन्दना के लिए ब्लाउज बुना जाता था। मौसी जी के कान मास्टर साहब की तरफ लगे रहते हैं और उनकी आँखें बुनाई की तरफ होती हैं।

मुझे याद है कि जब भी मौसी जी के घर जाता था तब यही सुनने को मिलता था कि मौसी जी नहीं हैं। शर्मा जी के स्वर्गवास के बाद उनका सारा काम मौसी जी को करना पड़ता था। इसके अलावा उनका अपना काम भी था। अगर वे गिरस्ती को न सँभालतीं तो कौन सँभालता?

उस दिन शर्मा जी के मकान के सामने एक नयी कार आकर रुकी। कार से एक सज्जन निकले। उन्होंने एक आदमी से पूछा—क्या यही मिस्टर शर्मा का मकान है?

उस आदमी ने कहा—जी हाँ, आप फाटक खोलकर अन्दर चले जाइये। बगीचे के बाद मकान है।

आगन्तुक ने वैसा किया।

कुसमिया मकान के आउट-हाउस में कुछ कर रही थी। उस सज्जन को देखकर वह आगे बढ़ आयी। पूछा—किसको चाहिए?

उस सज्जन ने पूछा—क्या यही मिस्टर शर्मा का मकान है?

कुसमिया बोली—जी हाँ।

—मिसेज शर्मा हैं?

कुसमिया उनको साथ ले चली। बोली—आप इस कमरे में बैठिये, मैं मेमसाहब को खबर करती हूँ।

आगन्तुक उस कमरे में बैठ गये। अच्छा-खासा कमरा। खूब सजाया हुआ। कोई सरकारी आदमी आता था तो शर्मा जी उसे इसी कमरे में बैठाते थे। अब शर्मा जी नहीं हैं तो उनसे मिलनेवाले भी नहीं आते। मेहमान भी आजकल कभी-कभार कोई आता है।

कुसमिया ने मौसी जी से जाकर कहा कि एक सज्जन आपसे मिलने आये हैं। मौसी जी सोचने लगीं कि इस समय कौन आ सकता है। क्या इनकम टैक्स का आदमी आया है? या सेल्स-टैक्स दफ्तर का कोई? इस समय तो कोई मिलने नहीं आता?

मौसी जी उस कमरे में गयीं तो उस सज्जन ने खड़े होकर नमस्कार किया।

मौसी जी ने भी नमस्कार किया। कहा—बैठिये। आप कहाँ से आ रहे हैं?

आगन्तुक बैठे। फिर बोले—मैं नागपुर से आ रहा हूँ। यहाँ रायपुर में मेरा भाई रहता है, उसी से खबर मिली। पता चला कि आपकी लड़की है और आप उसकी शादी करना चाहती हैं।

मौसी जी आश्चर्य में पड़ गयीं। बोलीं—शादी?

मानो मौसी जी उस सज्जन की बात पर विश्वास नहीं कर सकीं। उन्होंने अपनी लड़की की शादी के बारे में किसी से बात नहीं की थी। चन्दना की शादी करनी पड़ेगी, अभी तक यह बात उनके दिमाग में नहीं आयी थी।

मौसी जी बोलीं—लड़की तो है, लेकिन उसकी शादी के बारे में मैंने किसी से कुछ नहीं कहा है।

—लेकिन आप तो उसकी शादी करेंगी न?

मौसी जी बोलीं—जब लड़की है तब उसकी शादी करनी ही पड़ेगी। लेकिन लड़का कौन है?

उस सज्जन ने कहा—मेरा ही लड़का है। वही मेरा इकलौता बेटा है। मेरा नाम बृजलाल सिंह है और मेरे बेटे का हरलाल सिंह। इस समय वह लन्दन में डॉक्टरी पढ़ रहा है। मैं जल्दी ही उसकी शादी करना चाहता हूँ। जवान लड़के की जल्दी शादी कर देनी चाहिए।

मौसी जी ने पूछा—अभी आपके बेटे की क्या उम्र है?

बृजलाल जी बोले—चौबीस चल रहा है।

लड़की की माँ को आकृष्ट करने के लिए बृजलाल जी ने अपना वंश-परिचय दिया। नागपुर में उनकी बहुत जायदाद है। जमींदारी खत्म होने से पहले और ज्यादा जायदाद थी। अब कम हो गयी है।

—आप क्या करते हैं?

बृजलाल जी बोले—नागपुर में मेरा हार्डवेयर का बिजनेस है। भाइयों के भी अलग-अलग बिजनेस हैं। आप नागपुर के किसी भी आदमी से पूछेंगी तो वह हम लोगों

के बारे में जरूर बतायेगा। वहाँ सभी लोग हमें जानते हैं। मेरी वही अकेला लड़का है। मेरी सारी प्रापर्टी उसी को मिलेगी।

मौसी जी बोलीं—लेकिन मेरी लड़की क्या आप लोगों को पसन्द आयेगी?

बृजलाल जी बोले—आप क्या कह रही हैं? आपकी लड़की पसन्द नहीं आयेगी? बड़े भाग्य से कोई ऐसी लड़की को अपनी बहू बना सकता है। आपकी लड़की तो लक्ष्मी है। यहाँ मेरे रिश्तेदारों से मैंने आपकी लड़की की बड़ी तारीफ सुनी है।

मौसी जी बृजलाल जी से अपनी बेटी की प्रशंसा सुनकर मन-ही-मन खुश हुईं।

बोलीं—लड़की के बाप नहीं है, इसलिए मैं अपनी समझ से उसकी परवरिश कर रही हूँ। मेरे भी उस लड़की के अलावा और कोई नहीं है। मैं उसे बाहर के किसी से मिलने-जुलने नहीं देती। कभी वह सिनेमा देखने नहीं जाती। यहाँ तक कि जब मास्टर जी उसको पढ़ाते हैं, मैं उसके पास बैठी रहती हूँ। उसके लिए कभी कम उम्र का मास्टर नहीं रखा कि कहीं कोई बात हो।

—बहुत अच्छा है। आप बहुत सही करती हैं। आजकल ऐसा जमाना आ गया है कि लड़के-लड़कियों को अपने हिसाब से रखना भी मुश्किल हो गया है। मेरा लड़का भी ऐसा है। अपना लड़का है, इसलिए नहीं कह रहा हूँ। सिगरेट की बात कौन करे, वह चाय तक नहीं पीता। यहाँ हायर सेकेण्डरी से मेरे लड़के को दस रुपये स्कॉलरशिप मिला था। अब तो लन्दन में है। लेकिन मुझे इतना मानता है कि हर हफ्ते मेरे पास खत लिखता है।

मौसी जी बोलीं—मेरी लड़की भी ऐसी है। मुझे बहुत मानती है। कोई काम करना होता है तो पहले मुझसे पूछ लेती है।

बृजलाल जी बोले—देखिये, भले घर की सन्तान ऐसा ही करती है। मेरे लड़के के लिए कई जगह से रिश्ता आया है, लेकिन मैं अच्छी लड़की चाहता हूँ।

मौसी जी बोलीं—ठीक है, आप अपना पता दे दीजिये, मैं भी थोड़ा सोच लूँ। अभी तक तो बेटी की शादी के बारे में सोचा ही नहीं था।

बृजलाल जी बोले—नहीं, नहीं, आप अच्छी तरह सोच लीजिये। लड़की की शादी सोच-समझकर करनी चाहिए। आप मेरा कार्ड रख लीजिये। इसी में मेरा नाम-पता वगैरह सब है। फिर आप कहेंगी तो मैं दो हफ्ते बाद आ जाऊँगा।

—क्यों आप कष्ट करेंगे?

बृजलाल जी बोले—कुछ भी कष्ट नहीं होगा। मुझे तो अक्सर रायपुर आना पड़ता है। यहाँ मेरे एक नजदीकी रिश्तेदार हैं।

मौसी जी बोलीं—आप भी मेरी लड़की के बारे में पता लगा लीजिये।

बृजलाल जी बोले—आपकी लड़की के बारे में नये सिर से पता लगाने की जरूरत नहीं है। मैं पता लगा चुका हूँ। आपकी लड़की जैसी लड़की यहाँ ढूँढ़े नहीं मिलती। बल्कि आप मेरे लड़के के बारे में अच्छी तरह पता लगा लीजिये।

मौसी जी बोलीं—ठीक है, अगर आप दो हफ्ते बाद रायपुर आते हैं तो यहाँ भी आने का कष्ट कीजिये।

फिर बृजलाल जी नमस्कार कर चले गये।

दो दिन बाद चन्दना के लिए और रिश्ता आया।

इस बार सोमनाथ शर्मा के किसी मित्र ने खत लिख था। बिलासपुर से खत आया था। उन्हें वधू की आवश्यकता थी।

मौसी जी चिट्ठी पढ़ने लगीं।

पुराने दिनों के सम्पर्क का स्मरण कर उस सज्जन ने लिखा था कि शर्मा जी मेरे पुराने मित्र थे। एक ही गाँव में दोनों रहते थे। बचपन में दोनों एक स्कूल में पढ़ते थे। फिर रोजी-रोटी के चक्कर में दोनों दो जगह चले गये। शर्मा जी के स्वर्गवास की खबर उनको मिली है। खबर पाकर वे बहुत दुःखी हुए हैं। अपने मित्र की अकाल मृत्यु का शोक वे भूल नहीं पा रहे हैं। इसके बाद उन्होंने श्रीमती शर्मा से प्रार्थना की थी कि आप अपनी पुत्री का विवाह मेरे पुत्र से कर दीजिये। वे अपने पुराने मित्र की पुत्री को अपनी पुत्रवधू बनाकर अपने घर ले जाना चाहते हैं। अन्त में उन्होंने लिखा था कि श्रीमती शर्मा अगर आज्ञा दें तो वे स्वयं रायपुर आकर उनसे मुलाकात कर शादी के बाबत सारी बातचीत कर सकते हैं।

पत्र के नीचे उन्होंने अपना नाम लिखा था—सरदार बाल किशन।

मौसी जी ने उस चिट्ठी को दो बार पढ़ा। फिर उन्होंने उसे बहुत-से कागज-पत्तर के साथ अपने बैग में रख लिया। कई दिनों से काम का बड़ा झमेला चल रहा है। एक बस खराब हो गयी है। उससे बड़ा नुकसान हो रहा है। भागवत सिंह उसके पीछे परेशान है। बहुत पुराना इंजन है। कल-पुर्जों में जान नहीं है।

भागवत सिंह बोला—हमारे कारखाने में इस बस की मरम्मत नहीं हो सकती मेमसाहब। इसे नागपुर भेजना पड़ेगा। इसका इंजन एकदम चौपट हो चुका है। फिर भी छोटी-मोटी मरम्मत कर-कराकर इतने दिन चला। अब इसकी पूरी मरम्मत नहीं होगी तो यह बेकार हो जायेगी।

मौसी जी को लगा कि इनसान की तरह इंजन भी बूढ़ा हो जाता है। जब शर्मा जी ने इस बस को खरीदा था तब यह एकदम नयी थी। इस बस को खरीदने के बाद वे दण्डेश्वरी के मन्दिर में पूजा चढ़ा आये थे। उन्होंने इस बस का नाम भी रखा था। उस

समय चन्दना पैदा हुई थी। उन्होंने मौसी जी से पूछा था—इस बस का नाम 'चन्दना' रख दूँ?

—ठीक तो है। रखिये न! मौसी जी ने कहा था।

इस समय चन्दना की जितनी उम्र है उतनी उम्र इस बस की भी है। याने अट्ठारह साल।

यही उम्र बहुत खराब होती है। लड़के-लड़की के लिए भी और बस के लिए भी। इस उम्र की बस की पूरी मरम्मत कराकर उसे नया बनाना पड़ता है तो इसी उम्र में इनसा!न नया जन्म लेता है। याने उसकी जिन्दगी की नयी शुरुआत होती है। लड़कियों के लिए यह बात सोलहों आने सच है।

उस दिन रात को मिसेज शर्मा देर से सोने गयीं लेकिन उन्हें नींद नहीं आयी। दिन भर खटने के बाद रात को बिस्तर पर लेटते ही उन्हें नींद आ जाती है। लेकिन उस दिन उन्हें न जाने क्यों नींद नहीं आयी।

बिस्तर पर मिसेज शर्मा बार-बार करवट बदलती रहीं। कभी वे भी अट्ठारह साल की थीं। उसी अट्ठारह साल की उम्र में एक दिन सोमनाथ शर्मा से उनकी मुलाकात हुई थी।

अट्ठारह बरस की वही उम्र मानो बहुत दूर से हाथ के इशारे से उन्हें बुलाने लगी।

उन दिनों शर्मा जी कलकत्ते के एक गैरज में फिटर मिस्त्री का काम करते थे। उस समय उनकी सेहत कितनी अच्छी थी! कोई भी उन्हें देखता था तो उनकी तरफ देखता रह जाता था। अट्ठारह साल की लड़की भी आश्चर्य से उनकी तरफ देखती थी। रोज स्कूल जाते समय वह देखती थी और रोज उसे आश्चर्य होता था।

उसके बाद दोनों एक-दूसरे से बोले। आँखों से देखते रहने से जो शुरुआत हुई थी वह मुँह से कही दो-चार बातों से कैसे खत्म हो जाती? शुरू के अध्याय का अन्त कुछ दिनों बाद उस समय हुआ जब दोनों कलकत्ता छोड़कर इस अनजान शहर रायपुर में चले आये। यहीं दोनों ने डेरा डाला। उन दिनों दोनों के मन में कितना संशय था और कितना आतंक। फिर एक दिन उस लड़की के बूढ़े बाप चल बसे। न किसी ने उनकी सेवा की और न किसी ने उनका इलाज कराया। लेकिन उस लड़की ने सब-कुछ बरदाश्त किया। प्यार मनुष्य को सब बरदाश्त करना सिखाता है। वह हर कष्ट की उपेक्षा करने की प्रेरणा देता है। इसीलिए अट्ठारह साल की उस लड़की ने अपना सब-कुछ न्योछावर कर दूसरे के घर को अपना मानने में आगा-पीछा नहीं किया था। उसने उसको बनाने में अपना तिल-तिल लगा दिया था। उसी से आज यह कारोबार बना और यह गिरस्ती बनी।

मिसेज शर्मा ने पहले कभी इस तरह अपने अतीत की तरफ़ मुड़कर नहीं देखा था। देखने का मौका भी उन्हें नहीं मिला था। शर्मा जी की मृत्यु ने भी उन्हें निराश नहीं किया था।

लेकिन अट्ठारह साल पहले खरीदी गयी पहली बस के बिगड़ जाने से उस दिन मिसेज शर्मा को पुरानी बातें याद आ गयीं और उनका स्नायुमण्डल एकाएक शिथिल पड़ गया।

मिसेज शर्मा को याद आया कि जिस दिन शर्मा जी ने यह बस खरीदी थी, उस दिन वे बहुत डर गयी थीं।

उन्होंने कहा था—आपने इतना रुपया कर्ज लिया, चुकता कैसे होगा?

शर्मा जी ने कहा था—देख लेना, मैं तीन महीने में सारा पैसा चुकता कर दूँगा।

उसके बाद मिसेज शर्मा ने क्या कम तकलीफ उठायी थी? एक साड़ी से उन्होंने एक साल चलाया। आये दिन दूसरे वक्त खाना नहीं खाया। उन दिनों न कोई नौकरानी थी और न कोई नौकर था। वे खुद बाजार से सामान खरीद लायीं। उन्होंने खुद खाना बनाया और खुद बर्तन मले। उन्हीं दिनों चन्दना पैदा हुई। इसलिए बस का भी नाम 'चन्दना' रखा गया।

अचानक किसी ने दरवाजा पीटा तो मौसी जी की नींद खुल गयी। कैसी आवाज हुई? कहाँ से आवाज आयी?

—मालकिन! मालकिन!

अब मौसी जी समझ गयीं कि कुसमिया दरवाजे पर दस्तक दे रही है।

फिर क्या इतनी देर तक मैं सपना देख रही थी? मौसी जी ने अपने मन में सोचा। फिर उन्होंने झटपट उठकर दरवाजा खोल दिया। देखा, कुसमिया सामने खड़ी है।

—मालकिन, धूप निकल आयी है। क्या आज आप कारखाना नहीं जायेंगी?

मौसी जी ने देखा कि कुसमिया सच कह रही है। चारों तरफ धूप दिखायी पड़ रही है। रोज इस समय तक वे नहा-धोकर तैयार हो जाती हैं। मंगल पाण्डे दरवाजे पर कार लिये मेमसाहब का इन्तजार कर रहा था। मौसी जी समझ नहीं पायीं कि उन्हें इतनी नींद कैसे आ गयी?

कुसमिया बोली—एक सज्जन आये हुए हैं। वे आपसे मुलाकात करना चाहते हैं। बाहर के कमरे में इन्तजार कर रहे हैं।

—कौन हैं? कहाँ से आये हैं?

—यह तो मैं नहीं जानती।

मिसेज शर्मा झटपट तैयार होकर नीचे आयीं। बाहरवाले कमरे में आकर उन्होंने देखा कि एक सज्जन बैठे हुए हैं। वे कमरे में आयीं तो आगन्तुक ने खड़े होकर नमस्कार किया।

—नमस्कार।

—नमस्कार।

मौसी जी ने नमस्कार का उत्तर दिया।

आगन्तुक ने कहा—एकदम सवेरे आकर मैंने आपको परेशान किया।

मौसी जी बोलीं—जी नहीं। आज मैं ही देर करके उठी हूँ। बैठिये। बताइये, आपने कैसे कष्ट किया?

उस सज्जन ने कहा—मैं पहले भी एक बार आया था, लेकिन आप घर पर नहीं थीं। तभी पता चला था कि आप इसी समय घर पर रहती हैं, इसके बाद कारखाने चली जाती हैं।

मौसी जी बोलीं—जी हाँ, शर्मा जी के स्वर्गवास के बाद मुझको सब-कुछ सँभालना पड़ रहा है।

वार्त्तालाप को संक्षिप्त करने की गरज से उस सज्जन ने मतलब की बात की। कहा—मैं आपकी बेटी के लिए रिश्ता लाया हूँ।

—मेरी बेटी के लिए रिश्ता? लेकिन अभी तो वह कॉलेज में पढ़ रही है।

—पढ़ने दीजिये। लेकिन आप तो उसकी शादी करेंगी?

मौसी जी ने पूछा—आप कहाँ से आ रहे हैं?

—इन्दौर से। मेरा नाम सरयूप्रसाद भार्गव है। मैं अपने बेटे की शादी करना चाहता हूँ।

—आपका बेटा क्या करता है?

—बी. ए. पास करने के बाद लॉ पढ़ रहा है। वह शुरू से पढ़ने-लिखने में अच्छा है।

मौसी जी बोलीं—अभी तक मैं समझती थी कि लड़कीवाले लड़की की शादी के लिए परेशान होते हैं, लेकिन यहाँ तो उलटा हुआ। मेरी लड़की के लिए कई रिश्ते आ चुके हैं। आप भी स्वयं आये हैं। इसे मैं संयोग कहूँ या भगवान् की दया, समझ में नहीं आता।

सरयूप्रसाद जी बोले—आपका कहना सही है, इसे भगवान् की दया कहिये। यहाँ रायपुर में मेरे एक मित्र हैं। उन्होंने मुझसे आपकी लड़की के बारे में बताया। उन्होंने कहा है कि आपकी बेटी जैसी लड़की मेरे लड़के के लिए नहीं मिलेगी।

—उन्होंने मेरी बेटी को कैसे देखा?

—आपकी लड़की रोज कार से कॉलेज जाती है, इसलिए उसको देखना मुश्किल नहीं है। मैंने भी उसे देख लिया है। मेरे मित्र ने दिखाया है।

फिर सरयूप्रसाद जी चन्दना की तारीफ करने लगे।

मौसी जी बोलीं—ठीक है। मैंने सब सुन लिया है। अगर मैं अपनी बेटी की शादी अभी करना चाहूँगी तो आपको खबर करूँगी।

सरयूप्रसाद जी ने अपना पता दे दिया। जाते समय उन्होंने कहा—मेरे दोस्त यहाँ रहते हैं, मैंने उनका भी पता दे दिया है। आप उनको भी खबर दे सकती हैं।

सरयूप्रसाद जी के दोस्त का नाम ईश्वरप्रसाद जैन है।

मौसी जी में पता लिखा कागज अपने बैग में रख लिया। फिर अन्दर जाकर कुसमिया को बुलाया। कुसमिया आयी तो उन्होंने उससे कहा—मैं जा रही हूँ कुसमिया, बिटिया रानी को नाश्ता दे देना। अभी वह सो रही है। अगर मेरे लौटने में देर हो तो खाना खा लेना।

बाहर कार खड़ी करके मंगल पाण्डे इन्तजार कर रहा था। झटपट नाश्ता कर लेने के बाद मौसी जी कार में जाकर बैठ गयीं। कार मौसी जी को लेकर कारखाने की तरफ चली।

मेरा विद्यार्थी-जीवन रायपुर में बीता है। नौकरी लग जाने के बाद मैं दूसरी जगह चला गया था। इसलिए यहीं तक मुझे पता था। उन दिनों चारों तरफ से मौसी जी की बेटी के लिए रिश्ते आ रहे थे। सभी बाप अपने बेटे से चन्दना की शादी करके उसे अपनी पुत्रवधू बनाना चाह रहे थे।

रायपुर छोड़ने से पहले मैं उस दिन आखिरी बार मौसी जी से मिलने गया था।

मैं जानता था कि किस समय जाने पर मौसी जी से मुलाकात होगी। लेकिन जब मैं उनके घर गया, वे घर पर नहीं थीं। कुसमिया ने दरवाजा खोल दिया।

मैं बाहर के कमरे में बैठ गया। बहुत देर बाद मौसी जी आयीं।

पूछा—अरे, तुम कब आये हो?

मैंने कहा—ज्यादा देर नहीं हुई है। मैं बाहर जा रहा हूँ, इसलिए आपसे मिलने चला आया।

—कहाँ जा रहे हो?

मैंने कहा—बिलासपुर। वहीं नौकरी मिली है।

मौसी जी ने पूछा—कैसी नौकरी?

मैंने कहा—पुलिस की नौकरी।

—पुलिस की नौकरी? तुम पुलिस की नौकरी करोगे? क्या तुम पुलिस की नौकरी कर सकोगे?

मैंने कहा—क्या करूँगा? और कोई नौकरी नहीं मिली। लेकिन यह दूसरी तरह की पुलिस है। सिर्फ घूमते रहना पड़ेगा। कौन कहाँ घूस ले रहा है, पता लगाना होगा और उसके बाद उसे गिरफ्तार करना पड़ेगा।

मौसी जी बोलीं—तब तो तनखाह के अलावा तुम्हें घूस में मोटी रकम मिल जायेगी। मेरी बसें चलती हैं। मैं भी पुलिस को घूस देती हूँ।

—क्यों देती हैं?

—वाह! बिना घूस दिये क्या बस का कारोबार किया जा सकता है?

उसके बाद मौसी जी बोलीं—लेकिन जरा सोच-समझकर घूस लेना। अगर मुझे घूस न देनी पड़ती तो इस काम में और फायदा होता।

मैंने प्रसंग बदलकर कहा—सुना, चन्दना की शादी की बातचीत चल रही है? आप मुझे जरूर खबर कीजियेगा, मैं आऊँगा।

मौसी जी ने कहा—चन्दना की शादी की बातचीत के बारे में तुम्हें कैसे पता चला?

मैंने कहा—पता चल ही जाता है। मैंने अपने एक मित्र से सुना।

मौसी जी बोलीं—यह भी अच्छा तमाशा हो रहा है। मैंने चन्दना की शादी के बारे में सोचा भी नहीं था। लेकिन न जाने कहाँ-कहाँ से लोग उसके रिश्ते की बात करने आ रहे हैं। लोग अपनी लड़कियों की शादी के लिए परेशान होकर भाग-दौड़ करते हैं, लेकिन चन्दना के मामले में उलटा हो रहा है। लड़केवाले लड़कीवाले के पास आ रहे हैं। अब बताओ मैं क्या करूँ?

मैंने कहा—आप चन्दना की शादी कर दीजिये। अच्छा लड़का मिल जाय तो शादी कर देने में क्या हर्ज है?

मौसी जी बोलीं—तुम भी क्या कह रहे हो? इतनी छोटी लड़की की मैं अभी क्यों शादी करूँगी? अभी वह क्या समझती है कि शादी क्या होती है? अब भी उसे बताना पड़ता है कि कौन-सा कुर्ता पहनेगी और कौन-सा सलवार? वह सब भी मुझसे पूछती है कि क्या खायेगी और क्या नहीं खायेगी। अगर मैं नहीं बताती तो वह अपने मन से कोई काम नहीं कर सकती। वह कितनी भोली है, तुम अन्दाजा भी नहीं लगा सकते।

मैंने कहा—आप देख लीजियेगा मौसी जी, शादी के बाद सब ठीक हो जायेगा।

मौसी जी बोलीं—कहीं ऐसा न हो कि ससुराल जाकर रोने लगे।

—ससुराल जाकर क्यों रोयेगी?

मौसी जी बोलीं—तुम विश्वास नहीं करोगे, अभी जो नये मास्टर आये हैं, कभी वह उनकी तरफ देखकर बात नहीं करती। अभी तक उसमें इतनी लज्जा और झिझक है। मैं तो वहीं बैठी रहती हूँ। मैं उसकी हालत देखती हूँ और मन-ही-मन हँसती हूँ। उसकी उम्र के लड़के-लड़कियाँ न जाने कितने पिक्चर देखते हैं, पिक्चर देखने के लिए माँ-बाप से पैसा माँगते हैं और पैसा न देने पर जिद्द करते हैं, लेकिन यह भी एक लड़की है

कि अभी तक कभी पिक्चर देखने नहीं गयी। मैं उसके बारे में सोचकर आश्चर्य में पड़ जाती हूँ। मैं तो यही सोचती रहती हूँ कि शादी के बाद वह अपने पति से कैसे निभायेगी? कहीं वह मुझसे यह न कहे कि माँ, तुम भी मेरे साथ चलो, मेरी ससुराल में रहोगी।

अपनी बेटी के भोलेपन की कहानी सुनाने में मौसी जी मशगूल हो गयीं। न जाने वे कितनी देर उसी के बारे में बोलती रहीं।

जब मौसी जी की बात खत्म हुई तब मैंने कहा—लेकिन चन्दना की शादी के बारे में आप उसकी राय तो लेंगी ही?

मौसी जी बोलीं—उससे क्या राय लूँगी? शादी किस चिड़िया का नाम है, यही वह नहीं जानती तो क्या राय देगी? तुम भी खूब कह रहे हो! वह एकदम नहीं लगती कि इस जमाने की लड़की है।

मैंने कहा—सचमुच मौसी जी, आपका भाग्य बड़ा अच्छा है कि आपको चन्दना-जैसी बेटी मिली है।

मौसी जी बोलीं—मेरा भाग्य अच्छा है या बुरा यह तो बाद में पता चलेगा। लेकिन अब मैं यही सोच रही हूँ कि अगर उसकी जल्दी शादी कर दूँ तो कहीं उसके ससुरालवालों से मुझे गाली न खानी पड़े।

—क्यों? आपको गाली क्यों खानी पड़ेगी?

मौसी जी बोलीं—उसके ससुरालवाले तो कह सकते हैं कि बेटी को कैसा बनाया है? किसी से बात करनी हो तो चुपचाप खड़ी रहती है। माँ ने अपनी बेटी को न चालाक-चतुर बनाया और न घर का काम-काज सिखाया है। अगर उसके ससुरालवाले ऐसा कहें तो मैं उसका क्या जवाब दूँगी? चन्दना सचमुच घर का काम-काज नहीं जानती। मैंने उससे कभी कोई काम नहीं कराया। बेचारी सीखेगी कैसे? न तो वह खाना बनाना जानती है और न घर-द्वार को ठीक से रखना। इतनी बड़ी हो गयी है लेकिन घर-गिरस्ती के मामले में वह एकदम अनाड़ी है।

जरा रुककर मौसी जी बोलीं—शादी के मामले में तुम उसकी राय लेने की बात कर रहे हो, लेकिन तुम्हें पता नहीं है कि रोज उसके कॉलेज जाते समय कौन उसकी किताब-कापी ठीक कर देता है?

मैंने पूछा—कौन देता है?

मौसी जी बोलीं—कुसमिया देती है, और कौन देगा? कुसमिया के भरोसे उसे छोड़कर मैं बाहर निकलती हूँ। कुसमिया सचमुच उससे बहुत प्यार करती है। अगर वह नहीं खाना चाहती तो कुसमिया जबर्दस्ती उसे खिला देती है। कहती है, बिटिया रानी, ठीक से खाना नहीं खाओगी तो तुम्हारी सेहत बिगड़ जायेगी। तुम कमजोर हो जाओगी।

मैंने कहा—सचमुच मौसी जी, आपको बड़े भाग्य से कुसमिया मिली है। अगर वह न होती तो चन्दना की देखभाल कौन करता? आपका घर-द्वार कौन सँभालता? कुसमिया है, इसलिए आप बाहर का काम-काज सँभाल रही हैं।

मौसी जी ने यह स्वीकार किया और कहा—सचमुच कुसमिया चन्दना को बहुत चाहती है। कोई माँ ही अपनी बेटी को इतना चाहती होगी। उसी की बदौलत मेरी गिरस्ती चल रही है। अगर वह न होती तो पता नहीं, इस घर का क्या हाल होता?

मैं मौसी जी के पास ज्यादा देर नहीं बैठा। मैं जानता था कि मौसी जी के पास बहुत काम है। दिनभर की भागदौड़ के बाद वे खाता-बही लेकर बैठेंगी और सारा हिसाब खुद देखेंगी। इस काम में उनका बहुत समय लग जाता है।

मैंने मौसी जी से कहा—अच्छा, मैं चला मौसी जी।

मौसी जी ने कहा—बिलासपुर पहुँचते ही खत लिखना।

जी हाँ, कहकर मैं बाहर चला आया।

ये सब भी बहुत पुरानी बातें हैं।

इसके बाद जो कुछ हुआ था, वह सब मैंने दूसरों से सुना था। मैं उस समय रायपुर में नहीं था। मैं उन दिनों रोजी-रोटी के चक्कर में फँसा इस जिन्दगी का मकसद समझने में लगा था। उसी समय मैं समझ सका था कि भिक्षा की झोली लिये रहने से मुझे कुछ नहीं मिलेगा। पाने के लिए कभी-कभी छीनना भी पड़ता है। उसी समय मैं समझ सका था कि यह छीनना चोरी-डकैती नहीं है। इसी का नाम विप्लव है। क्रान्ति। यह क्रान्ति सिर्फ बाह्य जगत् में होती है, ऐसी बात नहीं, यह अन्तर्जगत् में भी होती है। याने, इनसान का मन भी क्रान्ति से अछूता नहीं रहता। मौसी जी के बारे में सब-कुछ सुन लेने के बाद मैं इस नतीजे पर पहुँच सका।

हाँ, मन की दुनिया में कैसी क्रान्ति होती है, वही अब बताऊँगा।

मौसी जी के जीवन में ऐसी क्रान्ति आयी थी।

उन दिनों मौसी जी मजे में थीं। कारखाने में कौन बस मरम्मत के लिए आयी और कौन बस मरम्मत के बाद बाहर निकली, किस ड्राइवर ने छुट्टी ली है और उसकी जगह कौन ड्यूटी कर रहा है, कैसा कर रहा है, मौसी जी इन्हीं बातों का ध्यान रखने में हलाकान हो जाती थीं। फिर भी वे कभी-कभी चन्दना से पूछती थीं कि उसकी पढ़ाई कैसी चल रही है।

शर्मा जी के स्वर्गवास के बाद उनके व्यवसाय में व्यवधान पड़ने की आशंका बहुतों ने की थी, लेकिन मौसी जी ने अपनी मेहनत, अक्ल और लगन से सब-कुछ सँभाल लिया था। थोड़े में कहना चाहिए कि उन्होंने घर और बाहर दोनों को दुरुस्त रखा था और किसी को किसी बात की शिकायत नहीं थी।

लेकिन अचानक वह क्रान्ति आयी जिससे मौसी जी अन्दर और बाहर से उलट-पलट गयीं। मानो वह आँधी ऐसी आयी जिससे एक दुनिया के नियम-कानून की बुनियाद जड़ से उखड़ गयी।

एक दिन अचानक रायपुर के लोगों को पता चला कि सोमनाथ शर्मा की बेटी चन्दना की शादी होगी। लेकिन मिसेज शर्मा को इतनी जल्दी लड़की की शादी करने की क्या जरूरत पड़ गयी?

सभी आश्चर्य में पड़ गये। लेकिन किसी की लड़की की शादी होने से किसी को आश्चर्य हो, ऐसा नहीं होना चाहिए। फिर भी हुआ। इसका कारण यही था कि इतने दिनों तक लोग उस लड़की के रिश्ते के बारे में बात करने आये तो मिसेज शर्मा अपनी लड़की की शादी इतनी जल्दी करने को राजी नहीं हुईं लेकिन बाद में वे अचानक राजी हो गयीं। लोगों के आश्चर्य का यही कारण था।

सरयूप्रसाद जी के बार-बार आग्रह करने पर ऐसा आश्चर्य हुआ।

उस दिन रविवार था। चन्दना के कॉलेज में छुट्टी थी। उसी दिन मौसी जी ने अपनी बेटी को सजाया। कहा—आज शाम को तुम तैयार रहना मुन्नी।

चन्दना ने पूछा—क्यों माँ?

मौसी जी उस समय हिसाब का खाता देख रही थीं। उन्होंने लड़की की तरफ देखकर कहा—सरयूप्रसाद जी बार-बार कह रहे हैं कि मैं उनके बेटे से तुम्हारी शादी कर दूँ। इसलिए वे तुम्हें देखने आयेंगे।

इतना कहकर मौसी जी फिर हिसाब का खाता देखने लगीं। उन्हें चन्दना से किसी जवाब की उम्मीद नहीं थी।

लेकिन चन्दना ने कुछ कहा।

चन्दना ने कहा—माँ।

—क्या है, बोलो।

फिर मौसी जी ने सुना कि चन्दना कह रही है—माँ, मैं शादी नहीं करूँगी।

हिसाब का खाता देखते हुए मौसी जी ने कहा—ऐसी बात नहीं कहते मुन्नी, मैं हमेशा जिन्दा नहीं रहूँगी। मेरे मरने के बाद तुम्हें कौन देखेगा? इसलिए बचपने की बात न करो। मैं जो कह रही हूँ, सुन लो। शाम को नहा-धोकर तैयार हो जाना। अच्छी साड़ी पहन लेना। जब वे लोग आयेंगे तब मैं तुम्हें बुला लूँगी। अगर वे लोग कुछ पूछें तो शिष्टता से उसका जवाब देना। तुम पढ़ी-लिखी लड़की हो, तुमको क्या समझाऊँगी।

इतना कहकर मौसी जी फिर हिसाब का खाता देखने लगीं।

चन्दना बोली—माँ, आप उन लोगों को मना कर दीजिये कि न आयें। मैं शादी नहीं करूँगी।

मौसी जी बोलीं—फिर वही बचकानी बात?

चन्दना बोली—नहीं माँ, मैं सचमुच शादी नहीं करूँगी।

इतना कहकर चन्दना माँ के पास बैठ गयी। मानो वह माँ से प्यार पाना चाहती है।

—छी, ऐसी बात नहीं करते। शादी का नाम सुनते ही हर लड़की ऐसी झिझकती है, लेकिन बाद में सब ठीक हो जाता है।

चन्दना बोली—नहीं माँ, मैं सच कह रही हूँ कि शादी नहीं करूँगी।

मौसी जी बोलीं—शादी नहीं करोगी तो क्या जिन्दगी भर क्वारी बनी रहोगी?

चन्दना ने इस बात का जवाब नहीं दिया। वह वहाँ से उठकर अपने कमरे में चली गयी।

थोड़ी देर बाद मौसी जी उसके कमरे में पहुँचीं। देखा कि वह बिस्तर पर औंधी पड़ी तकिये में मुँह छिपाये रो रही है।

उसे अपने पास खींचकर मौसी जी सान्त्वना देने लगीं।

बोलीं—क्या हुआ है मुन्नी, मुझसे कहो। छी, इस तरह नहीं रोते। शादी से पहले सभी लड़कियाँ इस तरह डरती हैं, लेकिन सभी को शादी करनी पड़ती है। फिर शादी के बाद सब-कुठ ठीक हो जाता है। लेकिन तुम क्यों रो रही हो? क्या मुझे छोड़कर नहीं रह सकोगी इसलिए रो रही हो? इसमें रोने की क्या बात है? हमेशा के लिए तो ससुराल नहीं जाओगी? बीच-बीच में तुम यहाँ आती रहोगी। जब मन होगा, तुम मेरे पास चली आओगी।

समझाने के बावजूद चन्दना ने सिर नहीं उठाया। वह और ज्यादा रोने लगी।

आखिर मौसी जी ने उसे खींचकर अपनी गोद में भींच लिया।

पूछा—क्या हुआ है चन्दना? बताओ न क्या हुआ है?

चन्दना ने दोनों हाथों से चेहरा छिपा लिया।

—बताओ, क्या हुआ है?

चन्दना हाथों में अपना चेहरा छिपाये रही। फिर उसी हालत में वह बोली—मैं शादी नहीं करूँगी।

मौसी जी फिर भी न समझ सकीं कि चन्दना क्यों नहीं शादी करना चाहती और क्यों शादी का इतना विरोध कर रही है। उन्होंने उसके चेहरे पर से उसके हाथ हटा दिये और उसके हाथ अपने हाथों से पकड़े रखे।

फिर पूछा—चन्दना, सच-सच बताओ, क्या हुआ है? क्या किसी ने कुछ कहा है?

अचानक चन्दना बोली—मैं किशोर से शादी करूँगी।

—किशोर! कौन किशोर?

—किशोर शर्मा।

यह सुनते ही मानो मौसी जी के सिर पर बिजली गिरी। जो किशोर शर्मा उनका ड्राइवर है, उसी से चन्दना शादी करेगी! चारों तरफ इस कदर चौकसी रखने के बाद आखिर यह सर्वनाश हुआ!

उन्होंने घबड़ाकर चन्दना को छोड़ दिया। माँ के हाथ से छुटकारा पाकर चन्दना फिर पलँग पर चली गयी। उसने फिर तकिये में अपना मुँह छिपा लिया।

भय और विस्मय से मौसी जी के हाथ-पाँव ढीले पड़ गये।

उन्होंने कहा—क्या कहा? क्या कहा तूने? तू किशोर शर्मा से शादी करेगी? मेरी बेटी होकर तू मेरे नौकर से शादी करेगी? क्या तेरा दिमाग खराब हो गया है? इतना पैसा खर्च कर साहब मास्टर रखकर तुझे पढ़ाया-लिखाया तो उसका नतीजा यह निकला? तेरे पीछे हमारी सारी मेहनत बेकार गयी? मेरा तो मन कर रहा है कि अपना सिर फोड़ लूँ! तूने मेरा इतना बड़ा सर्वनाश किया? तूने मेरे मुँह में कालिख पोत दी? कहीं मैंने गलत तो नहीं सुना? बता दे चन्दना—मैंने जो कुछ सुना है वह गलत है!

चन्दना उसी तरह रोती हुई बोली—नहीं माँ, मैंने ठीक कहा है। मैं ड्राइवर किशोर से ही शादी करूँगी—आप इनकार मत कीजिये।

मौसी जी कहने लगीं—अरी, तू पागल हो गयी है? वह हमारा ड्राइवर है! मैं उसे साठ रुपये महीने तनखाह देती हूँ। न उसका ठौर है न ठिकाना। तेरी एक साड़ी का दाम डेढ़ सौ रुपये है। अगर वह तुझसे शादी करेगा तो तुझे क्या खिलायेगा और खुद क्या खायेगा? फिर यहाँ लोग यह सब सुनेंगे तो क्या कहेंगे? फिर यहाँ के लोग क्यों, मेरे कारखाने के मेकैनिक, फिटर, मिस्त्री, ड्राइवर और कण्डक्टर क्या कहेंगे? क्या वे नहीं हँसेंगे? तूने यह सब नहीं सोचा? क्या तेरा दिमाग खराब हो गया है? क्या डॉक्टर से तेरा इलाज कराऊँ?

चन्दना बोली—नहीं माँ, किशोर से मेरी सारी बातें हो चुकी हैं। शादी के बाद वह मुझे लेकर बहुत दूर चला जायेगा। फिर कोई नहीं हँसेगा। आपको भी शर्मिन्दा नहीं होना पड़ेगा।

मौसी जी बोलीं—अरी मुँहजली, तू इतनी भोली लगती है और तुझमें इतनी बुद्धि! तूने उससे मिलकर ऐसी खिचड़ी पका रखी है? ठहर, मैं अभी किशोर को बुलाती हूँ। मैं अभी उसे निकाल बाहर करूँगी। मेरे ही घर में रहकर वह मेरा सर्वनाश करेगा! मैं अभी उसे भगा रही हूँ।

इस पर चन्दना घबड़ाकर बोली—मैं आपके पाँवों पड़ती हूँ माँ, आप उसे मत भगाइये। आप उसे भगा देंगी तो मैं भी गले में फाँसी लगा लूँगी।

बेटी की बात सुनकर माँ सन्नाटे में आ गयीं। कल की लड़की उन्हीं के मुँह पर ऐसी बात करने लगी है! अभी तक उसमें इतना शऊर नहीं है कि ठीक से साड़ी-ब्लाउज

पहने और अन्दर-अन्दर उसमें इतनी बुद्धि आ गयी है! मौसी जी अपने कारोबार के पीछे परेशान थीं और तभी उनकी लड़की ने उनसे दगा की!

चन्दना को उसके कमरे में उसी हालत में छोड़कर मौसी जी बाहर आयीं। अपने कमरे में आकर वे चुप नहीं बैठ सकीं। वे कमरे के इस छोर से उस छोर तक चहलकदमी करती रहीं। यह सब क्या हो रहा है? यह भी मेरे भाग्य में लिखा था! वे सोचती रहीं।

लड़की देखने के लिए शाम को वे लोग आनेवाले थे। मौसी जी ने उनके पास खबर भिजवायी कि लड़की की तबीयत एकाएक खराब हो गयी है, इसलिए आज आप लोग मत आइये। मौसी जी ने कहला भेजा कि जिस दिन मैं खबर दूँ, उसी दिन आ जायँ।

फिर वह दिन बड़ी अशान्ति में बीता। मौसी जी समय नहीं पायीं कि क्या करेंगी। फिर यह ऐसा मामला है जिसके बारे में किसी से मशविरा नहीं किया जा सकता। फिर उनका भाग्य भी ऐसा था कि घर में कोई बड़ा-बूढ़ा भी नहीं था जिससे सलाह की जा सके। उन्हें अपने अतीत की याद आयी। कभी उनकी ऐसी उम्र थी। उस समय वे नहीं जानती थीं कि कलकत्ते की लड़की होकर उन्हें मध्य प्रदेश के रायपुर में आकर सोमनाथ शर्मा की गिरस्ती सँभालनी होगी।

लेकिन मौसी जी की बात कुछ और थी! उनका कौन था कि उनकी शादी कराता। बूढ़े बाप जरूर थे लेकिन उनका रहना न रहने के बराबर था।

चन्दना के साथ ऐसी बात नहीं है। उसके पास क्या नहीं है? धन-दौलत वगैरह सब-कुछ है। माँ के सारे रुपये-पैसे, जमीन-जायदाद, मकान और कारखाना सब एक दिन चन्दना को मिलेंगे। मिसेज शर्मा जब नहीं रहेंगी तब उनकी सारी सम्पत्ति का उत्तराधिकारी वही बनेगी। फिर क्यों उसे ऐसी दुर्बुद्धि हुई? किसने उसके कान में तराही का मन्त्र फूँका? यह उसी किशोर शर्मा का काम होगा जो साठ रुपये महीने तनखाह पर उसका ड्राइवर है!

दूसरे दिन सवेरे कुसमिया बिटिया रानी के लिए जल्दी-जल्दी नाश्ता तैयार करने लगी थी। वह रोज सवेरे बिटिया रानी के लिए जल्दी-जल्दी नाश्ता तैयार करती है। मेमसाहब भी सवेरे निकल जाती हैं। इसलिए उनके लिए भी नाश्ता बनाना पड़ता है। लेकिन मेमसाहब ने कहा—आज इतनी जल्दी नाश्ता तैयार करने की जरूरत नहीं है!

कुसमिया ने पूछा—क्या आज आप कारखाना नहीं जायेंगी?

मेमसाहब बोलीं—नहीं।

फिर मंगल पाण्डे भी फुर्सत पा गया। आज उसे कार लेकर नहीं निकलना पड़ेगा। आज सबको काम में ढिलाई करने का मौका मिल गया। ऐसा मौका इस घर में अक्सर

नहीं आता। मेमसाहब रोज कारखाना जाती हैं। लेकिन आज नहीं गयीं। इसलिए कइयों को छुट्टी मिल गयी।

चन्दना कल से अपने कमरे में बिस्तर पर पड़ी है और आज अभी तक नहीं उठी। खाने के समय उठकर खाना खा लेने के बाद वह फिर लेट गयी और अभी तक नहीं उठी। दिन ढलते-ढलते शाम हो गयी और शाम के बाद रात आयी।

अचानक किशोर की खोज हुई।

मेमसाहब ने कुसमिया से पूछा—किशोर कहाँ है? किशोर से मेरे कमरे में आने के लिए कह दे।

किशोर के कमरे के पास जाकर कुसमिया ने बुलाया—किशोर, मेमसाहब बुला रही हैं।

किशोर अपने कमरे में जलते चूल्हे के सामने बैठकर आटा गूँध रहा था। वह नंगे बदन था। उसके शरीर से पसीना चू रहा था। उस हालत में वह गोरा-चिट्टा राजपूत जवान बड़ा प्यारा लग रहा था। उसके अंग-अंग में यौवन लहरा रहा था। वह सिर्फ गमछा लपेटे हुए था।

कुसमिया की आवाज सुनकर किशोर ने सिर उठाकर देखा।

कहा—कौन बुला रहा है?

—मेमसाहब

—कहाँ?

कुसमिया बोली—और कहाँ, अपने कमरे में।

क्यों?

कुसमिया को ज्यादा बात करने की फुर्सत नहीं थी। उसे बीसियों काम थे। गिरस्ती का सारा काम उसे करना पड़ता था।

किशोर आटा गूँधना छोड़कर उठा। उसके दोनों हाथों में आटा सना था, लेकिन उसने हाथ नहीं धोये। उसी हालत में वह मेमसाहब के कमरे में गया।

बोला—आप मुझे बुला रही थीं मेमसाहब?

मेमसाहब ने उसे देखते ही कहा—इधर आ।

किशोर गमछा पहने सामने खड़ा था। मौसी जी उसके गोरे रंग और सुगठित शरीर की तरफ थोड़ी देर देखती रहीं। उसके बाद बोलीं—दरवाजा बन्द कर दे।

दरवाजा बन्द कर किशोर मेमसाहब के सामने जाकर खड़ा हुआ। न जाने क्यों उसे बड़ा डर लगने लगा।

मेमसाहब ने फिर उसे अच्छी तरह देख लिया।

उसके बाद पूछा—तेरा घर कहाँ है?

किशोर बोला—किशनगढ़ में मेमसाहब।

मेमसाहब ने पूछा—घर में तेरे कौन हैं?

किशोर बोला—कोई नहीं है मेमसाहब। आपके अलावा मेरा कहीं कोई नहीं है।

—तुझे मेरे यहाँ से कितनी तनखाह मिलती है?

किशोर बोला—साठ रुपये मेमसाहब।

मेमसाहब के सामने खड़े होकर किशोर मानो काँपने लगा था। वह याद करने लगा कि उससे क्या गलती हो गयी है। लेकिन उसने कोई गलती नहीं की थी जिससे उसे बुलाया गया हो। फिर भी वह डर रहा था और उसे शर्म लग रही थी। जल्दी में वह कुर्ता पहनना भी भूल गया था। उसके हाथों में आटा लगा था। वह भी उसने नहीं धोया। सिर्फ गमछा लपेटे वह मेमसाहब के सामने चला आया। अब उसे बहुत बुरा लगने लगा। लेकिन इसी वक्त मेमसाहब बुलायेंगी, यह उसने कब सोचा था? अगर उसे पहले से पता होता तो वह पैण्ट-कमीज पहनता, बाल सँवार लेता और तब आता। लेकिन वह सब नहीं हो सका। मन-ही-मन भीत और लज्जित वह कठोर दण्ड की प्रतीक्षा करने लगा। वह तैयार हो गया कि उसे कड़ी सजा मिलेगी। अगर ऐसा नहीं है तो मेमसाहब मेरी तरफ इस तरह क्यों देख रही हैं। उसने सोचा।

अचानक अप्रत्याशित सवाल से किशोर चौंक पड़ा।

मेमसाहब ने पूछा—क्या तू शादी करना चाहता है?

किशोर को लगा कि किसी ने उसे फिर से पाँव तक हिला दिया हो। उसे ऐसा लगा कि वह उसी वक्त गिर पड़ेगा।

—क्यों रे, बोलता क्यों नहीं? बता, शादी करना चाहता है?

घबड़ाकर किशोर बोला—जी हाँ, मेमसाहब।

—किसके साथ शादी करना चाहता है?

किशोर के मुँह से कोई जवाब नहीं निकला।

—बता न, किससे शादी करना चाहता है? क्या तुझे लड़की मिल गयी है?

किशोर बोला—जी हाँ।

मेमसाहब ने फिर पूछा—बता, वह लड़की कौन है? किससे तू शादी करना चाहता है?

किशोर बोला—हुजूर, बहन जी।

अब मौसी जी खड़ी हो गयीं।

बोलीं—बहन जी? क्या बहन जी ने तुझसे ऐसा कहा है?

किशोर बोला—जी नहीं।

—फिर तेरी बहन जी ने तुझसे क्या कहा है?

किशोर बोला—बहन जी ने कहा है कि वे मुझसे प्यार करती हैं।

—और तूने क्या कहा है?

किशोर बोला—मैंने भी उनसे कहा है कि मैं आपसे प्यार करता हूँ।

अब मेमसाहब अपने को सँभाल नहीं सकीं। उन्होंने झट से किशोर की पसीने से तर गर्दन पकड़ ली और कहा—तेरी इतनी हिम्मत? मेरा नौकर होकर तू मेरी बेटी से प्यार करता है? अगर मैं तुझे अभी यहाँ से निकाल दूँ तो?

इतने में किशोर ने मेमसाहब से अपनी गर्दन छुड़ाकर उनके पाँव पकड़ लिये। मेमसाहब के पाँव पकड़कर वह कहने लगा—गलती माफ कर दीजिये मेमसाहब, मुझसे गलती हो गयी है।

मेमसाहब बोलीं—निकल जा, अभी मेरे घर से निकल जा। यहाँ तुझे कार चलाने की जरूरत नहीं है। तू मेरी आँखों के सामने से दूर हो जा।

किशोर मेमसाहब के पाँव पकड़कर रोने लगा।

बोला—मैं भूखों मर जाऊँगा मेमसाहब। मुझे नौकरी से मत निकालिये।

—तुझे नौकरी से नहीं निकालूँगी तो क्या करूँगी? मैं तुझे यहाँ पालूँगी और तू मेरा नुकसान करेगा? बोल, तू यही चाहता है?

किशोर बोला—नहीं मेमसाहब, मैं मर जाऊँगा। दुनिया में मेरा कोई नहीं है, आपके अलावा मेरा कोई नहीं है।

—तो क्या तुझे बिठाकर खिलाती रहूँगी?

किशोर बोला—आप जो कहेंगी, मैं वही काम करूँगा। आप मुझे कारखाने में नौकरी दीजिये, मैं वहीं काम करूँगा। मैं मोटर का काम जानता हूँ मेमसाहब।

मेमसाहब बोलीं—फिर तू कारखाने में चला जा, वहीं काम करेगा और रहेगा। जा, इसी वक्त वहीं चला जा। अब तू एक मिनट इस घर में नहीं रह सकता। जा, मेरे सामने से चला जा!

उस दिन किशोर रोटी नहीं पका सका। उसी हालत में वह मेमसाहब के मकान से निकल गया।

इस घटना के सात दिन बाद मौसी जी ने अपनी बेटी की शादी कर दी।

यह सब मैंने दूसरों से सुना था, क्योंकि उन दिनों मैं रायपुर से बाहर नौकरी करने लगा था।

फिर इस कहानी का अगला अध्याय बिलासपुर की कचहरी से शुरू हुआ। इस अध्याय में कुसमिया को हत्या के अपराध में फाँसी की सजा मिली।

लेकिन मैं बिलासपुर में ज्यादा दिन नहीं रहा। मेरी नौकरी में बराबर तबादला होता रहता था। जब कुसमिया का मुकदमा चल रहा था तब मैं कभी-कभी कचहरी जाता था। मैं सब-कुछ सुनता था, फिर भी मेरे दिमाग में सब-कुछ उलट-पुलट हो जाता था।

कुसमिया ने मिसेज शर्मा के बेटे का खून किया था। लेकिन मिसेज शर्मा का बेटा कहाँ से आ गया? उनके तो एक ही बेटी थी और सुना था कि उसकी शादी हो चुकी थी।

लेकिन बेटा?

क्या मौसी जी के बेटा भी हुआ था?

लेकिन बेटा कैसे हो सकता है?

मौसी जी के पति तो पहले ही मर चुके थे।

जब कुसमिया का मुकदमा चल रहा था तभी बिलासपुर से मेरा तबादला हो गया। मैं कलकत्ते पहुँचा। कलकत्ते की भागदौड़ में मैं रायपुर के बारे में सब-कुछ भूल गया। महानगरी का जीवन समुद्र-जैसा होता है। उस अनन्त में अतीत और भविष्य खो जाते हैं। अगर कुछ बचा रहता है तो वही महातरंग समान वर्तमान जिसका सिलसिला कभी नहीं टूटता।

उसके बाद इन्दौर आया।

इतने दिनों बाद इन्दौर में फिर चन्दना से मुलाकात होगी, यह मैंने नहीं सोचा था। होटल में बता दिया कि आज मैं नहीं जाऊँगा। फिर कपड़े बदलकर तैयार हो गया।

ठीक समय पर चन्दना आ पहुँची।

बोली—चलिये।

मैंने कहा—चलो।

सीढ़ी के नीचे आकर मैं चन्दना की कार में बैठ गया। चन्दना कार चलाने लगी। मैं उसकी बगल में बैठा रहा। सूरज डूब चुका था। अँधेरा हो चला है।

चन्दना बोली—मिस्टर भार्गव भी आना चाहते थे, लेकिन काम के मारे नहीं आ सके। एक-दो मुवक्किल बैठे हैं, इसलिए उनसे बात कर रहे हैं। मैंने उनसे कह दिया है कि जल्दी छुट्टी पा लीजिये।

मैंने कहा—तुम तो कार बढ़िया चला लेती हो!

चन्दना बोली—कहाँ बढ़िया चला पाती हूँ, बस चलाते-चलाते थोड़ा सीख गयी हूँ।

बोला—मैंने सुना था कि इस शादी में तुम्हें आपत्ति थी?

मेरी बात सुनकर चन्दना शायद कुछ शरमा गयी।

बोली—उन दिनों मैं छोटी थी, जिन्दगी का कोई तज़ुर्बा नहीं था।

कार एक मोड़ पर पहुँची।

मैंने पूछा—तुम्हें कुसमिया की बात याद है?

कुसमिया का नाम सुनते ही चन्दना का चेहरा मानो मुरझा गया।

वह बोली—हाँ, खूब याद है। बेचारी मुझसे बहुत प्यार करती थी। उन दिनों मैं छोटी थी, इसलिए कुछ समझती नहीं थीं। मैं उसे बहुत परेशान करती थी। मैं नहीं खाना

चाहती थी तो वह मुझे किस तरह फुसलाकर खिलाती थी। मुझे खिलाकर वह बहुत खुश होती थी!

मैंने कहा—फिर तो तुम्हें रायपुर की सारी बातें याद हैं?

चन्दना बोली—क्यों नहीं याद रहेंगी? क्या कोई अपने बचपन की बातें भूल सकता है?

कार मुड़कर दूसरी सड़क से चली। फिर उस सड़क को छोड़कर वह मुड़ गयी।

चन्दना बोली—अब हमारा घर ज्यादा दूर नहीं है।

इधर मैं यह नहीं समझ पा रहा था कि असली बात कैसे छेड़ूँ?

मैंने पूछा—तुम्हारे पति की तो प्रैक्टिस खूब चलती होगी?

चन्दना बोली—हाँ, खूब चलती है। इसीलिए उनको फुर्सत नहीं मिलती। फिर मेरी माँ की जायदाद को लेकर मुकदमा चल रहा है। इससे वे और व्यस्त हैं।

—तुम्हारी माँ की जायदाद को लेकर कैसा मुकदमा?

चन्दना बोली—अभी हाल में माँ का देहान्त हो गया है।

—क्या मौसी जी नहीं हैं? कब उनका स्वर्गवास हुआ?

चन्दना बोली—छह महीने हो गये—

—अरे, मुझे कुछ भी पता नहीं है। उन्हें क्या हुआ था?

चन्दना बोली—मैं ठीक से नहीं जानती। मैं तो रायपुर में नहीं थी। सुना है कि इधर माँ को पैरालिसिस का अटैक हो गया था। हाथ-पाँव सुन्न पड़ गये थे। उठ-बैठ नहीं सकती थीं।

पूछा—लेकिन मुकदमा किसने किया है?

चन्दना बोली—मैंने। माँ की जायदाद हाथ से निकली जा रही थी, इसलिए मुझे मुकदमा करना पड़ा।

—किससे मुकदमा चल रहा है? कौन तुम्हारी माँ की जायदाद हड़पने लगा था?

चन्दना ने बेलाग स्वर में कहा—किशोर शर्मा।

किशोर शर्मा! जिस किशोर शर्मा से शादी करने के लिए चन्दना कभी पागल हो उठी थी, आज उसी के खिलाफ वह मुकदमा लड़ रही है! सचमुच, इस इनसान को ईश्वर ने कितना विचित्र बनाया है? उसका चरित्र एक पहेली है। चन्दना की बातें सुनकर मुझे बड़ा आश्चर्य हुआ।

मैं बोला—जब कुसमिया पर हत्या का मुकदमा चल रहा था तब मैं बिलासपुर में था। लेकिन कुसमिया ने किसका खून किया था? वह कौन था?

—वह लड़का मेरा भाई था।

—तुम्हारा भाई? तुम्हारा भाई कहाँ से आया?

चन्दना बोली—आप नहीं जानते। मेरी शादी के बाद मेरा यह भाई पैदा हुआ था!

मैं यह पहेली समझ नहीं सका, इसलिए बोला—तुम्हारा भाई?

चन्दना बोली—जी हाँ। मेरी शादी के बाद मेरी माँ ने हमारे ड्राइवर किशोर शर्मा से शादी कर ली थी।

यह सुनकर मेरे आश्चर्य का ठिकाना न रहा।

पूछा—लेकिन कुसमिया ने गला दबाकर उस लड़के को क्यों मार डाला? उस शिशु ने क्या बिगाड़ा था?

चन्दना बोली—कुसमिया किशोर शर्मा को फूटी आँखों नहीं देख सकती थी। किशोर शर्मा से माँ का शादी करना भी उसे बरदाश्त नहीं था। वह मौका देख रही थी कि कैसे किशोर शर्मा से बदला लिया जाय। जब वह लड़का हुआ तब कुसमिया ने और कुछ न कर सकी तो उस बच्चे को गला घोंटकर मार डाला।

इतना कहकर चन्दना ने कार रोक दी और कार का दरवाजा खोलकर बाहर निकली।

बोली—आइये, यही मेरा मकान है।

अब मुझे खयाल हुआ कि चन्दना के मकान के सामने कार रुकी है। मैं तो मौसीजी के बारे में सोचते हुए अतीत में खो गया था।

अगर मैं इन्दौर न आता और चन्दना से मुलाकात न होती तो मुझे असली बात का पता न चलता। चन्दना ने बताया तभी तो मुझे वह सब मालूम हुआ।

•••